rororo

Dan Chaon lebt als Autor in Cleveland, Ohio, und unterrichtet am Oberlin College Creative Writing. Sein Werk wurde mit zahlreichen Preisen ausgezeichnet: Unter anderem war Dan Chaon Finalist des *National Magazine Award in Fiction* und erhielt 2006 den *Academy Award in Literature* der American Academy of Arts and Letters. «Identität» stand auf den wichtigsten amerikanischen Top-Ten-Listen.

«So atemberaubend, dass man nach der Lektüre fast von vorne anfangen möchte, nur um all die intelligenten Hinweise zu entdecken, die man beim ersten Lesen übersehen hat.» (Kirkus Reviews)

«Elegante Prosa, mitreißender Plot und literarische Klasse.» (Publishers Weekly)

DAN CHAON

IDENTITÄT

THRILLER

Aus dem Englischen
von Giovanni und Ditte Bandini

Rowohlt Taschenbuch Verlag

Die Originalausgabe erschien 2009
unter dem Titel «Await Your Reply»
bei Ballantine Books/Random House
Publishing, New York.

Veröffentlicht im Rowohlt Taschenbuch Verlag,
Reinbek bei Hamburg, Juni 2012

Umschlaggestaltung any.way, Cathrin Günther
(Umschlagabbildung: neuebildanstalt/Matte)
Satz aus der Stempel Garamond PostScript, InDesign,
bei KCS, Buchholz bei Hamburg
Druck und Bindung CPI – Clausen & Bosse, Leck
Printed in Germany
ISBN 978 3 499 25428 4

FÜR SHEILA

ERSTER TEIL
ERSTER TEIL ERSTER TEIL

ERSTER TEIL

ERSTER TEIL
ERSTER TEIL ERSTER TEIL
ERSTER TEIL

Von Anfang an ist es mir vorgekommen,
Ich sei ein Traum, von jemandem geträumt,
Ein Fieberwahn, der einen Kranken quält,
Ein Spiegelbild in einem fremden Spiegel,
Ein Wesen ohne Namen, ohne Fleisch,
Das ursachlos in dieser Welt sich findet.
Schon kannte ich die Liste der Verbrechen,
Die zu begehen mir beschieden war.

Anna Achmatowa, «Nördliche Elegien»,
«Die fünfte»

1

WIR SIND

auf dem Weg ins Krankenhaus, sagt Ryans Vater.
Hör mir zu, mein Sohn:
Du wirst nicht verbluten.

Ryan ist insoweit noch bei Bewusstsein, als die Worte seines Vaters an den Außenrändern durchdringen wie Sonnenlicht an den Kanten eines Rollos. Seine Augen sind fest geschlossen, und sein Körper zittert, und er versucht, seinen linken Arm hochzuhalten, ihn aufrecht zu halten. *Wir sind auf dem Weg ins Krankenhaus*, sagt sein Vater, und Ryans Zähne klappern, er beißt sie zusammen, immer wieder, und eine Folge von flackernden farbigen Lichtern – Grün-, Indigotöne – spielt auf der Innenfläche seiner geschlossenen Lider.

Auf dem Sitz neben Ryan, zwischen ihm und seinem Vater, ruht, in einer Acht-Liter-Kühlbox, seine abgetrennte Hand auf einem Bett von Eis.

Die Hand wiegt weniger als ein Pfund. Die Nägel sind kurz geschnitten und die Fingerspitzen vom Gitarrespielen schwielig. Die Haut hat jetzt einen bläulichen Farbton.

Das alles geschieht eines Nachts im Mai gegen drei, auf dem platten Land in Michigan. Ryan hat keine Ahnung, wie weit es bis zum Krankenhaus sein mag, aber er wiederholt mit seinem Vater: *Wir sind auf dem Weg ins Krankenhaus wir sind auf dem Weg ins Krankenhaus,* und er wünscht sich mit aller Kraft, dass es stimmt, dass es nicht lediglich eins dieser Dinge ist, die man den Leuten erzählt, damit sie sich nicht aufregen.

Aber er ist sich nicht sicher. Wenn er nach draußen schaut, ist nichts anderes zu sehen als die nächtlichen Bäume, die sich über die Straße lehnen, der Schwall von Scheinwerferlicht, dem das Auto nachjagt, und Dunkelheit. Keine Ortschaften, keine Gebäude, Dunkelheit, Straße, Mond.

2

EIN PAAR TAGE

nachdem Lucy ihren Highschool-Abschluss gemacht hatte, verließen sie und George Orson mitten in der Nacht die Stadt. Sie waren nicht auf der Flucht – nicht direkt –, aber es war schon so, dass niemand von ihrer Abreise wusste, und ebenso, dass niemand wissen würde, wohin sie gegangen waren.

Sie waren sich darüber einig gewesen, dass ein gewisses Maß an Diskretion, ein gewisses Maß an Geheimhaltung nötig sein würde. Nur bis sie alles geregelt hätten. George Orson war nicht nur ihr Freund, sondern auch ihr ehemaliger Geschichtslehrer an der Highschool, was die Dinge in Pompey, Ohio, kompliziert hatte.

Tatsächlich war die Sache nicht so schlimm, wie es klingen könnte. Lucy war achtzehn, fast neunzehn – volljährig –, und ihre Eltern waren tot. Freunde, richtige Freunde, hatte sie praktisch keine. Sie hatte bis dahin zusammen mit ihrer älteren Schwester Patricia im Haus ihrer Eltern gewohnt, aber die beiden hatten sich nie nahegestanden. Darüber hinaus hatte sie allerlei Onkel, Tanten und Cousins, mit denen sie kaum ein Wort wechselte. Und George Orson hatte ihres Wissens gar keine Freunde oder Verwandte.

Also: warum nicht? Sie würden einen sauberen Schlussstrich ziehen. Ein neues Leben anfangen.

Trotzdem wäre es ihr lieber gewesen, wenn sie woandershin durchgebrannt wären.

Sie erreichten Nebraska nach ein paar Tagen, und da schlief

Lucy gerade, bekam deswegen nicht mit, wie sie die Interstate verließen. Als sie die Augen öffnete, fuhren sie ein schnurgerades leeres Stück Highway entlang, und George Orsons Hand lag sittsam auf ihrem Oberschenkel – eine reizende Angewohnheit, die er hatte: die flache Hand auf ihr Bein zu legen. Sie konnte sich im Außenspiegel sehen, ihre gewellten Haare, ihre Sonnenbrille, in deren Gläsern sich die reglosen Flächen von flechtengrünem Präriegras spiegelten. Sie setzte sich auf.

«Wo sind wir?», fragte sie, und George Orson sah zu ihr hinüber. Sein Blick kühl und melancholisch. Da musste sie an früher denken, wie sie noch ein Kind gewesen war, ein Kind in diesem alten Kleinstadt-Familienauto, ihres Vaters grobe, schwielige Klempnerhände fest am Lenkrad und ihre Mutter auf dem Beifahrersitz mit einer Zigarette, obwohl sie Krankenschwester war, das Fenster einen Spaltbreit auf, damit der Rauch abzog, und ihre Schwester auf dem Rücksitz schlafend, mit offenem Mund hinter ihrem Vater atmend, und Lucy, ebenfalls auf dem Rücksitz, die die Augen einen Schlitz weit aufmachte und, während die Schatten der Bäume über ihr Gesicht huschten, dachte: *Wo sind wir?*

Sie setzte sich gerader hin und schüttelte die Erinnerung ab.

«Fast da», murmelte George Orson, als erinnerte er sich an etwas Trauriges.

Als sie die Augen wieder aufmachte, war das Motel da. Sie parkten davor: ein Turm, der wie ein Schattenriss vor ihnen aufragte.

Lucy hatte einen Moment gebraucht, um zu begreifen, dass das Gebäude einen Leuchtturm darstellen sollte. Oder besser gesagt – die Front des Gebäudes, die Fassade, war wie ein Leuchtturm gestaltet. Es war eine große, vielleicht zwanzig

Meter hohe Konstruktion aus Hohlblocksteinen, an der Basis breit und sich dann zunehmend verjüngend und wie eine Ringelsocke rot-weiß gestrichen.

THE LIGHTHOUSE MOTEL erklärte ein großes unbeleuchtetes Neonschild – verschnörkelte nautische Buchstaben, wie aus Tauen geknotet –, und Lucy saß da im Auto, in George Orsons Maserati, und staunte.

Rechts von diesem Leuchtturm befand sich eine L-förmige Anlage von vielleicht fünfzehn Motelzimmern; links davon, ganz oben auf dem Buckel des Hügels, das Haus, in dem George Orsons Eltern früher einmal gewohnt hatten. Nicht direkt ein Herrenhaus, aber hier draußen in der offenen Prärie durchaus ehrfurchtgebietend, ein großer alter viktorianischer Bau mit sämtlichen Requisiten eines Spukhauses: einem Eckturm und einer umlaufenden Veranda, Erkerfenstern und ausgekragten Schornsteinen, einem Giebeldach und schindelverkleideten Wänden. Keine anderen Häuser in Sicht, kaum ein weiteres Anzeichen von Zivilisation, kaum überhaupt etwas außer dem gewaltigen Himmel von Nebraska, der sich über ihnen wölbte.

Im ersten Moment glaubte Lucy, das sei nur ein Jux, eine kitschige Touristenattraktion oder ein Vergnügungspark. Sie waren in der Sommerdämmerung angekommen, und da stand der einsame Leuchtturm des Motels und dahinter die lächerlich schaurige Silhouette des alten Hauses. Lucy fand, dass ein Vollmond auch ganz gut hingepasst hätte, dazu ein Käuzchen in einem kahlen Baum, und George Orson stieß einen Seufzer aus.

«Da wären wir also», sagte er. Er musste gewusst haben, wie das auf sie wirken würde.

«Das ist es?», sagte Lucy, und sie konnte die Ungläubigkeit in ihrer Stimme nicht unterdrücken. «Moment mal», sagte sie. «George? *Hier* werden wir wohnen?»

«Fürs Erste», sagte George Orson. Er warf ihr einen bedauernden Blick zu, als sei er ein bisschen von ihr enttäuscht. «Nur fürs Erste, Süße», sagte er, und sie bemerkte, dass sich in der abgestorbenen Hecke an der einen Seite des Motel-Hofes ein paar Steppenläufer verfangen hatten. Steppenläufer! So was hatte sie noch nie gesehen, außer in Filmen über Geisterstädte im Wilden Westen, und da war es schwierig, nicht ein bisschen auszuflippen.

«Wie lange ist es schon unbewohnt?», fragte sie. «Ich hoffe, es ist nicht voller Mäuse oder –»

«Nein, nein», sagte George Orson. «Eine Putzfrau kommt ziemlich regelmäßig hier raus, es ist bestimmt nicht so schlimm. Nicht verlassen oder so.»

Sie spürte, wie seine Augen ihr folgten, als sie ausstieg und vorn um den Wagen herum auf die rote Tür des Leuchtturms zuging. Über der Tür stand BÜRO. Und dann war da noch ein weiteres unbeleuchtetes Neonschild, das erklärte:

KEINE ZIMMER FREI.

Früher war es mal ein ziemlich beliebtes Motel gewesen. Das zumindest hatte ihr George Orson erzählt, während sie durch Indiana oder Iowa oder einen anderen Staat in der Preislage fuhren. Es sei nicht direkt ein *Resort*, sagte er, aber schon ziemlich schick – «Damals, als es noch einen See gab», hatte er gesagt, und sie verstand nicht ganz, was er meinte.

«Klingt romantisch», hatte sie gesagt: Das war, bevor sie es sah. Sie hatte sich einen dieser Gasthöfe am See vorgestellt, über die man in Romanen las, wo zurückhaltende Briten hinfuhren, sich verliebten und existenzielle Erlebnisse hatten.

«Nein, nein», sagte George Orson. «Nicht direkt.» Er hatte versucht, sie vorzuwarnen. «Romantisch würde ich es nicht nennen. Nicht im jetzigen Zustand», sagte er. Er erklärte, dass der See – eigentlich ein Stausee – wegen der Dürre angefangen habe auszutrocknen, all die gierigen Farmer, sagte er, die ihre staatlich subventionierten Felder bewässerten und einfach immer weiter bewässerten, und ehe man sichs versah, sei der See auf ein Zehntel seiner ursprünglichen Größe zusammengeschrumpft. «Damit fing natürlich auch der Tourismus an, immer mehr zurückzugehen», sagte George Orson. «Angeln, Wasserski und Schwimmen gestalten sich in einem ausgetrockneten Becken nun mal eher schwierig.»

Er hatte es durchaus anschaulich beschrieben, aber erst als sie vom Hügel aus hinunterschaute, begriff sie.

Er hatte nicht übertrieben. Es gab gar keinen See mehr, sondern lediglich ein nacktes Tal – einen Krater, der früher einmal Wasser enthalten hatte. Ein Pfad führte hinunter zum «Strand», und ein Bootssteg reichte weit hinaus in ein Meer von Sand und hohem gelbem Präriegras, mit verschiedenen Sträuchern übersät, die sich, wie sie annahm, irgendwann in Steppenläufer verwandeln würden. Eine verwitterte alte Boje lag auf der Seite inmitten der Staubverwehungen. Dann sah sie, was einst die andere Seite des Sees gewesen war, das jenseitige Ufer, das, in vielleicht fünf Kilometern Entfernung, das leere Becken begrenzte.

Als Lucy sich umdrehte, sah sie, wie George Orson den Kofferraum des Wagens öffnete und den größten ihrer Koffer herauszog.

«Lucy?», sagte er und versuchte, seine Stimme zugleich munter und beflissen klingen zu lassen. «Sollen wir?»

Sie sah ihm nach, wie er am Turm des Leuchtturm-Büros vorbeiging und die Betontreppe hinaufzusteigen begann, die zum alten Haus führte.

3

ALS DER ERSTE

Andrang von Wagemut zu versiegen begonnen hatte, näherte sich Miles bereits dem Polarkreis. Er fuhr mittlerweile seit Tagen durch Kanada, schlief immer wieder für eine Weile im Auto, wachte auf und fuhr weiter, auf jedem nach Norden führenden Highway, den er fand, neben sich auf dem Beifahrersitz einen Haufen origamigefalteter Straßenkarten. Die Namen der Orte, an denen er vorbeikam, waren zunehmend phantastisch geworden – Destruction Bay, der Große Sklavensee, Ddhaw Ghro, Tombstone Mountain –, und als er schließlich Tsiigehtchic erreichte, saß er bei laufendem Motor vor dem Willkommensschild der Gemeinde und starrte auf das Gewimmel von Buchstaben, als traute er seinen Augen nicht, als befürchtete er, an einer durch Schlafmangel induzierten Dyslexie zu leiden. Aber nein. Laut einem der Straßenatlanten, die er gekauft hatte, war «Tsiigehtchic» ein *Gwich'in*-Wort, das «Öffnung des Eisenflusses» bedeutete, und angeblich hatte er jetzt den Zusammenfluss von Mackenzie und Arctic Red River erreicht.

WILLKOMMEN IN TSIIGEHTCHIC!

Gelegen an der Stätte eines traditionellen Fischfanglagers der Gwich'in. Im Jahr 1868 gründeten die Oblaten hier eine Mission. 1902 wurde hier ein Handelsposten eingerichtet. Der in Tsiigehtchic stationierte Constable der Royal Canadian Mounted Police Edgar «Spike» Millen wurde bei der Schießerei

vom 30. Januar 1932 im Rat-River-Gebiet vom wahnsinnigen Trapper Albert Johnson getötet.
Die Gwich'in haben nach wie vor eine enge Beziehung zum Land. Das ganze Jahr über wird Netzfischerei sowie die traditionelle Methode der Dörrfisch- und Dörrfleischherstellung betrieben. Im Winter gehen Trapper in den Wäldern auf die Suche nach wertvollen Pelztieren.

GENIESSEN SIE IHREN AUFENTHALT IN UNSERER GEMEINDE!

Er artikulierte den Text lautlos mit, wobei seine aufgesprungenen Lippen dabei immer wieder aneinander kleben blieben. «*T-s-i-i-g-e-h-t-c-h-i-c*», flüsterte er, und genau in dem Moment begann sich ein kalter Gedanke in seinem Hinterkopf zu entfalten.

Was mache ich eigentlich?, dachte er. *Warum mache ich das?*

Die Fahrt fühlte sich inzwischen mehr und mehr wie eine Halluzination an. Irgendwann auf der Strecke hatte die Sonne aufgehört, auf- und unterzugehen; sie schien sich nur noch minimal über dem Himmel hin und her zu bewegen, aber sicher war er sich da auch nicht. Auf diesem Abschnitt des Dempster Highways war die unbefestigte Fahrbahn mit einem silbrig weißen Pulver bestreut. Kalk? Das Pulver schien zu leuchten – aber andererseits leuchtete in diesem verrückten Sonnenlicht alles: Das Gras und der Himmel und selbst der Erdboden fluoreszierten, als glühten sie von innen her.

So saß er da am Straßenrand im Auto, den Atlas vor sich auf dem Lenkrad aufgeschlagen, auf dem Rücksitz ein Haufen Kleidungsstücke und die Kartons voll mit den Papieren und Notizheften und Tagebüchern und Briefen, die er im Laufe der

Jahre gesammelt hatte. Er trug eine Sonnenbrille und fröstelte leicht, und sein schütterer Bart war gelblich braun: die Farbe eines Kaffeeflecks. Der CD-Player in seinem Auto war defekt, und das Radio gab nur eine verschwommene Mischung aus atmosphärischem Rauschen und fernen, unverständlichen Stimmen von sich. Handy-Empfang gab's natürlich keinen. Am Rückspiegel hing ein Lufterfrischer in Gestalt eines Tannenbaums und trudelte im Aufwind des Gebläses.

Ein Stück weiter, inzwischen nicht mehr allzu weit, erwarteten ihn die Stadt Inuvik und das breite Flussdelta, das in den Arktischen Ozean führte, und auch – wie er hoffte – sein Zwillingsbruder, Hayden.

4
DER MANN SAGTE:

«Oberhalb des Handgelenks? Oder unterhalb des Handgelenks?»

Er hatte eine schläfrige, fast emotionslose Stimme – die Art von Stimme, die man zu hören bekommen mochte, wenn man die Kunden-Hotline einer Softwarefirma anrief. Er sah Ryans Vater ausdruckslos an.

«Ryan, ich möchte, dass du deinem Vater sagst, er soll Vernunft annehmen», bat der Mann, aber Ryan sagte eigentlich nichts, denn er weinte lautlos. Er und sein Vater saßen, an ihre Stühle gefesselt, am Küchentisch, und Ryans Vater zitterte am ganzen Leib. Sein langes dunkles Haar fiel wie ein Vorhang um sein Gesicht. Aber als er aufsah, hatte er einen beunruhigend störrischen Ausdruck in den Augen.

Der Mann seufzte. Sorgfältig schob er den Ärmel von Ryans Sweatshirt über seinen Ellbogen hoch und legte den Finger auf den kleinen runden Knochenwulst an der Kleinfingerseite von Ryans Handgelenk. «Griffelfortsatz der Elle», erinnerte sich Ryan. Das wusste er von irgendeinem Bio-Kurs, den er einmal belegt hatte. Es war ihm ein Rätsel, warum ihm die Bezeichnung so mühelos einfiel.

Oberhalb des Handgelenks … sagte der Mann zu Ryans Vater … *Oder unterhalb des Handgelenks?*

Ryan versuchte, einen losgelösten Zustand zu erreichen – einen *Zen*-Zustand, dachte er –, aber die Wahrheit war, je mehr er sich bemühte, sein Bewusstsein von seinem Körper zu trennen, desto mehr war er sich seiner Körperlichkeit bewusst. Er spürte, wie er am ganzem Leib zitterte. Er spürte das Salzwasser, das ihm aus Nase und Augen rann und auf seinem Gesicht trocknete. Er spürte das Klebeband, das ihn am Küchenstuhl festhielt, die Streifen um seine nackten Unterarme, seine Brust, seine Waden und Fußknöchel.

Dann schloss er die Augen und versuchte sich vorzustellen, dass sein Geist zur Decke emporschwebte. Er würde aus der Küche hinauswehen, wo er und sein Vater an den harten Stühlen festgebunden waren, vorbei an der wüsten Konstruktion aus schmutzigem Geschirr, das auf der Arbeitsfläche neben der Spüle aufgestapelt stand, dem Toaster, aus dem noch ein Bagel herausschaute; er würde durch den bogenförmigen Durchgang ins Wohnzimmer treiben, wo zwei Spießgesellen in schwarzen T-Shirts Computer aus den Schlafzimmern trugen und dabei verfilzte Schwänze von Netz- und anderen Kabeln hinter sich herschleiften. Sein Geist würde ihnen durch die Haustür nach draußen folgen, am weißen Lieferwagen vorbeischweben, in den sie allerlei Zeug warfen, dann die Zufahrt hinunter und den Highway entlang, der sich durch das ländliche Michigan hinzog, und das Mondlicht würde durch die Zweige der Bäume blinken, während sein Geist an Geschwindigkeit zunahm, und die strahlenden Straßenschilder würden aus der Dunkelheit auftauchen, während er wie ein Flugzeug emporstieg und die Muster von Hauslichtern und Straßen und Flüsschen, die die Erde übersprenkelten und schraffierten, immer kleiner und kleiner wurden. *Huuuuuuuuuuuuuu* – wie ein Luftballon, aus dem die Luft herausgelassen wird, eine Sirene, ein heulender Wind. Wie ein schreiender Mensch.

Als er spürte, wie seine linke Hand gepackt und herumgedreht wurde, kniff er die Augen zu, biss die Zähne fest zusammen. Dabei versuchte er, an etwas anderes zu denken.

An Musik? Eine Landschaft, einen Sonnenuntergang? Das Gesicht eines schönen Mädchens?

«Dad», hörte er sich mit klappernden Zähnen sagen. «Dad, bitte, nimm Vernunft an, bitte, bitte, nimm –»

Er würde nicht an das Schneidwerkzeug denken, das der Mann ihnen gezeigt hatte. Es war nur ein Stück Draht, ein sehr dünner, scharfer Draht mit je einem Gummigriff an beiden Enden.

Er würde nicht daran denken, wie sein Vater seinem Blick ausweichen würde.

Er würde nicht an seine Hand denken, an den einmal um sein Handgelenk geschlungenen Draht, an seine garrottierte Hand, den sich immer straffer anspannenden Draht. Der sich glatt durch Haut und Muskeln schnitt. Es würde einen Ruck, einen Widerstand geben, wenn er den Knochen erreichte, aber auch durch den würde er sich schneiden.

5

UND LUCY

wachte auf, und es war alles nur ein böser Traum.

Sie hatte geträumt, dass sie noch immer in ihrem alten Leben gefangen war, noch immer in einem Klassenzimmer auf der Highschool, und sie konnte die Augen nicht öffnen, obwohl sie wusste, dass am Tisch hinter ihr ein Arschloch von einem Jungen saß, der ihr irgendwelches Zeugs in die Haare schnippte – Popel oder möglicherweise auch fest gerollte Kügelchen aus Kaugummi –, aber sie schaffte es nicht, aufzuwachen, obwohl jemand an die Tür klopfte. Eine Sekretärin stand vor der Tür mit einem Zettel, auf dem es hieß: *Lucy Lattimore, bitte melden Sie sich beim Direktor. Ihre Eltern hatten einen schrecklichen Unfall –*

Doch nein. Sie öffnete die Augen, und es war lediglich ein früher Abend im Juni, draußen schien noch die Sonne, und sie war vor dem Fernseher im Alkovenzimmer im Haus von George Orsons Eltern eingeschlafen, und es lief ein alter Schwarz-Weiß-Film, ein Video, das sie in einem Stapel neben der museumsreifen Fernsehtruhe gefunden hatte –

«Warum bleiben Sie nicht für eine Weile und ruhen sich aus und lauschen der See?», sagte die Dame in dem Film.

Sie konnte George Orson hören, der in der Küche etwas auf dem Schneidbrett hackte – ein konzentrierter klopfender Rhythmus, der sich in ihren Traum eingeschlichen hatte.

«Es ist so beruhigend», sagte die Frau in dem Film. «Hören Sie hin. Lauschen Sie der See …»

Es dauerte eine Weile, bis Lucy merkte, dass das Klopfen

aufgehört hatte, und als sie den Kopf hob, stand George Orson in seiner roten Kochschürze in der Tür und hielt das silberfarbene Gemüsemesser in der herunterhängenden Hand.

«Lucy?», sagte George Orson.

Sie setzte sich auf und versuchte, sich wieder auf die reale Welt zu eichen, während George Orson den Kopf schief legte.

Sie fand, dass er gut aussah, «gut» auf eine konservative, salopp intellektuelle Art, die man in Pompey, Ohio, so gut wie nie sah, mit kurzgeschorenem braunem Haar, einem sauber gestutzten Bart und einem Gesichtsausdruck, der zugleich mitfühlend und eindringlich sein konnte. Seine Zähne waren makellos, sein Körper straff und sogar versteckt athletisch, obwohl er, wie er sagte, tatsächlich «etwas über dreißig» war.

Seine Augen waren von einem überwältigenden Meergrün, einer so ungewöhnlichen Farbe, dass sie anfangs angenommen hatte, sie sei unecht, durch irgendwelche schicken getönten Kontaktlinsen erzeugt.

Er blinzelte, als könnte er spüren, dass sie an seine Augen dachte.

«Lucy? Ist alles in Ordnung?», sagte er.

Nicht direkt. Aber sie setzte sich auf, reckte den Rücken gerade, lächelte.

«Du siehst aus, als hätte man dich hypnotisiert.»

«Es geht mir gut», sagte sie. Dann legte sie sich die Handflächen an den Kopf und strich sich die Haare glatt.

Kurz schwieg sie; George Orson fixierte sie mit diesem Gedankenleserblick, den er draufhatte.

«Es geht mir gut», sagte sie.

Sie und George Orson würden eine Weile im alten Haus hinter dem Motel wohnen – nur kurz, nur bis sie alles geregelt hatten. Nur bis sich «die Wogen ein bisschen geglättet» hätten, sagte er zu ihr. Inwieweit das scherzhaft gemeint war, konnte sie nicht abschätzen. Er sprach oft ironisch, konnte Stimmen und Akzente nachmachen und aus Filmen und Büchern zitieren.

«Wir können uns ja vorstellen, wir wären auf der Flucht», hatte er mokant gesagt, als sie in einem Empfangszimmer oder Salon saßen, inmitten von verschnörkelten Lampen und mit Laken verhängten Ohrensesseln. Sanft legte er ihr die Hand auf den Oberschenkel und tätschelte sie in einem langsamen, beruhigenden Rhythmus. Sie stellte ihre Diät-Cola auf ein Spitzendeckchen auf dem alten Couchtisch, und ein Tropfen Kondenswasser rann an der Dose hinunter.

Sie sah nicht recht ein, warum sie nicht auch in Monaco oder auf den Bahamas, oder selbst an der mexikanischen Riviera Maya hätten auf der Flucht sein können.

Aber – «Hab Geduld», sagte George Orson und bedachte sie mit einem seiner Blicke, einem Mittelding zwischen spöttisch und zärtlich, und beugte den Kopf zur Seite, um ihr weiter in die Augen zu sehen, als sie wegschaute. «Vertrau mir», sagte er mit dieser warmen Stimme, die er draufhatte.

Und so musste sie zugeben, klar, es könnte alles noch schlimmer sein. Sie könnte noch immer in Pompey, Ohio, sein.

Sie hatte geglaubt – war *dazu gebracht worden* zu glauben –, dass sie reich sein würden, und ja, natürlich war das eines der Dinge, die sie sich wünschte. «Ein Haufen Geld», hatte George Orson zu ihr gesagt, dabei die Stimme gesenkt und auf diese scheu-verschwörerische Weise zur Seite geblickt. «Sagen wir einfach, dass ich ein paar … *Investitionen* getätigt habe», meinte er, als ob das ein Codewort sei, das sie beide verstanden.

Das war an dem Tag, an dem sie die Stadt verlassen hatten. Sie fuhren auf der Interstate 80, auf dem Weg zu diesem Besitz, den George Orson von seiner Mutter geerbt hatte. «The Lighthouse», sagte er. Das Lighthouse Motel.

Seit einer knappen Stunde waren sie unterwegs, und George Orson war in spaßiger Stimmung. Er hatte früher mal in hundert verschiedenen Sprachen «hallo» sagen können und wollte jetzt sehen, ob er noch alle zusammenbekam.

«*Sdrawstwujtje*», sagte George Orson. «*Ni hao.*»

«*Bonjour*», sagte Lucy, die Französisch in der Schule gehasst hatte. Während ihrer zwei Pflichtjahre hatte ihre Lehrerin, die sanft-unnachgiebige Madame Fournier, ihnen diese unaussprechlichen Vokale immer und immer wieder vorgesprochen.

«*Päivää*», sagte George Orson. «*Konnichiwa. Kehro haal ahee.*»

«*Hola*», sagte Lucy mit der cool-ausdruckslosen Stimme, die George Orson immer so komisch fand.

«Weißt du, Lucy», sagte George Orson vergnügt. «Wenn wir Globetrotter werden, wirst du neue Sprache lernen müssen. Du willst schließlich nicht zum amerikanischen Touristenpack gehören, das davon ausgeht, dass jeder Englisch kann.»

«Will ich nicht?»

«Es sei denn, du möchtest, dass dich keiner ausstehen kann.» Und dazu sein trauriges, schiefes Grinsen. Er ließ seine Hand leicht auf ihrem Knie ruhen. «Du wirst so *kosmopolitisch* sein», sagte er zärtlich.

Das war schon immer eines der Dinge gewesen, die ihr an ihm am besten gefallen hatten. Er hatte einen beeindruckenden Wortschatz, und er hatte sie von Anfang an so behandelt, als verstünde sie, wovon er redete.

«Du bist ein bemerkenswerter Mensch, Lucy.» Das war eines der ersten Dinge, die er zu ihr gesagt hatte.

Sie saßen nach Unterrichtsende in seinem Sprechzimmer, wohin sie vorgeblich gekommen war, um über den Test in der folgenden Woche zu reden, aber das geriet recht schnell in Vergessenheit. «Ich glaube ehrlich nicht, dass du etwas zu befürchten hast», hatte er zu ihr gesagt, und dann wartete er. Dieses Lächeln, diese grünen Augen.

«Du bist anders als die anderen hier», sagte er.

Was, wie sie meinte, stimmte. Aber woher wusste *er* das? Niemand sonst in der Schule war dieser Meinung. Obwohl sie beim College-Eignungstest die besten Ergebnisse von allen erzielt hatte, obwohl sie in fast allen Fächern Einsen hatte, schien sie niemand, weder Lehrer noch Schüler, «bemerkenswert» zu finden. Die meisten Lehrer hatten Ressentiments gegen sie, sie schätzten ehrgeizige Schüler eigentlich nicht, Schüler, die Pompey hinter sich lassen wollten. Ihre Mitschüler hingegen betrachteten sie schlicht als einen Freak – möglicherweise eine Irre. Es war ihr gar nicht bewusst gewesen, dass sie die Angewohnheit hatte, irgendwelche sarkastischen Bemerkungen vor sich hin zu murmeln, bis ihr jemand gesagt hatte, dass eine ganze Reihe Leute auf der Schule glaubte, sie habe das Tourettesyndrom. Wo und wann ein solches Gerücht entstanden war, hatte sie keine Ahnung, aber vermutlich war die Urheberin ihre Englisch-Leistungskurs-Lehrerin gewesen, Mrs. Lovejoy, deren Interpretationen literarischer Texte so hohl waren, dass Lucy kaum – beziehungsweise offenbar überhaupt nicht – imstande war, ihre Verachtung für sich zu behalten.

George Orson dagegen hörte sich aufrichtig gern an, was sie zu sagen hatte. Er bestätigte sie in ihrer ironischen Bewertung der großen Gestalten der amerikanischen Geschichte, ja schmunzelte regelrecht über einige ihrer Bemerkungen, während der Rest der Klasse sie mit streng-gelangweilten Blicken maß. «Es ist offensichtlich, dass du einen brillanten Verstand hast», schrieb er unter einen ihrer Aufsätze, und als sie nach der Stunde zu ihm kam, um über die bevorstehende Prüfung zu sprechen, sagte er ihr, er wisse, was es bedeute, anders zu sein – missverstanden zu werden –

«Du weißt, wovon ich rede, Lucy», sagte er. «Ich weiß, dass du es spürst.»

Vielleicht spürte sie es wirklich. Sie saß da und gestattete es ihm, seine eindringlichen grünen Augen auf sie zu richten – es war ein intimer, seltsam forschender Blick, zugleich ironisch und ernst, und sie schnappte ganz leicht nach Luft. Es war ihr durchaus bewusst, dass sie nicht als hübsch galt – jedenfalls nicht in der konventionellen Welt der Pompey High School. Ihr Haar war dicht und wellig, und sie hatte das Geld nicht, es sich so schneiden zu lassen, dass es leichter zu bändigen gewesen wäre. Ihr Mund war zu klein und ihr Gesicht zu lang. Obwohl, in einem anderen Kontext, stellte sie sich hoffnungsvoll vor, in einer anderen Epoche, hätte sie vielleicht schön sein können. Ein Mädchen in einem Bild von Modigliani.

Trotzdem, sie war es nicht gewohnt, dass man ihr in die Augen sah. Sie zupfte an dem Seidenschal, den sie trug, ein Accessoire, das sie in einem Secondhandladen gefunden hatte und das, wie sie meinte, etwas leicht Modiglianeskes haben konnte, und George Orson betrachtete sie nachdenklich.

«Weißt du, was ‹sui generis› bedeutet?», sagte er.

Ihre Lippen öffneten sich – als sei das ein Test, eine Prüfung ihres Wortschatzes, ein Buchstabierwettbewerb. An der Wand hingen verschiedene inspirative Sozialkunde-Poster. ELEANOR ROOSEVELT, 1881–1962: «NIEMAND KANN DIR DAS GEFÜHL GEBEN, MINDERWERTIG ZU SEIN, OHNE DASS DU ES IHM GESTATTEST.» Sie schüttelte den Kopf, leicht unangenehm berührt.

«Nein», sagte sie. «Nicht so richtig.»

«Das ist es, was du bist», sagte George Orson. «Sui generis. Es bedeutet ‹von eigener Art›, ‹einzigartig›. Aber nicht in diesem billigen Wischiwaschi-Selbsthilfe-Sinn von wegen jeder ist ein Individuum, der nur dazu dient, das Selbstwertgefühl des Mittelmäßigen zu steigern.

Nein, nein», sagte er. «Es bedeutet, dass du dich selbst erfindest, dass du über alle Kategorien erhaben bist – über standardisierte Testergebnisse, über belanglose soziologische Kriterien wie: wo du herkommst und was dein Daddy macht und auf welches College du später gehst. Du stehst darüber. Das habe ich gleich im ersten Augenblick erkannt. *Du erfindest dich selbst*», sagte er. «Weißt du, was ich meine?»

Sie sahen sich lange gegenseitig an. Eleanor Roosevelt winkte ihnen, lächelnd, von oben herab zu, und eine Hoffnung ballte sich in ihr, wie eine warme, weiche Faust. «Ja», sagte sie.

Ja. Ihr gefiel diese Vorstellung: *Du erfindest dich selbst.*

Sie waren dabei, einen sauberen Schlussstrich zu ziehen. Ein neues Leben anzufangen. War es nicht genau das, was sie schon immer gewollt hatte? Vielleicht könnten sie sogar ihre Namen ändern, sagte George Orson.

«Ich bin es langsam leid, George Orson zu sein», verriet er ihr in beiläufigem Ton. Gerade fuhren sie mitten durch Illinois in seinem Maserati mit heruntergeklapptem Verdeck. Ihr nicht zu bändigendes Haar wellte sich hinter ihr, sie trug eine Sonnenbrille und musterte sich kritisch im Außenspiegel. «Wie steht's mit dir?», sagte George Orson.

«Wie steht was mit mir?», fragte Lucy. Sie hob den Kopf.

«Was wärst du gern, wenn du nicht Lucy wärst?», fragte George Orson.

Gute Frage.

Sie hatte ihm zwar keine Antwort gegeben, aber unwillkürlich angefangen, darüber nachzudenken, sich – beispielsweise – vorzustellen, dass sie gern die Sorte Mädchen wäre, die den Namen einer berühmten Stadt trug. *Vienna*, dachte sie, das wäre hübsch. Oder *London*, was ironisch und leicht geheimnisvoll klänge, dabei gleichzeitig ein bisschen nach Wildfang. *Alexandria:* stolz und hoheitsvoll.

Lucy dagegen war der Name einer grauen Maus. Ein komischer Name. Die Leute dachten dabei an eine Fernsehschauspielerin von slapstickhafter Ungeschicklichkeit oder an das herrische Mädchen aus den *Peanuts*. An den grauenhaften alten Countrysong, den ihr Vater früher immer gesungen hatte: *You picked a fine time to leave me, Lucille.*

Sie wäre froh gewesen, ihren Namen loszuwerden, wenn ihr nur ein guter Ersatz eingefallen wäre. *Anastasia? Eleanor?*

Aber sie sagte nichts, denn ein Teil von ihr befürchtete, solche Namen könnten ein bisschen ordinär und gleichzeitig schulmädchenhaft klingen. Namen, die ein Mädchen aus der Unterschicht von Pompey, Ohio, für schick halten mochte.

Eins der schönen Dinge an George Orson war, dass er nicht viel über ihre Vergangenheit wusste.

Sie redeten zum Beispiel nie über ihre Eltern, über den Autounfall im Sommer vor ihrem letzten Schuljahr – ein alter Mann war über eine rote Ampel gefahren, als sie gerade unterwegs zum Baumarkt waren, um ein paar heruntergesetzte Tomatenpflänzchen zu kaufen. Beide tot, ihre Mutter allerdings erst, nachdem sie einen Tag lang im Koma gelegen hatte.

Die Tatsache, dass die Leute in der Schule davon erfahren hatten, war ihr immer wie ein Einbruch in ihre Intimsphäre vorgekommen. Eine Sekretärin hatte Lucy ihr Beileid ausgesprochen, und Lucy hatte – huldvoll, wie sie glaubte – genickt, obwohl sie es in Wirklichkeit als irgendwie widerlich empfunden hatte, dass diese wildfremde Person über ihr Privatleben Bescheid wusste. *Wie kannst du es wagen*, hatte Lucy im Nachhinein gedacht.

George Orson dagegen hatte ihr nie kondoliert, obwohl er vermutlich Bescheid wusste. Grob jedenfalls.

Er wusste zum Beispiel, dass sie mit ihrer Schwester, Patricia, zusammenwohnte, auch wenn er ihr, zu Lucys großer Erleichterung, nie begegnet war. Patricia, selbst erst zweiundzwanzig, nicht sehr helle, Patricia, die an den meisten Abenden der Woche im Circle-K-Supermarkt arbeitete und zu der Lucy seit dem Begräbnis immer weniger Kontakt hatte.

Patricia war eins dieser Mädchen, die fast ihr ganzes Leben lang von den Leuten ausgelacht worden waren. Sie lispelte, stark und spuckereich, auf eine leicht nachzuahmende, comichafte Weise, eine Idioten-Sprachbehinderung. Sie war nicht direkt fett, aber an allen falschen Stellen wulstig und sah mit ihrer bedauerlich ausladenden, gluckenartigen Figur schon als junges Mädchen wie eine Frau mittleren Alters aus.

Einmal, als sie auf dem Weg zur Grundschule waren, hatten ein paar Jungen sie verfolgt und mit Steinchen beschmissen.

Patricia, Patrasch
Hat einen fetten Arsch!

sangen die Jungen.

Und das war das letzte Mal, dass Lucy sich zusammen mit Patricia hatte blicken lassen. Ab dann hatten sie begonnen, nach der Schule getrennte Wege zu gehen, was Patricia nie kommentiert hatte; sie hatte einfach die Tatsache akzeptiert, dass nicht einmal ihre Schwester mit ihr die Straße entlanggehen wollte.

Nach dem Tod ihrer Eltern war Patricia Lucys Vormund geworden – war es offiziell vielleicht noch immer? Obwohl Lucy inzwischen fast neunzehn war. Nicht, dass es irgendeine Rolle gespielt hätte, denn schließlich hatte Patricia keine Ahnung, wo sie jetzt war.

Das versetzte ihr schon einen Stich.

Plötzlich sah sie Patricia und ihre Hausratten vor sich – die Ratten in ihren Käfigen, die draußen unter dem Dachvorsprung standen, und ihre Schwester, die spätabends von ihrer Arbeit im Circle K heimkam und sich in diesem rot-blauen Kittel mit dem falsch geschriebenen Namensschildchen – PATARCIA – hinkniete und mit dieser gurrenden Stimme auf die Ratten einredete, von denen eine, Mr. Niffler, einen riesigen Tumor, der ihr aus dem Bauch herauskam, hinter sich herschleifte. Ihre Schwester war mit ihr zum Tierarzt gegangen und hatte dafür bezahlt, dass er ihr wegoperiert wurde, und dann war er *nachgewachsen*, der Tumor, und noch immer ließ Patricia nicht locker. Überschüttete die sterbende Kreatur mit Liebe, kaufte ihr Plastikspielzeug, redete in Babysprache auf sie ein, ließ sich einen neuen Termin beim Tierarzt geben.

Lucy war froh, dass sie George Orson nie von Mr. Niffler erzählt hatte, und ebenso froh, dass er nie das Haus gesehen hatte, in dem sie aufgewachsen war und in dem sie und Patricia weiterhin gewohnt hatten. Ihr Vater nannte es liebevoll den «Schuppen». «Wir sehen uns dann wieder hier im Schuppen», sagte er immer, wenn er morgens zur Arbeit ging.

Erst später fiel ihr auf, dass es im Prinzip wirklich ein Schuppen war. Baufällig, zusammengeschustert, ein Wohnzimmer und eine Küche, die formlos ineinander übergingen, das Badezimmer so winzig, dass man mit den Knien an die Wanne stieß, wenn man auf dem Klo saß. Eine Garage, die vollgestopft war mit Autoteilen und Tüten voller Bierdosen, die ihr Vater nie zum Recycling-Center brachte, das Loch in der Rigipswand des Wohnzimmers, durch das man die nackten Balken sah, der Teppich, der wie das abgewetzte Fell eines Teddybären aussah. Eine Treppe führte hinauf zum Dachboden, wo die Mädchen, Lucy und Patricia, schliefen. Die Decke des Schlafzimmers war das Dach, und wenn sie da lagen, hatten sie die steilen Balken direkt über dem Kopf. Hätte George

Orson das gesehen, dachte sie, er hätte sich ihretwegen geniert; und sie hätte sich schmutzig gefühlt.

Dass sie indes besonders froh gewesen wäre, *hier* zu sein, konnte sie allerdings auch nicht gerade behaupten.

Mitten in der Nacht war sie plötzlich hellwach. Sie lagen im ehemaligen Bett von George Orsons Eltern, einem Doppel-Ungetüm, und sie spürte förmlich die übrigen Zimmer des Hauses – die anderen leeren Schlafzimmer, die lückenlosen Reihen von Bücherregalen in der «Bibliothek», die toten Bäume des hoch umzäunten Gartens hinter dem Haus. «Ein japanischer Garten», hatte George Orson dazu gesagt. Sie konnte sich die kleine hölzerne Brücke vorstellen, das Beet von verkümmerten, nicht blühenden Schwertlilien, die im Unkraut erstickten. Eine Miniatur-Trauerkirsche in den letzten Zügen. Eine Kotoji-Laterne aus Granit. Seine Mutter habe eine «künstlerische Ader» gehabt, hatte George Orson Lucy erklärt.

Womit er vermutlich einen leichten Dachschaden gemeint hatte. Nahm Lucy jedenfalls an. Das ganze Anwesen – das Motel und das Haus – wirkte so, als sei es von jemandem konzipiert worden, der an Multipler Persönlichkeitsstörung litt. Ein Leuchtturm. Ein japanischer Garten. Das Wohnzimmer mit seinen schauerlich alten, mit Laken verhängten Polstermöbeln und das Zimmer mit dem Fernseher und dem Panoramafenster, das auf den Garten ging. Die Küche mit ihren Siebziger-Jahre-Farben, dem avocadogrünen Herd und Kühlschrank, den senffarbenen Fliesen, den Schubladen und Schränken voller Geschirr und Geräten, einem alten Fleischerblock und einer fast obszön umfangreichen Kollektion von Messern – George Orsons Mutter war von den Dingern offenbar besessen gewesen, denn es gab sie in fast jeder Form und Länge, die sich ein Mensch nur vorstellen konnte: von allerkleinsten Filetiermessern bis hin zu gigantischen Hackbeilen. Sehr beunruhigend, dachte Lucy. In einer Anrichte fand sie drei Kartons Porzellangeschirr und ein paar besorgniserregende Einmachgläser, noch gefüllt mit irgendeiner dunklen Schmiere.

Im ersten Stock waren das Bad und drei Schlafzimmer, darunter das eine, in dem sie gerade lag, genau das Zimmer, genau das Bett, in dem seine Eltern geschlafen hatten und in dem seine alternde Mutter, wie Lucy sich vorstellte, nach dem Tod ihres Mannes allein weiter geschlafen hatte. Selbst jetzt noch, viele Jahre später, schwebte ein zarter Duft nach Altedamenpuder in der Luft. Im Kleiderschrank noch ein paar Bügel und die leere Kommode, die finster vor der Wand thronte, und dann die Treppe, die in den zweiten Stock führte – in den Turm, einen kleinen achteckigen Raum mit einem einzigen Fenster, das, vom See abgewandt, auf den Kegelstumpf des Pseudoleuchtturms und den von Motelzimmern eingefassten Hof sah. Und den Highway. Und die Alfalfafelder. Und den fernen, entrückten Horizont.

Und so – sie konnte nichts tun, konnte nicht einschlafen, lag nur da und starrte nach oben in die verschwimmende Dunkelheit, die ihr Gehirn nicht recht verarbeiten konnte. Die Tür war zu, das Rollo heruntergezogen, so gab es nicht einmal Mondlicht oder Sterne.

Vage Gestalten zogen über die Oberfläche der Dunkelheit dahin wie Protozoen auf dem Objektträger eines Mikroskops, aber es war nicht allzu viel da, woran sich ihre Optik tatsächlich hätte festmachen können.

Sie schob die Hand unter die Bettdecke, bis sie an die Uferlinie von George Orsons Körper stieß. Seine Schulter, seine Brust, die sich unter seiner Haut hebenden und senkenden Rippen, sein warmer Bauch, gegen den sie drückte – bis er sich endlich herumdrehte und einen Arm über sie legte. Sie tastete sich daran entlang und fand schließlich sein Handgelenk, seine Hand, seinen kleinen Finger. Den sie umklammerte.

Okay.

Alles könnte gut werden, dachte sie.

Zumindest war sie nicht mehr in Pompey.

6
MILES' ZWILLINGSBRUDER

Hayden war seit über zehn Jahren verschollen – obwohl «verschollen» wahrscheinlich nicht ganz das richtige Wort war.

«Auf freiem Fuß»? Traf es das besser?

Als der jüngste Brief von Hayden eintraf, war Miles so gut wie entschlossen gewesen, die Sache aufzugeben. Er war – sie beide waren – einunddreißig Jahre alt, und Miles fand, es war an der Zeit, endlich loszulassen. Nach vorn zu schauen. So viel Energie und Anstrengung, dachte er, vergeudet, für die Katz. Eine Zeitlang spürte Miles eine neue Entschlossenheit in sich: Ab jetzt würde er sein eigenes Leben leben.

Er war wieder in Cleveland, wo er und Hayden aufgewachsen waren. Er hatte eine Wohnung am Euclid Heights Boulevard, nicht weit von ihrem früheren Haus entfernt, und einen Job als Geschäftsführer eines Ladens namens Matalov Novelties. Es war ein altes Versandhaus mit Ladenlokal auf der Prospect Avenue, das in erster Linie Magierbedarf anbot – Cellulosenitratpapier und Rauchpulver, Schals und Seile, Trickkarten, -münzen und -zylinder und so weiter –, daneben aber auch Scherzartikel, nutzlose Apparate, pikante Spielzeuge, ein paar Sexartikel. Der Katalog war etwas wirr, aber ihm gefiel das. Er konnte da Ordnung hineinbringen, sagte er sich.

War es das, was er aus seinem Leben zu machen gehofft hatte? Wahrscheinlich nicht so ganz, aber er hatte einen Kopf für Zahlen, Quittungen und Bestellungen und brachte der Ware in den Regalen, der karnevalesken Aura des trashig

Okkulten und der bunten magischen Plastikrequisiten, eine gewisse Zuneigung entgegen. Es gab Zeiten, wenn er im halbdunklen fensterlosen Hinterzimmer am Computer saß, wo er sich tatsächlich sagte, dass es alles in allem vielleicht gar kein so schlechter Beruf war. Er mochte die alte Geschäftsinhaberin, Mrs. Matalov, die in den dreißiger Jahren die Assistentin eines Zauberkünstlers gewesen war und selbst jetzt noch, mit dreiundneunzig, die stoische Würde einer schönen Frau besaß, die kurz davor steht, entzweigesägt zu werden. Auch zu Mrs. Matalovs Enkelin, Aviva, hatte er ein gutes Verhältnis, einer zum Sarkasmus neigenden jungen Frau mit schwarzgefärbtem Haar und schwarzen Fingernägeln und einem schmalen, trauervollen Gesicht, mit der sich Miles neuerdings vorstellen konnte, bei Gelegenheit einmal was zu unternehmen.

In letzter Zeit spielte er mit dem Gedanken, wieder aufs College zu gehen, vielleicht einen Abschluss in Buchführung zu machen. Außerdem sich vielleicht um eine kurze kognitive Verhaltenstherapie zu bemühen.

Als also Haydens Brief kam, war Miles überrascht, wie schnell er wieder in seine alten Verhaltensmuster zurückgefallen war. Er hätte den Brief nicht einmal öffnen dürfen, sagte er sich später. Und tatsächlich, als er an dem Tag im Juni das Apartmenthaus erreichte, in dem er wohnte, seinen Briefkasten aufschloss und den Brief zwischen den Rechnungen und der Werbung sah – da beschloss er, dass er ihn ungeöffnet lassen würde. *Leg ihn beiseite*, dachte er. *Lass ihn eine Weile liegen, bevor du ihn liest.*

Doch nein, nein. Noch ehe er die drei Treppen zu seiner Wohnung hinaufgestiegen war, hatte er den Umschlag aufgerissen und den Brief auseinandergefaltet.

Mein lieber Miles, fing er an.

Miles! Mein Bruder, mein liebster, mein einziger wahrer Freund, es tut mir leid, dass ich mich so lange nicht gemeldet habe. Ich hoffe, Du hasst mich dafür nicht, und kann nur beten, dass Du den Ernst der Lage begreifst, in der ich mich seit unserem letzten Gespräch befinde. Ich bin untergetaucht, sehr tief untergetaucht, aber jeden Tag musste ich daran denken, wie sehr Du mir fehlst. Es war einzig meine Angst um Deine Sicherheit, die mich davon abhielt, mit Dir Kontakt aufzunehmen. Ich bin nämlich ziemlich sicher, dass Deine Telefongespräche abgehört und Deine E-Mails gelesen werden, und tatsächlich gehe ich selbst mit diesem Brief ein großes Risiko ein. Du solltest Dir dessen bewusst sein, dass Dich möglicherweise jemand überwacht, und so ungern ich es sage, glaube ich, dass Du in realer Gefahr sein könntest. Oh, Miles, ich wollte Dich in Ruhe lassen. Ich weiß, dass Du das alles satthast und Du Dein eigenes Leben führen willst, und Du verdienst es auch. Es tut mir entsetzlich leid. Ich wollte Dir das Geschenk machen, mich endlich los zu sein, aber unglücklicherweise wissen sie von unserer Verbindung. Gerade erst habe ich, einzig aufgrund meiner Unachtsamkeit, einen sehr teuren Menschen verloren, und jetzt richten sich meine Gedanken mit größter Besorgnis auf Dich. Bitte sei vorsichtig, Miles! Misstraue der Polizei und jedem Mitarbeiter einer staatlichen Behörde, FBI, CIA oder selbst der Stadtverwaltung. Vermeide jeden Kontakt mit H&R Block und mit jedem, der für J.P. Morgan, Morgan Stanley, Goldman Sachs, Lehman Brothers, Merrill Lynch, Chase oder Citigroup arbeitet. Hüte Dich vor jedem, der irgendetwas mit der Yale University zu tun hat. Ich weiß außerdem, dass Du seit einiger Zeit mit der Familie Matalov in Cleveland verkehrst, und ich kann Dir nur sagen: VERTRAUE IHNEN NICHT! Erzähle niemandem von diesem Brief!

Es ist mir äußerst unangenehm, Dich in eine solche Lage zu bringen, aber ich beschwöre Dich, Cleveland so schnell und so unauffällig wie möglich zu verlassen. Miles, es tut mir so leid, Dich in all das hineingezogen zu haben, ganz ehrlich. Ich wünschte, ich könnte noch einmal von vorn anfangen und es anders machen, Dir ein besserer Bruder sein. Aber diese Chance ist jetzt vertan, das weiß ich, und ich fürchte, ich werde nicht mehr lange auf dieser Welt sein. Erinnerst Du Dich an den Großen Turm von Kallupilluk? Das könnte meine letzte Ruhestätte werden, Miles. Gut möglich, dass Du nie wieder von mir hörst.

Ich verbleibe, wie immer, Dein einziger wahrer Bruder und liebe Dich sehr.
Hayden

So.

Was macht man mit einem solchen Brief? Miles blieb eine Weile da am Küchentisch sitzen, den ausgebreiteten Brief vor sich, und schüttete ein Tütchen Süßstoff in eine Tasse Tee. *Was würde ein normaler Mensch tun?*, fragte er sich. Er stellte sich den normalen Menschen vor, wie er den Brief las und traurig den Kopf schüttelte. *Was kann man da tun?*, würde sich der normale Mensch fragen.

Er schaute auf den Poststempel auf dem Umschlag: *Inuvik, NT, Kanada XOE OTO*.

«Ich muss mir leider eine gewisse Zeit freinehmen», erklärte Miles Mrs. Matalov am nächsten Morgen, und dann saß er da mit dem Telefonhörer am Ohr und lauschte ihrem Schweigen.

«Eine gewisse Zeit?», sagte Mrs. Matalov mit ihrem altmodischen Vampir-Akzent. «Ich verstehe nicht. Was bedeutet das, ‹gewisse Zeit›?»

«Ich weiß nicht», sagte er. «Zwei Wochen?» Er warf einen Blick auf die Fahrtroute, die er am Computer ausgearbeitet hatte, die Karte Kanadas, durch die sich eine grün unterlegte Linie in Zacken durch das Land schlängelte. Knapp sechseinhalbtausend Kilometer, für die er schätzungsweise an die vierundachtzig Stunden brauchen würde. Wenn er täglich fünfzehn bis sechzehn Stunden fuhr, konnte er am Wochenende in Inuvik sein. Konnte anstrengend werden, dachte er, aber machten Lastwagenfahrer schließlich nicht jeden Tag solche Marathonfahrten? «Na ja», sagte er. «Vielleicht drei Wochen.»

«Drei Wochen!», sagte Mrs. Matalov.

«Es tut mir echt wahnsinnig leid», sagte Miles. «Es ist nur so, dass – ich habe etwas Dringendes zu erledigen.» Er räusperte sich. «Eine Privatangelegenheit», sagte er. *Vertraue den Matalovs nicht*, hatte Hayden gesagt, was verrückt war, aber Miles merkte, dass er zögerte. «Es ist schwer zu erklären», sagte er dann.

Und das war es tatsächlich. Selbst wenn er vollkommen aufrichtig gewesen wäre, was hätte er schon sagen können? Wie konnte er jemandem begreiflich machen, wie diese alten Sehnsüchte, diese süß-peinigende Mischung aus Liebe und Pflichtbewusstsein, mit einer solchen Selbstverständlichkeit hatten zurückkehren können? Ein Therapeut würde vielleicht einfach von einer Zwangsstörung sprechen – nach dieser langen Zeit, nach all den Jahren, die er schon vergeudet hatte –, aber nichtsdestoweniger überfiel ihn mit einem Mal das gleiche Gefühl von Dringlichkeit, das er verspürt hatte, als Hayden vor so vielen Jahren zum ersten Mal von zu Hause weggelaufen war. Die gleiche Gewissheit, dass er ihn finden, ihn fangen, ihm helfen konnte, oder zumindest dafür sorgen, dass er an einen sicheren Ort weggesperrt wurde. Wie konnte er erklären, wie unbändig er das wollte? Wer hätte schon verstanden, dass, als Hayden mitten in der Nacht verschwand, es so gewesen war, als sei ein Stück von ihm selbst abhandengekommen – seine rechte Hand, seine Augen, sein Herz –, wie der Pfefferkuchenjunge aus dem Märchen, der die Straße davonrannte: *Komm zurück! Komm zurück!* Wenn er das jemandem erzählte, würde er ebenso verrückt wie Hayden erscheinen.

Er hatte geglaubt, über solche Gefühle hinweg zu sein, aber nun – da war er. Packte. Holte die Milch aus dem Kühlschrank und goss sie in den Ausguss. Sichtete seine alten Notizen, druckte E-Mails aus, die ihm Hayden vor Ewigkeiten geschickt hatte. Sie enthielten verschiedene Hinweise und Anspielungen auf seinen jeweiligen Aufenthaltsort, eingebettet in phantastische Beschreibungen von erfundenen Landschaften, wütende Tiraden über Überbevölkerung und die internationale Verschwörung der Großbanken, nächtliche zerknirschte Selbstmordgedanken. Und dann setzte sich Miles an seinen Schreibtisch und untersuchte mit dem Vergrößerungsglas den Umschlag des Briefes, den Hayden ihm gerade geschickt hatte, den Poststempel. Überprüfte noch einmal die Wegbeschreibung. Er wusste, wo Hayden hinwollte.

Und jetzt war er fast da.

Miles saß am Straßenrand in seinem Auto und überflog noch einmal eines von Haydens Tagebüchern, während er auf die Fähre wartete, die ihn über den Mackenzie River befördern würde. Ein Zaun zog sich das schiefergraue schlammige Ufer herauf und hinein in die grünen runzligen Ausbuchtungen von Tundra, aber abgesehen davon waren kaum Anzeichen von menschlicher Zivilisation zu sehen. Ein rautenförmiges Straßenschild. Der Fluss war eine stille, spiegelnde Fläche, silbern und saphirblau. Erst einmal drüben, waren es bis Inuvik nur noch knapp hundertfünfzig Kilometer.

Inuvik war einer der Orte, auf die Hayden sich fixiert hatte. «Geist-Städte» nannte er sie, und er hatte über sie – und darunter über Inuvik – ausführlich in den Tagebüchern und Notizheften geschrieben, die sich jetzt in Miles' Besitz befanden. Schon seit Jahren war Hayden von der Idee besessen, Inuvik sei die Stätte einer gewaltigen archäologischen Ruine und an seinem Ortsrand befänden sich die Überreste des Großen Turms von Kallupilluk, eines ehemals rund vierzig Stockwerke hohen Bauwerks aus Eis und Stein, das um 290 v. Chr. auf Geheiß des mächtigen Inuit-Kaisers Kallupilluk – einer Gestalt, die Hayden in einer vergangenen Existenz gekannt zu haben glaubte – errichtet worden sei.

Wovon, natürlich, kein Wort wahr war. Nur ein verschwindend kleiner Teil der Dinge, von denen Hayden besessen war, hatte einen nennenswerten Bezug zur Realität, und seit ein paar Jahren geriet er immer tiefer in eine weitgehend imaginäre Welt. In Wirklichkeit hatte es nie einen Turm oder einen großen Inuit-Kaiser namens Kallupilluk gegeben. Im wirklichen Leben war Inuvik eine kleine Siedlung in den Nordwestterritorien von Kanada mit rund dreieinhalbtausend Einwohnern. Es lag am Mackenzie-Delta – «eingebettet», wie die Website der Gemeinde mitteilte, «zwischen der baumlosen Tundra und dem borealen Waldgürtel» –, und es existierte noch nicht mal seit einem Jahrhundert. Haus für Haus war es von der kanadischen Regierung als Verwaltungszentrum in der westlichen Arktis erbaut worden und hatte erst 1967 den Status einer Dorfgemeinde verliehen bekommen. Es lag nicht einmal, wie Hayden zu glauben schien, am Arktischen Ozean.

Dennoch konnte Miles nicht umhin, an Haydens Zeichnung von diesem Großen Turm zu denken, an die schlichte, aber plastische Bleistiftskizze, die an den Porzellanturm von Nanking erinnerte, und als die Mackenzie-Fähre am Horizont erschien und näher kam, verspürte er einen leichten Schwindel, ein erwartungsvolles Zittern. Miles hatte einen Gutteil seines Lebens damit zugebracht, über Haydens verschiedenen Tagebüchern und Notizheften zu brüten, und sogar noch längere Zeit, mit Haydens verschiedenen Wahnvorstellungen zu leben. Trotz allem verblieb ihm ein winziges Körnchen Glaubensbereitschaft, das ein bisschen heller aufglühte, als er sich dem Schauplatz von Haydens Phantasien näherte. Er konnte sich die Stelle am Ortsrand fast vorstellen, an der sich der Große Turm einst aus der welligen Tundra erhoben hatte, scharf gezeichnet vor dem immensen, endlos strahlenden Himmel.

Das war schon immer eines der Probleme gewesen: Vielleicht ließ es sich auf die Art erklären. Jahre- und jahre- und jahrelang hatte Miles bereitwillig an den Hirngespinsten seines Zwillingsbruders teilgenommen. *Folie à deux* nannte man das wohl.

Seit ihrer Kindheit hatte Hayden fest an die Mysterien des Unbekannten geglaubt – parapsychische Phänomene, frühere Existenzen, UFOs, Leylinien und Geisterpfade, Astrologie und Numerologie usw., usw. Und Miles war sein getreuester Jünger und Anhänger gewesen. Sein Zuhörer. Persönlich hatte er nie an das Zeug geglaubt – nicht so, wie Hayden daran zu glauben schien –, aber es hatte eine Zeit gegeben, da er glücklich gewesen war mitzuspielen, und vielleicht war diese Nebenwelt für eine Weile eine Schnittmenge ihrer beider Gehirne gewesen. Ein Traum, den sie beide gemeinsam geträumt hatten.

Als er Jahre später in den Besitz von Haydens Papieren und Tagebüchern gelangte, wusste Miles, dass er wahrscheinlich der einzige Mensch auf der Welt war, der imstande war, das, was Hayden aufgeschrieben hatte, zu verstehen und zu übersetzen. Nur er konnte aus diesen Stapeln von Notizbüchern schlau werden – der winzigen Blockschrift; den von links nach rechts und von oben bis unten randlos mit Text und Berechnungen vollgeschriebenen Seiten; den braunen A4-Umschlägen voller Zeichnungen und retuschierter Fotos; den Landkarten, die Hayden aus Enzyklopädien herausgerissen und mit seinen geodätischen Projektionen bedeckt hatte; den Linien, die kreuz und quer durch Nordamerika verliefen und sich an Orten wie Winnemucca, Nevada, Kulm, North Dakota und Inuvik in den Nordwestterritorien schnitten; den zunehmend mäandrierenden und labyrinthischen Theorien – einem Kuddelmuddel von Kryptoarchäologie und Numerologie, Holomorphie und Branenkosmologie, Reinkarnationslehre und verschwörungstheoretischer Paranoia.

Mein Werk, hatte Hayden irgendwann angefangen, es zu nennen.

Miles versuchte oft, sich zu erinnern, wann Hayden diesen Ausdruck – «mein Werk» – zum ersten Mal verwendet hatte. Anfangs war es für sie beide nur ein Spiel gewesen, und Miles erinnerte sich sogar an den Tag, an dem es angefangen hatte. Es war in dem Sommer gewesen, als sie zwölf geworden waren, und beide studierten seit einiger Zeit Bücher von Tolkien und Lovecraft. Miles hatte vor allem die Landkarten geliebt, die sich in den *Herr-der-Ringe*-Romanen fanden, während Hayden sich mehr zu den Mythen und mysteriösen Orten Lovecrafts hingezogen fühlte – der fremdartigen Stadt unter den Bergen der Antarktis, den prähistorischen zyklopischen Städten, den verfluchten Städten Neuenglands.

Sie hatten auf dem Regal im Wohnzimmer, neben der *World Book Encyclopedia*, einen dieser goldgeprägten, fest gebundenen, großformatigen Atlanten gefunden und hatten sich gleich in ihn verliebt, in diesen wuchtigen, schweren Band, der wie ein alter Foliant in den Händen lag. Es war Miles' Idee gewesen, dass sie ein paar Karten Nordamerikas nehmen und sie in Phantasiewelten verwandeln könnten. Zwergenstädte in den Bergen. Sonnenversengte Kobold-Ruinen in den Ebenen. Sie könnten Monumente und Dynastien und Schlachten erfinden und so tun, als ob Amerika in alter Zeit, noch vor den Indianern, ein Reich von prächtigen Großstädten und alten Zauberrassen gewesen sei. Miles fand, es könnte Spaß machen, sich ein eigenes *Dungeons and Dragons* auszudenken, in dem reale und ausgedachte Orte gleichzeitig, nebeneinander vorkamen; er hatte sehr genaue Vorstellungen, wie sich das Ganze entwickeln würde, aber Hayden beugte sich schon mit einem schwarzen Tintenstift über die Karte. «Hier gibt es ein paar Pyramiden», sagte Hayden, auf North Dakota deutend, und Miles sah, wie er drei Dreiecke zeichnete, direkt auf der Seite des Atlasses. Mit Tinte!

«Hayden!», sagte Miles. «Das lässt sich nicht wieder wegradieren. Wir kriegen Ärger!»

«Ach was», sagte Hayden. «Sei nicht so uncool. Wir verstecken den einfach.»

Und das wurde eines der ersten Geheimnisse, die sie miteinander hatten – der alte Atlas, auf einem Regalbrett ihres Schlafzimmerschranks unter einem Stapel von Gesellschaftsspielen versteckt.

Miles hatte den alten Atlas noch immer, und während er da am Ufer des Flusses auf die Fähre wartete, holte er ihn heraus und blätterte ihn wieder einmal durch. Dort, an der Nordküste Kanadas, war der Turm zu sehen, den Hayden eingezeichnet hatte, und dazu Miles' stümperhaft-kalligraphische Legende: DER UNEINNEHMBARE TURM DES DUNKLEN KÖNIGS!

Wie lächerlich, dachte er. Wie deprimierend – noch als erwachsener Mann der Spur seines zwölfjährigen Ichs zu folgen! Während all der Jahre, in denen er nach Hayden gesucht hatte, hatte er oft mit dem Gedanken gespielt, seine Situation, so gut es ging, zu erklären. Behörden gegenüber, zum Beispiel, oder Psychiatern. Menschen gegenüber, mit denen er sich angefreundet hatte, oder Mädchen, die er mochte. Aber im letzten Augenblick hatte er immer gezögert. Die Details wirkten so albern, so unwirklich und ausgedacht.

«Mein Bruder hat sehr ernste Probleme.» Das war alles, was er je fertigbrachte, den Leuten zu sagen. «Er ist sehr – krank. Psychisch krank.» Er wusste nicht, was er sonst hätte sagen können.

Als Hayden, damals auf der Junior High School, anfing, die ersten Symptome von Schizophrenie zu zeigen, nahm Miles sie ihm nicht ab. Alles nur Theater, dachte er. Ein Witz. Es war wie das eine Mal, wo dieser Quacksalber von Schulpsychologe sich auf die Idee kapriziert hatte, Hayden sei ein «Genie». Hayden hatte das furchtbar komisch gefunden.

«Geniiie», sagte er und zog das Wort auf eine verträumte, spöttische Weise in die Länge. Das war am Anfang der siebten Klasse. Es war spätnachts, sie lagen in ihrem Zimmer in ihren Etagenbetten, und Haydens Stimme schwebte in der Dunkelheit von oben herab. «Hey, Miles», sagte er mit dieser unterkühlt-belustigten Stimme, die er manchmal hatte. «Miles, wie kommt's, dass ich ein Genie bin und du nicht?»

«Ich weiß es nicht», sagte Miles. Die ganze Sache verblüffte ihn, verletzte ihn vielleicht ein bisschen, aber er legte nur das Gesicht auf das Kissen. «Das ist mir ziemlich egal», sagte er.

«Wir sind doch identisch», sagte Hayden. «Wir haben exakt die gleiche DNA. Wie ist das also möglich?»

«Das liegt anscheinend nicht an den Genen», hatte Miles trübsinnig gesagt, und Hayden hatte gelacht.

«Vielleicht hab ich's nur besser als du drauf, Leuten was vorzumachen», sagte er. «Die ganze Sache mit dem IQ ist doch sowieso ein Witz. Hast du dir das noch nie überlegt?»

Als seine Mutter anfing, die Psychiater ins Haus zu holen, musste Miles an dieses Gespräch zurückdenken. *Es ist ein Witz*, dachte er. Da er Hayden besser kannte, konnte Miles nur annehmen, dass die Therapeuten, die ihre Mutter konsultierte, entsetzlich leichtgläubig sein mussten. Haydens sogenannte Symptome wirkten auf ihn ziemlich melodramatisch und theatralisch und, wie er fand, leicht zu simulieren. Ihre Mutter hatte mittlerweile wieder geheiratet, und Hayden verabscheute ihren neuen Stiefvater, ihre neuen Familienverhältnisse. Miles traute Hayden ohne weiteres zu, sich eine komplizierte List auszudenken – und zu dem Zweck sogar eine schwere Krankheit vorzutäuschen –, nur um Ärger zu machen, nur um ihre Mutter zu verletzen, nur um ein bisschen Spaß zu haben.

Tat er nur so? Miles war sich nie sicher, selbst als Haydens Verhalten unberechenbarer und abnormer und geheimnistuerischer wurde. Es gab Gelegenheiten, jede Menge Gelegenheiten, da seine «Krankheit» eher wie eine Darbietung wirkte, wie eine verstärkte Version der Spiele, die sie schon die ganze Zeit gespielt hatten. Die «Symptome», die Hayden laut dem Therapeuten zeigte – «elaborierte Phantasiewelten», «fieberhafte Obsessionen», «verwirrtes Denken» und «halluzinatorisch veränderte Wahrnehmung» –, unterschieden sich nicht allzu sehr von dem Verhalten, das Hayden normalerweise an den Tag legte, wenn sie in eines ihrer Projekte vertieft waren. Er benahm sich vielleicht etwas übertriebener und theatralischer als üblich, fand Miles, ein bisschen *extremer*, als Miles lieb war, aber andererseits gab es dafür gute Gründe. Den Tod ihres Vaters beispielsweise. Die zweite Ehe ihrer Mutter. Ihren verhassten Stiefvater, Mr. Spady.

Zu der Zeit, als Hayden zum ersten Mal in eine geschlossene Anstalt eingewiesen wurde, arbeiteten er und Miles noch immer ziemlich regelmäßig an ihrem Atlas. Es war ein besonders komplizierter Abschnitt – die großen Pyramiden von North Dakota und die Zerstörung der Yanktonai-Kultur –, und Hayden konnte einfach nicht aufhören, davon zu reden. Miles erinnerte sich, wie sie eines Abends am Esstisch saßen und ihre Mutter und Mr. Spady mit steinerner Miene zuschauten, wie Hayden das Essen auf seinem Teller herumschob, als seien es Armeen auf einem Schlachtfeld-Modell. «Alfred Sully», sagte er leise, schnell, als spreche er Auswendiggelerntes vor einer Prüfung. «Alfred Sully, General der United States Army, 1st Minnesota Volunteers, 1863. Whitestone Hill, Tah-kah-ha-kuty, und da sind die Pyramiden. Schnee fällt auf die Pyramiden, und er zieht seine Streitkräfte am Fuß des Hügels zusammen. 1863 –», sagte er und deutete mit der Gabel auf sein Hähnchenbrustfilet. «Chufu», sagte er, «die zweite Pyramide. Dort führte er seinen ersten Angriff. Alfred Spady, 1863 –»

«Hayden», sagte ihre Mutter in scharfem Ton. «Das reicht.» Sie richtete sich auf ihrem Stuhl auf und hob die Hand leicht, als spielte sie mit dem Gedanken, ihm eine Ohrfeige zu geben, so wie man das bei einem Hysteriker tun mag, der gerade einen Tobsuchtsanfall hat. «Hayden! Schluss damit! Du redest Unsinn.»

Das war streng genommen nicht wahr. Was er sagte, ergab – wenigstens für Miles – durchaus einen Sinn. Hayden sprach von der Schlacht am Whitestone Hill, in der Nähe von Kulm, North Dakota, in deren Verlauf Brigadegeneral Alfred Sully 1863 eine Siedlung der Yanktonai-Indianer zerstört hatte. Pyramiden gab es dort natürlich keine, aber was Hayden ansonsten schilderte, war ziemlich klar, und für Miles sogar recht interessant.

Aber ihre Mutter war entnervt. Die Dinge, die Haydens

Therapeut ihr seit einiger Zeit berichtete, beunruhigten sie sehr, und später, als Hayden nach oben gegangen war und sie und Miles Geschirr spülten, sprach sie ihn leise an. «Miles», sagte sie, «ich muss dich um einen Gefallen bitten.»

Sie berührte ihn leicht, und ein Flöckchen Schaum gelangte auf seinen Unterarm und begann sich langsam aufzulösen.

«Du musst aufhören, ihn zu bestärken, Miles», sagte sie. «Ich glaube nicht, dass er sich annähernd so in die Sache hineinsteigern würde, wenn du ihn nicht ermutigen würdest –»

«Tu ich nicht!», sagte Miles, aber er wich ihrem vorwurfsvollen Blick aus. Er wischte sich mit den Fingern über den Arm, über die feuchte Stelle, wo sie ihn berührt hatte. *Ist Hayden krank?*, fragte er sich. Tat er nur so? Miles erinnerte sich mit einem mulmigen Gefühl an einige Dinge, die Hayden in letzter Zeit gesagt hatte.

«Ich weiß nicht, ob ich sie nicht früher oder später töten muss», hatte Hayden eines Nachts gesagt, eine Stimme in der Dunkelheit des Schlafzimmers. «Vielleicht werde ich lediglich ihr Leben zerstören, aber es wäre möglich, dass sie tatsächlich sterben müssen.»

«Wovon redest du?», hatte Miles gefragt – obwohl er natürlich wusste, von wem Hayden sprach, und er bekam ein bisschen Angst; er spürte den Puls einer Ader in seinem Handgelenk und hörte dessen leise pochenden Trippelschritt in seinen Ohren. «Mann», sagte er, «warum musst du einen solchen Scheiß reden? Du bringst die Leute dazu, dass sie dich für übergeschnappt halten. Das ist so *extrem*!»

«Hmmm», sagte Hayden. Seine Stimme kräuselte sich seitwärts durch die Dunkelheit. Schwebte. Nachdenklich. «Weißt du was, Miles?», sagte er schließlich. «Ich weiß einen Haufen Zeug, von dem du keine Ahnung hast. Ich habe Kräfte. Das ist dir doch klar, oder?»

«Halt die Klappe», sagte Miles, und Hayden lachte leise – dieses wehmütige, spöttische Schmunzeln, das Miles als gleichzeitig tröstlich und aufreizend empfand.

«Weißt du, Miles», sagte er. «Ich bin wirklich ein Genie. Ich wollte dich bisher nicht verletzen, aber sehen wir doch den Tatsachen ins Gesicht. Ich habe viel mehr auf dem Kasten als du, also solltest du mir zuhören, okay?»

Okay, dachte Miles. Er glaubte daran, und er glaubte nicht daran, beides zugleich. Das war der Dauerzustand seines Lebens. Hayden war schizophren, und er tat nur so. Er war ein Genie, und er litt an Größenwahn. Er war paranoid, und die Leute hatten es auf ihn abgesehen. Alle diese Dinge waren wenigstens zum Teil gleichzeitig wahr.

In den Jahren seit seinem Verschwinden – seit er aus der psychiatrischen Klinik, in die man ihn eingewiesen hatte, entflohen war – war Hayden immer ungreifbarer geworden, immer weniger als der Bruder zu erkennen, den Miles einst so sehr geliebt hatte. Irgendwann würde der alte Hayden vielleicht gänzlich verschwinden.

Falls er wirklich schizophren war, dann besaß er gleichzeitig eine ungewöhnlich stark ausgeprägte praktische Ader. Er verwischte meisterhaft seine Spuren, zog unbemerkt von Ort zu Ort, wechselte dabei seinen Namen und seine Identität, schaffte es, unterwegs verschiedene Jobs zu bekommen und auf die Leute, die er kennenlernte, überzeugend normal zu wirken. Ja, sympathisch.

Dagegen war Miles derjenige gewesen, der fast das Leben eines Landstreichers geführt hatte. Er war derjenige, der als «fieberhaft», «gestört» und «obsessiv besessen» erschienen sein musste, während er Haydens verschiedenen Decknamen hinterherjagte. Zu spät war er nach Los Angeles gekommen, wo Hayden als «Residualeinkommensberater» namens Hayden Nash gearbeitet hatte; zu spät nach Houston, Texas, wo er bei J.P. Morgan Chase & Co. als Computerservicetechniker namens Mike Hayden angestellt gewesen war. Zu spät kam Miles in Rolla, Missouri, an, wo Hayden auf der Universität als graduierter Mathematikstudent mit dem – grausamen – Namen Miles Spady untergetaucht war.

Zu spät auch in Kulm, North Dakota, nicht weit vom historischen Schauplatz der Schlacht am Whitestone Hill, nicht weit von der Stelle, wo Hayden sich einst *die großen Pyramiden der Dakota* vorgestellt hatte ... *Gizeh, Chufu und Chafre ...* Es war Februar, und dicke Schneeflocken fielen auf die Windschutzscheibe, an der die Scheibenwischer wie große Flügel hin- und herwedelten, während Miles sich vorstellte, dass aus dem verschwimmenden Grau des Schneetreibens die Silhouetten der Pyramiden auftauchten. Sie waren natürlich nicht wirklich da, und ebenso wenig Hayden, aber im Broken Bell Inn, in Napoleon, starrte eine Motel-Angestellte – eine mürrische schwangere junge Frau – das körnig vergrößerte Foto Haydens an und runzelte die Stirn.

«Hmmm», sagte sie.

Anhand des Bildes wäre es schwierig gewesen zu erraten, dass sie eineiige Zwillinge waren. Es war vor Jahren aufgenommen worden, nicht lange nach ihrem achtzehnten Geburtstag, und Miles hatte seitdem ziemlich zugenommen. Wer weiß, vielleicht hatte Hayden das auch. Aber selbst als Kinder waren sie nie wirklich ununterscheidbar gewesen. Es war etwas an Haydens Gesicht – etwas Wacheres, Gierigeres, Freundlicheres –, auf das die Menschen ansprachen, und etwas an Miles, das die entgegengesetzte Wirkung hatte. Letzteres konnte er an der Miene der Motel-Angestellten erkennen.

«Ich glaube, er kommt mir bekannt vor», sagte die Frau. Ihre Augen zuckten vom Foto zu Miles und dann wieder zurück. «Es ist schwer zu sagen.»

«Schauen Sie es sich noch einmal an», sagte Miles. «Es ist

kein besonders gutes Foto, ziemlich alt, er könnte sich inzwischen sehr verändert haben. Erinnert Sie das an jemanden, den Sie gesehen haben?»

Zusammen mit ihr schaute er hinunter auf das Foto und versuchte es so zu sehen, wie sie es möglicherweise sah. Es war an Weihnachten aufgenommen worden, in diesen grauenvollen Winterferien, in ihrem letzten Highschool-Jahr, die damit geendet hatten, dass Hayden wieder einmal eingewiesen worden war, aber auf dem Bild sah Hayden geistig vollkommen gesund aus: ein lächelnder Teenager mit freundlichen Augen, der vor einem lamettaglitzernden Tannenbaum stand, die Haare zwar etwas zottelig, aber nichts in seiner Miene, was darauf hindeutete, wie viel Ärger er verursachte – und auch weiter verursachen würde. Während das Mädchen das Bild anschaute, bewegte sich ihr Mund leicht, und Miles fragte sich, ob Hayden sie vielleicht geküsst hatte.

«Lassen Sie sich Zeit», sagte Miles in ruhigem, aber bestimmtem Ton, so wie er das von Krimiserien her kannte.

«Sind Sie Polizist?», sagte die Frau. «Ich weiß nicht, ob wir solche Informationen überhaupt herausgeben dürfen.»

«Ich bin ein Angehöriger», sagte Miles beruhigend. «Er ist mein Bruder, und er wird vermisst. Ich versuche lediglich, seinen Aufenthaltsort zu ermitteln.»

Sie betrachtete das Foto noch eine Zeitlang und gelangte dann endlich zu einer Entscheidung.

«Er heißt Miles», sagte sie und bedachte ihn mit einem kurzen, aber lauernden Blick, bei dem er sich fragte, ob sie lediglich störrisch war und sich weigerte, mit irgendeiner wichtigen Information herauszurücken – und zwar aus keinem anderen Grund, als dass er ihr weniger sympathisch war als Hayden. «Sein Nachname war Cheshire, glaube ich. Miles Cheshire. Schien ein toller Typ zu sein.»

Er erinnerte sich, wie sein Herz sich zusammengekrampft hatte, als sie das sagte. Als sie ihm seinen eigenen Namen genannt hatte. Es war nur ein Witz, dachte er da – ein komplizierter, bösartiger Scherz, den Hayden sich leistete. *Was mache ich eigentlich?*, hatte er gedacht. *Warum mache ich das?*

Das war jetzt fast zwei Jahre her, diese Reise nach North Dakota. Er hatte seine Sachen gepackt und war wieder heimgefahren, im dumpfen Bewusstsein, dass die ganze Kulm-Episode nichts als ein ausgeklügelter Jungenstreich gewesen war. Hayden hatte mal wieder eine seiner lustig-gemeinen manischen Phasen gehabt, und als Miles wieder zu Hause ankam, erwartete ihn ein Buch – *No Tears for the General: The Life of Alfred Sully* – und dazu ein großer brauner Umschlag, in dem sich ein aus dem *Professional Journal of American Schizophrenia* herausgerissener Artikel befand; ein Satz war mit gelbem Marker hervorgehoben gewesen: «Wenn ein Zwilling an Schizophrenie erkrankt, besteht für den anderen Zwilling eine 48-prozentige Chance, ebenfalls daran zu erkranken, und zwar häufig spätestens ein Jahr nach dem Geschwister.» Außerdem erwartete ihn eine E-Mail von generalasully@hotmail.com, eine weitere hämische Spitze. «Ach, Miles», stand darin. «Fragst Du Dich eigentlich nie, was die Leute von Dir denken, wenn Du mit Deinen Steckbriefen und miesen alten Fotos und Deiner traurigen Geschichte über Deinen verrückten bösen Zwillingsbruder durch die Gegend ziehst? Kommst Du nie auf den Gedanken, dass die Leute Dich abgerissene Gestalt nur einmal anzusehen brauchen, um Dir mit Sicherheit *nichts* zu erzählen? Sie denken doch bloß: *Ach was,* Miles *ist in Wirklichkeit der Verrückte.* Sie denken: *Am Ende* hat *er nicht mal einen Zwillingsbruder. Am Ende ist er nur übergeschnappt!*»

Das war's, hatte Miles da gedacht, während er die E-Mail las und vor Demütigung errötete. Er war so wütend gewesen, dass er die Sully-Biographie aus dem Fenster geschleudert und dann dem unbefriedigenden Geflatter gelauscht hatte, mit dem sie auf dem Parkplatz gelandet war. *Das war's!*, gelobte er sich. Sie waren fertig miteinander. *Nichts mehr von meiner Zeit – nichts mehr von meinem Herzen!*

Er würde Hayden vergessen. Er würde sein eigenes Leben leben.

Jetzt erinnerte er sich an diesen Entschluss. Er fiel ihm in aller Deutlichkeit wieder ein, als er da, unrasiert, ungewaschen, im Auto saß und die Flugblätter durchsah, die er mit schlichtem dauerhaftem Karton gedruckt hatte. Oben: HABEN SIE MICH GESEHEN? Darunter das Foto von Hayden.

Wieder darunter: BELOHNUNG! Obwohl das wahrscheinlich nicht hundertprozentig der Wahrheit entsprach.

Er verstellte den Rückspiegel und musterte sich kritisch. Seine Augen. Seinen Gesichtsausdruck. Sah er wie ein Verrückter aus? *War* er verrückt?

Es war der 11. Juni. 68° 18' N, 133° 29' W. Die Sonne würde rund fünf Wochen lang nicht mehr untergehen.

7

IM WARTEBEREICH

von Enterprise Auto Rental überprüfte Ryan noch einmal seine Dokumente. Sozialversicherungskarte. Führerschein. Kreditkarten.

Der ganze Ramsch, der bewies, dass man offiziell ein Mensch war.

In diesem bestimmten Fall war Ryan offiziell Matthew P. Blurton, vierundzwanzig, aus Bethesda, Maryland. Ryan fand zwar nicht, dass er wie vierundzwanzig wirkte, aber bislang hatte nie jemand Einwände erhoben, also nahm er an, dass es glaubwürdig aussah.

Er saß höflich da und dachte über einen Song nach, den er gerade auf der Gitarre einstudierte. Dabei hatte er die Tabulatur klar vor Augen, und seine Finger bewegten sich unauffällig über imaginäre Bünde, während seine Hand, nach oben gewandt, auf seinem Oberschenkel lag, die Finger in wechselnden Kombinationen positioniert wie bei einer Zeichensprache.

Er wusste, dass er besser aufpassen sollte; er würde noch alles vermasseln, wenn er nicht mehr bei der Sache war. Das hätte ihm Jay – sein Vater – wahrscheinlich gesagt.

Also hob er den Kopf, um zu sehen, was gerade so passierte.

Vor dem Empfangstisch saß eine Afroamerikanerin mittleren Alters in marineblauem Mantel mit kleinem violettem Hut. Ryan beobachtete verstohlen, wie sie ein Portemonnaie aus ihrer Handtasche holte.

«Meine Großmutter ist achtundneunzig Jahre alt!», sagte

die Dame gerade. Sie betrachtete ihr Portemonnaie so, als spielte sie Binokel, und prüfte, stirnrunzelnd, ihr Blatt, dann zog sie eine verbogene, uralt aussehende Kreditkarte heraus. «Achtundneunzig Jahre alt!»

«Mm-hmm», sagte der junge Mann hinter dem Tresen, der ebenfalls Afroamerikaner war. Seine Augen waren auf den Computerbildschirm gerichtet, und er tippte eine Salve von Buchstaben in die Tastatur.

«Achtundneunzig Jahre alt», sagte er. «Das ist ein langes Leben!»

«Das können Sie laut sagen», sagte die Frau, und Ryan spürte förmlich, dass sie kurz davor waren, eine angenehme Konversation anzufangen. Er warf einen Blick auf seine Uhr.

«Ich frag mich, wie lang meine Lebenslinie wohl ist», sinnierte der junge Mann am Computer, und Ryan sah, wie die Frau nickte.

«Das weiß der Herr allein», sagte die Frau.

Jetzt legte sie Kreditkarte und Führerschein auf den Tresen.

«Ach ja», sagte die Frau, «in dem Alter ist es nicht leicht. Sie redet überhaupt nicht mehr viel, aber singen ja, das tut sie oft. Und sie betet. Sie betet, wissen Sie.»

«Mm-hmm», sagte der junge Mann und tippte wieder. «Leidet sie an Amnesie?», fragte er.

«O nein», sagte die Frau. «Ihr Gedächtnis ist so weit in Ordnung. Zumindest erkennt sie noch jeden, den sie erkennen will!»

Darüber lachten sie beide, und Ryan ertappte sich dabei, dass er lächelte. Und dann – wenigstens zum Teil, weil er wie ein Idiot über ein belauschtes Gespräch lächelte – fühlte er sich einsam.

In Iowa, wo er aufgewachsen war, gab es praktisch keine Schwarzen, und seit er weiter im Osten wohnte, war ihm aufgefallen, dass Schwarze immer nett zueinander waren, dass unter ihnen eine Art Kameradschaft bestand. Vielleicht war das ein Klischee, aber trotzdem, als der Mann und die Frau schmunzelten, verspürte er ein ganz unerwartetes Gefühl der Sehnsucht. Er bekam eine Ahnung von Behagen, Wärme, Zusammengehörigkeit. Fühlte es sich wirklich so an? Er wusste es nicht.

In letzter Zeit hatte er immer wieder daran gedacht, sich bei seinen Eltern zu melden, und er feilte im Geist bereits an einem Brief. «*Liebe Mom & Dad*», klar.

«*Liebe Mom & Dad, tut mir leid, dass ich so lange nichts von mir hab hören lassen. Ich dachte, Ihr solltet wissen, dass es mir gutgeht. Ich bin in Michigan –*»

Und dann, natürlich, würden sie es genau wissen wollen, oder sie würden es sich sowieso denken können. «*In bin in Michigan bei Onkel Jay, und ich weiß, dass er mein leiblicher Vater ist, also können wir wohl zumindest in dem Punkt aufhören, uns etwas vorzumachen –*»

Was schon anfing, feindselig zu klingen. «*Ich bin in Michigan bei Onkel Jay. Ich bleib eine Weile hier, bis ich mir über einiges klargeworden bin. Ich hab ein paar Songs geschrieben, verdien ein bisschen Geld. Onkel Jay hat da ein Geschäft laufen, bei dem ich ihm in letzter Zeit ein wenig zur Hand gehe –*»

Schlechte Idee, auch nur was von «Geschäft» zu schreiben. Klang sofort zwielichtig. *Jay?*, würden sie denken. Was war *das* wohl für ein Geschäft? Sofort würden sie an Drogen oder sonst was Illegales denken, und er hatte Jay schon versprochen, dass er niemandem was verraten würde.

«Schwöre bei Gott, Ryan», hatte Jay gesagt, als sie einmal in der Hütte in Michigan auf der Couch saßen und Videospiele spielten. «Das ist mein Ernst. Du musst schwören, dass du von alldem hier nie auch nur ein Wörtchen verraten wirst.»

«Du kannst mir vertrauen», sagte Ryan. «Wem sollte ich schon was verraten?»

«Wem auch immer», sagte Jay. «Das hier ist eine äußerst ernste Angelegenheit. Es könnten gewisse Leute ins Spiel kommen, die überhaupt keinen Spaß verstehen, wenn du weißt, was ich meine.»

«Jay», sagte Ryan, «ich verstehe. Wirklich.»

«Das hoffe ich, Kumpel», sagte Jay, und Ryan hatte brav genickt, obwohl er von dem Projekt, an dem sie arbeiteten, wenn er ehrlich war, nicht viel kapierte.

Er wusste, dass es etwas Illegales war, klar, irgendeine Art von Beschiss, aber der eigentliche Zweck der Übung blieb im Dunkeln. An einem Tag wäre er Matthew P. Blurton und mietete in Cleveland ein Auto und würde dann damit nach Milwaukee fahren und es am Flughafen wieder abgeben, und dann würde er in Milwaukee mit einem Ausweis auf den Namen Kasimir Czernewski, zweiundzwanzig, ins Flugzeug steigen und nach Detroit fliegen, und später würde er, per Online-Banking, von Czernewskis Konto in Milwaukee einen Betrag von vierhundert Dollar auf das Konto von Frederick Murrah, fünfzig, in West Deer Township, Pennsylvania, überweisen. War es einfach ein sehr kompliziertes Hütchenspiel, bei dem eine Person in die nächste schlüpfte, und immer so weiter? Irgendeinen finanziellen Gewinn musste das Ganze ja abwerfen, das nahm er jedenfalls an, aber falls es so war, hatte er noch nichts davon gesehen. Er und Jay wohnten in einer Hütte im Wald, einer kleinen Jagdhütte, mit einer ultraschicken Computerausrüstung darin, aber, soweit er feststellen konnte, kaum etwas anderem von Wert.

Jay sah so ernst und streng aus. Er hatte glattes, schulterlanges Haar, Surferhaar, dachte Ryan, schwarz mit ein paar vorzeitigen grauen Fäden darin, und die schlabbrigen Militärklamotten eines minderjährigen Ausreißers. Es fiel schwer, ihn sich anders als cool und relaxed vorzustellen, aber plötzlich war er von einer erschreckenden Heftigkeit.

«Schwöre bei Gott, Ryan», sagte Jay. «Das ist mein Ernst», sagte er, und Ryan nickte.

«Jay, vertrau mir», sagte Ryan. «Du vertraust mir doch, oder?»

Und Jay sagte: «Klar vertrau ich dir. Du bist doch mein Sohn, oder?» Und dann bedachte er Ryan mit diesem Grinsen, das Ryan, ob er wollte oder nicht, noch immer ziemlich umwerfend fand, ja atemberaubend, fast als sei er verknallt oder so – *Du bist mein Sohn*, und dazu dieser bewusste Blickkontakt, zugleich einschüchternd und schmeichelhaft, und Ryan meinte nur, ganz durcheinander:

«Ja, bin ich wohl. Ich bin dein Sohn.»

Das war eins der Dinge, an denen sie noch immer am Basteln waren – wie sollten sie über das ganze Thema reden? –, und es war noch alles ziemlich befangen. Sie fingen an, darüber zu sprechen, und dann wusste keiner von beiden, was er sagen sollte, es erforderte eine bestimmte Sprache, die entweder zu analytisch oder zu kitschig und peinlich war.

Schlicht gesagt war die Sache die: Jay Kozelek war Ryans leiblicher Vater, aber Ryan wusste es erst seit kurzem. Bis vor ein paar Monaten hatte Ryan gedacht, Jay sei sein Onkel. Der seit langem entfremdete jüngere Bruder seiner Mutter.

Seine Existenz verdankte Ryan der üblichen Teenager-Dummheit; das war die Kurzversion. Zwei Sechzehnjährige hatten nach einem Kinobesuch auf der Rückbank eines Autos den Kopf verloren. Das war in Iowa gewesen, und die Eltern des Mädchens – die Eltern von Ryans Mutter – waren streng religiös und lehnten eine Abtreibung ab. Außerdem wünschte sich Jays ältere Schwester Stacey ein Kind, hatte aber irgendwelche Probleme mit den Eierstöcken.

Jay war von Anfang an der Meinung gewesen, dass Ehrlichkeit angesagt sei, aber Stacey war da ganz anderer Ansicht gewesen. Sie war zehn Jahre älter als Jay und hielt ohnehin nicht allzu viel von ihm – seiner Moral, seinen Ansichten über das Leben, den Drogen und so weiter.

«Alles zu seiner Zeit», hatte sie zu Jay gesagt, als Ryan noch ein Baby war.

Und später sagte sie dann: «Was geht dich das überhaupt an, Jay? Warum muss sich immer alles um dich drehen? Kannst du nicht auch mal an andere denken?»

«Er ist glücklich», sagte Stacey. «Ich bin seine Mutter, und Owen ist sein Vater, und er ist damit vollauf zufrieden.»

Nicht lange danach hatten sie aufgehört, miteinander zu reden. Jay war ein paarmal mit dem Gesetz in Konflikt geraten, und sie hatten sich gestritten, und das war's dann. Während Ryan heranwuchs, wurde Jay kaum erwähnt – und wenn, dann nur als abschreckendes Beispiel. *Dein Onkel Jay, der Knastbruder*. Der Penner. Der nie mehr besessen hat, als in zwei Plastiktüten hineinpasste. Hat als Teenager mit Betäubungsmitteln angefangen, und das hat sein Leben zerstört. Lass dir das eine Warnung sein. Kein Mensch weiß, wo er mittlerweile ist.

Und so hatte Ryan nie die Wahrheit erfahren: dass Stacey eigentlich seine Tante war, dass sein Onkel Jay, den er nur ein paarmal gesehen hatte, sein «biologischer Vater» war, dass seine leibliche Mutter während ihres zweiten College-Jahres Selbstmord begangen hatte – vor vielen Jahren, als Ryan ein dreijähriges Kind war, das bei seinen angeblichen Eltern, Stacey und Owen Schuyler, in Council Bluffs, Iowa, lebte, und Jay mit dem Rucksack durch Südamerika zog –

Von alldem hatte Ryan nichts gewusst, bis er selbst aufs College gekommen war. Eines Abends dann hatte Jay ihn angerufen und ihm alles erzählt.

Er war in seinem zweiten College-Jahr, genau wie es seine wirkliche Mutter bei ihrem Tod gewesen war, und vielleicht lag es daran, dass es ihm einen solchen Schlag versetzte. *Mein ganzes Leben ist eine Lüge*, dachte er – was, wie er selbst wusste, melodramatisch und pubertär war, aber er wachte an diesem Morgen nach dem Telefongespräch mit Jay auf und fand sich in seinem Wohnheimzimmer wieder, einem Eckzimmer im dritten Stock von Willard Hall, sein Zimmergenosse, Walcott, schlief unter einer zusammengeknüllten Steppdecke im schmalen Einzelbett unter dem Fenster, und ein graues Licht drang langsam herein.

Es musste gegen halb sieben, sieben sein. Die Sonne war noch nicht aufgegangen, er rollte sich auf die Seite, das Gesicht zur Wand, kalter alter Putz mit vielen feinen Rissen im beigefarbenen Anstrich, und er schloss die Augen.

Nach dem Gespräch mit Onkel Jay hatte er nicht viel geschlafen. Dem Gespräch mit *seinem Vater*.

Anfangs war es wie ein Witz, und dann dachte er: *Warum tut er das, warum erzählt er mir das alles?* Gesagt hatte Ryan allerdings nur: «Oh. Aha. Wow.» Einsilbig, mit lächerlich höflicher, unverbindlicher Stimme. «Ach, wirklich?», hatte er gesagt.

«Ich hatte einfach das Gefühl, du solltest es wissen», erklärte ihm Jay. «Ich meine, es ist wahrscheinlich besser, wenn du deinen Eltern nichts sagst, aber das kannst du selbst entscheiden. Ich dachte nur – es kam mir falsch vor. Du bist jetzt ein Mann, du bist erwachsen, und ich meine, dass du das Recht hast, die Wahrheit zu wissen.»

«Ich danke dir», sagte Ryan.

Aber nach ein paar Stunden immer wieder unterbrochenen Schlafs und nachdem er die Fakten ein paar hundert Mal im Kopf hin und her gewälzt hatte, wusste er nicht, was er mit dieser Information eigentlich anfangen sollte. Also setzte er sich im Bett auf und spielte mit den Säumen seiner Decken. Er konnte sich seine Eltern vorstellen – seine «Eltern», Stacey und Owen Schuyler, wie sie im Haus in Council Bluffs schliefen, und ebenso sein eigenes Zimmer, ein Stück weiter den Gang lang, die Bücher noch immer in ihren Regalen und seine Sommersachen noch immer im Wandschrank und seine Schildkröte Veronica auf ihrem Stein unter ihrer Wärmelampe – alles zusammen wie ein Museum seiner Kindheit. Vielleicht betrachteten sich seine Eltern gar nicht als Betrüger, vielleicht war ihnen die meiste Zeit über gar nicht bewusst gewesen, dass die Welt, die sie erschaffen hatten, in ihrem innersten Kern eine Fälschung war.

Je länger er darüber nachdachte, desto mehr fühlte sich alles wie ein einziger Schwindel an. Es ging dabei nicht nur um seine eigene falsche Familie, es ging um «Familienstrukturen» überhaupt. Ja, jetzt verstand er, was seine Geschichtsdozentin meinte, wenn sie von «Konstrukten», «Geweben aus Zeichen», «Überlieferungslücken» sprach. Während er da in seinem Bett saß, war er sich der anderen – übereinander geschichteten und nebeneinander aufgereihten – Zimmer bewusst und der anderen Studenten, allesamt hier untergebracht und darauf wartend, nach ihren künftigen Jobs sortiert und verarbeitet und auf ihre jeweiligen Lebenswege geschickt zu werden. Er war sich der anderen Jungen bewusst, die schon in ebendiesem Zimmer geschlafen hatten, Dutzende und Dutzende von ihnen, und das Wohnheim verwandelte sich in einen Güterwaggon, der immer und immer wieder gefüllt und neu gefüllt wurde, Jahr für Jahr, und für einen Moment hätte er aus seinem Körper, aus der Zeit aussteigen und den undifferenzierten Strom von Artgenossen betrachten können, die kamen und gingen und durch neue ersetzt wurden.

Er stand auf, nahm sein Handtuch vom Bettpfosten und sagte sich, dass er jetzt ebenso gut zum Waschraum gehen und duschen könnte. Ihm war klar, dass er sich zusammenreißen und für seine Chemieprüfung was tun musste, er stand bei vier, bestenfalls drei minus, *O Gott*, dachte er –

Und vielleicht war genau das der Moment, an dem er aus seinem Leben ausbrach. Sein «Leben»: Wie abstrakt und flüchtig es sich auf einmal anfühlte.

Eigentlich war er nur auf einen Kaffee aus dem Haus gegangen. Es war mittlerweile halb acht, aber der Campus schlief noch weitgehend. Bis auf die Musikstudenten, die er vom Bürgersteig aus in ihren Übungskabuffs hörte, ein dissonantes Durcheinander von Tonleitern und Aufwärmübungen, Klarinette, Cello, Trompete, Fagott, die sich umeinander schlängelten und schraubten, und es kam ihm wie ein passender Soundtrack vor – die Art von Musik, die man in einem Film hört, wenn die betreffende Person unmittelbar davorsteht, einen Nervenzusammenbruch zu kriegen, und gequält die Hände an die Schläfen presst.

Er presste zwar nicht gequält die Hände an die Schläfen, wohl aber dachte er, noch einmal –

Mein ganzes Leben ist eine Lüge.

Es gab viele Dinge, die einem in dieser Situation zu schaffen machen konnten, viele Gründe, wütend zu werden und sich betrogen zu fühlen, aber was Ryan von alldem am eindringlichsten spürte, war der Tod seiner leiblichen Mutter. *Mein Gott!*, dachte er. *Selbstmord. Sie hat sich selbst umgebracht!* Er fühlte, wie die Tragik dieses Ereignisses über ihn hinwegrollte, obwohl es längst Vergangenheit war. Trotzdem empörte es ihn, dass es Stacey und Owen überhaupt nicht gekümmert hatte, ob er davon wusste oder nicht. Dass sie davon erfahren und mit der Zunge geschnalzt hatten, während er wahrscheinlich im Wohnzimmer vor dem Fernseher saß, ein dreijähriges Kind, und sich irgendeine blöde, pädagogisch wertvolle Sendung ansah. Vielleicht hatten sie den Kopf geschüttelt und sich insgeheim bewusstgemacht, was für einen Gefallen sie ihm getan hatten, ihn als ihr eigenes Kind aufzuziehen, wie viel Geld und Mühe sie darin investiert hatten, ihn zu der Sorte Junge zu machen, die ein Stipendium von der Northwestern University bekommen konnte, zu der Sorte Mensch, die es ganz nach oben schaffen konnte, und wie hart sie daran gearbeitet hatten, ihn zu formen. Aber nichts deutete darauf hin, dass sie je auch nur in Betracht gezogen hätten, ihm die Wahrheit über seine Abstammung zu verraten, nichts darauf, dass sie begriffen, wie wichtig das eigentlich war, darauf, dass ihnen bewusst war, welch großes Unrecht sie ihm angetan hatten.

Vielleicht *war* es melodramatisch, aber nichtsdestoweniger spürte er, wie es durch seinen Magen rann, dieses flattrige Gefühl von ausgeschüttetem Adrenalin. Zum Teil lag es auch am bevorstehenden Chemietest, den er wahrscheinlich nicht bestehen würde, und zum Teil daran, dass es einer dieser kalten, blechernen Oktobermorgen war, sehr windig, und ein Rudel von Blättern wie ein Haufen Lemminge in die Clark Street hineinstrudelte und von einem schnell vorbeifahrenden Auto erfasst wurde. Da musste er an ein Wort denken, das er in seinem Psychologiekurs gelesen hatte. «Fugue-Status». Vielleicht war es die Kombination von dissonanten Arpeggien aus dem Konservatorium und dem wirbelnden Laub auf der Straße. «Fugue». Ein dissoziativer psychischer Zustand, der durch plötzliches, unmotiviertes Weglaufen vom eigenen Zuhause oder gewohnten Arbeitsplatz gekennzeichnet ist und der von der Unfähigkeit, sich an die eigene Vergangenheit zu erinnern, Verwirrung bezüglich der eigenen Identität beziehungsweise der Annahme einer neuen Identität und meist von einem hohen Grad an Angst und Heimweh begleitet wird.

Was eigentlich sehr interessant klang, in gewisser Hinsicht sehr verlockend, obwohl er vermutete, dass ein Fugue-Status, für den man sich bewusst entschied, nicht als richtiger Fugue-Status galt.

In Psychologie würde er auch noch durchfallen.

Und dann gab es noch ein paar Probleme wegen einer kleinen Veruntreuung öffentlicher Gelder, seines Studiendarlehens nämlich, und es war ein Brief von der Univerwaltung gekommen: ÜBERFÄLLIG. ZAHLUNGSAUFFORDERUNG. Es würde sehr schwierig werden, seinen Eltern zu erklären, was er mit diesem Geld gemacht hatte, wie er hatte vergessen können, seine Studiengebühren zu bezahlen, und das geliehene Geld stattdessen für Klamotten und CDs und Abendessen im mexikanischen Lokal auf der Foster Avenue zu verpulvern. Wie war das passiert? Das wusste er selbst nicht.

Und so saß er jetzt, gegen Ende Januar, in seinem gemieteten Chevy Aveo und fuhr den düsteren Korridor der Interstate 80 entlang und überlegte sich, dass er einen Song darüber schreiben würde, wie er die Interstate entlangfährt, ganz allein, und keiner weiß meinen Namen, und ich bin so weit weg von dir oder irgendwas in der Art. Nur nicht so kitschig.

Liebe Mom und Dad, mir ist klar, dass ich mit den Entscheidungen, die ich in letzter Zeit getroffen habe, nicht gerade viel Rücksicht auf Eure Gefühle genommen habe, und es tut mir leid, dass ich Euch Kummer bereitet habe. Ich weiß, ich hätte mich schon früher bei Euch melden müssen, und sicher ist mittlerweile die Polizei eingeschaltet, und ich gelte wahrscheinlich als «vermisst», aber Ihr sollt wissen, dass es nicht meine Absicht war, Euch Ärger und Sorgen zu bereiten. Dann habe ich's aber doch getan. Gerade stehe ich an der Rezeption eines Motels in … , und an der Wand des Motelmanager-Kabuffs hängt so ein

xerokopierter Spruch, eine dieser Weisheiten, die sich die Leute immer über ihrem Computer oder sonst wo an die Wand pappen, keine Ahnung, warum.
Auf dem Blatt steht:

Die Umstände meines Lebens –
Die Ereignisse in meinem Leben –
Die Menschen in meinem Leben –
Sie ***machen*** *mich nicht zu dem, was ich bin.*
Sie ***offenbaren*** *das, was ich bin.*

Und da wird mir bewusst, wie sehr Dir, Mom, dieser Ausspruch gefallen würde, dass er vielleicht genau das wäre, was Du zu mir sagen würdest, wenn Du alle meine Ausreden hören könntest. Ich kann mir vorstellen, dass ich Euch mit einem Schlag ***offenbart*** *habe, wer ich bin, und dass es eine unerfreuliche Überraschung für Euch war. Ich bin nicht der Sohn, den Ihr Euch gewünscht habt, als Ihr mich aufgenommen und versucht habt, mich zu einem anständigen Menschen zu machen. Denn ich vermute, ich bin etwas anderes. Ich weiß noch nicht, was, aber –*

aber da war er nun und checkte im Motel ein, weil er dafür sorgen musste, dass Matthew P. Blurtons MasterCard-Konto mit einer Übernachtung belastet wurde. Es war ein Holiday Inn mit Gratis-WLAN, und er musste Matthew P. Blurtons E-Mail-Konto checken und Instant Messenger aufrufen, um festzustellen, ob Jay versuchte, sich mit ihm in Verbindung zu setzen.

Er hatte auch ein auf den Namen Matthew P. Blurton angemeldetes Handy, aber Jay traute Handys nicht, und so durfte er Jay nur in dringenden Notfällen anrufen.

Er machte sich ständig Sorgen, seine Mutter könnte ihn

aufspüren. Sie hatte jahrelang behauptet, sie wisse nicht einmal, wo Jay sich aufhalte, aber wenn ihr Sohn verschwand und wirklich verschwunden blieb, würde sie nicht irgendwann zusammenbrechen und dann versuchen, Jay ausfindig zu machen? Würde sie nicht das Gefühl haben, dass Jay – sein wirklicher Vater – ein Recht hatte, Bescheid zu wissen? Während der ganzen Monate hatte er meistens bei Jay gewohnt, in der Hütte in den Wäldern von Michigan, hatte auf dem Sofa geschlafen und gelegentliche «Aventiuren», wie Jay sie nannte, unternommen – ohne eine Ahnung zu haben, was Jay mit den Kreditkarten und den Sozialversicherungsnummern und den verschiedenen Listen aus dem Internet eigentlich anfing –, und irgendwie fühlte er sich wohl dabei, auch wenn er manchmal an Stacey und Owen und das Haus in Council Bluffs zurückdenken musste.

Wie sie am Küchentisch saßen und mit ihren Gabeln in einen von Staceys Aufläufen stachen und einen Bissen an den Mund führten. Sie waren schon immer eine dieser am Esstisch schweigenden Familien gewesen, was Stacey nicht daran gehindert hatte, während seiner ganzen Highschool-Zeit zu erklären, es sei wichtig, dass sie zusammen essen – als ob sie sich dadurch irgendwie näherkämen, dass sie nebeneinander saßen und sich Essen in den Mund schaufelten, bis Ryan endlich von seinem leeren Teller abrücken und sagen konnte: «Dad, darf ich aufstehen?»

Ist sie jetzt traurig?, fragte sich Ryan. War sie in Sorge und verängstigt und in Tränen aufgelöst? Oder war sie wütend?

Einmal, auf der Highschool, hatte er richtig Scheiße gebaut, hatte sich eine, wie Stacey meinte, «unpassende» Freundin zugelegt und die Schule geschwänzt und gelogen und sich herumgetrieben, und sie hatte ebenso flink wie eiskalt reagiert und ihn zu einem Wildnisprogramm für widerspenstige Jugendliche geschickt: Mitten in der Nacht hatte sie ihn, lediglich mit einem Matchsack ausgerüstet, den «Beratern» übergeben, die vor der Tür standen und darauf warteten, ihn in den Lieferwagen zu verfrachten und ihn zu einer zweiwöchigen disziplinarischen Selbsthilfe-Gehirnwäsche-Sitzung abzutransportieren.

Auch daran dachte er. Er konnte sich die Entschlossenheit, die Wut vorstellen, mit der seine Mutter ihre Helferlein aussandte, damit sie ihn zur Strecke brachten und in das Leben zurückschleiften, aus dem er geflüchtet war.

Ryan setzte sich an den Schreibtisch in seinem Zimmer im Holiday Inn und klappte seinen Laptop auf. Es brachte wahrscheinlich wenig, sich an solche Dinge zu klammern, dennoch gab er mechanisch seinen Namen in die Suchmaschine ein und überflog noch einmal ein paar von den alten Artikeln und Meldungen. Zum Beispiel:

KEINE FORTSCHRITTE IM FALL DES VERMISSTEN COLLEGE-STUDENTEN

CHICAGO – Die Chicagoer Polizei macht bei der Suche nach einem College-Studenten der Northwestern University, der in den Morgenstunden des 20. Oktober spurlos verschwunden ist, keinerlei Fortschritte. Auf einen anonymen Hinweis hin haben Taucher das eisige Wasser des Lake Michigan in der Nähe des Campus abgesucht, sind aber mit leeren Händen zurückgekehrt. Polizei-Sergeant Rizzo erklärte, die Ermittlungen seien in eine Sackgasse geraten, und es gebe keinerlei neue Entwicklungen.

Es bereitete ihm schon gewisse Schuldgefühle, war aber gleichzeitig auch enttäuschend. Ganz offensichtlich beherrschten die Cops ihren Job nicht besonders gut. *Spurlos verschwunden!* Herr Jesus! Es war ja nicht so, dass er verkleidet gewesen wäre. Dass ihm jemand einen Kartoffelsack über den Kopf gestülpt und ihn in einen Lieferwagen gezerrt oder sonst wie entführt hätte. Er war aus dem Campus spaziert und war mit der Hochbahn zum Busbahnhof gefahren, und es gab mit Sicherheit jede Menge Leute, die ihn an dem Tag gesehen hatten. Waren die Leute so unaufmerksam? War er so unauffällig?

Und die Selbstmordhypothese machte ihm ebenfalls zu schaffen – wie schnell sie damit bei der Hand waren, Taucher in den See zu schicken! Das ging bestimmt auf die Rechnung seiner Mutter, dachte er. Sie wusste, dass seine leibliche Mutter sich das Leben genommen hatte, und da lag es ja nahe, dass sie als Erstes auf diesen Gedanken kam.

Der Gedanke hatte ihr wahrscheinlich schon seit einiger Zeit auf der Seele gelegen. Jedes Mal, wenn er mit ihr telefoniert hatte, hatte sie ihn gefragt, wie es ihm gehe, warum er so wortkarg sei, ob irgendwas nicht stimme, und jetzt begriff er, woran sie die ganze Zeit gedacht hatte.

Es gab einen Ping, als jemand sich beim Instant Messenger einloggte, und er warf einen Blick auf den Bildschirm. Allmählich wurde es Zeit, dass Jay sich meldete – wenn er unterwegs war, führten sie immer einen kurzen Chat über IM, nur um in Kontakt zu bleiben, aber als er das IM-Fenster öffnete, sah er nur sinnlose Zeichen.

Beziehungsweise nein, jemand schrieb, wie er vermutete, mit kyrillischen Buchstaben. Russisch?

490490: Раскрытие способностей к телекинезу с помощью гипноза … данном разделе Вашему вниманию предлагается фрагментывидеозаписейдемонстрацийпарапсихологических явлений.

Er betrachtete die Schriftzeichen. Stimmte irgendetwas mit Jays Computer nicht? War das ein obskurer Scherz, den Jay sich mit ihm leistete? Dann tippte er:

BLURTON: Vielleicht könntest du es ja mit Englisch versuchen, hm, Kumpel?

Der Cursor saß da und blinkte. Atmete. Dann:

490490: Господин Ж??? J ???

Ist ja irre, dachte er.

BLURTON: Jay??

Keine Antwort. 490490 war verstummt, aber es war ein irgendwie lauerndes Schweigen, eine besondere Stille im Motelzimmer mit den zugezogenen Vorhängen, dem Schiefergesicht des Fernsehers, das kühl aufs Bett starrte, und dem fernen Geräusch von Sattelschleppern, die auf dem Highway hinter dem Motel vorüberdonnerten. Er sagte sich, dass er das IM-Fenster vielleicht besser schließen sollte.

Dann aber fing 490490 wieder an zu tippen.

490490: Mr. J. Wie schön Mr. J. zu finden. Ich see wo sie sind.

8

ALS LUCY

aufwachte, lag sie allein im Bett. Da war die zerdrückte Fläche, wo George Orson geschlafen hatte, das eingedellte Kissen, die beiseitegeschobenen Decken, und sie setzte sich in der bedrohlich hohen Höhlung des Zimmers auf. Das Sonnenlicht säumte die Kanten der Vorhänge, und sie konnte die wachsame Tür des Wandschranks sehen, die finstere, strenge Gestalt der Frisierkommode und die halbdunklen Spiegelungen im ovalen Schminkspiegel – eine Bewegung, die, wie sie begriff, sie selbst war, allein im Bett.

«George?», sagte sie.

Fast eine Woche war vergangen, und sie waren noch immer hier im alten Haus in Nebraska. Allmählich wurde sie ein bisschen nervös, obwohl George Orson versucht hatte, sie zu beruhigen – «Kein Grund zur Sorge», sagte er. «Nur ein paar Dinge, die geklärt werden müssen …»

Mehr sagte er dazu allerdings nicht. Seit sie dort angekommen waren, machte er sich rar. Blieb Stunden und Stunden im Erdgeschosszimmer eingeschlossen, das er «das Herrenzimmer» nannte. Sie hatte sich tatsächlich vor die abgeschlossene Tür gekniet und das Auge an das Schlüsselloch unter dem Knauf aus geschliffenem Glas gehalten, sodass sie ihn wie in einer Camera obscura sah, am großen Holzschreibtisch sitzend, über seinen Laptop gebeugt, das Gesicht hinter dem Bildschirm versteckt.

Und natürlich war ihr der Gedanke gekommen, dass mit ihrem gemeinsamen Plan etwas schiefgegangen war.

Worin der «Plan» auch immer bestehen mochte.

Denn so hundertprozentig klar war ihr das nicht, wie ihr jetzt bewusstwurde.

Sie zog die Vorhänge auf, und als das Licht hereinkam, sah die Sache schon ein bisschen besser aus. Im Haus herrschte ein trockener, erdiger Kellergeruch, den man am Morgen, beim Aufwachen, besonders stark bemerkte, dazu hatte man einen irgendwie unterirdischen Geschmack im Mund, nach vermodertem Stoff, und die Fenster ließen sich nicht öffnen. Sie waren zugemalt, und es war klar, dass das Haus sich lange selbst überlassen gewesen war. «Keine Sorge, ich hab einen Kammerjäger kommen lassen», hatte George Orson ihr versichert, «und eine Putzfrau war alle paar Monate hier und hat sauber gemacht. Das Haus war in dem Sinne nie richtig *verlassen*», sagte er, in leicht defensivem Ton, aber Lucy wollte lediglich wissen, wie lange es her war, dass jemand wirklich in dem Haus gewohnt hatte – wie lange es her war, dass seine Mutter gestorben war.

Und er gab eine widerwillige Schätzung ab.

«Ich weiß es nicht», sagte er. «Wahrscheinlich so um die – acht Jahre?» Sie wusste nicht, warum er so tat, als stelle selbst eine so einfache Frage einen Einbruch in seine Privatsphäre dar.

Aber in letzter Zeit waren viele ihrer Gespräche so abgelaufen, und sie blieb eine Weile, in Höschen und schlabbrigem T-Shirt, am Fenster stehen und schaute hinunter auf den Kiesweg, der von der Garage aus an Haus, Leuchtturm und Motelhof vorbei zur zweispurigen Teerstraße führte, die schließlich wie ein schwarzes Band wieder in die Interstate einmündete.

«George?», sagte sie, jetzt lauter.

Sie tappte auf bloßen Füßen den Gang entlang, und dann

schaute sie unten in der Küche nach, und da war er auch nicht, allerdings sah sie, dass sein Müslinapf und sein Löffel sauber gespült und ordentlich im Abtropfkorb lagen.

Und so verließ sie die Küche wieder und ging durch das Esszimmer zum «Herrenzimmer» –

«Herrenzimmer». In Lucys Ohren klang das irgendwie britisch, prätentiös, wie aus einem altmodischen Krimi.

Das Herrenzimmer. Das Billardzimmer. Der Wintergarten. Der Tanzsaal.

Aber da war er auch nicht.

Die Tür stand offen, an den Fenstern waren Vorhänge, auf dem Boden ein Teppich, und an der Decke hing ein Kronleuchter aus Messing mit baumelnden Tropfen aus geschliffenem Glas.

«Das war das, was meine Mutter sich unter Eleganz vorstellte», hatte George Orson ihr erklärt, als er ihr das Zimmer zum ersten Mal zeigte, und sie hatte die Arme vor der Brust verschränkt und es auf sich wirken lassen. Was sich seine Mutter «unter Eleganz vorstellte», vermutete sie, war keine echte Eleganz – obwohl Lucy ehrlich beeindruckt war. Schöner Orientteppich, Goldtapeten, massive Holzmöbel, Regale voller Bücher; und nicht etwa billige Paperbacks, sondern richtige, fest gebundene Bände mit Fadenheftung und dicken Seiten und einem schweren, holzigen Geruch.

Gab es irgendetwas, fragte sie sich, einen durch guten Geschmack oder gute Erziehung erkennbaren Grund, weswegen es in Ordnung war, ein Zimmer als «Herrenzimmer» zu bezeichnen, aber nicht in Ordnung, einen Kronleuchter an der Decke zu haben?

Es gebe noch einiges, was sie über feine Lebensart lernen müsse, sagte George Orson, der durch sein Yale-Studium für derlei Dinge sensibilisiert worden war.

Was sagte es also über sie aus, dass ihre Erfahrungen mit Kronleuchtern, Herrenzimmern und so weiter so begrenzt waren? Sie selbst entstammte einer langen Reihe von armen Schluckern, irischen, polnischen und italienischen Landarbeitern – Generationen über Generationen von Niemanden.

Man hätte ihre Familie zweidimensional darstellen können, wie die Figuren eines Comicstrips. Da war ihr Vater, ein Klempner, ein freundlicher, bierbäuchiger, verdreckter kleiner Mann mit haarigen Händen und einem kahlen Kopf. Ihre Mutter: zerzaust und streng, trank am Küchentisch Kaffee, bevor sie zur Arbeit ins Krankenhaus ging, eine Krankenschwester, aber nur mit Berufsschulausbildung, ohne staatliches Diplom. Ihre Schwester, einfältig und rund wie ihr Vater, die pflichtbewusst, ohne ein Wort der Klage Geschirr spülte oder einen Korb Wäsche faltete, während Lucy übellaunig-faul auf der Couch saß und Romane der angesagtesten jungen Autorinnen las und sich dabei bemühte, eine Aura vornehmer Gereiztheit auszustrahlen –

Während sie sich im leeren Herrenzimmer umschaute, musste sie an ihre verlorene, traurig-komische Familie denken. An ihr altes Loser-Leben, das sie gegen dieses neue eingetauscht hatte.

Im Herrenzimmer gab es einen alten eichenen Schreibtisch, sechs Schubladen pro Seite, allesamt abgeschlossen. Einen Aktenschrank, ebenfalls abgeschlossen. George Orsons Laptop, passwortgeschützt. Und einen Wandtresor, der hinter einem gerahmten Bild von George Orsons Großeltern versteckt war.

«Opa und Oma Orson», hatte George Orson gesagt und auf das grimmige Pärchen gezeigt, beide bleichgesichtig und dunkel gekleidet, die Frau mit einem hellen und einem dunklen Auge – «was man als Heterochromie bezeichnet», sagte

George Orson. «Sehr selten. Ein blaues Auge. Ein braunes Auge. Wahrscheinlich erblich, obwohl meine Großmutter immer gesagt hat, das kommt davon, dass ihr Bruder ihr in der Kindheit mal aufs Auge geschlagen hat.»

«Hmm», hatte Lucy gesagt, und sie betrachtete, jetzt allein im Zimmer, noch einmal das Bild, den heterochromatischen Blick, mit dem die Frau den Fotografen fixierte. Einem eindeutig unglücklichen und fast flehentlichen Blick.

Und dann hakte sie den Riegel auf, so wie George Orson es ihr gezeigt hatte, und die alte Fotografie schwang wie eine Schranktür nach vorn und offenbarte die Wandvertiefung mit dem Tresor.

«Aha», hatte Lucy gesagt, als sie das zum ersten Mal gesehen hatte. Der Tresor hatte in Lucys Augen ziemlich alt gewirkt, mit einem Kombinationsrad, das so aussah wie die Sendereinstellscheibe eines antiquierten Radios. «Willst du ihn nicht aufmachen?», sagte sie, und George Orson hatte geschmunzelt – wenngleich ein bisschen unsicher.

«Das Problem ist – ich kann's nicht», sagte er.

Ihre Blicke begegneten sich, und sie wusste nicht genau, was sie von seinem Ausdruck halten sollte.

«Ich hab's nicht geschafft, die Kombination rauszukriegen», sagte er. Dann zuckte er die Achseln. «Ich bin sowieso sicher, dass er leer ist.»

«Du bist sicher, dass er leer ist», sagte sie. Sie sah ihn an, und er hielt ihrem Blick stand. Es war einer dieser Momente, in denen seine Augen sagten: *Vertraust du mir nicht?* Und ihre Augen sagten: *Ich denk darüber nach.*

«Tja», sagte George Orson. «Ich habe meine sehr ernsten Zweifel, dass er voll von Dublonen und Edelsteinen ist.»

Er schenkte ihr dieses halbe Lächeln, bei dem er immer Grübchen bekam.

«Bestimmt steht die Kombination irgendwo in den Akten»,

sagte er dann und berührte mit der Spitze seines Zeigefingers spielerisch ihr Bein, so als klopfte er auf Holz.

«Irgendwo», sagte er. «Wir brauchen nur noch den Schlüssel des Aktenschranks zu finden.»

Doch jetzt, wie sie im Herrenzimmer stand, konnte sie nicht umhin, sich den Tresor noch einmal anzuschauen. Sie musste einfach die Hand ausstrecken und am elfenbeinverzierten Messinggriff rütteln, um sich zu vergewissern, dass er, ja, noch immer abgeschlossen, dicht und unzugänglich war.

Nicht, dass sie George Orson je bestohlen hätte. Nicht, dass es ihr nur ums Geld gegangen wäre –

Aber sie musste schon zugeben, dass Geld ein nicht unwesentlicher Aspekt war. Denn tatsächlich war sie sehr darauf aus gewesen, aus Pompey, Ohio, wegzukommen, um mit George Orson reich zu sein, und wahrscheinlich stimmte es auch, dass diese Aussicht erheblich zur Faszination des ganzen Abenteuers beigetragen hatte.

Im September ihres letzten Highschool-Jahrs, zwei Monate nach dem Tod ihrer Eltern, war Lucy lediglich eine deprimierte Schülerin in George Orsons Fortgeschrittenenkurs über amerikanische Geschichte gewesen.

Er war ein neuer Lehrer, ein neues Gesicht in ihrer Stadt, und es war schon von der allerersten Schulstunde an offensichtlich, dass er *Ausstrahlung* besaß, mit seiner schwarzen Kleidung und seiner Art, Leuten direkt in die Augen zu sehen, mit diesen grünen Augen. Er lächelte die Leute an, als trieben sie alle zusammen etwas Verbotenes.

«Die amerikanische Geschichte – die Geschichte, die ihr bis dato gelernt habt – steckt voller *Lügen*», erklärte George Orson ihnen, und er verweilte bei dem Wort «Lügen», als kostete er dessen Geschmack aus. Er musste aus New York sein, dachte sie, oder Chicago oder sonst was in der Richtung, und er würde nicht lange bleiben. Trotzdem passte sie besser auf, als sie es eigentlich von sich gewohnt war.

Und dann hörte sie in der Freistunde, wie ein paar Jungs sich über George Orsons Auto unterhielten. Es war ein Maserati Spyder, ein winziges silberfarbenes Kabrio, in das nur zwei Leute hineinpassten, fast wie ein Spielzeug, und es war ihr selbst aufgefallen.

«Habt ihr euch den angeschaut?», hörte sie einen Jungen sagen – Todd Zilka, den Lucy widerlich fand. Er war in der Footballmannschaft, ein großer athletischer Typ, nichtsdestotrotz Sohn eines Anwalts und auf der Schule immerhin so gut, dass er in die National Honor Society aufgenommen worden war, woraufhin Lucy aufgehört hatte, die Versammlungen zu besuchen. Wäre sie mutiger gewesen, hätte sie den Leuten ihren Mitgliedsausweis vor die Füße geschmissen. In der Mittelstufe war es Todd Zilka gewesen, der angefangen hatte, sie «Lausy» zu nennen, was im Prinzip nicht so wild gewesen wäre, wenn sie und ihre Schwester sich nicht tatsächlich Kopfläuse eingefangen hätten, Pedikulose, und in Schimpf und Schande von der Schule verbannt worden wären, bis der Befall vollständig beseitigt gewesen wäre. Selbst noch Jahre später nannten die Leute sie «Lausy» – gut möglich, dass der Spitzname das Einzige war, woran sie sich beim Zwanzigjahrestreffen in ihrem Zusammenhang erinnern würden.

«Toddzilla» war Lucys privater Spitzname für Todd Zilka gewesen, allerdings besaß sie nicht den nötigen Einfluss, um dafür zu sorgen, dass er sich allgemein durchsetzte. Die Tatsache, dass eine Kreatur wie Toddzilla es in der Schule zu Erfolg und Beliebtheit bringen konnte, war schon für sich genommen ein guter Grund, um Pompey, Ohio, für immer hinter sich zu lassen.

Dennoch hörte sie unauffällig zu, als er in der Freistunde

seine dämlichen Ansichten vor seinen idiotischen Freunden ausbreitete. «Ich meine», sagte er, «ich wüsste gern, wo so ein mickriger Highschool-Lehrer das Geld für einen solchen Schlitten hernimmt. Ist ja ausländisch, aus Italien importiert, nicht? Der kostet wahrscheinlich siebzig Riesen!»

Und das gab ihr denn doch zu denken. Siebzigtausend Dollar waren eine gewaltige Menge Geld. Sie dachte wieder an George Orson, wie er im Klassenzimmer vor ihnen stand und in seinem taillierten schwarzen Hemd ausführte, dass Woodrow Wilson ein erklärter Rassist, ein White Supremacist, gewesen sei, und Anaïs Nin zitierte:

«*Wir sehen die Dinge nicht so, wie sie sind, sondern so, wie* wir *sind. Denn was sieht, ist nicht das* Auge, *sondern das* Ego, *das dahinter steht.*»

Und dann, nicht lange danach, hob Toddzilla eines Nachmittags die Hand, und George Orson machte eine Geste in seine Richtung. Hoffnungsvoll, als könnten sie gleich eine Diskussion über die Verfassung führen.

«Ja …? Äh – Todd?», sagte George Orson, und Toddzilla grinste mit seinen sämtlichen kieferorthopädisch gerichteten Zähnen.

«Also, Mr. O», sagte er. Er war einer dieser halbwüchsigen Sportcracks, die es cool fanden, Lehrer und andere Erwachsene nach Sportlermanier mit abgedroschenen Spitznamen anzureden. «Also, Mr. O», sagte Toddzilla. «Wo haben Sie Ihr Auto her? Das ist ja ein Wahnsinnsschlitten.»

«Oh», sagte George Orson. «Danke.»

«Was ist das für 'ne Marke? Ist es ein Maserati?»

«Ja.» George Orson sah den Rest der Klasse an, und Lucy meinte, dass sie und George Orson sich für den Bruchteil einer Sekunde direkt in die Augen blickten, dass sie in geistiger Verbindung standen, wortlos darüber einig, dass Toddzilla ein Neandertaler war. Dann richtete George Orson seine Aufmerksamkeit wieder auf seinen Schreibtisch, auf das Lehrbuch oder was auch immer.

«Also, warum sind Sie Highschool-Lehrer geworden, wenn Sie sich ein solches Auto leisten können?», sagte Toddzilla.

«Tja, ich denke mal, weil ich es einfach befriedigend finde, auf der Highschool zu unterrichten», sagte George Orson. Ohne eine Miene zu verziehen. Er sah Lucy wieder an, und seine Mundwinkel hoben sich, gerade so weit, dass sein Grübchen zum Vorschein kam. Da leuchtete eine Wachheit in ihm auf, ein Funken heimlicher Belustigung, den vielleicht nur sie zu erkennen vermochte. Lucy lächelte. Er war witzig, dachte sie. *Interessant.*

Todd hingegen hatte George Orsons Antwort gar nicht gefallen. Später hörte sie ihn, im Lernzimmer und in der Cafeteria, dieselbe Frage kritisch wiederholen. «Wie kann sich ein Highschool-Lehrer ein solches Auto leisten?», wollte Toddzilla wissen. «Von wegen *befriedigend*, Scheiße, Mann. Ich glaub, der ist so ein reicher Perverser oder so, der einfach drauf steht, Teenager um sich zu haben.»

Und das war wahrscheinlich das erste Mal, dass sie dachte: *Hmmm.* Die Vorstellung eines reichen George Orson begann sie zu beschäftigen. Seine weichen, aber maskulinen, geäderten Hände.

Sie hatten Pompey im Maserati verlassen, und vielleicht war das der Grund gewesen, warum sie sich so zuversichtlich fühlte. Sie sah gut in dem Auto aus, fand sie, die Leute schauten sie an, wenn sie so die Interstate entlangdüsten, ein Typ in einem SUV drehte sich nach ihr um, als sie an ihm vorbeizogen, und zwinkerte ihr übertrieben zu, wie ein Stummfilmschauspieler oder ein Pantomime. *Zwinker.* Und sie wiederum tat so, als ob sie nichts mitbekam, dabei hatte sie sich sogar einen knallroten Lippenstift gekauft, halb aus Jux, aber als sie in den

Außenspiegel schaute, war sie insgeheim zufrieden mit dem Ergebnis.

Wer wärst du gern, wenn du nicht Lucy wärst?

Eine Frage, über die sie häufig sprachen, wenn George Orson nicht gerade im «Herrenzimmer» eingeschlossen war.

Wer wärst du gern?

Eines Tages fand George Orson in der Garage einen alten Bogen mit den dazugehörigen Pfeilen, und sie gingen hinunter zum Strand, um ein bisschen zu schießen. Es war ihm nicht gelungen, eine richtige Zielscheibe zu finden, und so stellte er geduldig verschiedene Gegenstände auf, auf die Lucy schießen konnte. Zum Beispiel eine Pyramide aus Coladosen. Einen uralten Strandball, der nur noch halbherzig die Luft bei sich behielt. Einen großen Pappkarton, auf dem er mit schwarzem Filzstift konzentrische Kreise zeichnete.

Wenn Lucy ihren Pfeil an die Sehne legte und den Bogen spannte und dabei zu zielen versuchte, stellte George Orson ihr Fragen.

«Wärst du lieber ein unpopulärer Diktator oder ein populärer Präsident?»

«Das ist einfach», sagte Lucy.

«Würdest du lieber arm sein und an einem schönen Ort leben oder reich sein und an einem hässlichen Ort leben?»

«Ich glaube nicht, dass Arme je an schönen Orten leben», sagte sie.

«Würdest du lieber ertrinken, erfrieren oder verbrennen?»

«George», sagte sie, «warum musst du immer so morbid sein?» Und er produzierte ein schmales Lächeln.

«Würdest du aufs College gehen wollen, selbst wenn du so viel Geld hättest, dass du niemals richtig arbeiten müsstest? Womit ich meine», fuhr George Orson fort: «Gehst du aufs College, weil du ein gebildeter Mensch sein möchtest oder um dich für irgendeinen ‹besseren› Beruf zu qualifizieren?»

«Hmm», sagte Lucy und versuchte, den Strandball, der im Wind vor sich hin torkelte, ins Visier zu nehmen. «Ich glaube, eigentlich möchte ich nur ein gebildeter Mensch sein. Wenn ich allerdings so viel Geld hätte, dass ich niemals arbeiten müsste, dann würde ich mir vielleicht ein anderes Hauptfach aussuchen. Irgendetwas Unpraktisches.»

«Ich verstehe», sagte George Orson. Er stand hinter ihr; sie spürte seine Brust an ihrem Rücken, als er versuchte, ihr beim Zielen zu helfen. «Was denn zum Beispiel?», fragte er.

«Zum Beispiel Geschichte», sagte Lucy und warf ihm einen lächelnden Seitenblick zu, als sie die Sehne losließ und der Pfeil trudelnd eine unsichere Bogenbahn beschrieb, um dann ungefähr dreißig Zentimeter vom Strandball entfernt in den Sand einzuschlagen.

«Das war nah dran!», flüsterte George Orson – noch immer eng an sie geschmiegt, seine Hand an ihrer Taille, sein Mund an ihrem Ohr. Sie spürte das Schmetterlingsflattern seiner Lippen. «Sehr nah dran», sagte er.

Daran dachte sie jetzt wieder, als sie aus dem Haus ging und in ihrem Schlaf-T-Shirt, die Haare auf einer Seite platt gedrückt und überhaupt momentan nicht im Mindesten attraktiv, dastand.

«George?», rief sie – wieder einmal.

Und sie schritt behutsam barfuß über die Kiesauffahrt in Richtung Garage. Es war ein scheunenartiger Holzbau, von hohem Unkraut gesäumt, und als sie näher kam, spritzte ein Gestöber von Heuschrecken aufgeschreckt auseinander. Ihre trockenen Flügel erzeugten ein dürres Geraschel, wie Klapperschlangen; sie strich ihr Haar zu einem Pferdeschwanz nach hinten und hielt es in der Faust fest.

Mit dem Maserati waren sie seit ihrer Ankunft nicht mehr gefahren. «Zu auffällig», hatte George Orson gesagt. «Hat keinen Sinn, zu viel Aufmerksamkeit zu erregen» – und dann wachte sie am nächsten Morgen auf, und er war schon aufgestanden, und er war nicht im Haus, und sie fand ihn zuletzt in der Garage.

Drinnen standen zwei Wagen. Auf der linken Seite der Maserati, vollständig zugedeckt mit einer olivgrünen Plane. Rechts ein alter rot-weißer Ford Bronco Pick-up, möglicherweise aus den Siebzigern oder den Achtzigern. Die Motorhaube des Pick-ups war hochgeklappt, und George Orson steckte mit dem ganzen Oberkörper darunter.

Er trug einen alten Blaumann, und sie hätte fast laut losgelacht. Sie konnte sich nicht vorstellen, wo er eine solche Kluft aufgetrieben haben mochte.

«George», sagte sie. «Ich hab dich überall gesucht. Was treibst du da?»

«Ich repariere einen Pick-up», sagte er.

«Oh», sagte sie.

Und obwohl er im Prinzip noch er selbst war, sah er in dem schmutzigen Overall, mit den ungekämmten, zu Berge stehenden Haaren, den ölgeschwärzten Fingern – tja – *kostümiert* aus, und sie verspürte einen leichten Stich.

«Ich wusste gar nicht, dass du Autos reparieren kannst», sagte Lucy, und George Orson bedachte sie mit einem langen Blick. Einem traurigen Blick, dachte sie, als ob er sich an einen Fehler erinnerte, den er einst einmal gemacht hatte.

«Es gibt wahrscheinlich eine ganze Menge Dinge, die du von mir nicht weißt», sagte er.

Was ihr jetzt, als sie wankend vor der offenen Tür der Garage stand, doch zu denken gab.

Der Pick-up war verschwunden, und als sie auf die nackte

Zementfläche starrte, auf der ein Ölfleck im Staub zeigte, wo der alte Bronco gestanden hatte, durchfuhr sie ein unbehaglicher Schauder.

Er war weggefahren – hatte sie alleingelassen –, hatte sie im Stich gelassen –

Der Maserati war noch da, noch immer unter seiner Plane. Völlig verlassen war sie nicht.

Obwohl sie wusste, dass sie den Schlüssel des Maserati nicht hatte.

Aber selbst wenn sie den Schlüssel gehabt hätte – sie konnte ein Auto mit Gangschaltung gar nicht fahren.

Während sie noch darüber nachgrübelte, schaute sie in die Regale: Öldosen und Flaschen mit curaçaoblauer Scheibenwischerflüssigkeit, Konservengläser voll Holz- und Metallschrauben und Nägeln und Dichtungsringen.

Nebraska war noch schlimmer als Ohio – falls das überhaupt möglich war. Es war hier *lautlos*, dachte sie, obwohl der Wind manchmal die Fensterscheiben zum Summen brachte, der Wind, der in einem langgezogenen Aushauch durch das Unkraut und den Staub und den ausgetrockneten See jagte, und manchmal kam, unerwartet, der sehr erschreckende Knall eines Militärflugzeugs, das über dem Haus die Schallmauer durchbrach, und dann war da noch das Geraschel der Heuschrecken, die von einem Grashalm zum nächsten hüpften –

Aber meistens war es still, eine atemlose Stille wie kurz vor dem Weltuntergang, und man spürte, wie sich der Himmel hermetisch über einem schloss, wie das Glas einer Schneekugel.

Sie war noch immer in der Garage, als George Orson zurückkam.

Gerade hatte sie die Plane vom Maserati abgestreift, saß jetzt am Lenkrad und wünschte, sie wüsste, wie man einen Wagen kurzschloss. Wie passend, dachte sie, wenn George

Orson zurückkäme und feststellen müsste, dass sein geliebter Maserati verschwunden war. Das würde ihm nur recht geschehen, und sie hätte zu gern sein Gesicht gesehen, wenn sie, erst nach Einbruch der Dunkelheit, die Zufahrt herauf zurückkommen würde –

Noch immer schwelgte sie in diesen Phantasien, als George Orson in dem alten Bronco neben sie in die Garage fuhr. Als er ausstieg, machte er ein verdutztes Gesicht – warum war sein Maserati nicht mehr abgedeckt? –, aber dann sah er sie da sitzen, und sein Ausdruck nahm eine erfreulich alarmierte Note an.

«Lucy?», sagte er. Er trug Jeans und ein schwarzes T-Shirt, beides sehr unscheinbar – seine Vorstellung einer Eingeborenentracht –, und sie musste zugeben, dass er nicht gerade wie ein reicher Mann aussah. Nicht einmal wie ein *Lehrer* – mit dem unrasierten Gesicht, dem aus der Fasson wachsenden Haar und dem von Argwohn verhärteten Unterkiefer hätte er tatsächlich als bedrohlich und längst nicht mehr jung beschrieben werden können. Einen Moment lang kam ihr eine Erinnerung an den Vater ihrer Freundin Kayleigh, der geschieden war und in Youngstown wohnte und zu viel trank und der einmal, als sie zwölf waren, mit ihnen zum Vergnügungspark Cedar Point gefahren war. Sie hatte das Bild von Kayleighs Vater vor Augen, wie er auf dem Parkplatz gegen die Motorhaube seines Wagens gelehnt stand und eine Zigarette rauchte, während sie auf ihn zukamen, und sie erinnerte sich, wie ihr damals seine muskulösen Arme und der Blick, mit dem er sie fixiert hatte, aufgefallen waren und sie gedacht hatte: *Glotzt er auf meine Titten?*

«Lucy, was machst du da?», fragte George Orson, und Lucy sah ihn aufmerksam an.

Natürlich war der echte George Orson noch immer da, untendrunter, wenn er sich nur erst sauber machte.

«Ich war gerade drauf und dran, mit deinem Auto wegzufahren und mich damit nach Mexiko abzusetzen», sagte Lucy.

Und sein Gesicht entspannte sich wieder zu sich selbst, zu dem George Orson, den sie kannte, dem George Orson, der es liebte, wenn sie sarkastisch war.

«Süße», sagte George Orson. «Ich bin nur mal eben rasch in die Stadt gefahren, das ist alles. Ich musste ein paar Vorräte kaufen, weil ich dir heute Abend was Leckeres kochen wollte.»

«Ich mag's nicht, sitzengelassen zu werden», sagte Lucy streng.

«Du hast geschlafen», sagte George Orson. «Ich wollte dich nicht wecken.»

Er strich sich mit der Hand über den Hinterkopf – ja, sein Haar wurde allmählich wirklich zottig –, und dann öffnete er die Tür des Maserati und glitt auf den Beifahrersitz.

«Ich hab dir extra einen Zettel dagelassen», sagte er. «Auf dem Küchentisch. Anscheinend hast du ihn nicht gesehen.»

«Nein», sagte sie. Sie schwiegen, und sie konnte nichts dagegen unternehmen, dass sich dieses langsame Gefühl der Leere in ihrer Brust auftat und ausbreitete, diese Weltuntergangs-Einsamkeit, und sie legte die Hände aufs Lenkrad, als ob sie irgendwohin fahren wollte.

«Ich schätze es nicht, hier alleingelassen zu werden», sagte sie.

Sie sahen sich an.

«Es tut mir leid», sagte George Orson.

Seine Hand legte sich behutsam auf ihre, und sie spürte den glatten Druck seiner Handfläche auf ihrem Handrücken, und schließlich war er möglicherweise der einzige verbleibende Mensch auf der Welt, der sie wirklich liebte.

ZU DER ZEIT,

bevor Hayden anfing zu glauben, sein Telefon werde abgehört – damals, als er und Miles Anfang zwanzig waren –, rief er noch relativ häufig an. Einmal im Monat, manchmal öfter.

Das Telefon klingelte immer mitten in der Nacht. Um zwei. Um drei. «Ich bin's», sagte Hayden dann, unnötigerweise, denn wer hätte es zu der Uhrzeit schon sonst sein können? «Gott sei Dank, dass du endlich abgenommen hast», sagte er dann. «Miles, du musst mir helfen, ich kann nicht schlafen.»

Manchmal war er ganz aufgeregt wegen irgendeines Artikels, den er gerade gelesen hatte, über paranormale Phänomene oder Reinkarnation, frühere Existenzen, Spiritismus. Das Übliche.

Manchmal fing er auch an, wirres Zeug über ihre Kindheit zu reden, erzählte Geschichten über Ereignisse, an die sich Miles beim besten Willen nicht erinnern konnte – und die sich Hayden mit ziemlicher Sicherheit ausgedacht hatte.

Aber mit ihm war nicht zu reden. Wenn Miles Vorbehalte oder Zweifel äußerte, konnte sich Hayden sehr leicht angegriffen fühlen und aggressiv werden, und wer wusste dann schon, was passieren würde? Das einzige Mal, wo sie in eine hitzige Auseinandersetzung über seine «Erinnerungen» geraten waren, hatte Hayden den Hörer auf die Gabel geknallt und sich über zwei Monate lang nicht wieder gemeldet. Miles war ganz krank vor Sorge gewesen. Damals glaubte er noch, es sei nur eine Frage der Zeit, bis er Hayden aufspüren würde, bis es ihm gelingen würde, Hayden einzufangen – oder dazu zu bewegen, freiwillig nach Hause zurückzukehren. Er malte sich einen beruhigten, vielleicht auch ruhiggestellten Hayden aus, mit dem er eine kleine Wohnung teilen würde, friedliche Abende, an denen sie, wenn er, Miles, von der Arbeit heimgekehrt war, zusammen Videospiele spielen würden. Und dann gemeinsam ein Geschäft aufzogen. Er wusste, dass es eine lachhafte Vorstellung war.

Trotzdem war Miles, als Hayden sich endlich wieder meldete, sehr auf Versöhnung bedacht gewesen. Er war so erleichtert, dass er sich vornahm, nie wieder mit ihm eine Diskussion anzufangen, egal, was sein Bruder ihm erzählen mochte.

Es war vier Uhr früh, und Miles saß aufrecht im Bett, den Hörer fest ans Ohr gedrückt, und sein Herz klopfte wie verrückt. «Sag mir, wo du bist, Hayden», sagte er. «Und bleib da einfach.»

«Miles, Miles», sagte Hayden. «Ich finde es toll, dass du dir meinetwegen Sorgen machst!»

Er behauptete, er wohne jetzt in Los Angeles; angeblich hatte er einen Bungalow in Silver Lake, ganz in der Nähe des Sunset Boulevard. «Wenn du mich suchen kommst», sagte er, «wirst du mich nicht finden, aber wenn du dich dadurch besser fühlst: Dort bin ich.»

«Ich bin erleichtert», sagte Miles, und er nahm eine der gelben Haftnotizen, die er immer auf dem Nachttisch liegen hatte, und schrieb «Sunset Blvd». Und «Silver Lake».

«Ich bin auch erleichtert», sagte Hayden. «Du bist der Einzige, mit dem ich wirklich reden kann, das weißt du doch, oder?» Miles hörte, wie Hayden einen langen Atemzug tat beziehungsweise, wie er vermutete, einen Zug an einem Joint. «Du bist der einzige Mensch auf der Welt, der mich noch immer liebt.»

Hayden hatte viel über ihre Kindheit nachgedacht – oder besser gesagt, über *seine* Kindheit, denn die Wahrheit war, dass sich Miles an keine der Begebenheiten erinnern konnte, die Hayden so verfolgten. Doch Miles behielt seine Einwände für sich. Es war das erste Mal seit ihrem Streit, dass Hayden ihn angerufen hatte, und Miles starrte schweigend auf seine kleine Haftnotiz, während Hayden daherschwadronierte.

«Ich hab in letzter Zeit viel an Mr. Breeze gedacht», sagte Hayden jetzt. «Erinnerst du dich an ihn?»

Und Miles zögerte. «Tja», sagte er, und Hayden machte ein ungeduldiges Geräusch.

«Das war dieser Hypnotiseur, weißt du nicht mehr?», sagte Hayden. «Er war ziemlich gut mit Mom und Dad befreundet. Er war damals immer auf diesen Partys dabei. Ich glaube, eine Zeitlang ist er mit Tante Helen gegangen.»

«M-hm», sagte Miles unverbindlich. «Und er hieß ‹Mr. Breeze›?»

«Das war wahrscheinlich sein Künstlername», sagte Hayden. Seine Stimme bekam einen gereizten Ton. «Herrje, Miles, du erinnerst dich aber auch an gar nichts. Du hast nie richtig aufgepasst, weißt du das?»

«Wahrscheinlich nicht», sagte Miles.

Der Zwischenfall mit Mr. Breeze ereignete sich laut Haydens Erzählung auf einer dieser Partys, die ihre Eltern häufiger veranstalteten. Es war spätnachts, nach Mitternacht, und Hayden kam im Pyjama herunter in die Küche, weil er nicht schlafen konnte. Er hatte auf der oberen Koje des Etagenbetts geschwitzt, der Ventilator der Lüftungsanlage blies von der Zimmerdecke aus auf ihn herunter, während die Geräusche vom Erdgeschoss her, die Musik, das Lachen und das tiefe Gesumm von redenden Erwachsenen, durch die Dielen gedrungen waren, sich in seine Träume eingeschlichen und ihn schließlich geweckt hatten. Miles dagegen hatte natürlich friedlich in der unteren Koje weitergeschlafen. *Unvernünftig*, wie immer.

Die beiden, Miles und Hayden, waren damals acht, aber klein für ihr Alter, und Hayden sah süß und feierlich aus, wie er da in der Küche stand und sein Glas Wasser trank. Mr. Breeze hob ihn hoch und setzte ihn auf einen der hohen Hocker am Frühstückstresen.

«Sag mir eins, mein Junge», sagte Mr. Breeze mit seiner tiefen Stimme. «Weißt du, was ‹Kryptomnesie› bedeutet?»

Mr. Breeze sah hinunter in Haydens Augen, als bewunderte er sein eigenes Spiegelbild in einem Teich, dann hob er seinen Zeigefinger und hielt ihn dicht vor die Mitte von Haydens Stirn, ohne sie allerdings zu berühren.

«Erinnerst du dich jemals an Dinge, die dir in Wirklichkeit nie passiert sind?», sagte Mr. Breeze.

«Nein», sagte Hayden. Er erwiderte Mr. Breezes Blick, ohne zu lächeln, so wie er immer Erwachsenen in die Augen sah: dreist. Ihre Tante Helen war hereingekommen, blieb da stehen und sah ihnen zu.

«Portis», sagte sie. «Ärger das Kind nicht.»

«Tu ich gar nicht», sagte Mr. Breeze. Er trug schwarze Jeans und ein geblümtes Cowboyhemd, und seine Falten um den Mund sahen so aus, als habe sie jemand hineingebügelt. Er sah Hayden freundlich ins Gesicht.

«Du hast doch keine Angst, oder, junger Mann?», sagte Mr. Breeze. Nebenan hörte man die Geräusche der Party, bluesigen Rocksong, ein paar Leute tanzten eng; draußen im Garten weinte eine betrunkene Dame bitterlich, während eine betrunkene Freundin ihr Ratschläge zu geben versuchte.

«Wir werden bloß einen klitzekleinen Blick in seine vergangenen Existenzen werfen», erklärte Mr. Breeze Tante Helen. Und er strahlte Hayden an. «Was hältst du davon, Hayden? All die Leute, die du früher mal gewesen bist, vor langer, langer Zeit!» Mr. Breeze tat einen leisen, kaum hörbaren Atemzug der Vorfreude.

«Ich habe so selten Gelegenheit, mit Kindern zu arbeiten», sagte er.

Dieser Mr. Breeze musste sturzbetrunken gewesen sein, stellte sich Miles vor. Ebenso wahrscheinlich Tante Helen. Ebenso sämtliche übrigen Erwachsenen im Haus.

Aber selbst im volltrunkenen Zustand hielt Mr. Breeze Hayden allein mit seinen Pupillen wie einen aufgespießten Schmetterling fest. «Du möchtest doch hypnotisiert werden, oder, Hayden?»

Haydens Lippen öffneten sich, und seine Zunge kribbelte in seinem Mund. «Ja», hörte Hayden sich selbst sagen.

Mr. Breezes Blick fügte sich in Hayden ein, wie ein Puzzleteilchen sich in ein anderes einfügt.

«Ich möchte, dass du mir erzählst, wie es war, als du gestorben bist», sagte Mr. Breeze. «Dieser Augenblick», sagte er. «Erzähl mir von diesem Augenblick.»

Hayden erzählte, wie Mr. Breeze ihn genommen und aufgeschlitzt hatte, so wie ein Angler den Bauch einer Forelle aufschlitzt. «Nicht meinen physischen Körper», erklärte Hayden. «Es war mein Geist, oder wie immer du es nennen willst. Meine Seele. Du weißt schon. Mein inneres Selbst.»

«Was meinst du mit ‹aufgeschlitzt›?», sagte Miles etwas beklommen. «Das verstehe ich nicht.»

«Nicht im sexuellen Sinn», sagte Hayden. «Du denkst immer gleich an Sex, Miles, du Perverser.»

Miles entfernte den Hörer ein Stückchen vom Ohr, weil sich da eine unangenehme schweißige Stelle gebildet hatte. Es ging allmählich auf fünf Uhr früh.

«Und?», sagte Miles.

«Und so hat's angefangen», sagte Hayden. «Mr. Breeze sagte mir, ich hätte mehr vergangene Existenzen als jeder andere Mensch, mit dem er je zu tun gehabt hätte.»

«Eine *Ernte*», hatte Mr. Breeze zu Hayden gesagt. «Du trägst eine ungewöhnlich reiche Ernte in dir.» Die Existenzen seien im Inneren von Hayden dicht zusammengeballt, wie Rogen –

«Fischeier», sagte Hayden. «Rogen bedeutet Fischeier.»

«Ja, ich weiß», sagte Miles, und Hayden seufzte.

«Aber was keinem klar ist, Miles», sagte Hayden, «wenn diese Dinge erst einmal geöffnet worden sind, kann man sie nicht wieder verschließen. Das versuche ich dir ja die ganze Zeit zu erklären. Wenn normale Leute mit den Erinnerungen leben müssten, mit denen ich hab leben müssen, würden sich viele von ihnen umbringen.»

«Du meinst deine Albträume», sagte Miles.

«Ja», sagte er. «So haben wir sie früher genannt. Jetzt weiß ich es besser.»

«Wie zum Beispiel der Piratenkram», sagte Miles.

«*Piratenkram*», sagte Hayden und schwieg dann vernichtend. «Das klingt bei dir so, als wäre es ein Abenteuerurlaub in Nimmerland gewesen.»

Der sogenannte Piratenkram war einer der immer wiederkehrenden Albträume von Haydens Kindheit gewesen, aber sie hatten seit Jahren nicht mehr darüber gesprochen. Es stimmte, dass er davon immer schreiend aufgewacht war. Grauenvolle Schreie. Miles hatte sie noch heute in den Ohren.

In dem Traum, von dem Hayden immer wieder erzählte, war er ein Junge auf einem Piratenschiff. Schiffsjunge, vermutete Miles. Hayden erinnerte sich an eine Tauwerksrolle, in die er sich zum Schlafen kuschelte. Während er dalag und sich zu entspannen versuchte, umgaben ihn das schwere Killen der Segel, das Knarren der Masten und der Geruch nach feuchtem Holz und Seepocken. Sobald er die Augen nur einen Spaltbreit öffnete, sah er die schmutzigen nackten Füße der Piraten, an denen immer entzündete offene Stellen waren. Dann machte er sich ganz klein in der Hoffnung, nicht bemerkt zu werden, denn manchmal verpassten ihm die Piraten einen Tritt. Oder sie packten ihn am Rücken des Hemdes oder an den Haaren und zerrten ihn hoch.

«Die wollen immer, dass ich sie küsse», erzählte Hayden seinem Bruder. Das war damals, als sie acht oder zehn waren, und er war wieder mal schreiend aufgewacht. «Dass ich sie auf den Mund küsse.» Er zog eine Grimasse: ihr Atem, ihre schmutzigen Zähne, der Dreck in ihren Bärten.

«Krass», sagte Miles. Und er erinnerte sich, dass er schon damals gefunden hatte, Haydens Träume hätten etwas Widernatürliches an sich. Die Piraten küssten Hayden, und manchmal schnitten sie ihm eine Haarsträhne ab – «zur Erinnerung an deine Küsse, min Jung» –, und einer von ihnen schnitt ihm sogar ein Stück Ohrläppchen ab.

Dieser bestimmte Pirat hieß Bill McGregor, und er war derjenige, vor dem sich Hayden am meisten fürchtete. Bill McGregor war der Schlimmste von allen, und nachts, wenn die anderen schliefen, machte sich Bill McGregor auf die Suche nach Hayden, sein Schritt langsam und hohl auf den Decksplanken, seine Stimme ein tiefes Flüstern.

«Junge», murmelte er. «Wo bist du, Junge?»

Nachdem Bill McGregor ein Stück von Haydens Ohrläppchen abgeschnitten hatte, wollte er mehr. Jedes Mal, wenn er Hayden erwischte, schnitt er ihm ein weiteres Stück von seinem Körper ab. Die Haut eines Ellbogens, die Kuppe eines Fingers, ein Stück seiner Lippe. Er packte den sich windenden Hayden und schnitt ein Stück von ihm ab, und dann aß Bill McGregor das Stück Fleisch.

«Und wenn ich genug mit dir gespielt hab», flüsterte Bill McGregor, «schleich ich mich irgendwann von hinten an dich ran und –»

Und genau das tat er, laut Hayden, schließlich auch. Es war eine Frühlingsnacht, und Bill McGregor kam von hinten an Hayden heran, presste ihm eine Hand fest auf die Augen, schlitzte ihm die Kehle auf und warf ihn über Bord, sodass Hayden strampelnd in die See fiel, die Hände um die Kehle gekrampft, als wollte er sich selbst erwürgen, während zwischen seinen Fingern Blut hervorgurgelte. Er sah ein Geriesel von Blutströpfchen nach oben spritzen, als er kopfüber in den Ozean stürzte – und war sich dabei des Mondes und des Sternenhimmels bewusst, die unter seinen Füßen verschwanden, des schlürfenden Geräusches, das er erzeugte, als er ins Wasser klatschte, der davonstiebenden Fische, als er tiefer sank, der Bänder von Seetang, verwirbelnder Schwalle von Jugularblut, seines auf- und zuklappenden Mundes, seiner erschlaffenden Gliedmaßen.

Des exakten Augenblicks seines Todes.

Ja, natürlich wusste Miles davon. Als sie Kinder waren, hatte Hayden den Traum regelmäßig gehabt, manchmal ein-, zweimal die Woche. Hayden sprang dann in Miles' Koje hinunter und schlüpfte zu ihm unter die Decke, und wenn Miles dann noch nicht wach war, schüttelte er ihn, bis er es war. «Miles», sagte er. «Miles! Albträume! O Gott! Albträume!» Und er wickelte sich um Miles herum, als ob sie wieder im Bauch ihrer Mutter wären.

Miles hatte sich immer einiges darauf eingebildet, dass er ein guter Bruder war. Er wurde nie ärgerlich, egal, wie oft er die Geschichte von Bill McGregor und so weiter zu hören bekam.

Als er aber mal etwas in der Richtung äußerte, blieb Hayden eine ganze Weile stumm.

«Oh, stimmt», sagte Hayden zuletzt. «Du warst mir ja so ein guter Bruder.»

Sie saßen da und hörten einander beim Atmen zu. An Haydens Ende der Leitung ertönte das Blubbern einer Bong. Nicht weiter überraschend.

Ja, Miles wusste, worauf Hayden hinauswollte. Er meinte, dass Miles zu ihm halten solle, komme, was da wolle. Dass er seine Beziehung zu ihrer Mutter und dem Rest der Familie einfach wegwerfen und sich auf seine Seite schlagen solle, gleichgültig, wie extrem seine Geschichten, Reaktionen und Vorwürfe würden.

Das war kein Thema, über das Miles gern diskutierte, aber mit Hayden ließ sich das kaum umgehen. Früher oder später kehrte jedes Gespräch zu seinen verschiedenen Obsessionen zurück, seinen Albträumen, seinen Erinnerungen, seinem Groll gegen ihre Eltern und Verwandten.

«Seine pathologischen Lügen», nannte ihre Mutter sie. «Er ist ein zutiefst gestörter Mensch, Miles», sagte sie zu den verschiedensten Gelegenheiten. Sie hielt ihm vor, er lasse sich zu leicht täuschen, er sei zu sehr Haydens Gefolgsmann – «sein kleines Faktotum», sagte sie giftig.

Das war zu der Zeit, als sie versuchte, Hayden in eine geschlossene Anstalt einweisen zu lassen, und sie sagte: «Wart's nur ab, Miles, Schätzchen, eines Tages wird er dich genauso verraten, wie er jeden anderen auch verraten hat. Es ist nur eine Frage der Zeit.»

Und so, als Hayden anrief und sagte, er brauche Hilfe, die Hilfe seines Bruders – «Nur ein bisschen reden, ich kann nicht schlafen, Miles, bitte, red einfach nur mit mir» –, tja, da konnte Miles nicht umhin, an die Warnung seiner Mutter zu denken.

Besonders schwierig war es, wenn Hayden so stur auf seiner Version ihrer Vergangenheit, seiner Version bestimmter Ereignisse beharrte. Ereignisse, die, da war sich Miles ziemlich sicher, nie wirklich stattgefunden hatten.

«Was ich irgendwie nicht ganz kapiere», sagte Miles seinem Bruder – sie redeten mittlerweile seit Stunden über frühere Existenzen und Piraten, und so erschöpft er auch war, bemühte sich Miles, gutmütig und vernünftig zu klingen. «Was mich ein bisschen verwirrt», sagte Miles, «ist die Sache mit diesem Typ. Mr. Breeze. Ich kann mich ehrlich nicht daran erinnern, dass du mir früher je was über ihn erzählt hättest, und ich denke mal, das hättest du doch bestimmt getan!»

«Ach, ich hab dir von ihm erzählt», sagte Hayden. «Selbstverständlich hab ich das.»

Das war ein paar Wochen nachdem es mit dieser neuen Zwangsvorstellung vom «Hypnotiseur in der Küche» angefangen hatte. Miles stand mit heruntergekurbeltem Fenster auf einem Rastplatz an der Interstate und sprach in ein Drive-in-Münztelefon. Es war wahrscheinlich zwei Uhr nachts. Eine Straßenkarte der Vereinigten Staaten war auf dem Lenkrad ausgebreitet.

Hayden sagte gerade: «... vielleicht liegt darin das Problem, dass du so viel von unserer Kindheit *verdrängt* hast. Hast du je über diese Möglichkeit nachgedacht?»

«Tja», sagte Miles. Er trank einen Schluck aus einer Wasserflasche.

«Ich hab doch mein ganzes Leben darunter zu leiden gehabt», sagte Hayden. «Erinnerst du dich an Bobby Berman? Erinnerst du dich an Amos Murley?»

«Ja», sagte Miles – und es stimmte, das waren vertraute Namen aus ihrer Kindheit, vertraute Personen aus Haydens Albträumen. Bobby Berman war der Junge, der gern mit Streichhölzern spielte und der in einem Werkzeugschuppen hinter dem Haus verbrannt war; Amos Murley war der Halbwüchsige, der während des Bürgerkriegs zur Unionsarmee eingezogen worden war, der junge Soldat, der starb, während er sich mit weggeschossenen Unterschenkeln über ein

Schlachtfeld schleppte. Ihre Mutter nannte sie immer Haydens «Phantasiegestalten».

«Ach, Hayden», sagte sie dann entnervt. «Warum kannst du dir keine Geschichten über *glückliche* Menschen ausdenken? Warum muss immer alles so makaber sein?»

Und dann errötete Hayden und zuckte beleidigt die Schultern. Er sagte nichts. Erst viel später fing Hayden an zu behaupten, die Figuren seiner Träume seien seine eigenen früheren Existenzen. Diese «Gestalten» seien in Wirklichkeit Menschen, die er tatsächlich selbst gewesen sei. Und das entsetzliche Leben, das er in ihrer Familie führte, lediglich ein weiteres in der Reihe von entsetzlichen Leben, die er schon geführt habe.

Doch erst als ihr Vater gestorben war, hatte Hayden begonnen, die wahre Natur seines Leidens zu begreifen.

Zumindest war dies die Version der Ereignisse, die er gegenwärtig vertrat. Erst als ihr Vater gestorben war, ihre Mutter noch einmal geheiratet hatte und der verhasste Marc Spady mit ihnen unter einem Dach lebte. Erst dann begann er das Ausmaß dessen zu erkennen, was Mr. Breeze in seinem Inneren «geöffnet» hatte.

«Darauf war ich nämlich einfach nicht gefasst gewesen», sagte Hayden. «Ich habe mit der Zeit begriffen, dass es nicht nur mich betraf – es betraf jeden.»

Langsam, aber sicher, sagte Hayden, sei ihm ein Licht aufgegangen. Ihm sei klargeworden, dass er nicht der einzige Mensch sei, der solche früheren Existenzen habe. *Natürlich nicht!* Nach und nach – in Menschenmengen, in Restaurants, in Gesichtern im Fernsehen, in kleinen Gesten von Klassenkameraden und Verwandten –, nach und nach hatte er angefangen, undeutliche Momente der Wiedererkennung zu spüren. Ein Auge, das zum Seitenblick rollte; die Finger einer Kassiererin, die seine Handfläche berührten; der verfärbte

Schneidezahn ihres Geometrielehrers; die Stimme ihres Stiefvaters, Marc Spady, die laut Hayden exakt die heisere Stimme des Piraten Bill McGregor war.

Als ihr Vater starb, begann Hayden, in jedem Gesicht Verbindungen zu erkennen. Wann hatte er dieses eine schon gesehen? In welcher Existenz? Ohne Zweifel war fast jede Seele in der einen oder anderen Permutation schon jeder anderen begegnet, waren sie alle wechselseitig verknüpft, ineinander verwirrt, überschnitten sich ihre Pfade immer wieder auf dem Weg zurück in die Urzeit, in Raum und Unendlichkeit wie eine entsetzliche mathematische Formel.

Es hing eindeutig mit dem Tod ihres Vaters zusammen, dachte Miles. Davor war Hayden lediglich ein Junge mit überdurchschnittlich lebhafter Phantasie gewesen, der Albträume hatte, und Mr. Breeze, falls er überhaupt existierte, einfach einer der ungewöhnlichen Bekannten ihres Vaters, der sich auf einer Party betrunken hatte.

«Ach, verschon mich damit!», sagte Hayden, als Miles diese Möglichkeit andeutete. «Wie platt!», sagte er. «Hat *Mom* dir das eingeredet? Dass ich ‹schizophren› geworden bin, weil ich mit Dads Tod nicht klarkam? Ich weiß, dass es dir nicht passt, wenn ich mich abfällig über deine Intelligenz äußere, aber jetzt mal ernsthaft. Das ist *so* was von einfältig ...»

«Schön», sagte Miles. Er wollte keine Diskussion darüber anfangen, aber im Prinzip war es das, was Hayden selbst gesagt hatte. Es war unverkennbar gewesen, dass Hayden in den Monaten nach dem Tod ihres Vaters eine Persönlichkeitsveränderung durchgemacht hatte. Das war, als sie dreizehn waren, ein Jahr nachdem sie angefangen hatten, gemeinsam an dem Atlas zu arbeiten, und Hayden immer mürrischer und mürrischer, zorniger, verschlossener wurde. Miles hatte damals den Eindruck gehabt, dass Hayden plötzlich stärker auf bestimmte Andenken und Erinnerungsstücke des Toten ansprach – auf all die unbedeutenden Gegenstände im Haus, die jetzt kraft der Abwesenheit ihres Vaters leuchteten und die Hayden angefangen hatte zusammenzutragen. Hier ein Kaugummipapierchen, das ihr Vater gedankenlos zu einem Origami-Vogel gefaltet und zusammen mit etwas Kleingeld auf seiner Kommode liegengelassen hatte. Dort ein Bleistift mit den Abdrücken seiner Zähne, eine einzelne Socke, eine Zahnarzt-Terminkarte.

Seine Stimme auf dem Anrufbeantworter, die sie vergessen hatten zu löschen, bis Hayden eines Tages zu Hause anrief und sich nach langem Klingeln ihres Vaters Stimme meldete:

«Hallo. Sie haben es geschafft: Sie sind mit der Cheshire-Residenz verbunden …»

Eindeutig eine Aufzeichnung; das merkte man schon nach einer Sekunde.

Aber diese eine Sekunde! Diese eine Sekunde lang konnte das Herz schon einen Sprung tun, konnte man sich schon vorstellen, es sei alles nur ein böser Traum gewesen, es sei ein Wunder geschehen.

«Dad?», sagte Hayden und hielt den Atem an.

Er und Miles waren im Freizeitzentrum, auf der Rollschuhbahn, und hatten ihre Mutter anrufen wollen, damit sie sie abholte. Miles stand neben Hayden vor dem Münztelefon, während sein Bruder sprach.

«Dad?» Und Miles konnte das flüchtige Licht übernatürlicher Hoffnung über Haydens Gesicht flackern sehen, bevor es wieder verlosch, ein Licht verblüffter Freude, das fast augenblicklich wieder verglomm, sobald ihm dämmerte, dass er sich getäuscht hatte. Ihr Vater war noch immer tot – noch toter, als er vorher gewesen war.

Miles erahnte das alles, es zog wie ein telepathischer Strom durch sein Bewusstsein, und er erlebte Haydens Empfindungen so wie früher, als sie noch klein gewesen waren und er vor Schmerz aufschrie, wenn Hayden sich einen Finger in der Tür einklemmte, er über einen Witz lachte, noch ehe Hayden ihn erzählt hatte, er wusste, was für ein Gesicht Hayden gerade machte, auch wenn sie nicht im selben Zimmer waren.

Aber jetzt war es nicht mehr so.

Haydens Gesicht wurde auf einmal verkniffen – seine Augen bekamen ein böses Funkeln, als ob Miles' Mitfühlen eine widerwärtige fummelnde Berührung wäre. Als ob Miles, nachdem er Zeuge von Haydens nacktem Eifer geworden war, jetzt bestraft werden müsste. «Halt die Schnauze, Schwachkopf», sagte Hayden, obwohl Miles keinen Ton gesagt hatte, und dann wandte er sich ab, nicht einmal bereit, Miles in die Augen zu sehen.

Fest entschlossen, nie wieder glücklich zu sein.

War es naiv zu glauben, bevor ihr Vater starb, seien sie alle durchaus zufrieden gewesen? Miles hatte darüber nachgedacht, während er die Interstate entlangfuhr, durch Illinois, Iowa, Nebraska, und Los Angeles noch immer Tausende von Kilometern entfernt war.

Es war nett gewesen, dachte Miles. *Oder?*

In ihrer Kindheit und frühen Jugend war Cleveland, zumindest in Miles' Augen, noch recht idyllisch gewesen. Dort hatten sich ihre Eltern nicht lange nach der Hochzeit niedergelassen, im Osten der Stadt, in einem gemütlichen alten zweistöckigen Haus an einer von Silberahornen gesäumten Straße. Es war ein sympathisch heruntergekommenes bürgerliches Viertel, etwas nördlich von den Stadtvillen am Fairmount Boulevard, ein bisschen südlich von den Slums jenseits der Mayfield Road, und Miles erinnerte sich, damals gedacht zu haben, dass man es durchaus auch hätte schlechter treffen können. Im Lauf der Jahre hatten er und Hayden sowohl

Freunde, die merklich ärmer, als auch solche, die merklich reicher als sie waren, und ihr Vater schärfte ihnen ein, sich Elternhaus und Angehörige ihrer Schulkameraden genau anzusehen. «Begreift, wie es ist, ein anderes Leben zu führen», sagte er. «Denkt gut darüber nach, Jungs. Der Mensch *wählt* sein Leben; ich möchte, dass ihr euch das merkt. Und welches Leben werdet ihr für euch selbst wählen?»

Es war klar, dass ihr Vater selbst häufig über diese Frage nachgedacht hatte. Er war Inhaber einer «Talent-Agentur», wie er das nannte, die allerdings, einschließlich sämtlicher Angestellten nur aus ihm selbst bestand. Manchmal trat er auf Kindergeburtstagen und festlichen Eröffnungen von Einkaufszentren als Lila Clown auf, machte Luftballontiere, jonglierte und schminkte Kinder und sang Lieder zum Mitsingen und so weiter. Manchmal war er der Erstaunliche Cheshire, ein Zauberkünstler. («Erstaunen Sie Ihre Kunden und Gäste mit ein bisschen Magie! Auf Fachmessen! Firmenfesten! Zu besonderen Anlässen!») Zu wieder anderen Gelegenheiten war er als Dr. Larry Cheshire bekannt, Diplom-Hypnotiseur, Spezialist für Nikotinentwöhnung und Motivationscoach; oder als Lawrence Cheshire, Ph. D., Hypnotherapeut.

Miles und Hayden hatten ihn nie in einer dieser Gestalten auftreten sehen, wohl stießen sie aber gelegentlich, hier und da im Haus, auf Fotos von ihm in seinen unterschiedlichen Kostümen und sogar auf Entwürfe von Werbematerial, an denen er gerade arbeitete: «Der Lila Clown und seine Handpuppenfreunde laden euch zu einer magischen Erzählstunde ein …», oder: «Die Cheshire-Hypnose-Workshops werden Ihnen helfen, die Kräfte Ihres Unterbewusstseins zu entdecken …»

Gelegentlich hörten sie ihn telefonieren: Er saß dann am Küchentisch mit seinem großen schwarzen Terminkalender und verstummte zwischendurch immer wieder, um nachdenklich an seinem Bleistift zu kauen. Sie fanden es todkomisch, dass er, je nachdem, mit wem er sprach, jeweils eine andere Stimme benutzte. Eine ernste, jungenhaft trottelige, wenn er der Clown war; eine geschmeidige, aalglatte Managerstimme, wenn er Dr. Larry Cheshire war; einen bühnengeschulten sonoren Bariton, wenn er für den Erstaunlichen Cheshire sprach; eine leicht emotionslose, beruhigend monotone Stimme, wenn er Lawrence Cheshire, Ph. D., war.

Sie bekamen das alles mit, aber es schien in keinerlei Beziehung zu dem Mann zu stehen, den sie kannten. Er unterschied sich so grundlegend von den verschiedenen kostümierten und geschminkten Typen, die die Glatze, an die sie von zu Haus her bei ihm gewöhnt waren, unter Hüten und Toupets versteckten. Miles konnte sich nicht erinnern, dass ihr Vater sich ihnen gegenüber je auch nur entfernt «theatralisch» aufgeführt hätte, tatsächlich war er in seinem alltäglichen Leben eher ungewöhnlich still, ja gedämpft. Wie Miles vermutete, lag es einfach daran, dass er, wenn er nach Hause kam, genug davon hatte, sich vor Leuten zu produzieren.

Trotzdem war er ein guter Vater. Aufmerksam auf seine besondere, beherrschte Art.

Sie spielten miteinander Karten, Miles und Hayden und ihr Vater, Brettspiele, Computerspiele. Ein paarmal gingen sie zelten und machten Spaziergänge in der Natur. Als Kinder interessierten sich Miles und Hayden besonders für die Welt der Insekten, und ihr Vater half ihnen, welche zu finden, indem er große Steine und Holzstämme umdrehte. Die Tiere bestimmte er anhand seines Peterson-Naturführers, aus dem er laut rezitierte.

Überhaupt las er gern vor. *Goodnight Moon* war das erste Buch, an das Miles sich erinnern konnte, *Die Rückkehr des Königs* das letzte, und mit ihm wurden sie erst eine knappe Woche vor dem Tod ihres Vaters fertig.

Obwohl sie fast dreizehn waren, schliefen sie gern neben ihm, wenn er sein Nachmittagsnickerchen machte. Alle drei, Miles, Hayden und ihr Vater, lagen in Strümpfen auf dem Ehebett, Hayden auf der einen, Miles auf der anderen Seite des Vaters, die Hündin am Fußende des Bettes zusammengerollt, die Schnauze auf ihrem Schwanz. Ihre Mutter hatte Fotos von ihnen, wie sie alle so schliefen. Manchmal stand sie einfach nur in der Tür und sah sie an. Sie finde es schön, sagte sie, wie friedlich sie alle seien. Ihre Jungs. Sie hätte eine gute Mutter sein können, dachte Miles, wenn ihr Vater nicht gestorben wäre.

Ihr Vater war dreiundfünfzig gewesen, als er starb. Es kam natürlich völlig unerwartet, obwohl er, wie sich herausstellte, extrem hohen Blutdruck gehabt und nicht sonderlich Rücksicht auf seinen Körper genommen hatte. Er hatte regelmäßig, wenn auch heimlich, geraucht, war übergewichtig und hatte nie auf seine Ernährung geachtet. «Albtraumhafte Cholesterinwerte», hatte ihre Mutter auf der Beerdigung den Leuten zugemurmelt, und Miles hatte gespürt, dass sie sich durch das Dickicht von Bedauern und versäumten möglichen Präventivmaßnahmen kämpfte, von alternativen Zukünften, die mittlerweile obsolet geworden waren, aber dennoch ihr Denken weiterhin beschäftigten. «Ich habe ihm gesagt, dass ich mir Sorgen mache», sagte sie den Leuten ernsthaft, eindringlich, als erwartete sie von ihnen, dass sie ihr die Schuld geben würden. «Ich habe mit ihm darüber gesprochen.»

In den darauffolgenden Wochen dachte Miles viel darüber nach. Über seinen Tod. Hatten sie ihren Vater im Stich gelassen, waren sie gedankenlos gewesen, hätten sie sich anders verhalten und dadurch den Gang der Ereignisse ändern können? Er schloss die Augen und versuchte sich vorzustellen, wie sich ein «massiver Herzinfarkt» anfühlen mochte. War man einfach plötzlich weg, fragte er sich, leerte sich das Bewusstsein, wie wenn Wasser aus einer Tasse ausgeschüttet wird?

Er versuchte sich auszumalen, wie es hätte sein können, versuchte, sich seinen Vater vorzustellen, wie er vor dem Publikum stand, als er die ersten, noch leichten Symptome verspürte. Ein Stechen im linken Arm vielleicht. Eine Verengung der Brust. *Sodbrennen*, dachte er wahrscheinlich. *Erschöpfung*. Miles stellte sich vor, dass sein Vater die Hände auf sein Toupet legte, es sich mit beiden Handflächen fest an den Kopf drückte.

Miles ging davon aus, er wüsste in groben Zügen, was passiert war. Er erinnerte sich, in der Nacht, in der ihr Vater gestorben war, mit Hayden darüber gesprochen zu haben.

Ihr Vater war zu einem Wochenend-Event in Indianapolis gewesen und während einer seiner Hypnose-Shows gestorben.

Das hätte eine hübsche Zeitungsnotiz abgeben können, sagte Hayden. Eine dieser scherzhaften, bissig-ironischen *Human-Interest*-Meldungen, die man in *News of the Weird* las.

Die Vorstellung fand in einem Konferenzraum in einem Bürokomplex am Stadtrand statt; es war eine «Teambildungs»-Übung für die Mitarbeiter der Firma, wahrscheinlich so eine glänzende Idee, die irgendein Manager im Personalcontrolling ausgeheckt hatte. *Klasse!*, dachten die anderen. Ihr Vater hatte sie wahrscheinlich mit seinen Werbesprüchen à la «den Menschen helfen, die Kräfte ihres Unterbewusstseins zu entdecken» überzeugt. Er nahm sich Freiwillige aus der Gruppe, Leute, die sich mutig dazu bereit erklärten, sich hypnotisieren zu lassen, holte sie nach vorn und forderte sie auf, sich auf Klappstühle zu setzen, während ihre Kollegen zuschauten und begierig darauf warteten, dass ihr Vater die Freiwilligen einen nach dem anderen in Trance versetzte.

Alle waren begeistert. Was für ein Spaß! Die Zuschauer

kicherten, als sie ihre Kollegen in einem wirklichen Zustand der Hypnose sahen, zutiefst entspannt, wehrlos ausgeliefert, da auf den Stühlen, vor aller Augen.

Während er sprach, schwitzte ihr Vater leicht. Er legte sich die flache Hand an die Stirn, dann auf den Nacken.

«Meine Damen und Herren», sagte er und schluckte gegen die Trockenheit in seiner Kehle an.

«Meine Damen und –»

«Meine Damen und Herren.»

Und dann verstummten sie alle, als er einen Finger hob – *einen Moment bitte*, bedeutete die Geste. Er setzte sich auf einen Klappstuhl neben die hypnotisierten Freiwilligen. Das Publikum schmunzelte. Der letzte Typ in der Freiwilligenreihe war ein lockenköpfiger Computernerd, dem die Kinnlade runterhing, und über den amüsierten sie sich ganz besonders, wie er da in tiefster Trance hockte.

Sie warteten, neugierig, was jetzt kommen würde. Ihr Vater legte sich die Hand ans Kinn und schien nachzudenken. Er kniff die Augen zusammen, nahm eine Haltung feierlicher Kontemplation ein.

Weiteres Schmunzeln.

Wahrscheinlich starb er da gerade.

Aufrecht auf einem Klappstuhl – sein Körper zentriert, im Gleichgewicht, und sein Publikum wartete noch immer.

Noch ein bisschen Schmunzeln hier und da, aber größtenteils gespannte Stille. Atemlose.

Der Körper ihres Vaters sackte leicht in sich zusammen. Neigte sich dann. Fiel dann – endlich – vornüber, der Metallstuhl klappte mit einem Knall zusammen und auf den hallenden Fliesenboden.

Eine Dame stieß einen überraschten Schrei aus, aber trotzdem blieb das Publikum sitzen, unsicher, zweifelnd. Gehörte das zum Act? Gehörte das zur Teambildung?

Und inzwischen waren die Leute, die hypnotisiert worden waren, nicht mehr hypnotisiert. Es war schließlich nicht möglich, ewig in Trance zu bleiben. Das ist nur ein Ammenmärchen.

Die hypnotisierten Freiwilligen hatten angefangen, sich zu rühren, die Augen zu öffnen und zu gucken.

Aufwachen! Aufwachen!, rief Miles' und Haydens Vater am Morgen immer, als sie noch klein waren. *Aufwachen, meine kleinen Schlafmützen*, flüsterte er dann und berührte mit seinen weichen Fingerspitzen leicht ihre Ohren.

In Wahrheit war keiner von ihnen – Miles oder Hayden, oder ihre Mutter – tatsächlich Zeuge dieses Ereignisses gewesen, aber in Miles' Vorstellung war es immer so, als habe er es tatsächlich mit angesehen. Als sei es auf Film aufgezeichnet worden, einem dieser körnigen Unterrichtsfilme mit blechernem Ton, die die Lehrer der Roxboro Middle School gern an regnerischen Tagen hervorkramten. *Martin Luther King. Der Fortpflanzungsapparat. Die ägyptischen Mumien.*

Einige Zeit später hatte Miles zufällig diese Szene vom Tod ihres Vaters erwähnt, und seine Mutter hatte ihn aufmerksam angesehen.

«Miles, wovon in aller Welt redest du da?», fragte sie. Sie saß am Küchentisch, völlig reglos, aber ihre Zigarette zitterte zwischen ihren Fingern. «*Das* hat Hayden dir erzählt?», sagte sie, und sie betrachtete ihn besorgt. Ihre Meinung über Hayden begann sich damals zu verfestigen.

«Dein Vater ist in seinem Hotelzimmer gestorben, Schätzchen», sagte sie. «Ein Zimmermädchen hat ihn gefunden. Er wohnte in einem Holiday Inn. Außerdem war es in Minneapolis, nicht Indianapolis, wenn du es genau wissen willst, und er nahm da an der Tagung der National Guild of Hypnotists teil. Er hatte gar keinen Auftritt.»

Sie trank einen Schluck von ihrem Kaffee, hob dann abrupt den Kopf, als Hayden in Boxershorts und T-Shirt in die Küche kam – gerade erst aufgewacht, obwohl es schon zwei Uhr nachmittags war.

«Tja», sagte sie. «Wenn man vom Teufel spricht.»

Schon damals hatte Miles angefangen zu begreifen, dass viele seiner Erinnerungen einfach Geschichten waren, die Hayden ihm erzählt hatte – Suggestionen, die ihm eingepflanzt worden waren und um die herum sein Gehirn begonnen hatte, «Setting», «Details» und «Handlung» zu konstruieren. Selbst noch Jahre später erinnerte sich Miles in aller Deutlichkeit an die letzten Sekunden seines Vaters, so wie Hayden sie geschildert hatte.

Rückblickend kam es Miles so vor, als habe er zwei verschiedene Leben geführt – eines, das ihm Hayden erzählt hatte, das andere sein eigenes Leben, das Leben eines mehr oder weniger normalen Teenagers. Und während Hayden sich immer tiefer in die Welt früherer Existenzen versenkte, die Mr. Breeze ihm eröffnet hatte, und Hayden zunehmend isolierter wurde, arbeitete Miles am Highschool-Jahrbuch mit und spielte Lacrosse in der Junior-Auswahlmannschaft der Hawken School, an der Marc Spady Zulassungskoordinator war. Während Hayden in die Therapie ging und die ganze Nacht wach blieb, sammelte Miles in der Schule friedlich seine Zweien und Dreien und fuhr mit Marc Spady raus auf einen Parkplatz, um für die Führerscheinprüfung zu üben, setzte zwischen orangefarbenen Pylonen zurück, während Spady ein paar Meter vom Auto entfernt stand und «Vorsichtig, Miles! Vorsichtig» rief.

Haydens Leben entwickelte sich unterdessen in eine andere Richtung. Seine Albträume waren immer intensiver geworden – Piraten, blutige Bürgerkriegsschlachten und dieser brennende Schuppen, in dem Bobby Berman mit Streichhölzern gespielt und das Feuer ihm den Sauerstoff aus den Lungen gesogen hatte –, und das bedeutete, dass Hayden selten zum Schlafen kam. Ihre Mutter richtete ihm auf dem Dachboden ein neues Schlafzimmer ein und dazu ein besonderes Bett mit Stoffgurten für Hand- und Fußgelenke, die ihn daran hindern sollten, schlafzuwandeln oder sich im Schlaf zu verletzen. Eines Nachts hatte er mit beiden Handballen das Küchenfenster eingeschlagen, überall Blut. Ein anderes Mal waren ihre Mutter und Marc Spady aufgewacht, als er mit einem erhobenen Hammer schwankend am Bett gestanden und vor sich hin gemurmelt hatte.

Und so geschah es nur zu seiner eigenen und zu ihrer aller Sicherheit, es war keine Strafe, aber dennoch war Miles überrascht gewesen, wie bereitwillig Hayden dieses neue Arrangement akzeptiert hatte. «Mach dir meinetwegen keine Sorgen, Miles», hatte Hayden gesagt, obwohl Miles nicht ganz klar war, worüber er sich hätte Sorgen machen sollen: Immerhin hatte Hayden in seinem neuen Zimmer Videospiele und Kabelfernsehen, und Miles war sogar ein bisschen neidisch gewesen. Er erinnerte sich an Abende, an denen sie in Haydens Dachzimmer nebeneinander im Bett lagen und auf dem alten Nintendo Super Mario spielten, die Controller in den Händen und die Augen unverwandt auf den Minifernseher gerichtet, der auf Haydens Kommode stand. «Keine Sorge, Miles», sagte Hayden. «Ich hab alles im Griff.»

«Das ist gut», sagte Miles.

Hayden war schon durch die Hände einer «ganzen Batterie» von Psychologen und Therapeuten gegangen, wie ihre Mutter es ausdrückte. Verschiedene Medikamente. Olanzapin, Haloperidol. Aber das spiele keine Rolle, sagte Hayden.

«Es ist ja nicht so, dass ich jedem die Wahrheit sagen könnte», sagte Hayden, und die MIDI-Musik von Super Mario plätscherte dahin. «Du bist der Einzige, mit dem ich reden kann, Miles», sagte er.

«M-hm», sagte Miles, dessen Aufmerksamkeit größtenteils der Wegstrecke galt, die sein Mario über den Bildschirm zurücklegte. Sie saßen da nebeneinander unter der Decke, und Hayden rutschte herüber und drückte seine eisigen Füße gegen Miles' Bein. Haydens Hände und Füße waren immer bleich und kalt, schlecht durchblutet, und er steckte sie immer unter Miles' Sachen.

«Lass das!», sagte Miles, als ihn auf dem Bildschirm gerade ein Pilzmonster tötete. «O Mann! Jetzt guck dir an, was ich wegen dir gemacht habe!»

Aber Hayden starrte ihn nur an. «Pass auf, Miles», sagte er, und Miles sah, wie auf dem Fernsehbildschirm die Mitteilung GAME OVER erschien.

«Was?», sagte Miles, und ihre Blicke blieben aneinander hängen. Dieser bedeutungsinnige Blick, dachte Miles, als ob er *Bescheid wissen* müsste.

«Ich hab denen von Marc Spady erzählt», sagte Hayden und atmete leise aus. «Ich hab denen gesagt, wer Spady war und was er uns angetan hat.»

«Wovon redest du eigentlich?», sagte Miles, und dann schaute Hayden unvermittelt auf. Ihre Mutter stand in der Tür. Es war für die Jungen Schlafenszeit, und sie war gekommen, um Hayden festzuzurren.

Miles war endlich in Kalifornien angekommen. Es war das erste Mal seit einer ganzen Weile, dass er Haydens Aufenthaltsort kannte. Über vier Jahre waren seit dem letzten Mal vergangen. Miles wusste nicht einmal, wie Hayden aussah, obwohl er, da sie doch Zwillinge waren, natürlich annahm, dass sie sich noch immer ziemlich ähnlich waren.

Es war Ende Juni, direkt nach ihrem zweiundzwanzigsten Geburtstag. Ihre Mutter und Marc Spady waren inzwischen tot, und seit er das Collegestudium geschmissen hatte, hangelte sich Miles von Job zu Job. Er erreichte das Ende der I-70, mitten in Utah, und nahm dann die I-15 nach Süden, Richtung Las Vegas.

Als er endlich die Stadtgrenze von Los Angeles passierte, war es Morgen.

In der Nähe von Chinatown fand er ein Super-8-Motel, und er verschlief den ganzen Tag auf seinem dünnmatratzigen Bett, während die fest zugezogenen Vorhänge den kalifornischen Sonnenschein aussperrten und der Minikühlschrank vor sich hin summte. Als er aufwachte, war es schon dunkel, und er tastete auf dem Nachttisch herum und fand seine Autoschlüssel und den Wecker und zu guter Letzt auch das Handy.

«Hallo?», sagte Hayden. Es war kaum zu glauben, dass er nur ein paar Kilometer entfernt war. Miles hatte schon in den Stadtplan eingezeichnet, wie er in das Viertel kommen würde, in dem sein Bruder wohnte – am Elysian Park vorbei in Richtung Silver Lake Reservoir.

«Hallo?», sagte Hayden. «Miles?» Und Miles überlegte.

«Ja», sagte er. «Ich bin's.»

10
EIN EINDRINGLING

gelangt in deinen Computer und beginnt, die kleinen Diatomeen deiner Identität einzusammeln.

Deinen Namen, deine Adresse und so weiter; die verschiedenen Websites, die du bei deinen Streifzügen durch das Internet besuchst, deine Benutzernamen und Passwörter, dein Geburtsdatum, den Mädchennamen deiner Mutter, deine Lieblingsfarbe, die Blogs und Newsgroups, die du liest, die Dinge, die du einkaufst, die Kreditkartendaten, die du zu dem Zweck angibst –

Was natürlich nicht unbedingt *du* bist. Du bist nach wie vor ein menschliches Individuum mit einer Seele und einer Lebensgeschichte, Freunden und Verwandten und Arbeitskollegen, denen du etwas bedeutest, die für dich bürgen können: Sie erkennen dein Gesicht, deine Stimme und deine Persönlichkeit, und du erlebst dein Leben als einen durchgehenden Handlungsstrang, eine verlässliche, sich immer weiter entfaltende Geschichte deiner selbst, die du dir selbst erzählst, du wachst auf und bist so weit ganz zufrieden – *zufrieden* auf diese fade, alltägliche Weise, die sich nicht einmal selbst als Zufriedenheit erkennt – und nimmst die leeren Stunden in Angriff, die wahrscheinlich nicht mehr als eine Abfolge mechanischer Handlungen sein werden: duschen und Kaffee in eine Tasse gießen und dich anziehen und einen Zündschlüssel herumdrehen und Straßen entlangfahren, die dir so vertraut sind, dass du dich nicht einmal erinnerst, an bestimmten Stellen abgebogen zu sein und gehalten zu haben –, und doch bist du noch immer *anwesend*, dein Geist muss den Akt des Abbremsens an der Ecke und des Drehens des Lenkrads unter deinen Handflächen und des Linksabbiegens auf den Highway willentlich veranlasst haben, auch wenn keinerlei bewusste Erinnerung an all diese Tätigkeiten zurückbleibt. Vielleicht ließen sich solche belanglosen Momente unter Hypnose wieder zutage fördern, sie stehen in irgendeiner Datei und lagern, unbenutzt und nutzlos, in irgendeiner neurologischen Abstellkammer. Spielt das irgendeine Rolle? Du bist schließlich nach wie vor du, während all dieser Stunden und Tage; du bist immer noch vollständig –

Aber stell dir dich in Fragmenten vor.

Stell dir all die Menschen vor, die dich erst seit einem Jahr oder einem Monat oder von einer einzigen Begegnung her kennen, stell dir all diese Leute in einem Zimmer vor, wie sie gemeinsam versuchen, ein Porträt von dir zusammenzusetzen, so wie ein Archäologe die Bruchstücke einer antiken Fassade oder die Knochen eines Höhlenmenschen zusammenfügt. Erinnerst du dich an das Gleichnis von den sieben Blinden und dem Elefanten? Es ist schließlich nicht so einfach zu wissen, woraus du bestehst.

Stell dir die Bestandteile deiner selbst voneinander getrennt vor; stell dir etwa vor, dass von dir nichts anderes übrig geblieben ist als eine abgetrennte Hand in einer Kühlbox. Vielleicht gibt es unter deinen Freunden und Verwandten jemanden, der sogar noch dieses kleine Stück identifizieren könnte. Hier: die Linien auf deiner Handfläche. Die Beschaffenheit deiner Knöchel und der Hautrunzeln an den Fingergelenken. Schwielen, Narben. Die Form deiner Nägel.

Derweil sind die Eindringlinge eifrig damit beschäftigt, Stückchen von dir fortzuschaffen, Informationsbröckchen, an die du kaum je einen Gedanken verschwendest, ebenso wenig wie an die Hautschüppchen, die unablässig von dir abfallen, ebenso wenig wie an die Millionen mikroskopisch kleiner Haarbalgmilben, die auf dir herumkrabbeln und sich von deinem Talg und deinen Hautzellen ernähren.

Du fühlst dich nicht besonders verwundbar mit deiner Firewall und deinem regelmäßig aktualisierten Virenschutzprogramm, und die meisten Angreifer sind nahezu lachhaft ungeschickt. Auf der Arbeit bekommst du eine E-Mail, die so durch und durch lächerlich ist, dass du sie an ein paar Freunde weiterleitest. *Miss Emmanuela Kunta, erwarte Ihre Antwort*, steht in der Betreffzeile, und die Unbeholfenheit des Textes ist geradezu anbetungswürdig. «Lieber Freund», schreibt Miss Emmanuela Kunta,

Lieber Freund,
ich weiß das diese Post Sie uberraschen wird da wir Uns nicht kannten, aber ich glaubte das es der Wille Gottes ist, Uns heute Wechsel seitig zu kennen und ich danke Ihm das Er es moglich macht das ich Sie von meinem großen Wunsch informiere eine lang Fristige Beziehung ein zu gehen und finanzielle Transaktion zu Unserem Wechsel seitigen Nutzen.
Emmanuela Kunta ist mein Name, wohnhaft in Abidjan, wahrend ich 19 Jahre alt bin, ich bin auch die einzige Tochter der verstorbenen Mr. und Mrs. Godwin Kunta, mit meinem jungeren Bruder Emmanuel Kunta der auch 19 Jahre alt ist weil wir Zwillinge sind.
Mein Vater war Gold Agentur in Abidjan (Côte d'Ivoire) gewesen. Vor seinem plozlichen, Tod am 20ten Februar in einem privat Krankenhaus hier in Abidjan, hat er mich an seine Bett Stadt gerufen und von der Summe von (USD $ 20 000 000,00) Zwanzig Millionen United state Dollars er-

zählt, die er deponiert hat in einer Sicherheits Gesellschaft hier in Abidjan (Côte d'Ivoire) fur Geschafts Investition, und das er meinen Namen benutzt hat seine geliebte Tcohter und einziger Sohn als die Nachsten angehorigen bei der Einzahlung des Geldes, weil unsere Mutter war vor 13 Jahren bei einem totlichen Auto Unfall um das Leben gekommen. Und das wir suchen sollen nach einem auslandischen Partner in einem Land von unserer Wal wo wir dieses Geld zum Investment Zweck transferieren werden fur unser zukunftiges Leben.
Ich bitte Hoflich um Ihre Unterstutzung, uns zu helfen dieses Geld zu transferieren und sichern in Ihrem Land fur Investition, und als Treuhander zu dienen fur das Geld weil wir noch Studenten sind, zu arrangieren das wir in Ihr Land kommen zur fort Setzung unserer Ausbildung.
Danke weil Sie sich entschlossen haben, Weisen wie uns beiden zu helfen. Ich biete Ihnen 20% des gesamt Betrags an fur Ihre hofliche unter Stuztung und 5% ist vorgesehen fur Abgeltung von samtliche Spesen auftretend wahrend der Transaktion.
Bitte, ich frage Sie in Standig diese Transaktion eine Vertraulichkeit zu machen in Ihrem Herzen fur Sicherheits Grunden.und bitte Antworten Sie durch meine private Email.
Hoch Achtungsvoll,
Miss Emmanuela Kunta

Ganz schön komisch. Miss Emmanuela Kunta ist wahrscheinlich irgendein fetter dreißigjähriger Weißer, der, umgeben von nikotingelben Computern, im Keller seiner Mutter sitzt und nach einem leichtgläubigen Trottel phischt. «Wer fällt denn auf so was rein?», fragst du dich, und deine Kollegen haben alle schon von ähnlichen Betrugsversuchen gehört und steuern entsprechende Anekdoten bei, und ihr plaudert und lacht eine Zeitlang so weiter, es ist schon fast fünf –

Aber aus irgendeinem Grund musst du auf der Heimfahrt an sie denken. Miss Emmanuela Kunta in Abidjan, Côte d'Ivoire, die verwaiste Tochter eines wohlhabenden Goldagenten, wie sie eine Marktstraße entlanggeht. Das Gewimmel von Menschen und die schönen Auslagen von Obst, eine große blaue Schüssel, vollgestapelt mit Papayas, und ein Mann in einem rosa Hemd ruft ihr hinterher – sie dreht sich um, und ihre braunen Augen sind schwer vor Trauer. Erwarte Ihre Antwort.

Hier im Hinterland von New York fängt es an zu schneien. Du fährst von der Interstate ab auf eine Raststätte, und an der Zapfsäule führst du deine Kreditkarte ein, dann kommt eine Pause *(Bitte warten)*, während deren deine Karte überprüft und schließlich akzeptiert wird, und dann kannst du tanken. Ein dichtes Gestöber von Schneeflocken weht über dich hinweg, als du die Zapfpistole in deinen Tank einführst, und es ist angenehm, sich die glitzernden Lichter der Hotels vorzustellen und der Autos auf der Schnellstraße entlang der Ébrié-Lagune, die von Abidjan eingefasst wird, die Palmen vor dem indigoblauen Himmel usw. *Erwarte Ihre Antwort.*

Und währenddessen wird in einem anderen Staat vielleicht schon eine neue Version deiner selbst zusammengefügt, jemand verwendet deinen Namen und deine Nummern, ein Stück von dir, abgesondert und sich weiter zerstreuend –

Und du streichst dir den Schnee aus den Haaren und steigst wieder ins Auto und fährst los, auf eine Anhäufung der üblichen Alltäglichkeiten zu – Abendessen muss gekocht und Wäsche in die Maschine getan werden, den Kindern bei den Hausaufgaben helfen, auf der Couch sitzen und fernsehen, den Kopf des Hundes auf dem Schoß, und du schuldest deiner Schwester in Wisconsin einen Anruf, und dann musst du dich bettfertig machen, Zähne putzen, Zahnseide hinterher, und ein paar Pillen, die deinen Blutdruck und die Schilddrüsenfunktion regeln, dann die Peeling-Creme auftragen und all die übrigen Rituale, die, wie dir immer deutlicher bewusstwird, ebenso viele Maßeinheiten sind, nach denen du dein Leben portionierst.

ZWEITER TEIL

Was immer sein Geheimnis war – auch ich habe ein Geheimnis erfahren, nämlich dies: dass die Seele nur eine Seinsweise ist – kein fester Zustand –, dass einem jede Seele gehören kann, wenn man ihr Auf und Ab findet und ihm nachgeht. Das Jenseits mag die volle Fähigkeit sein, bewusst in jeder beliebigen Seele zu wohnen, in beliebig vielen Seelen, deren keiner ihre auswechselbare Last bewusst ist.

Vladimir Nabokov, «Das wahre Leben des Sebastian Knight»

11

RYAN WAR GERADE

von seiner Tour nach Milwaukee zurück, als die Nachricht seines Todes eintraf.

Ertrunken, hieß es.

Freunde gaben an, Schuyler, ein College-Stipendiat, sei wegen schlechter Noten niedergeschlagen gewesen, und jetzt spekuliert die Polizei, er

Jay saß auf der Couch und zerbröselte eine Marihuana-Knospe, um die Samen herauszutrennen, während Ryan seinen eigenen Nachruf las.

«Das ist interessant, weißt du?», sagte Jay. Er saß über den Couchtisch gebeugt und war schon zugedröhnt und in der Stimmung zu philosophieren. Er hatte ein altmodisches Ouija-Brett, das er als Unterlage benutzte, um sein Marihuana klein zu schneiden, und Ryan starrte darauf hinunter – auf das fächerförmig angeordnete Alphabet und die Sonne und den Mond in den Ecken –, als könnte dort eine Botschaft auf ihn warten.

«Das ist irgendwie eins von den Dingen, die sich praktisch jeder mal vorstellt, nicht? *Wie wär's, wenn du eines Morgens aufwachst und die Leute glauben, du bist tot?* Ein klassisches Szenario, nicht? Was würdest du tun, wenn du dein altes Ich vollständig hinter dir lassen könntest? Das ist eins der großen Mysterien des Erwachsenseins. Für die meisten Menschen.»

«Mm», sagte Ryan und blickte kurz auf den Computerausdruck, den Jay ihm gegeben hatte. Die Todesmeldung. Er faltete das Blatt einmal zusammen, wusste dann nicht recht, was er damit tun sollte, und stopfte es sich in die Tasche.

«Ist nicht so einfach zu bewerkstelligen, weißt du», redete Jay weiter. «Genau genommen ist es ziemlich schwierig, sich amtlich für tot erklären zu lassen.»

«M-hm», sagte Ryan, und Jay schaute mit zusammengekniffenen Augen zu ihm auf.

«Glaub mir, mein Sohn», sagte Jay. «Ich hab mich mit der Materie befasst, und es ist nicht einfach. Besonders heutzutage nicht, mit DNA-Tests und Zahnstatusvergleichen und dem ganzen Kram. Ehrlich gesagt, ist das schon ein ziemliches Kunststück. Und dir ist es einfach in den Schoß gefallen. Wie ein reifer Apfel.»

«Hm», sagte Ryan, aber er wusste nicht recht, was er sagen sollte. Jay saß da, zurückgelehnt, in Trainingsanzug und gefütterten Slip-Ons, und starrte erwartungsvoll zu ihm auf.

Das war ziemlich viel zum Verarbeiten.

Ihm war nicht ganz klar, wie die so was behaupten konnten, ohne eine Leiche zu haben. Aber nach dem, was in der Zeitungsnotiz stand, hatte sich anscheinend ein Zeuge gemeldet, der behauptete, ihn auf den Felsen am Ufer des Sees gesehen zu haben, direkt hinter dem Studentencenter. Angeblich hat er gesehen, wie er in den See sprang: Ein junger Mann, der ungefähr seiner Personenbeschreibung entsprach, hatte auf den großen, mit Graffiti übersäten Steinklötzen gestanden, die das Ufer säumten, und war dann plötzlich gesprungen –

Was hochgradig unwahrscheinlich klang, dachte Ryan, und leicht zu entkräften gewesen wäre. Aber offensichtlich hatte die Polizei entschieden, so sei es gewesen; wahrscheinlich hatte sie es eilig, die Akte zu schließen und sich wichtigeren Fällen zuzuwenden.

Und so waren seine Eltern jetzt vermutlich auf dem Weg nach Evanston zum «Gedenkgottesdienst», und er nahm an, dass ein paar von seinen Freunden aus der Highschool vielleicht auch kommen würden. Wahrscheinlich etliche aus seinem Wohnheim – Walcott natürlich, und ein paar von den anderen von seiner Etage, mit denen er rumgezogen war, möglicherweise ein paar Bekanntschaften vom ersten College-Jahr, die er seit einiger Zeit nicht mehr gesehen hatte. Ein paar Dozenten. Ein paar Typen aus der Verwaltung, Dekane oder Vizedekane oder was auch immer, Funktionäre, zu deren Job es eben gehörte, sich blicken zu lassen und ein betroffenes Gesicht zu machen.

Unnötig zu sagen, dass Jay – «Onkel Jay» – nicht zur Trauergemeinde gehören würde.

«Ehrlich, ich bin froh, dass deine Mutter keine Ahnung hat, wie sie mich erreichen kann», sagte Jay. «Wie die Dinge liegen, würde sie sich wahrscheinlich genötigt fühlen, mich anzurufen. Sie würde nach all den Jahren endlich Frieden schließen wollen und mich wahrscheinlich sogar bitten, zur Trauerfeier zu kommen. *Jesus!* Kannst du dir das vorstellen? Ich hab sie zuletzt kurz nach deiner Geburt gesehen, Mann. Ich kann mir gar nicht vorstellen, was die für ein Gesicht machen würde, wenn ich nach all den Jahren aufkreuzen würde. *Das* kann sie im Augenblick wirklich nicht brauchen, bei allem, was sie momentan durchmacht.»

«Stimmt», sagte Ryan.

Er selbst bemühte sich, sich nicht vorzustellen, was für ein Gesicht seine Mutter im Augenblick machte.

Er bemühte sich, sich die Mienen seiner Eltern nicht auszumalen, wenn sie endlich in Chicago ankämen und im Hotel eincheckten und in ihrem Zimmer ihre düsteren Sachen für die Gedenkfeier anzogen. Er komprimierte dieses Bild und stopfte es ganz tief in sein Unterbewusstsein.

«Mensch», sagte Jay. «Warum setzt du dich nicht, Mann? Ich mach mir Sorgen um dich.»

Sie waren auf der Veranda von Jays Hütte, und der gusseiserne Holzofen schickte Wellen von schläfriger Wärme nach draußen. Jay saß auf der alten Verandacouch und strich sich die Haare aus den Augen. Dann warf er Ryan einen vorsichtig mitfühlenden Blick zu – die Sorte Blick, mit der man Leute bedenkt, die einem gerade eine komplizierte oder tragische Sache erzählt haben. Aber es war kein Blick, den Ryan jetzt brauchen konnte.

«Du bist mitgenommen», sagte Jay. «Du versuchst, es dir nicht anmerken zu lassen, aber ich seh's dir an.»

«Hm», sagte Ryan. Und er dachte nach. *Mitgenommen?*

«Nicht direkt», sagte Ryan. «Es ist nur – nicht leicht auf die Reihe zu kriegen.»

«Klar», sagte Jay, und als Ryan sich endlich neben ihn setzte, legte er ihm den Arm um die Schultern. Sein Griff war überraschend heftig, und er zog Ryan fest an sich, umklammerte ihn wie ein Ringer seinen Gegner, sodass er die Arme nicht bewegen konnte. Anfangs war es unangenehm, aber in der Schwere und Kraft seines Arms lag auch etwas Tröstliches. Es wäre gut gewesen, als Kind einen solchen Dad gehabt zu haben, dachte Ryan, und er lehnte versuchsweise den Kopf an Jays Schulter. Nur für einen Moment. Er zitterte ein bisschen, und Jay drückte fester zu.

«Keine Frage, es wird eine Weile dauern, bis du's richtig in den Kopf kriegst», sagte Jay sanft. «Das ist ein ziemlicher Hammer, nicht?»

«Kann man sagen», sagte Ryan.

«Ich meine», sagte Jay, «schau. Du musst dir klarmachen, auf psychischer Ebene ist das ein Verlust. Das ist ein Tod. Und das kannst du dir jetzt vielleicht nicht vorstellen, aber du wirst es wahrscheinlich so – na, *verarbeiten* müssen, als wär es ein richtiger Todesfall. Wie mit diesen Sterbephasen bei der Kübler-Ross. Nicht-wahrhaben-Wollen, Zorn, Verhandeln, Depression … Du musst durch eine Menge Gefühle durch.»

«Ja», sagte Ryan.

Er hätte nicht genau sagen können, welches Gefühl er gerade durchmachte. Welche Phase. Er sah bloß, wie Jay ein Bier aus der Styropor-Kühlbox holte, die vor ihnen auf dem Boden stand, und sie ihm reichte. Er riss sie auf und kippte sich, während Jay ihn beobachtete, die Flüssigkeit in den Mund.

«Aber du flippst nicht aus oder so», sagte Jay, nachdem sie eine Zeitlang so dagesessen hatten. «Du bist okay, ja?»

«Ja», sagte Ryan.

Ryan saß da und starrte auf das alte Ouija-Brett. Die Buchstaben des Alphabets bildeten darauf einen weit geschwungenen Bogen wie die Tasten einer altmodischen Schreibmaschine. Lächelnde Sonne in der linken Ecke. Stirnrunzelnder Mond in der rechten. In den unteren Ecken waren Wolken, und das war ihm bislang nicht aufgefallen, aber in den Wolken waren Gesichter. Merkmallose, unbestimmte Gesichter, die aber, wie er vermutete, langsam aus irgendeinem Jenseits auftauchten. Bescheiden, am Rande, darauf wartend, dass jemand sie heraufbeschwor.

«Du weißt, dass ich für dich da bin», sagte Jay. «Ich bin schließlich dein Vater. Falls du mal reden möchtest.»

«Ich weiß», sagte Ryan.

Sie tranken noch ein paar Bier, und dann ließen sie eine Bong hin- und hergehen, und nach einer Weile begann Ryan zu spüren, wie sich der Gedanke allmählich in ihm setzte. Er war tot. Er hatte sein altes Ich hinter sich gelassen. Er schloss die Lippen um das Saugrohr der Bong, während Jay den Inhalt des Pfeifenkopfs in Brand setzte. Die Erkenntnis entfaltete sich in Zeitlupe, wie in diesen Naturfilmen, in denen Sämlinge aus der Erde drangen und ihre zierlichen Stiele entrollten und ihre Blätter entfalteten und ihre Köpfe in langsamen Kreisen wiegten, während die Sonne über den Himmel jagte.

Jay redete unterdessen weiter, mit einer friedlichen, beruhigenden Plauderstimme. Er war ein Mann mit vielen Geschichten, und Ryan saß da und hörte zu, wie sich Jay in Erinnerungen erging.

Anscheinend hatte Jay einmal versucht, seinen eigenen Tod vorzutäuschen.

Das war lange her, zu der Zeit, als Jay jung war und in Iowa lebte, noch bevor er das Mädchen kennenlernte, das er mit Ryan schwängern würde.

Es war der Sommer nach der zehnten Klasse, und er hatte sich die Sache lange und genau überlegt. Man würde seine Kleider und Schuhe am Ufer des Flusses finden, und er würde dafür sorgen, dass vorher jemand hörte, wie er um Hilfe rief. Er würde sich bis nach Einbruch der Dunkelheit versteckt halten, und dann würde er, heimlich, in Richtung Süden wandern, bis er weit genug aus der Stadt raus wäre. Er würde sich an Trucker-Raststätten hinstellen und bis nach Florida trampen, und dann würde er sich auf einem Schiff, das nach Südamerika fuhr, als blinder Passagier bis zu irgendeiner Stadt an der Küste, in der Nähe des Regenwaldes oder der Anden, durchschlagen, wo er als Trickbetrüger Touristen ausnehmen würde.

«Das klingt eigentlich ganz schön schwachsinnig, so im Nachhinein betrachtet», sagte Jay. «Aber damals kam mir das wie ein ziemlich guter Plan vor.»

Jay schmunzelte, den Arm noch immer locker um Rays Schultern geschlungen. Er neigte den Kopf liebevoll zu ihm, und Ryan spürte seinen rauchigen Atem, der mit dunklem Heugeruch über seinen Hals strich.

«Ich weiß nicht», sagte Jay. «Ich schätze, ich war damals ziemlich verzweifelt – ich hatte einigen Stress auf der Schule. Ich war ein ziemlich schlechter Schüler. Nicht so wie Stacey. Mir hing einfach alles zum Hals raus, und ich hatte das Gefühl, dass ich alle enttäuschte, mein Leben kotzte mich an … Meine Eltern hoben Stacey immer in den Himmel. Als wäre sie das Vorbild schlechthin, weißt du? Ich versuch nicht, ihre Leistungen runterzumachen oder so, aber es war echt kein Vergnügen. Meine Eltern haben sie förmlich auf ein Podest gestellt, als wär sie so was wie eine Göttin. Stacey Kozelek! Stacey Kozelek kriegte immer nur lauter Einsen. Sie war so fleißig. Sie hatte einen *Lebensplan*! Und von mir wurde erwartet, dass ich sie – *Wow!* – anhimmele. Wahnsinnig eindrucksvoll.»

Er zuckte widerwillig die Schultern. «Nichts gegen deine Mom. Es war nicht ihre Schuld, weißt du, sie hat hart gearbeitet. Schön für sie, nicht? Aber was mich angeht, das war nicht das, was ich wollte. Ich wollte nie einen Punkt im Leben erreichen, wo klar wäre, was ab dann passieren würde, aber ich hatte das Gefühl, dass die meisten Leute es einfach nicht erwarten konnten, sich in eine Routine einzuklinken und nicht mehr über den nächsten Tag oder das nächste Jahr, oder das nächste Jahrzehnt nachdenken zu müssen, weil alles für sie geregelt und festgelegt war.

Ich begreif einfach nicht, wie man sich damit zufriedengeben kann, lediglich ein Leben zu haben. Ich weiß noch, wie wir einmal in Englisch über dieses Gedicht geredet haben, von diesem Typ. Robert Frost. ‹In einem gelben Wald, da lief die Straße auseinander› – Du kennst das Gedicht, oder? ‹In einem gelben Wald, da lief die Straße auseinander, und ich, betrübt, dass ich, ein Wandrer bleibend, nicht die beiden Wege gehen konnte, stand und sah dem einen nach, so weit es ging: bis dorthin, wo er sich im Unterholz verlor.› Mir gefiel das Gedicht. Aber ich weiß noch, wie ich dachte: *Warum?* Wieso kann man nicht beide gehen? Das kam mir ziemlich unfair vor.»

Er verstummte und zog an seiner Zigarette, und Ryan, der

verträumt zugehört hatte, wartete. Draußen schneite es, und er spürte, wie sein Herz ein beschwichtigendes Geräusch in seinen Ohren machte.

«Ich bin allerdings nicht sehr weit gekommen», sagte Jay. «Die Bullen haben mich kurz nach Mitternacht aufgelesen, wie ich den Highway langging, nach der Sperrstunde, und als ich heimkam, warteten meine Eltern auf mich. Stinkig wie Sau – aber keiner hatte geglaubt, ich wäre tot. Die haben nicht mal meine Klamotten gefunden, die ich am Ufer des Flusses hatte liegenlassen. Am nächsten Tag bin ich hin, und da lag noch alles, meine Schuhe und mein Hemd und meine Hose, alles da.»

Während er Jay zuhörte, lehnte sich Ryan in die alte Couch zurück und schloss die Augen.

Ja, es war eine Erleichterung. Es war tatsächlich eine Erleichterung, tot zu sein, erheblich besser, als Selbstmord zu begehen – eine Möglichkeit, die er sich in den Monaten bevor Jay ihn anrief, ernsthaft überlegt hatte. Er hatte das ganze Semester lang gewusst, dass er aus dem College rausfliegen würden. «Akademische Suspendierung» würden sie das nennen, und ungefähr um die Zeit würden seine Eltern auch erfahren, dass er das Geld von seinen Studentendarlehen verplempert hatte, statt damit die Collegegebühren zu bezahlen. Den ganzen Herbst lang hatte er gespürt, wie die unausweichliche Offenbarung immer näher und näher rückte, nur noch ein paar Monate oder Wochen entfernt dräute – die vielfältigen Demütigungen und die Sitzungen in den Büros verschiedener Verwaltungsmenschen, und als krönender Abschluss die Überraschung und Enttäuschung seiner Eltern, wenn sie erführen, wie gründlich er alles vergeigt hatte.

Eines Nachts hatte er in seinem Wohnheimzimmer in eine Internet-Suchmaschine «schmerzloser Selbstmord» eingetippt und die Seite einer «Gesellschaft für Beihilfe zur Selbsttötung» gefunden, die den Suizid durch Einatmung von Helium mit Hilfe einer Plastiktüte empfahl.

Am meisten machte ihm der Gedanke zu schaffen, seiner Mutter unter die Augen treten zu müssen. Sie hatte sich so gefreut, dass er es auf ein gutes College geschafft hatte. Er erinnerte sich, wie besessen sie sein ganzes Bewerbungsverfahren mitverfolgt und unterstützt hatte. Seit seinem ersten Jahr auf der Highschool hatte sie über seine Noten Buch geführt: Sein Notendurchschnitt, wie ließ er sich verbessern? Welche Aktivitäten würden am meisten Eindruck machen? Wie schnitt er bei den Leistungstests ab, und könnten sich seine Ergebnisse verbessern, wenn er am Sommerkurs «Wie lege ich erfolgreich Leistungstests ab?» teilnahm? Welche Lehrer – potenzielle Verfasser von Empfehlungsschreiben – mochten ihn? Wie konnte er erreichen, dass sie ihn noch mehr mochten? Welches Thema würde er für seinen College-Aufnahme-Essay wählen? Wie sah ein erfolgreicher College-Aufnahme-Essay aus?

Es graute ihm lange vor dem Ausdruck in ihrem Gesicht, nachdem sie endlich erfahren hatte, dass es wieder in die Hose gegangen war. Vor ihrem verdrießlichen wachsamen Schweigen, wenn er sich wieder in sein Zimmer verzog, wenn sie über die Möglichkeit von Gemeinde-Colleges sprachen oder dass er sich erst mal einen Job für ein Jahr suchen könnte –

Es war wahrscheinlich in mancherlei Hinsicht leichter für sie, bei seiner Beerdigung die Honneurs zu machen.

Für eine Menge Leute leichter. Er fand die Meldung über seinen Tod im Internet, und als er seinen Namen in eine Suchmaschine eingab, stellte er fest, dass viele Freunde Nachrufe auf ihn in ihre Blogs gestellt hatten. Auf seiner Facebook-Seite gab es etliche anrührende Abschiedsbotschaften. «Ruhe in Frieden», schrieben die Leute, «ich werde dich nicht vergessen», sagten sie, «furchtbar, dass einem so coolen Typ wie dir etwas so Schreckliches passieren musste.»

Was, wie er zugeben musste, wahrscheinlich besser war als der peinliche allgemeine Rückzug, der eingesetzt hätte, wenn er mit Schimpf und Schande nach Council Bluffs zurückgeschickt worden wäre: der zunehmende Rückgang von E-Mails und IMs, die Feststellung, dass er und seine Kommilitonen sich immer weniger zu sagen hatten, die Gewissheit, dass man über ihn tratschte oder sogar offen lästerte, über ihn, den Typen, der *durchgerasselt* war, oder wahrscheinlich schon bald überhaupt nicht mehr an ihn denken würde. Ihr Leben würde weitergehen, und nach einem Jahr oder so würden sie sich kaum noch an seinen Namen erinnern können.

Besser für alle Beteiligten, einen solchen Schlussstrich zu ziehen.

Besser, dachte er, ganz von vorn anzufangen.

Seit einiger Zeit arbeitete er daran, ein paar neue Identitäten zusammenzubasteln. Matthew Blurton war eine davon. Kasimir Czernewski eine andere.

«Klone» nannte Jay sie. Oder manchmal «Avatare». Das war so, wie wenn man ein Videospiel spielte, sagte Jay, der einen großen Teil seiner Freizeit in den endlosen virtuellen Landschaften von *World of Warcraft*, *Call of Duty* oder *Oblivion* zubrachte. «Genau genommen ist das gar nichts anderes», hatte Jay gesagt und die Augen an den großen Bildschirm geheftet, auf dem er mit erhobenem Schwert auf einen Feind zuging. «Es ist grundsätzlich dasselbe Prinzip», sagte er. «Du erschaffst dir einen ‹Charakter›. Du steuerst ihn durch die Welt. Du hältst die Augen offen, passt auf, was du tust, und wirst dafür belohnt.» Und dann machten sich seine Daumen hektisch an den Knöpfen seines Game-Controllers zu schaffen, während auf dem Bildschirm ein Zweikampf entbrannte.

Das Konzept leuchtete ein, dachte Ryan, obwohl er persönlich kein so großer Internet-Game-Freak wie Jay war.

Für Ryan waren die Namen eher so etwas wie Schneckenhäuser – so stellte er sie sich vor –, hohle Hauthüllen, in die man schlüpfte und die sich mit der Zeit zunehmend verfestigten. Zu Beginn war die Identität so dünn wie Gaze: ein Name, eine Sozialversicherungsnummer, eine falsche Adresse. Doch schon bald kamen ein Ausweis mit Foto hinzu, ein Führerschein, ein beruflicher Hintergrund, eine Kreditgeschichte, Kreditkarten, getätigte Käufe und so weiter. Die Identität entwickelte allmählich ein Eigenleben, nahm Substanz an. Wurde zu einem *Gravitationszentrum* in der Welt, das wahrscheinlich schon jetzt größere Auswirkungen zeitigte als die unbedeutenden Ringwellchen, die er im Laufe seiner zwanzig Jahre als Ryan Schuyler verursacht hatte.

Tatsächlich war der in der Ukraine geborene Kasimir Czernewski Ryan bereits ans Herz gewachsen, und als er das Foto für dessen Führerschein machen ließ, scheitelte er sich das Haar in der Mitte und setzte sich eine Sonnenbrille auf. Jay zeigte ihm, wie leicht es war, bestimmte weitere Elemente zu erschaffen: eine falsche Adresse, eine Wohnung in Wauwatosa, einem Vorort von Milwaukee; einen Beruf, selbständiger Privatdetektiv mit Tätigkeitsschwerpunkt Identitätsdiebstahl und Internetbetrug; eine Steuernummer; eine Website für seine inexistente Detektei; und manchmal schickten sogar Leute E-Mails an Kasimirs Website.

Sehr geehrter Mr. Czernewski,
ich habe Ihre Website gefunden und brauche Ihre Hilfe wegen eines möglichen Falls von Identitätsdiebstahl. Ich glaube, dass jemand meinen Namen mit betrügerischer Absicht verwendet. Ich habe Rechnungen für Dinge bekommen, die ich nie gekauft habe, und auf mehreren

meiner Sparkonten fehlt Geld. Es handelt sich um Abhebungen, die ich nie getätigt habe –

Jay für sein Teil besaß mittlerweile vielleicht mehrere hundert «Avatare», die er selbst entwickelt hatte – praktisch genug, um ein ganzes Dorf mit gefakten Personen zu bevölkern, die diskret allerlei Geschäfte von gefakten Adressen aus betrieben: in Fresno und Omaha; Lubbock, Texas; und Cape May, New Jersey. Sie waren über die ganze Landkarte verstreut, so geschichtet, sagte Jay, und so miteinander vernetzt, dass selbst wenn eine Identität als falsch entlarvt werden sollte, sie lediglich zu einer weiteren Fälschung führen würde, einem weiteren Klon, einer Serie von Labyrinthen, die allesamt in Sackgassen endeten.

Wer hätte sich vorstellen können, dass diese Aberdutzende von Existenzen aus einer Hütte in den Wäldern nördlich von Saginaw, Michigan, emanierten?

Inzwischen schneite es stärker, und Ryan konnte von Glück sagen, zur Hütte zurückgekehrt zu sein, bevor der Sturm richtig losging. Das Haus lag ziemlich ab vom Schuss – vom Highway runter, dann durch ein Gewirr von zweispurigen Landstraßen und eine enge Asphaltstraße entlang, nur ein Durcheinander von Bäumen und Schatten, bis schließlich die Hütte mit Jays altem klapprigem Econoline in der Auffahrt auftauchte.

Die Hütte war unscheinbar. Ein schlichter eingeschossiger Zweizimmerbau mit einer auf Blockhaus machenden Verkleidung aus halbierten Rundhölzern und einer Veranda, auf der eine alte Couch und ein Holzofen standen; sie sah aus wie eines dieser Häuschen, in denen Angler in den Siebzigern das Wochenende verbrachten, und es roch darin nach feuchtem Zedernholz und schimmeligen Decken – ein Geruch, den Ryan mit fast vergessenen Pfadfinderheimen assoziierte.

Jenseits der Veranda war eine größere Fläche gerodet, und die Schneeflocken wirbelten leichtsinnig, neugierig entlang kleiner Windpfade, die zuletzt in Verwehungen endeten. Als er losgefahren war, hatte es in Milwaukee nicht geschneit, aber vielleicht tat es das inzwischen. Vielleicht schneite es auch in Chicago, in Evanston, wo seine Eltern bald zu seinem Gedenkgottesdienst eintreffen würden, eine träge weiße Decke, die sich auf die Bahnen des Flughafens O'Hare legte, während ihr Flugzeug am Himmel Schleifen zog.

Jay war auf der Veranda, in der Hitze des Ofens, eingedöst, und zwischen seinen Fingern steckte noch immer eine Zigarette. Als Ryan sich hinunterbeugte und sie ihm behutsam abnahm, brach ein Zylinder von kalter Asche ab und fiel auf den Boden. «Hmm», sagte Jay und drückte die Wange an seine eigene Schulter, als sei sie ein Kissen, in das er sich schmiegte.

Ryan stand wieder auf und ging ins Wohnzimmer. Dort schwebte noch immer eine Zirrusschicht von Rauch über den zusammengestellten Tischen, auf denen Dutzende von Computern und Scannern und Fax- und anderen elektronischen Geräten standen. Er nahm von der Couch eine Mohairdecke, ging zurück und breitete sie über Jay aus.

Er war selbst leicht betrunken, leicht *stoned* und fischte ein weiteres Bier aus der Kühlbox. Auch wenn er sich bemühte, nicht zu nervös zu werden, war ihm aber zunehmend klar, dass alles, was sich ereignet hatte, wirklich von Dauer war.

Er setzte sich an einen der Computer, stellte seine Bierdose neben die Tastatur, ging ins Internet und tippte seinen Namen ein, um zu sehen, ob sonst noch jemand in seinem Blog oder wo auch immer über seinen Tod geschrieben hatte.

Aber es gab nichts Neues.

Bald, dachte er, würde sein Name immer weniger Hits abwerfen. Die Nachrufe würden binnen weniger Tage zu einem bloßen Rinnsal verebben, und nicht mehr lange, und jede

Erwähnung seiner Person würde archiviert und immer tiefer und tiefer unter eine Sedimentschicht von Informationen und Klatsch und Blogeinträgen geschoben werden, bis er praktisch völlig verschwunden war.

Er dachte über seinen Vater nach.

Sein Vater – sein Adoptivvater Owen – hatte während Ryans letzten Highschool-Jahres einige Stimmungsschwankungen durchgemacht, eine Art trübe Midlife-Crisis, und während für Ryans Mutter Colleges und was dazugehörte zur fixen Idee und Ganztagsbeschäftigung wurden, hatte Owen wortlos zugeschaut. Er hatte sich den *tiefen Seufzer* angewöhnt, und dann fragte Ryan immer:

«Was?»

Und er antwortete: «Ach ... nichts.» Seufz.

Eines Abends standen sie in der Küche und spülten gemeinsam Geschirr, während seine Mom sich im Wohnzimmer ihre Lieblings-Comedysendung anschaute, und Owen gab wieder eine seiner melancholischen Exhalationen von sich.

Ryan war gerade dabei, die Teller abzutrocknen und in den Schrank zu räumen, und fragte: «Was?»

Owen schüttelte den Kopf. «Ach ... nichts», sagte er, und dann verharrte er kurz in stummer Betrachtung der Auflaufform, die er gerade schrubbte. Er zuckte die Achseln.

«Es ist idiotisch», sagte Owen. «Ich dachte nur gerade: Wie oft werden wir in meinem Leben hier wohl noch beisammenstehen und Geschirr spülen?»

«Mhm», sagte Ryan, da Geschirrspülen nicht direkt zu den Dingen gehörte, die er dereinst vermissen würde. Aber ihm war bewusst, dass Owen gerade mitten in irgendeiner morbiden Hochrechnung steckte.

Owen verlagerte sein Gewicht auf den anderen Fuß. Zog eine Grimasse, während er ein störrisches Stück Nudel abzukratzen versuchte. «Ich schätze», sagte er, «ich werde nicht mehr viel von dir zu sehen bekommen, sobald du erst mal auf dem College bist. Das ist alles.»

Und nach einer kurzen Pause: «Ich sehe dir doch an, wie ruhelos du bist, Kumpel. Und es ist nichts daran auszusetzen. Ich wünschte einfach, *ich* wäre so ruhelos gewesen, als ich in deinem Alter war. Bei dem Leben, das ich führe, werde ich es wahrscheinlich nicht mal schaffen, vor meinem Tod noch einen Ozean zu sehen. Aber ich wette, du wirst sie alle sehen. Die sieben Meere und alle Kontinente, und du solltest nur wissen, dass ich das für eine ganz tolle Sache halte.»

«Vielleicht», hatte Ryan damals gesagt und dann gespürt, wie er sich zu einer unbehaglichen Förmlichkeit versteifte, peinlich berührt von Owens Selbstherabsetzung, von seinem rührseligen, midlife-kriselnden Selbstmitleid. «Ich weiß nicht», sagte Ryan. «Ich bin sicher, es gibt noch genug Geschirr, das wir gemeinsam spülen können», sagte er leichthin.

Aber wenn er zurückdachte, musste er einfach bei solchen Momenten verweilen: der Küche im Haus in Council Bluffs, dem Geschirr in der Spüle, bestimmten Besteckteilen, die er abgetrocknet hatte und an die er sich nun mit unerklärlicher Zärtlichkeit erinnerte, bestimmte Teller –

Das ganze *Zeug*, das er zurückgelassen hatte. Die schwarze Takamine-Elektroakustik-Dreadnaught-Gitarre, die Owen und Stacey ihm zum Geburtstag geschenkt hatten; das Notizbuch voller Tabs und Texte für Songs, die er zu schreiben versuchte; sogar die Mix-CDs, die er selbst zusammengestellt hatte, diese unglaublichen Mixe, die er *so* wahrscheinlich nicht wieder hinkriegen würde. Es war albern, dass sich ein kindisches, morbides Gefühl wie von Heimweh einstellte, wenn er an diese Gitarre dachte; oder wenn er an seine Schildkröte Veronica dachte, die nicht einmal ein richtiges Haustier war.

Was scherte sie sich um ihn, was für Erinnerungen hatte sie schon?

All diese Dinge, die in sich so etwas wie Avatare waren – die sein altes Ich, sein früheres Leben, in sich bargen.

Okay, dachte er. Er saß da und starrte auf den Monitor, auf das Foto und den Nachruf aus dem *Daily Nonpareil* von Council Bluffs. Okay.

Das Leben, das er bis dahin geführt hatte, war tatsächlich aus und vorbei.

Man würde nie wieder etwas von ihm sehen oder hören. Nicht von ihm als er selbst jedenfalls.

12
LUCY UND GEORGE

Orson gingen die unbefestigte Straße entlang, die zum Becken des ehemaligen Sees führte. In Nebraska herrschte nach wie vor Dürre. Es hatte seit Gott weiß wie lange nicht mehr geregnet, und an den Rändern ihrer Fußsohlen stiegen Staubwölkchen auf.

Wieder war eine Woche vergangen, und noch immer deutete, trotz George Orsons Beteuerungen, nichts darauf hin, dass sie in absehbarer Zeit weiterziehen würden. Irgendetwas war schiefgelaufen, dachte Lucy. Es musste ein Problem mit Geld geben, auch wenn er es nicht zugeben wollte. «Keine Sorge», sagte er ihr immer wieder. «Alles läuft nach Plan, nur ein bisschen langsamer, als ich dachte, ein bisschen – widerspenstiger.» Aber dann lachte er auf seine düstere Art, was sie gar nicht beruhigte. Es klang so überhaupt nicht nach ihm.

Seit einer knappen Woche war George Orson nicht mehr derselbe. Und das nach eigenem Eingeständnis: «Es tut mir leid», sagte er ihr immer, wenn er mal wieder geistig nicht da war, wenn er in eine ferne Galaxie abtrieb, in einer Trance privater Berechnungen versank.

«George», sagte sie dann, «woran denkst du? Woran denkst du jetzt, in diesem Moment?»

Und seine Augen stellten sich wieder scharf. «An nichts», sagte er dann. «Nichts von Bedeutung. Ich bin einfach ein bisschen neben der Kappe. Ich glaub, seit ein paar Tagen bin ich nicht so richtig ich selbst –»

Was, wie sie wusste, natürlich nur so eine Redensart war, aber trotzdem ging sie ihr nicht mehr aus dem Kopf. *Nicht er selbst*, dachte sie, und tatsächlich war ein gewisser Abbau festzustellen – als ob er ein Schauspieler wäre, der dabei war, die innere Motivation seiner Rolle aus den Augen zu verlieren. Selbst sein Akzent, fand sie, schien sich leicht verändert zu haben. Seine Vokale wurden schlaffer – oder bildete sie sich das nur ein? –, und seine Aussprache war insgesamt nicht mehr so klar und elegant.

Sicher war es nur natürlich, dass seine Stimme entspannter wurde, jetzt wo er kein Lehrer mehr war, sich nicht mehr vor einer Klasse produzieren musste. Und es war auch natürlich, dass sich ein Mensch, wenn man ihn erst mal richtig kennenlernte, als etwas anders entpuppte. Niemand war genau so, wie man es anfangs von ihm gedacht hätte.

Und trotzdem hatte sie angefangen, mehr auf solche Dinge zu achten. Vielleicht, dachte sie, war es ihre eigene Schuld, wenn sie nicht wusste, was los war. Sie hatte schon zu viele Tage in einer Traumwelt zugebracht, fast zwei Wochen lang nur Filme geguckt, gelesen, sich Reisen ausgemalt. So sehr hatte sie sich auf Orte konzentriert, die sie in der Zukunft besuchen würden, dass sie nicht auf das geachtet hatte, was in der Gegenwart passierte.

Zum Beispiel: Sie war am Morgen ins Bad gekommen, und George Orson stand über das Waschbecken gebeugt, und als er aufschaute, sah sie, dass er sich den Bart abrasiert hatte. Ja, im ersten Moment erkannte sie ihn gar nicht wieder, es war so, als ob da ein Fremder stünde, und sie hatte regelrecht nach Luft geschnappt, war regelrecht zurückgezuckt.

Und dann sah sie seine Augen, seine grünen Augen, und das Gesicht hatte sich wiederhergestellt: George Orson.

«Mein Gott, George», sagte sie und legte sich die Hand

an die Brust. «Hast *du* mich erschreckt! Ich hab dich kaum erkannt.»

«Hmm», sagte George Orson übellaunig. Er lächelte nicht, milderte nicht einmal seinen Gesichtsausdruck, sondern starrte lediglich hinunter ins Waschbecken, wo seine Barthaare ein Nest gebildet hatten.

«Tut mir leid», sagte er zerstreut und fuhr sich mit den Fingern unter die Augen, dann mit den Handflächen über seine nackten Wangen. «Tut mir leid, dass ich dich erschreckt habe.»

Lucy sah ihn, dieses neue Gesicht, verunsichert an. Waren das – hatte er geweint?

«George», sagte sie, «gibt's ein Problem?»

Er schüttelte den Kopf. «Nein, nein», sagte er. «Nur – ich dachte, es wär Zeit für eine Veränderung, das ist alles.»

«Du wirkst irgendwie durcheinander», sagte sie.

«Nein, nein», sagte er. «Ist bloß so eine Stimmung. Das gibt sich schon wieder.»

Er musterte sich weiter im Spiegel, und sie stand weiter zögernd in der Badezimmertür und betrachtete ihn argwöhnisch dabei, wie er die Schere hob und sich eine Haarsträhne abschnitt, direkt über dem Ohr.

«Weißt du», sagte sie, «das ist keine so tolle Idee, sich selbst die Haare zu schneiden. Das kann ich dir aus eigener Erfahrung sagen.»

«Hmm», sagte er. «Du weißt, was ich dir schon immer gesagt habe. Ich halte nichts von Bedauern.» Er hob das Kinn, betrachtete prüfend sein Profil, so wie eine Frau ihr Make-up überprüfen würde. Dann schnitt er sich selbst eine Grimasse. Lächelte. Dann versuchte er, überrascht auszusehen.

«Bedauern ist müßig», sagte er endlich. *«Dennoch ist die Menschheitsgeschichte ein einziges langes Bedauern. Alles hätte auch ganz anders kommen können.»*

Er schenkte seinem Spiegelbild ein kleines wehmütiges Lächeln.

«Ist ein guter Spruch, nicht?», sagte er. «Charles Dudley Warner, ein vielseitig zitierbarer alter Knacker. Freund Mark Twains. Kennt heutzutage kein Mensch mehr.»

Mit einer langsamen, wiederkäuenden Bewegung der Schere schnitt er sich eine weitere Haarsträhne ab, diesmal an der anderen Seite des Kopfes.

«George», sagte sie, «komm her und setz dich. Lass mich das machen.»

Er zuckte die Achseln. Seine Stimmung, oder was immer es auch gewesen sein mochte, verflog allmählich. Das Zitat, vermutete sie, hatte ihn aufgeheitert, die Möglichkeit, irgendeine Berühmtheit anzuführen und eine wohlklingende Plattitüde von sich zu geben. Das machte ihn glücklich.

«Okay», sagte er endlich. «Nur leicht stutzen. An jeder Seite ein bisschen.»

Und so schlenderten sie jetzt, ein paar Stunden später, schweigend nebeneinanderher, und George Orson hatte ihre Hand genommen, während sie den Hang hinunterstiegen, entlang der Reifenspuren, die noch immer tief in den Boden eingegraben waren, obwohl es offensichtlich schon lange her war, dass hier zuletzt ein Wagen durchgefahren war.

«Hör mal», sagte er endlich, nachdem sie eine ganze Weile kein Wort gesagt hatten. «Ich wollte dir nur für deine Geduld danken. Ich weiß, dass du enttäuscht bist und dass es Dinge gegeben hat, die ich dir nicht erklären konnte, so gern ich es auch getan hätte. Es gibt einfach Elemente, über die ich mir selbst noch nicht vollständig im Klaren bin.»

Sie wartete darauf, dass er weiterredete, aber er schwieg. Er ging einfach nur immer weiter, und seine Finger spielten beruhigend auf ihrer Handfläche.

«*Elemente?*», sagte sie. Sie hatte ihre Sonnenbrille vergessen, während er an seine gedacht hatte, und jetzt starrte sie genervt auf die dunklen spiegelnden runden Gläser, die seine Augen verbargen. «Ich weiß noch immer nicht, wovon du eigentlich redest.»

«Ich weiß», sagte er und neigte reuig den Kopf, «es klingt absolut blödsinnig, und es tut mir wirklich leid. Ich weiß, dass du nervös bist, und ich könnte es dir nicht verdenken, wenn du mit dem Gedanken spielen würdest, einfach – zu packen und zu verschwinden. Ich meine, ich bin dir dafür dankbar, dass du das nicht schon längst getan hast. Das wollte ich dir nur sagen: Ich bin dir aufrichtig dankbar für dein Vertrauen.»

«Hmm», sagte Lucy. Aber sie gab keine Antwort. Sie war nie der Typ gewesen, der sich mit vagen Versicherungen abspeisen ließ. Hätte ihr zum Beispiel ihre Mutter eine solche Rede mit dieser vernünftigen, mild hoffnungsvollen Stimme gehalten, wäre Lucy unweigerlich in Rage geraten. Es gab ganz offensichtlich jede Menge Dinge, über die sie sich Sorgen machen konnte, und es war absurd, dass sie seit zwei Wochen hier festsaßen und er ihr noch immer nicht erklärt hatte, was er eigentlich vorhatte. Sie hatte ein Recht, Bescheid zu wissen! Wo sollte das Geld herkommen? Inwiefern war es «widerspenstig»? Worüber genau war er sich noch nicht «im Klaren»? Wenn ihre Mutter sie ohne ein Wort der Erklärung ans Ende der Welt geschleppt hätte, dann hätten sie sich ständig in den Haaren gelegen.

Aber sie sagte nichts.

George Orson war nicht ihre Mutter, sollte er auch gar nicht sein. Sie wollte nicht, dass er sie so sah, wie ihre Mutter sie gesehen hatte. Görenhaft. Anstrengend. Vorlaut. Besserwisserisch. Unreif. Ungeduldig. Das waren einige der Eigenschaften, die ihr ihre Mutter im Laufe der Jahre vorgeworfen hatte.

Und eben an die Worte ihrer Mutter dachte sie, wenn er endlich, am späten Nachmittag, aus dem «Herrenzimmer» herauskam. Sie verbrachte ihre Tage damit, sich langweilige alte Filme anzuschauen, zu lesen, Patiencen zu legen, durchs Haus zu wandern und so weiter, aber wenn er sich dann endlich blicken ließ, gab sie sich alle Mühe, nicht gereizt zu wirken.

«Ich mach dir heute ein wunderbares Abendessen», versprach George Orson ihr dann. «*Ceviche de pescado.* Du wirst hin und weg sein.»

Und Lucy wandte die Augen von *My Fair Lady* ab, den sie gerade zum zweiten Mal sah, als sei sie ganz in den Film vertieft gewesen. Als habe sie nicht den größten Teil des Tages in einem Zustand grauenhafter Panik zugebracht. Sie ließ es zu, dass er sich hinunterbeugte und ihr die Lippen auf die Stirn drückte.

«Du bist meine Einzige, Lucy», flüsterte er.

Sie wollte es gern glauben.

Selbst jetzt noch, bei all ihrer Unsicherheit, waren da seine Finger, die auf die Mitte ihres Handtellers drückten, und seine Schulter, die gelegentlich ihre Schulter streifte, und die konkrete Realität seines Körpers. Seine konzentrierte Präsenz. Möglicherweise ein einfältiger Trost, aber dennoch genug, um sie etwas zu beruhigen.

Es bestand noch immer die Möglichkeit, dass er für sie sorgen würde. *Vielleicht war es kein Fehler, mit ihm hierherzukommen.* Eine Idee, die eine Feuergarbe in die grellgraue Weite des Himmels emporschießen ließ. *Vielleicht würden sie ja doch bald reich sein.*

Sie sah hinunter auf die Reifenfurchen, die sich parallel durch das Gestrüpp hinzogen, und hielt sich die flache Hand über die Augen zum Schutz vor Wind und Staub.

«Hier», sagte George Orson und gab ihr seine Sonnenbrille, und sie nahm sie.

Es sind immer die Mädchen, die sich für wahnsinnig gescheit halten, hatte ihr ihre Mutter einmal gesagt. *Und am Ende stehen sie immer am dümmsten da.*

Was einer der Gründe war, warum sie sich nicht schon längst abgesetzt hatte. Diese Worte brannten ihr noch immer im Gedächtnis: *Mädchen, die sich für wahnsinnig gescheit halten.* Und die bloße Vorstellung, nach Ohio zurückzukehren, zu Patricia in die Bruchbude. Kein College, kein gar nichts. Wie die Leute über sie lachen würden. Die eingebildete, arrogante Kuh.

Es war ja nicht so, dass sie gegen ihren Willen dort festgehalten worden wäre. Hatte George Orson nicht immer gesagt, sie könne gehen, wann immer sie wolle? «Hör zu, Lucy», hatte er zu ihr gesagt – das mitten in einem der vielen fruchtlosen Gespräche über ihre gegenwärtige Situation, die sie mit ihm geführt hatte. «Hör zu», sagte er, «mir ist klar, dass du nervös bist, und du sollst wissen, dass du, solltest du jemals merken, dass du dein Vertrauen in mich verloren hast, dass das hier einfach nicht funktioniert – dass du dann jederzeit nach Hause fahren kannst. Jederzeit. Ich werde es bedauern, aber respektieren und dir ein Flugticket kaufen und dich nach Ohio zurückschicken. Oder wo du sonst hinmöchtest.»

Also.

Also gab es Alternativen, und während der letzten Tage und Wochen hatte sie sie gegeneinander abgewogen.

Wie sie in ein Flugzeug stieg, konnte sie sich beinah vorstellen; sie konnte sich vorstellen, den Gang entlangzugehen und sich zuletzt in einen engen Sitz neben ein verschmiertes Fenster zu setzen. Aber wohin ging die Reise? Zurück nach Pompey? In irgendeine Großstadt? Chicago oder New York oder

In irgendeine Großstadt, wo sie

Blackout.

Früher mal war sie voller Ideen gewesen, wenn es um ihre Zukunft ging. Sie war ein praktischer Mensch, ein Mensch, der vorausplante. «Ehrgeizig» hatte ihre Mutter sie genannt, und es war nicht als Kompliment gemeint gewesen.

Sie erinnerte sich an einen Abend, nicht lange bevor ihre Eltern starben, wo ihr Vater Patricia wegen ihrer Hausratten aufgezogen und gewitzelt hatte, die Ratten könnten am Ende verhindern, dass sie einen Freund abbekam. Ihre Mutter, die im Hintergrund, aber mit gespitzten Ohren Geschirr gespült hatte, war plötzlich dazwischengefahren.

«Larry», hatte Lucys Mutter in strengem Ton gesagt, «du solltest besser nett zu Patricia sein.» Sie drehte sich um und schwenkte zur Unterstreichung ihrer Worte einen schaumtriefenden Pfannenwender. «Denn das kann ich dir sagen: Patricia ist diejenige, die sich um dich kümmern wird, wenn du erst mal alt bist. Rauch weiter so viel, und du ziehst mit fünfundfünfzig eine Sauerstoffflasche hinter dir her, und dann wird es nicht Lucy sein, die dich zum Arzt fährt und für dich einkaufen geht, das kann ich dir versichern. Wenn Lucy erst mal mit der Highschool fertig ist, ist sie weg, und dann wird's dir leidtun, dass du Patricia immer so geärgert hast.»

«Herrje», sagte Lucys Vater, und Lucy, die am Küchentisch gesessen und ihre Hausaufgaben gemacht hatte, hob den Kopf.

«Was hat das bitte schön mit mir zu tun?», hatte sie gesagt, obwohl ihre Mutter im Wesentlichen recht hatte. Nie im Leben würde sie in Pompey bleiben und einen kranken Vater pflegen. Sie würde für ein Pflegeheim bezahlen, sagte sie sich. Aber trotzdem – es war ziemlich daneben von ihrer Mutter, sie so mit Patricia zu vergleichen, und Lucy verpasste ihr einen beleidigten Blick. «Ich weiß nicht, was daran so schlimm sein soll, aufs College zu gehen und etwas anderes machen zu wollen.»

Damals spielte sie mit dem Gedanken, vielleicht Jura zu studieren, Unternehmensrecht. Damit, hatte sie gehört, sei das große Geld zu machen. Oder im Investmentbanking und Wertpapierhandel: Merrill Lynch, Goldman Sachs, Lehman Brothers, einem Laden von der Sorte. Sie konnte sich die blitzblanken Büros dort vorstellen, nichts als Glas und poliertes Holz und blaues Licht, vor den bodentiefen, von Wand zu Wand reichenden Fenstern eine in der Luft schwebende Skyline von Manhattan. Sie hatte sogar von den Websites der Firmen Infomaterial über Praktika und so weiter runtergeladen, obwohl es im Nachhinein klar war, dass die keine Highschool-Schülerinnen aus Ohio als Praktikantinnen annehmen würden.

Ihre Mutter hatte der Idee überraschend ablehnend gegenübergestanden. «Ich weiß nicht, ob ich es ertragen könnte, eine Anwältin in der Familie zu haben», hatte sie heiter gesagt, «geschweige denn eine Bankerin.»

«Mach dich nicht lächerlich», sagte Lucy.

Und ihre Mutter hatte scherzhaft aufgeseufzt. «Ach, Lucy», sagte sie und zupfte ihren rosafarbenen Krankenhauskittel zurecht, machte sich bereit, gleich zur Arbeit aufzubrechen. Sie war eine einfache Krankenschwester, ohne Diplom; sie war nicht einmal auf einem richtigen College gewesen. «Bei diesen Sachen geht's nur um ‹Was ist für mich drin?›. Es geht nur um Geld, Geld, Geld. Das ist doch keine Art zu leben.»

Lucy schwieg einen Moment lang. Dann sagte sie, leise: «Mutter, du weißt nicht, wovon du redest.»

Jetzt, wo sie und George Orson sich dem alten Pier näherten, spielte sie schon wieder mit dem Gedanken zu gehen, malte sich das Flugzeug aus, das abhob und Kurs auf nichts nahm –

wie ein Comic-Flugzeug, das aus der Heftseite hinausflog und einfach verschwand.

Oder aber, sie konnte bleiben.

Sie musste ihre Optionen klug abwägen. Ihr war klar, dass George Orson in irgendwelche illegalen Aktivitäten verwickelt war; dass es vieles gab, was er ihr nicht gesagt hatte, jede Menge Geheimnisse. Aber na und? Es war doch gerade dieses Geheimnistuerische, was sie gleich zu Beginn an ihm angezogen hatte, warum es bestreiten? Und solange das Geld selbst echt war, solange *dieser* Teil der Situation geregelt werden konnte …

Sie hatten das Ende der Straße erreicht, dort stand ein Gebäude. Ein schlichter kastenförmiger Holzrahmenbau mit einem Schild, und darauf in antiquierten Buchstaben: GEMISCHTWAREN UND BENZIN. Darunter wurden verschiedene Angebote angepriesen: KÖDER … EISCREME … SANDWICHES … GETRÄNKE …

Das Geschäft sah so aus, als sei es seit den Tagen des Pony Express geschlossen gewesen. Es war die Art von Laden, vor dem in alten Western immer die Postkutsche hielt.

Aber inzwischen hatte sie begriffen, dass es hier draußen nun einmal so war. Der trockene Wind, das raue Klima, der Staub. Da verwandelte sich alles schnell in ein Museumsstück.

George Orson stand mit zur Seite geneigtem Kopf da und lauschte der knarrenden Aufhängung eines alten Schilds, das für Zigaretten warb. Sein Gesicht war ausdruckslos, die Ladenfront nicht minder. Die Fenster waren zerbrochen und mit Pappstücken geflickt, und etwas Müll, eine ausgebleichte Schokoriegelhülle, ein Styroporbecher und trockenes Laub und so was, führte auf dem ölfleckigen Asphalt einen Rundtanz auf. Die Zapfsäulen standen einfach stumm herum.

«Hallo? Ist jemand da?», rief George Orson.

Er wartete, fast hoffnungsvoll, als könnte wirklich jemand antworten, eine gespenstische Stimme vielleicht.

«*Sdrawstwujtje?*», rief er. Sein alter Witz. «*Konnichiwa?*»

Er nahm eine Zapfpistole vom Haken an der Seite einer der Tanksäulen und drückte versuchsweise auf den Auslöser. Natürlich passierte nichts.

«So wird das Ende der Zivilisation aussehen», sagte George Orson. «Glaubst du nicht?»

Als George Orson ein Kind war, war der See – der Stausee – das größte Gewässer in der Region gewesen. Zweiunddreißig Kilometer lang, sechseinhalb Kilometer breit, am Staudamm zweiundvierzigeinhalb Meter tief.

«Das musst du dir mal vorstellen», sagte George Orson zu Lucy. «Die Leute kamen von überall her, von Omaha, Denver; sie fuhren hundertfünfzig Kilometer weit, um herzukommen. Als ich ein Kind war, war es unglaublich hier. Kann man sich heute überhaupt nicht mehr vorstellen, aber hier tobte das Leben. Ich erinnere mich, wie es war, als man von der Dammkrone aus nicht mal das Ende des Sees sehen konnte. Einfach gigantisch, ganz besonders für einen armen Jungen aus Nebraska, der nie einen Ozean gesehen hatte. Jetzt sieht das aus wie Bilder, die man vom Irak kennt. Ein Geologe, mit dem ich befreundet bin, hat mir erzählt, dass der Euphrat austrocknet, und mir Bilder gezeigt, und es sah exakt so aus.»

«Hmm», sagte sie.

Das war so eins der Themen, über die er gern redete. *Ein Geologe, mit dem ich befreundet bin* – ohne Zweifel jemand, den er, in grauer Vorzeit, in Yale kennengelernt hatte. Er kannte alle möglichen Leute, alle möglichen Geschichten und Kuriosa, mit denen er gelegentlich aufwartete, um sie zu beeindrucken, und die sie zugegebenermaßen auch ganz schön beeindruckend fand. Liebend gern hätte sie selbst Leute gekannt, die später Geologen und berühmte Schriftsteller und

Politiker würden, so wie es bei George Orsons Kommilitonen der Fall war.

Lucy hatte sich bei drei Colleges beworben: Harvard, Princeton und Yale.

Das waren die einzigen Universitäten, für die sie sich interessierte, *die berühmtesten Universitäten*, hatte sie gedacht, *die wichtigsten* –

Und sie konnte sich im Geist durchaus auf den Campus jeder einzelnen von ihnen projizieren, zu Füßen der Statue von John Harvard vor der University Hall mit ihren Büchern unter dem Arm über den McCosh Courtyard in Princeton hastend, oder in New Haven die Hillhouse Avenue, laut den Broschüren «die schönste Straße Amerikas», entlanggehend, auf dem Weg zu einem Empfang im Haus des Universitätspräsidenten –

In ihrer Anfangszeit hätte sie scheu gewirkt. Sie hätte zwar keine schönen Sachen zum Anziehen gehabt, aber das wäre gleichgültig gewesen. Sie hätte sich schlicht gekleidet, in dunkle, bescheidene Ensembles, die unter Umständen sogar geheimnisvoll gewirkt hätten. Auf jeden Fall hätte es nicht lange gedauert, bis man – so wie George Orson – auf ihren scharfen Verstand, ihr untrügliches Gespür für das Absurde, ihre treffenden Beiträge im Unterricht aufmerksam geworden wäre. Ihre Zimmergenossin, dachte sie, wäre wahrscheinlich irgendeine Erbin gewesen, und wenn Lucy schließlich schüchtern verraten hätte, dass sie eine Waise war, wäre sie vielleicht dazu eingeladen worden, die Ferien in den Hamptons oder auf Cape Cod, oder an anderen Orten dieser Art zu verbringen –

Derlei Phantasien hätte sie George Orson nicht erzählen können. Er hatte eine sehr kritische Einstellung zu seinem Ivy-League-Studium, ungeachtet der Tatsache, dass er es häufig erwähnte. Er hielt einfach nicht viel von den Leuten, denen er begegnet war. «Diese groteske Zurschaustellung von Privilegiertheit», sagte er. «All die Prinzen und Prinzessinnen, die sich herausputzen und in Szene setzen, während sie darauf warten, den ihnen gebührenden Platz am Anfang der Schlange einzunehmen. Gott, wie die mich angekotzt haben!»

Solche Dinge erzählte er ihr, nachdem sie miteinander etwas angefangen hatten, damals, während des Frühlingssemesters ihres letzten Highschool-Jahres, und sie lag von ihm abgewandt in seinem Bett und versuchte sich bewusstzumachen, dass sie wahrscheinlich mit ihm würde Schluss machen müssen, wenn sie erst mal nach Massachusetts oder Connecticut oder New Jersey fuhr. Wenn erst die Aufnahmebestätigungen kämen, würde sie es ihm sagen müssen. Es täte zwar weh, aber letztlich wäre es wahrscheinlich das Beste.

Ein paar Tage später war die erste Ablehnung hereingeschneit. Sie hatte sie vorgefunden, als sie von der Schule heimgekehrt war – Patricia war auf der Arbeit –, und dann saß sie da am Küchentisch und spürte, wie die Sammlung von *Precious-Moments*-Figurinen ihrer Mutter auf sie herabstarrte: rundköpfige Porzellankinder mit großen Augen, dafür praktisch ohne Nase und Mund, die zusammen ein Buch lasen oder auf einem riesigen Törtchen saßen, oder ein Hündchen in den Armen hielten. Allesamt in einem Plastik-Setzkasten angeordnet, den ihre Mutter in einem Drugstore gekauft hatte. Sie strich den Brief vor sich glatt. Der Absender erklärte, er wünschte, er könne ihr eine erfreulichere Entscheidung mitteilen. Er wünschte, es wäre möglich, sie aufzunehmen. Er wünschte ihr alles Gute für die Zukunft.

Rückblickend wusste sie selbst nicht, warum sie so zuversichtlich gewesen war. Sicher, sie hatte in fast allen Fächern Einsen gehabt – ihr Notendurchschnitt war lediglich durch ein paar Semester mit Zwei plus in Französisch gedrückt worden, was sie der sanften, aber unnachgiebigen Mme. Fournier zu verdanken hatte, die nie mit ihrem Akzent oder ihrer Aussprache zufrieden gewesen war. Sie war pflichtbewusst allen möglichen Clubs beigetreten – der National Honor Society, Masque and Gavel, Future Business Leaders of America, Model United Nations und anderen mehr. Und bei den College-Eignungstests hatte sie 94 Prozent der möglichen Punktzahl erzielt.

Was, wie ihr jetzt klarwurde, nicht annähernd gut genug war. George Orson hatte recht: Man musste sich von früh an – von der Grundschule, oder vielleicht sogar vom Kindergarten an – um eine ganz bestimmte Denkweise bemühen beziehungsweise musste, was wahrscheinlicher war, von Anfang an dazu erzogen worden sein. Und wenn man dann schließlich in Lucys Alter war …

Die zwei anderen Briefe waren die Woche darauf gekommen.

Sie wusste, dass es Absagen waren, noch ehe sie sie gelesen hatte. Als sie den Nachbarshund draußen stumpfsinnig beleidigt bellen hörte, öffnete sie endlich einen der Briefe und konnte sich schon nach dem ersten Wort den Rest denken.

«Nach …»

Sie legte die Hand flach auf das Blatt und schloss die Augen.

Sie hatte sich so gut gehalten. Trotz des Todes ihrer Eltern, trotz ihrer entsetzlichen Situation zu Hause, des leeren Kühlschranks, der Rechnungen, die sie und Patricia nur mit Müh und Not bezahlen konnten, des wenigen Geldes, das Patricia im Circle K verdiente, und der zur Neige gehenden Versicherung ihrer Eltern, was sie zwang, sich von Tiefkühlfraß und Dosensuppen und grauenvollen Supermarkt-Hotdogs und -Nachos zu ernähren, die Patricia von der Arbeit mitbrachte – trotz der Tatsache, dass sie, anders als die meisten normalen

Kids ihres Alters, weder ein Handy noch einen iPod, noch gar einen Computer besaß –

Trotz allem war sie vorangekommen, und man konnte sagen, dass sie dabei ein gewisses Maß an Würde und Anmut an den Tag gelegt hatte, ja man hätte sie sogar als heroisch bezeichnen können, wie sie Tag für Tag zur Schule gegangen war und abends ihre Hausaufgaben gemacht hatte und ihre Referate geschrieben und sich in der Klasse gemeldet hatte, und *sie hatte nicht* ein *Mal geweint, sich nie über das beklagt, was sie durchmachen musste. Zählte das etwa nichts?*

Offenbar nicht. Ihre Hand lag noch immer auf dem Brief, und sie schaute auf sie hinab, als sei sie ein verlorener Handschuh auf einer Schneeverwehung.

Sie hatte sich getäuscht. Sie spürte, wie sich die Erkenntnis in ihr allmählich setzte. Das Leben, auf das sie sich zubewegt, in das sie sich hineinprojiziert hatte, die Ideen und Erwartungen, die noch vor ein paar Wochen so konkret und realistisch gewesen waren – dieses Leben war plötzlich ausgetilgt worden, und von ihrer Hand kroch ein taubes Gefühl den Arm hinauf, bis in ihre Schulter, und das Gebell im Haus nebenan schien sich in der Luft zu verfestigen.

Ihre Zukunft war wie eine Stadt, in der sie noch nie gewesen war. Eine Stadt am anderen Ende des Landes, und sie fuhr die Straße entlang, all ihre Habseligkeiten im Fond des Wagens verstaut. Die Route war auf ihrer Straßenkarte deutlich eingezeichnet, doch dann hielt sie an einer Raststätte und sah, dass der Ort, wohin sie unterwegs gewesen war, gar nicht mehr existierte. Das Ziel ihrer Reise war verschwunden – hatte es vielleicht nie gegeben –, und wenn sie den Tankwart nach dem Weg fragen sollte, würde er sie nur verständnislos ansehen. Er würde nicht einmal wissen, wovon sie eigentlich redete.

«Tut mir leid, Miss», würde er freundlich sagen. «Sie müssen sich irren. Von dem Ort hab ich noch nie was gehört.»

Ein Gefühl, als bräche man auseinander.

In dem einen Leben gab es eine Stadt, zu der man unterwegs war. In dem anderen war diese Stadt lediglich ein Ort, den man sich ausgedacht hatte.

Das war eine Periode ihres Lebens, an die sie nicht gern dachte; trotzdem kehrten ihre Gedanken immer wieder zu ihr zurück. Es war eines der Dinge, die George Orson nicht verstehen würde, eines der Dinge, die sie ihm nie hätte erzählen können. Sie konnte sich nicht vorstellen, ihm zu schildern, wie sie am Telefon mit einem «Berater» im Zulassungsbüro von Harvard gesprochen hatte – und dabei in Tränen ausgebrochen war –

«Sie verstehen nicht», hatte sie gesagt, und es war ihr dabei nicht lediglich ein kleiner Schluchzer oder ein Wimmern entfahren – es war so gewesen, als ob ihr ganzer Körper ausliefe und hohl würde, ein stechendes Prickeln rann über ihre Kopfhaut und ihr Gesicht, und ihr Herz und ihre Lungen krampften sich zusammen. «Ich habe nichts», hatte sie gesagt. «Ich bin eine Waise», und sie hatte jegliches Gefühl in den Lippen verloren, und aus irgendeinem Grund befürchtete sie, vielleicht sogar blind zu werden. Ihre Finger zitterten. «Meine Eltern sind beide tot», sagte sie, und unterhalb ihrer Kehle schien sich ein schwerer schartiger Raum aufzutun.

So fühlte sich richtiger Kummer an. Bis dahin hatte sie noch nie so etwas wirklich verspürt. Wann immer sie im Lauf ihres Lebens traurig gewesen war, wann immer sie geweint hatte, alle trüben und melancholischen Stimmungen waren lediglich das gewesen: *Stimmungen*, vorübergehende Launen. Kummer aber war etwas vollkommen anderes.

Sie ließ den Telefonhörer hinuntergleiten, legte sich die Hand auf den Mund, aus dem ein entsetzlicher lautloser Atemzug herauskam.

Und als George Orson ihr ein paar Wochen später vorschlug, mit ihm die Stadt zu verlassen, fühlte es sich wie die einzig vernünftige Option an.

Sie hatten den Rand der Bootsrampe erreicht, einer abschüssigen Zementfläche, die in den ehemaligen See hinunterführte, und da stand ein verwittertes Schild mit der Aufschrift:

SCHWIMMEN UND WATEN
IM UMKREIS VON FÜNF METERN
VON RAMPEN UND STEGEN
VERBOTEN

«Das hatte ich dir zeigen wollen», sagte George Orson und deutete mit der Hand auf eine unbestimmte Stelle der unkrautüberwucherten sandigen Ebene, die einst unter Wasser gelegen hatte.

«Ich sehe nichts», sagte Lucy.

Mittlerweile hatte sie schon längere Zeit ihren Gedanken nachgehangen und war, parallel zum abschüssigen Weg, immer trübsinniger geworden, aber natürlich konnte George Orson nicht in ihren Kopf hineinsehen. Er wusste nicht, dass sie sich gerade an die größte Demütigung ihres Lebens erinnerte; dass sie mit dem Gedanken spielte, ihn zu verlassen; er konnte nicht hören, wie sie sich fragte, ob es im Haus irgendwelches Geld gab.

Ihre Stimmung konnte er allerdings durchaus erkennen; sie merkte, wie sehr er sich bemühte, sie zu unterhalten. Jetzt war *er* an der Reihe, *sie* nach Möglichkeit aufzuheitern. «Wart nur ab. Das wird dir gefallen», sagte er mit etwas wie Begeisterung in der Stimme und nahm sie bei der Hand.

Ihr ganz persönlicher Geschichtslehrer.

«Dahinten war die Stadt», sagte er und gestikulierte wie ein Fremdenführer. «Lemoyne», sagte er. «So hieß sie. War eigentlich nicht mehr als ein Dorf, und als in den dreißiger Jahren beschlossen wurde, den Staudamm zu bauen, kaufte der Staat das ganze Land und die Häuser auf, siedelte die Einwohner um und setzte dann alles unter Wasser. Das kommt übrigens gar nicht mal so selten vor. Ich würde mal schätzen, dass es in den Vereinigten Staaten Hunderte solcher ‹ertrunkenen Städte› gibt – so werden sie, glaube ich, genannt. Das technische Know-how für den Bau solcher Stauseen zur Bewässerung und zum Betreiben von Wasserkraftwerken schritt voran, und die Menschen mussten einfach das Feld räumen –»

Er verstummte, um sich zu vergewissern, dass er noch immer ihre ungeteilte Aufmerksamkeit hatte.

«So ist das eben mit dem Fortschritt», sagte er.

Jetzt sah sie sie. Die «Stadt». Oder besser gesagt, was davon noch übrig war, und das sah streng genommen nicht sonderlich stadtmäßig aus. In der Talsenke tobte ein Staubsturm, und die Gebäude in der Ferne erschienen verschwommen, wie im Nebel.

«Wow», sagte sie. «Das ist ja irre.»

«Nebraskas Version von Atlantis», sagte George Orson und warf ihr einen Blick zu, um ihre Reaktion abzuschätzen. Sie sah ihm an, dass er sich durch den Kopf gehen ließ, was er gleich sagen würde, es sich dann aber anders überlegte.

«Hier ist viel Energie», sagte George Orson, und da war wieder sein eindringliches, komplizenhaftes Lächeln. Er scherzte, aber sie spürte zugleich auch einen Ernst, den sie nicht ganz verstand.

«Energie», sagte sie.

Sein Lächeln ging in die Breite – als wüsste sie ganz genau, worauf er hinauswollte. «Energie von der übernatürlichen Sorte», sagte er. «Heißt es jedenfalls. Die Stadt wird in allen diesen spinnerten Büchern aufgeführt – *Die verwunschensten, geheimnisvollsten Orte der Great Plains*, du weißt schon, was ich meine. Was nicht heißen soll, dass ich das rundweg für Blödsinn halte. Aber ich könnte mir denken, dass die Energie, wenn es hier wirklich welche gibt, überwiegend negativer Art sein dürfte. Nicht allzu weit von hier fand die Schlacht von Ash Hollow statt. Im Jahr 1855 führte General William Harney sechshundert Soldaten gegen ein Sioux-Lager und ließ sechsundachtzig Menschen, darunter viele Frauen und Kinder, massakrieren. Das geschah im Rahmen der von Präsident Franklin Pierce geplanten Expansion nach Westen, du weißt schon, Oregon Trail, Ausbau der U.S. Army –»

Lucy runzelte die Stirn. Sie hatte gehofft, mehr über ihre aktuelle Situation zu erfahren, aber wie es aussah, war das bloß wieder eines seiner Ablenkungsmanöver. Noch mehr Geschwätz über die Dinge, die ihn faszinierten, blödsinnig klingende New-Age-Weisheiten, gemixt mit regierungskritischer, verschwörungstheoretischer Geschichtsanalyse – obwohl es ihr früher gefallen hatte, wenn er über derlei Zeug dozierte, nicht zuletzt, weil ihr das die Möglichkeit gab, in die Rolle der Skeptikerin zu schlüpfen.

«Ja, klar», sagte sie jetzt und verfiel wieder in den plänkelnden Ton, den sie früher im Unterricht gepflegt hatten: der ernsthafte Lehrer und die ironisch-kritische Schülerin.

«Dann vermute ich, dass es hier in der Gegend auch geheime UFO-Landeplätze gibt», sagte sie.

«Haha», sagte er.

Und dann streckte er den Finger aus, und sie spürte ein Prickeln im Nacken.

Vor ihnen erhoben sich inmitten von noch angewachsenen Steppenläufern und hohem dürrem Gras zehn, zwölf Häuser aus dem Sand und getrockneten Schlick – obwohl «Häuser» nicht ganz das richtige Wort war.

Ruinen, dachte sie. Fragmente von Gebäuden in unterschiedlichen Stadien des Verfalls, Fundamente und verstreute Betonplatten, ein massiger hexagonaler Block, ein Pfeiler mit quadratischem Querschnitt, ein dreieckiges Eckstück – alles mit hinterherflatternden Schweifen von Sand. Da war eine einzelne baufällige Wand mit einer rechteckigen Türöffnung. Die Trümmer eines Klosetthäuschens oder Schuppens hatten sich zu einem Haufen mit Algen überwachsener und schlickverkrusteter, verrottender Bretter übereinandergeschoben, und jenseits davon ragte noch immer ein verbogenes rostiges Straßenschild empor. Am Ende dessen, was vermutlich einst die Straße gewesen war, erhob sich ein größerer quadratischer Bau mit einer niedrigen Freitreppe vor der steinernen Fassade.

«Heilige Scheiße, George», sagte sie.

Was von jeher ein weiterer Aspekt ihrer Beziehung gewesen war. Sie war die Zynikerin und er der Gläubige, wenngleich sie sich durchaus bekehrungsfähig zeigte. Denn sie ließ sich mitunter in einen Zustand mystischen Staunens versetzen, wenn George Orson nur überzeugend genug war.

Und diesmal war es ihm gelungen.

«Das war die Kirche», sagte er. Sie standen da nebeneinander, und sie dachte, dass er mit der «negativen Energie», oder was auch immer, tatsächlich recht hatte.

«Sieht das nicht wie der ideale Ort für ein Ritual aus?», fragte George Orson.

Und wieder stieg dieses Gefühl in ihr auf, diese Ahnung endzeitlicher Stille. Sie erinnerte sich an das, was George Orson zu ihr gesagt hatte, während sie durch Indiana oder Iowa gefahren waren und sie noch immer vage davon gesprochen hatte, aufs College zu gehen, dass sie sich in einem Jahr oder so noch einmal bewerben würde.

«Ich würde mir das an deiner Stelle sparen», hatte George Orson gesagt und ihr einen Blick zugeworfen, dem sein einseitiges Lächeln gefolgt war. «Wenn du erst mal vierzig bist, wird's nicht die geringste Rolle mehr spielen, ob du einen College-Abschluss hast oder nicht. Ich bezweifle, dass die Yale University da überhaupt noch existieren wird.»

Und Lucy hatte ihn streng angesehen. «Ja, klar», sagte sie. «Und Affen werden die Welt beherrschen.»

«Im Ernst», sagte George Orson. «Ich würde nicht einmal darauf wetten, dass es zu dem Zeitpunkt noch die Vereinigten Staaten geben wird. Jedenfalls nicht so, wie wir sie jetzt kennen.»

«George», sagte sie, «ich hab nicht die leiseste Ahnung, wovon du redest.»

Aber jetzt, wo sie auf dem Grund des ausgetrockneten Stausees stand, auf der Treppe der alten Kirche, auf der ein mumifizierter Karpfen in einem Nest aus spinnwebdurchzogenem Moos ruhte – jetzt konnte sie sich leicht vorstellen, die Vereinigten Staaten wären bereits untergegangen; die Städte wären niedergebrannt und die Highways mit rostenden Autos verstopft, die es nicht mehr hinausgeschafft hatten.

«Es ist komisch», sagte George Orson weiter. «Meine Mutter erzählte uns früher immer, wenn das Wasser klar sei, könne man den Kirchturm in der Tiefe sehen – was natürlich ein Mythos war, aber mein Bruder und ich fuhren oft mit dem Kahn hier raus und tauchten und suchten danach. Wir sind hier wahrscheinlich ungefähr, was würdest du sagen?, fast in der Mitte des Sees, und du musst dir vorstellen, dass er zu der Zeit ganz schön tief war. Zwölf, dreizehn Faden?»

Er befand sich in einer Art Traumzustand, und als er den Finger hob und nach oben zeigte, folgte sie ihm mit den Augen. «Stell dir das mal vor!», sagte er. «An die zwanzig, fünfundzwanzig Meter über uns wäre das Boot, und du könntest sehen, wie er und ich ins Wasser springen. Du wärst hier unten, wie ein Haifisch, und würdest die strampelnden Beine beobachten und die Wasseroberfläche da oben sehen –»

Ja. Sie konnte es sehen. Sie konnte sich vorstellen, auf dem Grund des Sees zu sein – über ihnen beiden die Wassermembran wie die Fläche eines Himmels und der gekräuselte Schatten des Kahns, und die Silhouetten der Jungen im diffusen blaugrünen Licht, wie Vögel, die durch die Luft strichen.

Sie erschauderte, und die Vision von Wasser und Kindheitsnostalgie verblasste.

Der fahle Staub jagte in waagerechten Strömen dicht über dem Boden, schlängelte sich in schmalen, sich kräuselnden Bahnen, die die Sträucher-Inseln wie Dämme miteinander verbanden. Alles um sie herum war durch Staub und Glast jeglicher Farbe beraubt, wie ein Fernsehbild, bei dem man Helligkeit und Kontrast zu weit aufgedreht hatte.

Ihre eigene Kindheit hatte nichts Derartiges zu bieten gehabt, keine idyllischen Ferien am Strand, keine Kähne oder geheimnisvollen Unterwasserstädte. Sie konnte sich lediglich an Sommertage im Schwimmbad von Pompey erinnern oder auf dem Rasen hinterm Haus, wo sie zusammen mit Patricia durch den Strahl des Sprengers gelaufen war – Patricia, ein molliges kleines Mädchen in einem einteiligen Badeanzug, das den Mund offen hielt, um den Wasserstrahl aufzufangen.

Die arme Patricia, dachte sie.

Die arme Patricia, die immer das Geschirr spülte und die Wäsche wusch und dabei gramvoll Lucy anschaute, die auf der Couch saß und Fernsehen guckte. Als sei sie zu fein, um ihren eigenen Dreck zu beseitigen. Vielleicht, dachte Lucy, war es für sie beide besser, dass sie sich abgesetzt hatte. Vielleicht war Patricia jetzt glücklicher.

«Und?», sagte Lucy. «Wo ist dein Bruder jetzt? Telefoniert ihr manchmal, oder seht ihr euch oder so?»

George Orson blinzelte. Sie vermutete, dass er selbst von irgendeiner Erinnerung zurückkehrte, denn im ersten Moment wirkte er verdutzt. Als verwirrte ihn die Frage. Dann richtete er sich auf.

«Er ist – also, er lebt nicht mehr», sagte George Orson endlich. Seine Stirn furchte sich. «Er ist ertrunken. Irgendwo, ich glaube, so sieben, acht Kilometer nördlich von hier. Er war achtzehn. Es war das Jahr, wo er seinen Highschool-Abschluss machte, und ich war auf dem College, ich war noch in New Haven, und offenbar –» Er verstummte kurz, als rückte er in einem Zimmer in seinem Geist ein Bild zurecht.

«Offenbar ist er nachts schwimmen gegangen, und – das war's. Was passiert ist, kann man nicht sagen, weil er allein war, aber man hat auch das *Warum* nie ermittelt. Er war ein hervorragender Schwimmer.»

«Das ist jetzt ein Witz», sagte sie.

«Natürlich nicht», sagte er und bedachte sie mit einem seiner sanft vorwurfsvollen Blicke. «Warum sollte ich über so etwas Witze machen?»

«Herrgott, George», sagte sie, und sie verstummten und starrten beide zu den schmalen schieferfarbenen Zirruswolken empor, die sich über den Himmel spannten. Die ehemalige Wasseroberfläche, zwölf Faden über ihnen.

Sie wusste nicht, was sie denken sollte. Wie lange waren sie jetzt schon zusammen? Fast fünf Monate? All diese stundenlangen Gespräche, all seine Vorträge über verschiedene Arten von Geschichte und über Filme und seine Jahre in Yale und seinen Geologenfreund und seinen Zauberkünstlerfreund und die verrückten Computerfreaks aus Atlanta, all dieses Strandgut seiner Erinnerung, und dennoch hätte sie nicht einmal die grundlegenden Eckpunkte seines Lebens zusammengebracht.

«George», sagte sie, «findest du es nicht ziemlich merkwürdig, dass du mir nie erzählt hast, dass du einen Bruder hattest, der ums Leben gekommen ist?»

Sie versuchte, ihren gewohnten flachsigen Ton beizubehalten, aber ihre Stimme stockte, und sie hatte das scheußliche Gefühl, dass sie wieder einen Weinkrampf bekommen könnte, wie an dem Tag, als sie den Zulassungsberater angerufen hatte. Sie schwieg kurz, presste die Lippen zusammen. «*Ich* hab dir von meinen Eltern erzählt», sagte sie.

«Ja, hast du», sagte George Orson. «Und weißt du, ich bin dir immer für deine Offenheit dankbar gewesen.» Er zuckte nachsichtig die Achseln; er wollte keine Diskussion anfangen, er wollte nicht, dass sie sich aufregte. Sein Gesichtsausdruck flackerte, und sie fragte sich, ob sie ihn bei einer Wahrheit ertappt hatte – so wie manche Leute bei einer Lüge ertappt wurden.

«Darf ich ehrlich sein?», sagte er. «Ich hatte nicht den Eindruck, dass du unbedingt noch weitere tragische Familiengeschichten hören müsstest. Wo dir dein eigener Verlust noch immer so schwer auf der Seele lag. Du musstest das alles hinter dir lassen, Lucy. Du hast mir von deinen Eltern erzählt – stimmt. Aber wirklich darüber reden wolltest du nicht.»

«Hmm», sagte sie, weil er möglicherweise recht hatte; vielleicht verstand er sie ja doch. Konnte es sein, dass sie wirklich so verloren war, wie er zu meinen schien?

«Außerdem», sagte er, «ist es schon lange her, dass mein Bruder gestorben ist. Ich denke nicht besonders oft daran. Meistens nur, wenn ich hier draußen bin.»

«Ich verstehe», sagte sie, und sie setzten sich nebeneinander auf die zerbröckelnden Stufen vor der Kirche. «Ich verstehe», sagte sie noch einmal, und es war wieder dieses Zittern in ihrer Stimme. Sie dachte an das eine Mal zurück, wo ihr Vater mit ihr und Patricia auf dem Erie-See angeln gegangen war, und das Boot hatte ein Echolot gehabt, das ihnen helfen sollte, die großen Fische zu finden. Sie konnte sich vorstellen, wie George Orson sein Gedächtnis auslotete und den Schatten seines Bruders ortete, der durch das dunkle Wasser glitt.

«Aber – vermisst du ihn denn nicht?», sagte sie.

«Ich weiß es nicht», sagte George Orson endlich. «Natürlich vermisse ich ihn, auf eine bestimmte Weise. Als er gestorben ist, hat es mich natürlich entsetzlich mitgenommen; es war eine Tragödie. Aber –»

«Aber was?», sagte Lucy.

«Aber vierzehn Jahre sind eine lange Zeit», sagte George Orson. «Ich bin zweiunddreißig Jahre alt, Lucy. Das ist dir vielleicht noch nicht klar, aber in einer solchen Zeitspanne durchläuft man viele verschiedene Stadien. Ich bin seit damals eine Menge verschiedener Personen gewesen.»

«Eine Menge verschiedener Personen», sagte sie.

«Dutzende.»

«Ach, wirklich?», sagte sie. Und sie spürte, dass dieser zitternde Schatten noch einmal über sie hinwegzog, all die verschiedenen Personen, die sie selbst hatte werden wollen, all die Traurigkeit und die ängstliche Anspannung, die sie zu verdrängen versucht hatte, das alles schob sich wieder über sie, wie ein Eisberg. War das nur wieder eines ihrer Wortgeplänkel? Oder steckten sie mitten in einem ernsthaften Gespräch?

«Also –», sagte sie. «Wer bist du jetzt?»

«Ich bin mir nicht ganz sicher», sagte George Orson, und er sah sie lange an, und diese grünen Augen schossen wie neugierige Elritzen über ihr Gesicht. «Aber ich glaube, das ist schon in Ordnung.»

Sie ließ zu, dass er mit der Handfläche über ihren Handrücken strich. Über ihre Knöchel, ihre Finger, ihre Nägel, ihre Fingerkuppen. Er berührte ihr Bein, so wie er es immer tat, wenn er sich besonders auf sie konzentrierte.

Er liebt mich wirklich, dachte sie. Aus welchem Grund

auch immer hatte sie das Gefühl, dass er wahrscheinlich der letzte verbleibende Mensch war, der sie wirklich kannte. Sie, wie sie wirklich war.

«Hör zu», sagte George Orson. «Was, wenn ich dir sagen würde, dass du dein altes Ich hinter dir lassen könntest? Genau jetzt. Was, wenn ich dir sagen würde, dass wir George Orson und Lucy Lattimore hier begraben könnten? Direkt hier, in diesem toten Städtchen?»

Er ist nicht gefährlich, dachte sie. Er würde ihr nichts antun. Und doch hatte sein Gesicht, hatten seine Augen eine so seltsame, entnervende Intensität. Es hätte sie nicht überrascht, wenn er ihr gleich eröffnet hätte, dass er etwas Schreckliches getan hatte. Jemanden ermordet vielleicht.

Würde sie ihn trotzdem lieben, würde sie trotzdem bei ihm bleiben, wenn er irgendein grauenvolles Verbrechen begangen hätte?

«George», sagte sie, und sie hörte selbst, wie heiser und unsicher ihre Stimme klang, dort unten in diesem Tal. «Versuchst du, mir Angst zu machen?»

«Überhaupt nicht», sagte George Orson, und er nahm ihre Hände in seine und neigte sein Gesicht zu ihr, sodass sie sehen konnte, wie hell und gierig und ernst seine Augen waren. «Nein, Schätzchen, ich schwöre bei Gott, ich würde nie versuchen, dir Angst zu machen. Niemals.»

Und dann lächelte er sie hoffnungsvoll an.

«Es ist nur so, dass – ach, Liebling, ich glaube nicht, dass ich noch allzu lange George Orson sein kann. Und wenn wir zusammenbleiben wollen, kannst du auch nicht mehr allzu lange Lucy Lattimore sein.»

Jenseits des unkrautüberwucherten Tals lagen die Wolken über dem Ufer geschichtet, von Schmutzigweiß nach oben hin zu Dunkelgrau abschattend. Ein Schleier von Staub schwebte über dem Talboden, der einst tief unter Wasser gelegen hatte.

13

MILES SASS in einer Bar in Inuvik, als sein Telefon klingelte. Es war sein viertes Bier, und anfangs wusste er nicht so recht, wo das Geräusch herkam – ein digitalisiertes Vogelgezwitscher, das einem unspezifischen Ort in seiner näheren Umgebung zu entspringen schien. Er warf einen Blick hinüber zum Barkeeper, dann über die Schulter und dann auf den Fußboden unter seinem Barhocker, bis er schließlich erkannte, dass das Gezwitscher tatsächlich vom Handy in seiner Jackentasche kam.

Es war das Handy, das er bei Ice Wireless, dem örtlichen Telefonladen, gekauft hatte, weil er mit seinem eigenen Gerät kein Netz bekam. Eines der vielen Dinge, die er in Cleveland vor seiner Abreise nicht bedacht hatte. Eine der vielen Ausgaben, mit denen seine Kreditkarte im Laufe seiner jahrelangen Suche nach Hayden belastet worden war.

Jetzt aber: Diesmal hatte sich die Investition offenbar gelohnt. Das Telefon klingelte tatsächlich.

«Hallo?», sagte er, und die Leitung schien tot zu sein. «Hallo? Hallo?» Er war an dieses Handy noch nicht gewöhnt, wusste nicht, ob er es richtig bediente.

Dann ertönte eine Frauenstimme. «Bin ich bei Ihnen richtig wegen dem Steckbrief?», fragte sie, und im ersten Moment war er so verblüfft, eine Stimme am anderen Ende der Verbindung zu hören, dass die Synapsen in seinem Gehirn übereinander zu stolpern schienen.

«Dem Steckbrief …?», wiederholte er.

«Ja», sagte die Frau. «Da hing so ein Anschlag, wegen eines

Vermissten, und das hier war die Nummer, die man anrufen sollte. Ich glaube, ich habe Informationen über den Gesuchten.» Sie hatte einen amerikanischen Akzent – schon eine Weile her, dass er das gehört hatte –, und er richtete sich auf und tastete seine Taschen nach einem Stift ab.

«Ich glaube, ich kenne den Mann, nach dem Sie suchen», sagte sie.

Als Detektiv war er eine Katastrophe.

Das war eines der Dinge, über die er während der Fahrt nach Inuvik nachgedacht hatte. Die letzten zehn Jahre seines Lebens waren praktisch ausschließlich der Suche nach Hayden gewidmet gewesen – es hatte etliche Jobs und unüberzeugte Bemühungen um etwas wie eine höhere Ausbildung gegeben, aber während der ganzen Zeit hatte er gedacht, dass seine eigentliche Berufung woanders lag. Sein eigentlicher Beruf war «Detektiv», seine eigentliche Bestimmung, hatte er gedacht, war, nach Hayden zu suchen, und jeder Anlauf in Richtung eines normalen Lebens war immer wieder von Perioden akuter Hayden-Besessenheit unterbrochen und schließlich vereitelt worden: Perioden, in denen er Daten gesammelt und gesichtet, sein Geld ausgegeben und sein Kreditkartenkonto belastet hatte, um die langen, fruchtlosen Fahrten zu finanzieren.

Wobei er in all den Jahren eigentlich wenig mehr erreicht hatte, als unzählige Notizbücher voll unbeantworteter Fragen anzuhäufen:

Ist Hayden schizophren? Leidet er wirklich an einer psychischen Störung, oder ist das alles nur Theater?

Nicht bekannt.

Glaubt Hayden wirklich an seine «früheren Existenzen», und falls ja, wie hängt das mit seiner Beschäftigung mit «Leylinien», «Geodäsie» und «Geisterstädten» zusammen? Oder ist auch das nur bloßer Schwindel?

Nicht bekannt.

War Hayden für den Hausbrand verantwortlich, bei dem unsere Mutter und Mr. Spady ums Leben kamen?

Nicht bekannt.

Warum war Hayden in Los Angeles, und worin bestand seine Tätigkeit als «Residualeinkommensberater»?

Nicht bekannt.

Was hatte es mit seinem Mathematikstudium an der University of Missouri, Rolla, auf sich? Wie hat er es geschafft, auf die Uni zu kommen, ohne einen College-Abschluss zu haben?

Nicht bekannt.

Was wurde aus der jungen Frau, mit der er in Missouri zusammen war?

Nicht bekannt.

In welcher – wenn überhaupt einer – Beziehung steht Hayden zu H&R Block, Morgan Stanley, Lehman Brothers, Merrill Lynch, Citigroup usw.?

Nicht bekannt.

Warum hat Hayden mich vor Mrs. Matalov / Matalov Novelties gewarnt?

Nicht bekannt.

Warum ist Hayden in Inuvik? Ist *Hayden überhaupt in Inuvik?*

Nicht bekannt.

Er saß da am Tresen und starrte auf seinen Spiralblock, in dem er diese und weitere Fragen in sauberen Blockbuchstaben aufgeschrieben hatte – *seiner* Schrift, die schon seit Kindertagen lediglich eine farblose Imitation von Haydens eleganterer Handschrift war.

Er hielt sich noch immer das Handy ans Ohr.

«Ja», sagte er. «Sie haben Informationen über den Mann auf dem Anschlag?» Ihm war bewusst, dass er leicht ungläubig klang, und er stockte. Die Frau sagte nichts.

«Wir ... wie auf dem Anschlag steht, sind wir, äh ... bereit, eine Belohnung zu zahlen», sagte Miles.

Belohnung. Mit seiner Kreditkarte würde sich wohl noch ein bisschen Geld flüssigmachen lassen.

Er war noch immer benebelt. Vierundachtzig Stunden am Lenkrad, mit lediglich ein paar Schlafpausen am Straßenrand – auf dem Rücksitz zusammengerollt, die Fingerknöchel gegen den Mund gepresst, in eine bis zum Hals hochgezogene dünne Decke gewickelt. Einmal war er aufgewacht und hatte geglaubt, das Nordlicht am Himmel zu sehen, eine flüchtige, flatternde rauchartige Bahn von fluoreszierendem Grün, obwohl das auch die Farbe war, die vermutlich ein UFO abgeben würde, das über einem in der Luft schwebt.

Als er endlich Inuvik erreicht hatte, stand er praktisch neben sich. Er hatte sich in einem Motel im Ortszentrum, dem Eskimo Inn, ein Zimmer genommen und geglaubt, in dem Augenblick, in dem er sich aufs Bett legte, das Bewusstsein zu verlieren.

Es war spät, aber die Sonne schien nach wie vor. Die Mitternachtssonne, dachte er – ein trübes, mattes gelbliches Licht, als ob die Welt ein riesiger Kellerraum wäre, der von einer einzigen nackten 40-Watt-Birne erhellt wurde. Er zog die Vorhänge zu und setzte sich aufs Bett.

Er hatte ein Klingeln in den Ohren, und seine Haut fühlte sich so an, als ob sie schwach leuchtete. Das Summen der Autoreifen auf dem Asphalt war ihm bis in die Knochen gedrungen, vorwärts, vorwärts, vorwärts, und er wünschte, er hätte daran gedacht, sich vor dem Einchecken ein paar Dosen Bier zu kaufen –

Dann bräuchte er jetzt nicht dazusitzen und, den alten Atlas auf dem Schoß, dumm zu blinzeln. Als Detektiv eine Katastrophe, dachte er. *Dominion of Canada* stand über der Landkarte, die bauklotzförmigen Provinzen Alberta, Saskatchewan und Manitoba jeweils lila und orange und kaugummirosa, darüber erhoben sich die Nordwestterritorien in Minzgrün. Nunavut existierte auf dieser Karte noch gar nicht. In diese Karte hatte der halbwüchsige Hayden eine Reihe von Runen eingezeichnet, die sich über die ganze Länge der Tuktoyaktuk-Halbinsel hinaufzogen und durch die Beaufortsee weiter nach Sachs Harbour marschierten.

Miles sah Hayden vor sich, wie er, in einen Eskimo-Parka mit pelzgefütterter Kapuze eingepackt, auf einem Hundeschlitten über eine brettebene gefrorene See fuhr, während hinter ihm die Eisfläche zu verzackten Puzzleteilchen auseinanderbrach. Die fahlen Seevögel kreisten wie Schlittschuhläufer über ihm und kreischten dabei: *Tekeli-li! Tekeli-li!*

Es war ihm schon der Gedanke gekommen, dass dies eine weitere Sackgasse sein könnte.

Ein weiteres Kulm, North Dakota –

Ein weiteres Rolla, Missouri –

Eine weitere Demütigung wie die im JPMorgan Chase Tower in Houston – als der Wachmann Miles von der Aussichtsplattform eskortiert und unten auf der Plaza abgesetzt hatte. *Mister, ich hatte Sie gewarnt*, hatte der Security-Mann gesagt –

All die Male, wo er davon überzeugt gewesen war, kurz davor zu stehen, Hayden endlich zu erwischen.

Während des letzten Teils seiner Fahrt auf dem Dempster Highway hatte er Koffeintabletten geschluckt, und jetzt wollte sein Herz nicht wieder langsamer werden. Er spürte seinen Puls in den Membranen seiner Augäpfel, in den Fußsohlen, in den Haarwurzeln. Und obwohl er so müde war, unglaublich müde, obwohl er sich auf der dünnen Motelmatratze ausstreckte und den Kopf ins Kissen drückte, wusste er nicht, ob es ihm gelingen würde einzuschlafen.

Er versuchte zu meditieren. Er stellte sich vor, er wäre in seiner Wohnung in Cleveland, die weißen Gardinen bewegten sich in der Morgenbrise, und sein Gesicht drückte sich in das schöne, extraschwere Kissen, das er sich bei Bed Bath & Beyond gekauft hatte. Gleich würde er aufwachen, zur Arbeit ins Matalov Novelties fahren und sich nie wieder als Detektiv versuchen.

Er war neunundzwanzig gewesen, als er – nach seiner letzten Expedition, seinem Trip nach North Dakota – nach Cleveland zurückgekehrt war, und er hatte sich gesagt, dass heimzukehren, wieder in der Stadt seiner Kindheit zu leben, ihm ein Gefühl von Sicherheit und innerem Gleichgewicht schenken würde. Monate waren vergangen, und Hayden hatte sich nicht wieder gemeldet, und jetzt hatte er den Eindruck, dass er allmählich einen klareren Kopf bekam. Er würde in eine neue Phase seines Lebens eintreten.

Cleveland hatte schon mal bessere Tage erlebt. Auf den ersten Blick sah es so aus, als liege die Stadt in den letzten Zügen: eine zusammenbrechende Infrastruktur, geschlossene und mit Brettern vernagelte Geschäfte, wohin man auch schaute, die Euclid Avenue – die große Mittelachse – aufgerissen und mit Wällen von aufgehäuften unregelmäßigen Asphaltplatten eingefasst, die Überholspuren ein einziger von orangefarbenen Pylonen gesäumter schlammiger Graben, die schönen alten Gebäude – May Company, Haybee's – entkernt, ganze Straßenzüge, die nur noch aus unbebauten Grundstücken und verwunschen aussehenden Lagerhäusern bestanden.

Solange er zurückdenken konnte, war diese Entwicklung schon zu erkennen gewesen. Jahrelang war die Stadt immer tiefer in Verfall und Hoffnungslosigkeit versunken, die Menschen sprachen immer nostalgisch von ihrer einstigen Herrlichkeit, ihrer glorreichen Vergangenheit, und er hatte solche Sprüche nie besonders ernst genommen.

Aber jetzt sah die Stadt so aus, als sei sie ausgebombt und anschließend verlassen worden. Als er zum ersten Mal ins Zentrum gefahren war, hatte ihn ein apokalyptisches Gefühl befallen, das Gefühl, der letzte Mensch auf der Welt zu sein, obwohl ein paar Blocks weiter die Straße entlang durchaus andere Autos fuhren, obwohl er eine dunkle Gestalt im Eingang einer abgetakelten Kneipe verschwinden sah. Es war ein Gefühl, als wachte man auf, und alle Menschen, die man liebte, wären tot. Alle waren tot, und trotzdem drehte sich die Welt, streng und gedankenlos, weiter, unter einem Himmel, der von

Möwen und Staren wimmelte. Ein Luftschiff schwebte lethargisch im Dunst über dem Baseballstadion, wie ein alter Luftballon, den jemand in einem schlammigen See liegengelassen hatte.

Aber er musste versuchen, positiver zu denken! Wie seine Mom immer gesagt hatte, es musste nicht immer alles so morbid sein.

Er hatte eine Wohnung am Euclid Heights Boulevard gemietet, nicht weit vom University Circle und, ja, auch nicht weit von der Straße, in der er und Hayden aufgewachsen waren.

Aber daran wollte er jetzt nicht denken.

Seine Wohnung lag in einem alten Buntsandsteinhaus namens «Hyde Arms». Zweiter Stock, zwei Zimmer, Parkettböden und renovierte Küche, Heizung und Wasser inklusive, Katzen willkommen.

Er spielte mit dem Gedanken, sich eine Katze anzuschaffen – schließlich richtete er sich ja häuslich ein. Eine große, freundliche schwarz-weiße Smokingkatze, eine Mauserin, dachte er, eine Gefährtin – und die Vorstellung gefiel ihm, nicht zuletzt weil Hayden immer einen Horror vor Katzen gehabt hatte, eine abergläubische Angst vor ihren «Kräften».

Im Telefonbuch hatte er einen seiner alten Freunde aus der Highschool ausfindig gemacht, John Russell, und es hatte ihn überrascht, ja regelrecht gerührt, wie sehr der sich darüber gefreut hatte, von ihm zu hören. Früher hatten sie beide in der Blaskapelle Klarinette gespielt und auch sonst immer viel Zeit miteinander verbracht. Als Miles jetzt anrief, sagte John Russell: «Warum gehen wir nicht mal irgendwo was trinken? Es gibt bestimmt viel zu erzählen!»

Und genau das hatte sich Miles erhofft, als er nach Cleveland zurückgekehrt war. Mit einem alten Kumpel um die

Häuser ziehen, Freundschaften auffrischen, vertraute Orte aufsuchen, entspannte, aber nicht unernste Gespräche führen. Ein paar Abende darauf saßen sie zusammen im Parnell's Pub, einer netten Eckkneipe in der Nähe des Programmkinos, wo es sogar einen richtigen irischen Barkeeper gab. «Was kann ich den Herrschaften anbieten?», knödelte der mit seinem angenehmen Akzent. In zwei unaufdringlich in den Nischen über den Spirituosenflaschen montierten Fernsehern lief ein Baseballspiel, dem die Gäste in Abständen ihre Aufmerksamkeit schenkten, während die Jukebox die zugleich reservierte und relaxede, nicht zu ausgelassene und nicht zu gemäßigte Klientel mit irgendwie kultiviert klingender Rockmusik beschallte.

Das könnte *meine* Bar werden, dachte Miles und malte sich ein Szenario aus, in dem er und seine Freunde sich regelmäßig auf einen Drink trafen und ihr Leben die festgelegten Rhythmen und amüsanten Komplikationen einer gut geschriebenen TV-Ensembleserie aufwies. Er wäre der Witzige, leicht Neurotische, der vielleicht was mit einem intelligenten, überspannten jüngeren Mädchen – vielleicht mit Tattoos und Piercings – anfangen könnte, das sein Leben auf interessante und komische Weise aufmischen würde.

«Es ist toll, dich zu sehen, Miles», sagte John Russell, während Miles sich mühsam aus seinem Tagtraum herauskämpfte. «Ehrlich. Ich kann's gar nicht glauben, dass es schon zehn Jahre her ist! Herr im Himmel! *Über* zehn Jahre!» Und John Russell presste sich die Hände an die Wangen und mimte den Überraschten. Miles hatte ganz vergessen, was für seltsame, blödsinnige Gesten John Russell zu machen pflegte, als habe er von den Mangas und Videospielen, die er früher immer so liebte, gelernt, wie man Emotionen zum Ausdruck bringt.

«Also, was hast du so alles getrieben?», fragte John Russell und hob die Augen, als sei er darauf gefasst, dass Miles gleich eine denkwürdige Geschichte vom Stapel lassen würde.

«Homunculus!», wie er früher, in ihrer Teenagerzeit, zu sagen pflegte, womit er meinte: «Unglaublich!»

«Miles», sagte er. «Wo bist du bloß all die Jahre gewesen?»

«Gute Frage», sagte Miles. «Das wüsste ich manchmal selbst gern.»

Er war unschlüssig. Er wollte sich nicht über die ganze Sache mit Hayden auslassen – die vermutlich ohnehin als lächerlich und übertrieben rübergekommen wäre. Was hätte er schon sagen können? *Im Prinzip hab ich die letzten zehn Jahre damit vergeudet, meinem geistesgestörten Zwillingsbruder hinterherzulaufen. Du erinnerst dich doch an Hayden, oder?*

Wahrscheinlich brachte es schon Unglück, Haydens Namen auch nur auszusprechen.

«Ich weiß nicht», sagte er zu John Russell. «Ich bin eigentlich etwas – nomadisch gewesen. Hab alle möglichen Sachen gemacht. Ich hab an die sechs Jahre gebraucht, um mit dem College fertig zu werden, weißt du. Es gab ... ein paar Probleme ...»

«Ich hab davon gehört», sagte John Russell und produzierte einen, wie Miles vermutete, mitfühlenden Gesichtsausdruck. «Mein Beileid wegen deiner Eltern.»

«Tja», sagte Miles. «Danke.» Aber was konnte man schon weiter sagen? Wie reagiert man auf Beileidsbekundungen, die sich auf ein so lange zurückliegendes Ereignis beziehen? «Jetzt geht's mir besser.» Das, entschied er, war eine gute Antwort. «Es war schwierig, aber – ich hab mich wieder berappelt. Es hat eine Weile gedauert, und – tja, und ich spiele einfach mit dem Gedanken, für eine Weile sesshaft zu werden. Du weißt schon, mir einen Job zu suchen und so, irgendetwas.»

«Unbedingt», sagte John Russell und nickte, als ob Miles sich völlig klar ausgedrückt hätte. Was für eine Erleichterung! Solange sie sich kannten, war John Russell immer ein gutgelaunter Typ gewesen, der zu allem vergnügt Ja und Amen gesagt hatte – der perfekte Freund, wenn man einen verrückten Bruder, ein schwieriges Familienleben und eine eher begrenzte soziale Kompetenz hatte. Charakterlich hatte er sich kaum verändert, auch wenn er in anderer Hinsicht deutlich gealtert war: Sein Haaransatz war zurückgegangen, und die kahle Stelle auf seinem Kopf sah jetzt länglicher aus. Außerdem hatte er ein schwächeres Kinn bekommen und war um Bauch und Hüften und Hintern schwerer geworden, sodass seine Figur insgesamt ein bisschen kegelförmig wirkte. Er war Anwalt für Steuerrecht.

«Ich such vorläufig noch nichts Bestimmtes», sagte Miles. Er fühlte sich noch immer leicht befangen und, er konnte nichts dagegen tun, in der Defensive. «Irgendeinen Job ... und, ich weiß nicht, vielleicht wieder aufs College gehen? Ich glaube, ich sollte mein Leben mal auf die Reihe kriegen. Ich hab eine Menge Zeit vergeudet.»

Aber John Russell legte nur den Kopf mitfühlend schief. «Wer weiß?», sagte er. «Tatsächlich wünsche ich mir manchmal, ich wäre etwas mehr gereist und vielleicht ein bisschen weniger sesshaft gewesen.» Und er klopfte sich mit ironischer Miene auf den runden Bauch.

«Ich glaube, die meisten Menschen vergeuden ihr Leben auf die eine oder andere Weise», sagte John Russell. «Weißt du, ich hab mal versucht auszurechnen, wie viel Zeit ich mit Videospielen und Fernsehgucken verbracht habe. Meiner groben Schätzung nach so an die einundneunzigtausend Stunden, was wahrscheinlich sogar konservativ geschätzt ist, aber es ergibt gerade etwas über zehn Jahre! Was ich, ehrlich gesagt, ein wenig beängstigend fand, obwohl es mich nicht davon abgehalten hat, weiter fernzusehen und Videospiele zu spielen, aber – es ist irgendwie traurig.»

«Na ja», sagte Miles. «Ich würde sagen, so was kann man nur schwer ausrechnen.»

«Ich hab sogar eine Tabellenkalkulation erstellt», sagte John Russell. «Bei Gelegenheit zeig ich sie dir.»

Miles nickte. «Das wär cool», sagte er – und konnte nicht umhin zu denken, wie entzückt Hayden von John Russells «Tabellenkalkulation» gewesen wäre.

«Der Typ ist ein noch größerer Freak als wir, Miles», hatte Hayden früher immer gesagt.

Und Miles protestierte. «Wir sind keine Freaks», sagte Miles. «Und er auch nicht.»

«Ich bitte dich», sagte Hayden dann.

Er erinnerte sich, wie sehr es Hayden amüsiert hatte, dass John Russell sich immer mit Vor- und Nachnamen anreden ließ. «Wie affektiert», hatte Hayden gesagt. «Aber irgendwie gefällt's mir.» Und dann hatte Hayden eine kleine Parodie von John Russells zierlicher, hühnerartiger Art zu gehen aufgeführt. Über die Miles wider Willen hatte lachen müssen, und selbst jetzt war es schwierig, John Russell nicht als Witzfigur zu sehen.

Aber er würde nicht an Hayden denken.

«Wie auch immer», sagte er.

Er und John Russell hatten je ein Pint Bier bestellt, und sie führten beide ihr Glas an die Lippen und tranken einen Schluck. Sie lächelten sich gegenseitig zu, und Miles war bewusst, wie sehr er sich wünschte, dass sie Freunde wären, ganz normale Freunde, aber stattdessen entstand eine peinliche Stille, die er nicht zu überbrücken wusste. John Russell räusperte sich.

«Jedenfalls», sagte John Russell, «schlagen Menschen unterschiedliche Lebenswege ein. Wie zum Beispiel – hast du von Clayton Combe gehört? Du erinnerst dich doch an ihn, oder?»

«Klar», sagte Miles, obwohl er seit Jahren nicht mehr an Clayton Combe gedacht hatte.

Er war ein Junge auf der Hawken School gewesen, den weder er noch John Russell leiden konnten: ein intelligenter, bei allen beliebter Schüler, sportlich, gut aussehend, aber, wie sie fanden, ein gönnerhaftes Arschloch. Er hatte das widerlichste selbstzufriedene Grinsen, das Miles je bei einem Menschen gesehen hatte.

«Du wirst es nicht für möglich halten», sagte John Russell in vertraulichem Ton. «Alle dachten doch, er würde es noch sehr weit bringen. Wie sich dann aber herausstellte, hat er sich das Leben genommen. Er war Investmentbanker bei der ING, und es gab einen Unterschlagungsskandal. Er behauptete, er sei unschuldig, aber er wurde verurteilt und hätte an die fünfzehn Jahre absitzen müssen, doch dann –», John Russell hob bedeutungsvoll die Augenbrauen, «– hat er sich *aufgehängt.*»

«Das ist ja furchtbar», sagte Miles.

Und das war es zwar wirklich, aber er konnte nicht behaupten, dass es ihn besonders betrübt hätte. Er erinnerte sich, dass Hayden Clayton Combe von Herzen verabscheut hatte – dass er immer Claytons Art imitiert hatte, beim Lächeln den Kopf in den Nacken zu werfen, als ob ihm Beifall gespendet würde. Hayden hob dann die Hand und winkte einer imaginären begeisterten Menschenmenge zu, wie eine Schönheitskönigin auf einem Festwagen, und Miles und John Russell fanden diese Parodie immer zum Schießen.

Und dann, Miles konnte nichts dagegen tun, schaltete sich der Detektiv in ihm ein und blinzelte.

War die ING nicht eines dieser Unternehmen, dachte Miles, eine der vielen Körperschaften, gegen die Hayden was hatte?

Hatte er sie nicht in einer seiner E-Mails erwähnt? In einer seiner verschiedenen Schimpfkanonaden?

Aber er sollte sich jetzt nicht in diese Richtung ziehen lassen.

«Armer Clayton», hörte er sich selbst murmeln. «Das ist so ...», sagte er. «So eigenartig.»

Aber war es das wirklich? War es eigenartig?

Im Lauf der Woche nach dem Gespräch mit John Russell dachte er darüber nach. Warum musste immer alles auf Hayden hinauslaufen? Warum konnte er nicht einfach dasitzen und sich mit einem alten Freund nett unterhalten? Warum konnte die Geschichte von Clayton Combe nicht einfach eine – Klatschgeschichte sein? Und er weigerte sich, der Sache nachzugehen. Er würde Clayton Combe nicht googeln; er würde die Geschichte nicht in eine paranoide Phantasie umwandeln.

Aber schließlich schrieb er es doch in seinen Notizblock:

Hat Hayden Clayton Combes Leben zerstört und ihn in den Selbstmord getrieben?

Nicht bekannt.

Zu dem Zeitpunkt fühlte er sich sehr verwundbar. Sehr verwundbar und entwurzelt und deprimiert, und er musste immer wieder über das nachdenken, was John Russell gesagt hatte. *Die meisten Menschen vergeuden ihr Leben auf die eine oder andere Weise.*

Ich muss einen Kurswechsel vornehmen, dachte Miles. Man konnte sein Leben durchaus klug nutzen, wenn man nur darüber nachdachte. Wenn man sich nur einen Plan machte und daran festhielt!

Doch trotz seiner guten Vorsätze ertappte er sich dabei, wie er seine Unterlagen noch einmal durchging.

Er ertappte sich dabei, wie er aus dem Fenster seiner Wohnung starrte, nach Nordosten hinaus, über die Kronen der

Vorstadtbäume hinweg. Ein paar Blocks weiter war die Straße, in der seine Familie früher gewohnt hatte, und er spürte, wie ihr altes Haus undeutbare Signale aussandte, seine Abwesenheit meldete, da es gar nicht mehr da war.

Er spielte mit dem Gedanken, hinzugehen und sich das Grundstück anzusehen.

Was war noch übrig?, fragte er sich. War es bloß eine unbebaute Grasfläche? Stand da jetzt ein neues Haus, wo einst das alte gestanden hatte? War irgendetwas übrig, das er erkennen würde?

Das Haus war während seines zweiten Jahres an der Ohio University abgebrannt. Damals wurde Hayden seit über zwei Jahren vermisst, und Miles hatte es nie über sich gebracht zurückzukehren. Wozu auch? Sein Vater, seine Mutter, selbst sein Stiefvater, Mr. Spady, waren tot, nichts zog ihn dorthin außer einer morbiden Neugier, und der widerstand er letztlich. Er wollte die Überreste des Gebäudes nicht sehen, verbrannte Balken und das eingestürzte Dach, verkohlte Möbel; er wollte sich die von Feuer erhellten Fenster nicht vorstellen, die Nachbarn, die sich auf dem Rasen versammelten, als Feuerwehrwagen und Ambulanz vorfuhren.

Er wollte sich nicht vorstellen, dass Hayden möglicherweise dort im Schatten der Fliederhecke gestanden hatte, seine Brandstifterutensilien vielleicht noch immer bei sich, in einem Rucksack, den er über die Schulter geschwungen hatte.

Eigentlich gab es dafür keinerlei Beweise – nichts, abgesehen von einem deutlichen Schnappschuss in seiner Vorstellung, einem Bild, das so scharf war, dass er manchmal nicht umhinkonnte, das Haus zu der Summe von Haydens Verbrechen zu addieren. Das Haus, seine Mutter und Mr. Spady.

Und jetzt, dachte er, kam noch der arme Clayton Combe hinzu, der sich in einer Gefängniszelle aufgehängt hatte. Er dachte erneut an Haydens Clayton-Combe-Imitation: Kinn hoch, Augen zurückgerollt, Mund zu einer selbstherrlichen Grimasse verzerrt.

Von seinem zweiten Stockwerk aus konnte er das Dach des benachbarten Hauses sehen; unten eine mumifizierte Zeitung, noch immer aufgerollt und von einem Gummiband zusammengehalten, aber langsam zerfallend; ein Schwung Blätter kam, in Formation, wie Zugvögel oder Footballspieler, die Gasse heruntergestürmt; und dann tauchte ein Hubschrauber auf und schwebte, knapp über den Baumkronen, wuchtig vorüber, während seine dicken Rotoren die Luft zerhackten. Zweifellos auf dem Weg zum Krankenhaus, aber trotzdem sah Miles ihm mit strengem Blick nach. Jahrelang war Hayden davon überzeugt gewesen, von Hubschraubern beobachtet zu werden.

Ein paar Tage später hatte Miles einen Job gefunden. Beziehungsweise (so kam es ihm manchmal vor): Der Job hatte *ihn* gefunden.

Er war in der Innenstadt, hatte es geschafft, zu ein paar Vorstellungsgesprächen eingeladen zu werden. Es ging um Stellen als einfacher Programmierer und IT-Supporter, als «administrativer Mitarbeiter» bei der Stadtbücherei, nichts Aufsehenerregendes, aber nun. Schließlich war er gerade erst dabei, sesshaft zu werden, dachte er, sich ein Leben einzurichten, er musste hartnäckig und optimistisch sein – obwohl Optimismus sich nicht gerade leicht einstellte, wenn man die Prospect Avenue entlangging. So viele leerstehende Geschäfte mit ihren längst verblassten ZU-VERMIETEN-Schildern, so viele stumme Häuserblocks. Wahrscheinlich, dachte er wieder, war es ein Fehler gewesen zurückzukommen.

Dieser Gedanke ging ihm gerade durch den Kopf, als er um die Ecke bog und auf der Fourth Street, eingeklemmt zwischen den uralten Juweliergeschäften und Pfandleihhäusern, den Kuriositätenladen sah, Matalov Novelties.

Er war erstaunt darüber, dass es ihn noch immer gab. Es war das letzte Geschäft, von dem er angenommen hätte, dass es den wirtschaftlichen Niedergang dieser Viertels überleben würde. Seit Jahren hatte er nicht mehr an Matalov Novelties gedacht – bestimmt nicht mehr seit dem Tod seines Vaters, als er und sein Bruder dreizehn gewesen waren.

Als Miles und Hayden noch Kinder waren, nahm ihr Vater sie regelmäßig zum Kuriositätenladen mit. Es war immer etwas Besonderes, ihn zu diesem eigenartigen heruntergekommenen Geschäft zu begleiten. Den *Zauberladen* nannte er es.

Sie hatten ihren Vater nie bei seinen Auftritten sehen dürfen – nicht als Clown, nicht als Zauberkünstler und ganz gewiss nicht als Hypnotiseur. Daheim war er ein gesetzter, durch und durch untheatralischer Mensch, weswegen ihre Besuche bei Matalov Novelties ihnen umso mehr wie etwas Besonderes erschienen waren. Ihr Vater hielt sie bei den Händen. «Nichts anfassen, Jungs. Nur gucken.» Was sehr schwierig war, da es sich schließlich um einen Zauberladen handelte – Reihen über Reihen von deckenhohen Regalen, vollgestopft mit Antiquitäten und geheimnisvollen Utensilien, holzgeschnitzten Schachfiguren in Gestalt von Ungeheuern, chinesischen Fingerfallen, Federboas, Zylindern und Capes, einem ältlichen Rhesusäffchen in einem Silberkäfig –

– und dann tauchte die alte Frau auf. Mrs. Matalov. Bejahrt, aber nicht taperig, obwohl sich ihre Wirbelsäule allmählich zu einem Fragezeichen krümmte und ihre grelle seidenglänzende Bluse buckelig ausbeulte. Ihr Haar sah wie Pusteblumenflaum aus und war pfirsichrosa gefärbt, und ihr Mund schimmerte rot von dem fettig glänzenden Lippenstift, den Stummfilmschauspielerinnen früher trugen.

«Larry», sagte sie mit russischem Akzent. «Wie schön, Sie zu sehen!» Ihr Vater produzierte eine kleine Verbeugung.

Wenn Mrs. Matalovs Blick dann auf Miles und Hayden fiel,

vollführte sie eine kurze Pantomime der Verblüffung, atmete scharf zwischen den Zähnen ein und riss die Augen auf.

«O Larry!», sagte sie. «So wunderschöne Jungen. Sie brechen mir das Herz.»

Als Miles daran zurückdachte, fühlte es sich eher wie eine Episode aus einem Kinderbuch an als wie ein reales Erlebnis. Wie eine Lüge, die sich Hayden ausgedacht haben könnte. Und so war er jetzt kaum überrascht festzustellen, dass Matalov Novelties offensichtlich geschlossen hatte. Ein Faltgitter war vor den Eingang gezogen, und das schmale Schaufenster war mit Papier verklebt.

Und dennoch – zwischen den Gitterstäben, durch das geriffelte Glas der Tür sah er, dass der Laden nicht leer geräumt war. Er konnte Regale ausmachen, und als er die Hand durch das Gitter steckte und an die Glasscheibe klopfte, meinte er eine Bewegung wahrzunehmen. Zögernd blieb er dort stehen, und bald war so viel Zeit vergangen, dass es sich idiotisch anfühlte, immer noch zu warten.

Dann riss die alte Frau plötzlich die Tür auf und starrte ihn durch das Gitter an.

«Das hier ist kein Einzelhandel!», schrillte sie. «Wir haben nichts von den Indians, nichts von den Browns und auch keine Cleveland-Andenken. Das ist kein Einzelhandelsgeschäft», wiederholte sie. Sie hatte einen noch härteren Akzent, als er in Erinnerung hatte. Er gaffte sie an, während sie ihm mit einer Hand *weg, weg!* bedeutete.

«Mrs. Matalov?», sagte er.

Unnötig zu sagen, dass sie in den siebzehn Jahren, seit er sie zuletzt gesehen hatte, gealtert war. Schon damals, in seiner Kindheit, war sie eine alte Frau gewesen; jetzt war sie praktisch ein Skelett. Sie war kleiner, kürzer geworden. Die Biegung ihres Rückgrats war so ausgeprägt, dass sich die einzelnen Wirbel wie Zacken an ihrem gekrümmten Rücken abzeichneten, und ihr Kopf hing so tief herab, dass sie ihn wie eine Schildkröte nach oben verdrehen musste, um Miles überhaupt sehen zu können. Ihr Haar war sehr dünn, nur noch vereinzelte Büschel, aber nach wie vor pfirsichrosa gefärbt. Es war unglaublich, dass sie noch lebte, dachte Miles. Sie musste weit über neunzig sein.

«Mrs. Matalov?», sagte er noch einmal. Er bemühte sich, laut und deutlich zu sprechen, und setzte ein, wie er hoffte, gewinnendes Lächeln auf. «Ich weiß nicht, ob Sie sich noch an mich erinnern. Miles Cheshire? Larry Cheshires Sohn? Ich bin jetzt wieder in Cleveland und …»

«Einen Moment», sagte sie ärgerlich. «Sie nuscheln. Ich verstehe nicht, was Sie sagen. Einen Moment, bitte.»

Sie brauchte zwar mehr als nur einen Moment, um das Faltgitter aufzuschließen und zurückzuziehen, aber sobald es offen war, ließ sie ihn bereitwillig eintreten.

«Es tut mir wirklich leid, wenn ich Sie störe», sagte Miles und schaute sich um – alles war noch so, wie er es in Erinnerung hatte: die Reihen von Regalen, der Trödelladengeruch, gemischt aus Zigarettenrauch, Staub, Sandelholz und nasser Pappe. «Ich», sagte er verlegen, «– möchte wirklich nicht stören. Es ist nur so, ich bin seit vielen Jahren zum ersten Mal wieder in Cleveland und kam hier zufällig vorbei. Nostalgie, vermutlich. Mein Dad war früher Stammkunde bei Ihnen.»

«Larry Cheshire, ja. Das haben Sie schon gesagt», sagte Mrs. Matalov streng. «Ich erinnere mich. Ich selbst bin kein nostalgischer Mensch, aber kommen Sie rein, kommen Sie rein. Sagen Sie mir, was ich für Sie tun kann. Sind Sie auch Magier? Wie Ihr Vater?»

«Oh», sagte Miles, «nein, nein.» Als sich seine Augen an das Halbdunkel gewöhnt hatten, sah er, dass der Laden doch nicht mehr ganz so wie in seiner Kindheit aussah. Er wirkte eher wie eine alte Garage oder ein Dachboden, und die dunklen

Gänge zwischen den langen, sich nach hinten hinziehenden Regalwänden waren mit unordentlich gestapelten, teilweise geöffneten Pappkartons vollgerümpelt. Vor den Regalen drängten sich mehrere Tische und Schreibtische, auf denen alte, unterschiedlich antiquierte PCs standen; dazu Monitore und ganze Nester von verhedderten Strom- und Datenkabeln. An einem der Schreibtische saß ein – vielleicht zwanzig-, einundzwanzigjähriges? – dunkelhaariges Mädchen, schwarz gekleidet und mit schwarz geschminkten Lippen und langen spitzen Anhängern an den Ohren, die wie die Zähne eines prähistorischen Raubtieres aussahen. Sie sah zu ihm auf, ausdruckslos und Ironie ausstrahlend.

«Nein, nein», sagte Miles. «Ganz bestimmt kein Magier. Ich habe eigentlich nie –» Und er spürte, dass er errötete, er wusste selbst nicht warum. «Ich bin eigentlich gar nichts», sagte er und folgte Mrs. Matalov mit den Augen, die mit einem wackligen, aber überraschend flinken Gang, wie jemand, der über dünnes Eis eilt, durch das Labyrinth von Schreibtischen trippelte.

«Wie schade», sagte Mrs. Matalov. Sie ließ sich auf einem Schreibtischstuhl nieder, dessen Rückenlehne noch mit mehreren Paradekissen ausgepolstert war. Mit einer Handbewegung forderte sie ihn auf, näher zu kommen und ebenfalls Platz zu nehmen. «Ihr Vater – ich mochte ihn sehr. Er war so ein freundlicher, gütiger Mensch.»

«Das war er», sagte Miles. Sie hatte recht: Aber wie lange war es her, dass er zuletzt an seinen Vater gedacht hatte? Ein Klumpen von altem Kummer erwachte und drehte sich in seiner Brust um.

«Armer Mann!», sagte sie. «Er war ein sehr talentierter Entertainer; das wissen Sie selbst. Wenn er zu einer anderen Zeit gelebt hätte, hätte er viel Geld verdienen können, statt auf Kindergeburtstagen aufzutreten.» Sie schnalzte missbilligend mit der Zunge, eine Serie von leisen Ausrufezeichen, und Miles hatte das Gefühl, dass sie ihm gleich Vorwürfe machen würde: einem jungen Mann, der sein Leben vergeudete. Aber sie musterte ihn lediglich mit einem wissenden Blick.

«Und was ist mit Ihrem Bruder?», sagte sie. «Er ist auch kein Magier, nehm ich an?»

«Nein», sagte Miles. «Er –»

Aber was war Hayden? Vielleicht ja doch so eine Art Magier.

«Ich erinnere mich an Sie beide», sagte Mrs. Matalov. «Zwillinge. Sehr hübsch. Sie waren der Schüchterne, glaube ich», sagte sie. «Miles. Der richtige Name für ein Mäuschen. Aber Ihr Bruder –» Und hier hob sie einen Finger und wedelte damit in keine bestimmte Richtung. «Das war ein ganz Schlimmer. Ein Dieb! Ich habe viele Male gesehen, wie er mich bestohlen hat, und am liebsten hätte ich ihn am Schlafittchen gepackt! Aber –» Sie zuckte die Achseln. «Ich wollte Ihren Vater nicht in Verlegenheit bringen.»

Miles nickte unbehaglich und warf dem dunkelhaarigen Mädchen, das ihn mit einem Ausdruck fast unmerklicher Belustigung beobachtete, einen Blick zu.

«Ja», sagte Miles. «Er konnte – frech sein.»

«Hmm», sagte Mrs. Matalov. «Frech? Nein. Schlimmer als das, glaube ich.» Und sie sah Miles, wie ihm vorkam, lange an. «Sie haben mir leidgetan», sagte sie. «So schüchtern und mit so einem Bruder!»

Miles sagte nichts. Er hatte nicht erwartet, sich in einer solchen Situation wiederzufinden – in diesem neongrau beleuchteten fensterlosen Raum, unter den aufmerksam-kritischen Augen der alten Frau und des dunkelhaarigen Mädchens. Er hatte nicht erwartet, dass man sich an seinen Vater – oder an ihn – so genau erinnern würde. Was sollte er sagen?

Mrs. Matalov holte aus der Tasche ihrer dünnen Strickjacke

eine Zigarette und spielte damit herum, ohne sie anzuzünden. «Ich hatte eine Schwester», sagte Mrs. Matalov. «Keine Zwillingsschwester, aber altersmäßig sehr nah. Eine furchtbare Angeberin. Wenn sie nicht gestorben wäre, wäre ich nie aus ihrem Schatten herausgekommen.» Sie zuckte die Achseln und hob milde ihre dünnen Augenbrauen. «Ich hatte also – Glück.»

Sie kramte wieder in der Tasche ihrer Strickjacke und zog ein durchsichtiges Plastikfeuerzeug heraus, das sie mit zitternder Hand anzuzünden versuchte. Miles machte eine unsichere Geste. Sollte er ihr helfen?

Aber bevor er zu einer Entscheidung kommen konnte, meldete sich das dunkelhaarige Mädchen plötzlich zu Wort. «Oma!», sagte sie scharf. «Nicht rauchen!» Und Miles entspannte sich wieder.

«Ah», sagte Mrs. Matalov. Sie sah Miles finster an. «Die da», sagte sie, womit sie zweifellos das Mädchen meinte. «Auch eine ganz Schlimme. Ist gegen Rauchen – aber Drogen! Drogen findet sie gut. Die findet sie so gut, dass die Polizei gekommen ist und ihr ein Überwachungsgerät am Fußknöchel befestigt hat. Eine elektronische Fußfessel. Wie finden Sie das? Und jetzt ist die Ärmste meine Gefangene. Ich halte sie hier eingesperrt, und sie sollte nicht überall ihre Nase reinstecken, sonst lege ich ein Tuch über ihren Käfig, wie bei einem Papagei.»

Miles war sprachlos. Zu viele Dinge, zu viele seltsame Offenbarungen wirbelten in seinem Kopf herum – auch wenn er durchaus mit dem Mädchen Blicke tauschte und ihr schwarzer Haarvorhang und ihre komplizierten Augen eine ganze Abfolge von nicht zu entschlüsselnden Botschaften übermittelten.

Mrs. Matalov hatte es inzwischen geschafft, ihrem Feuerzeug eine Flamme zu entlocken, steckte sich die Zigarette in den Mund und hinterließ einen Abdruck aus Lippenstift auf dem Filter.

«Also –», sagte sie, während sie ihn prüfend ansah. «Miles Cheshire. Was führt Sie nach Cleveland? Was machen Sie, wenn Sie kein Magier sind?»

Miles grübelte über diese Frage nach. Was war er? Er betrachtete die mit gerahmten Schwarz-Weiß-Fotos bedeckte Wand – verschiedene Varietékünstler aus den Dreißigern und Vierzigern, in Smoking und Cape, mit Turban und Spitzbart und theatralisch eindringlicher Miene. Da war Mrs. Matalov selbst – vielleicht zwanzig Jahre alt, in ihrer dunkeläugigen Schönheit ihrer Enkelin nicht unähnlich, in einem paillettenbesetzten Zirkustrikot und einem Kopfputz aus Pfauenfedern. Die Assistentin eines Zauberkünstlers bei einem Auftritt im legendären Hippodrome Theater, dreieinhalbtausend Sitzplätze, eine wunderschöne Bühne, jetzt nichts mehr als ein Parkplatz an der East 9th.

Und da war auch ein Foto seines Vaters. Sein Vater, hochgewachsen und feierlich in einem Cape, ein dünnes Schnurrbärtchen, mit Fettschminke unter die Nase gemalt, ein Zauberstab in der hoch erhobenen Rechten, zu seinen Füßen Rosen- und Liliensträuße. Seine Augen gütig und traurig – als ob er wüsste, dass Miles viele Jahre später dieses Bild anschauen und ihn wieder vermissen würde.

«Kennen Sie sich mit Computern aus?», fragte unterdessen Mrs. Matalov. «Wir haben eine sehr große Webpräsenz. Wir verkaufen fast nur noch über das Internet. Um die Wahrheit zu sagen, mach ich meine Tür gar nicht mehr auf. Die zahlenden Kunden, die in den letzten zwanzig Jahren von der Straße in mein Geschäft gekommen sind, kann ich an den Fingern abzählen. Jetzt gibt es da draußen nur noch Obdachlose und Ladendiebe und Touristen mit ihren Kindern. Ehrlich gesagt habe ich Kinder nie ausstehen können», sagte Mrs. Matalov, und ihre Enkelin, Aviva, hob die Augenbrauen und starrte Miles an.

«Das stimmt», sagte Aviva.

Und Miles sagte: «Ich kenne mich mit Computern aus. Eigentlich. Ich meine, ich bin auf der Suche nach einem Job.»

Später fiel es ihm nicht leicht zu erklären, inwiefern diese Begegnung ihm wie eine besondere Fügung erschienen war, ohne melodramatisch zu klingen, ohne so zu tun, als sei er davon überzeugt, dass etwas – was? *Übernatürliches?* – geschehen war.

«Das hat mich umgehauen, irgendwie», sagte er später zu John Russell. Sie saßen wieder im Parnell's, und Miles dachte an einige der Dinge, die Mrs. Matalov zu ihm gesagt hatte.

Sie haben mir leidgetan, hatte sie gesagt. Und: *Wenn sie nicht gestorben wäre, wäre ich nie aus ihrem Schatten rausgekommen*. Und: *Das war ein ganz Schlimmer.* Und: *Das wird böse enden, mit Ihrem Bruder. Das kann ich Ihnen versichern.*

«Ich find das toll», sagte John Russell. «Dann führst du also die Familientradition fort. Das ist cool, irgendwie.»

«Ja», sagte Miles. «Ist es wohl.»

Und wie er jetzt in einer anderen Bar saß, sechseinhalbtausend Kilometer vom Parnell's Pub entfernt, glitten die Bilder wie Schlittschuhläufer über die Oberfläche seines Bewusstseins. Das waren die Bilder, die ihm durch den Kopf gingen, während er, das Handy am Ohr, in der Bar in Inuvik saß. Das brennende Haus. Der Hubschrauber. Die verknoteten Bettlaken um Clayton Combes Kehle. John Russell, der sein Glas Bier hob, Mrs. Matalov, die sich die Zigarette an die wachsroten Lippen führte.

Jedes Bild klar umgrenzt und komprimiert, wie einzeln ausgelegte Tarotkarten.

«Sicher», sagte er zur amerikanischen Frau. «Ja, absolut. Ich würde mich gern mit Ihnen treffen, um ausführlicher über diese Angelegenheit zu sprechen. Könnten wir uns vielleicht …»

Einen Gutteil des Tages hatte er damit zugebracht, durch Inuvik zu schlendern. Es war noch immer taghell, als er aufwachte, und als er auf die Straße ging, war der Himmel von einem nach unten hin immer mehr verblassenden Dunkelblau. Die Wolken stapelten sich wie Berge am Horizont. Oder vielleicht waren es auch Berge, die wie Wolken aussahen, er wusste es nicht so genau. Betonplatten waren zu einem zwischen Fahrbahn und Parkbuchten vor schuhkartonartigen Häusern verlaufenden Bürgersteig aneinandergelegt worden, die durchweg das billige, hastig zusammengeschusterte Aussehen einer Ladenstraße am Stadtrand hatten – Wellblechverkleidung, Satellitenschüsseln, die ihre schweren Köpfe über die Dächer hängen ließen. Er hatte seinen Stoß Steckbriefe dabei und blieb kurz stehen, um einen davon an einen kahlen Telegrafenmast zu tackern, wo er dann unsicher, unbeständig im Wind flatterte.

Er würde die ganze Stadt zutapezieren, dachte Miles, als er dastand und die Hochglanzbroschüre durchblätterte – *Inuvik Attraction and Service Guide* –, die es an der Hotelrezeption umsonst gegeben hatte. Wo würde sich Hayden am ehesten blicken lassen? Im Boreal Bookstore? Vor der berühmten Iglu-Kirche, Our Lady of Victory? Auf dem Campus des Aurora College? Er hatte die Liste der dort angebotenen Kurse durchgelesen und konnte sich eines gewissen Argwohns nicht erwehren. Microsoft Excel 1, von George Doolittle; Fußreflexzonenmassage mit staatlich anerkanntem Diplom, von Allain St. Cyr; Outdoor-Erste-Hilfe für Fortgeschrittene, von Phoebe Punch. Klangen die Namen nicht alle ein bisschen wie erfunden?

Und was war mit dem Schnapsladen von Inuvik? Den Bars – dem Mad Trapper Pub vielleicht, oder der Nanook Lounge? Vielleicht hatte Hayden beim Arctic Chalet einen Wagen gemietet oder war in der Stadtbücherei gewesen, oder hatte sich einen Führer besorgt und in die Wildnis aufgemacht – wohin?

Gott! Das passierte ihm jedes Mal. Am Anfang war er wild entschlossen, durch nichts aufzuhalten, aber kaum hatte er sein Ziel erreicht, verflog seine ganze Selbstsicherheit.

Was wusste er denn überhaupt noch von Hayden? Nach zehn Jahren war sein Bruder kaum mehr als eine Mutmaßung – eine Ansammlung von Postulaten und Projektionen, Briefen und E-Mails, randvoll von Paranoia und dunklen Andeutungen, nächtlichen Telefonaten, in denen sich Hayden manisch über seine jeweils aktuellen fixen Ideen verbreitete. Es gab ein paar Dinge, die er in verschiedenen Wohnungen hier und dort im Land zurückgelassen hatte, ein paar Leute, die ihn in der einen oder anderen Inkarnation gesehen oder gekannt hatten.

In Los Angeles zum Beispiel hatte Miles die verlassene Wohnung von Hayden Nash gefunden, den die Nachbarn als dunkelhaarig, «möglicherweise Hispanic», geschildert hatten, als einen «eigenbrötlerischen Typ», mit dem anscheinend niemand redete und dessen verdreckte Wohnung vollgerümpelt war mit Stapeln von Boulevardzeitungen und unleserlichen Matrixprinter-Ausdrucken und zwei Dutzend Computern mit gründlich gelöschten, blütenreinen Festplatten. In Rolla, Missouri, hingegen beschrieben die Dozenten Miles Spady als einen brillanten jungen Mathematiker, einen dünnen blonden Engländer, der behauptete, sein Grundstudium im Computer Laboratory der Universität Cambridge absolviert zu haben. Es gab Kommilitonen, Bekannte, denen Hayden allerlei Märchen und Lügen erzählt hatte, und Miles hatte alles gewissenhaft aufgeschrieben:

Sein Vater sei ein in England bekannter Zauberkünstler, hatte einer dieser Bekannten Miles erzählt.

Sein Vater, sagte ein anderer, sei Archäologe und habe irgendwelche indianischen Ruinen in North Dakota erforscht.

Seine Eltern, sagte ein Dritter, seien bei einem Hausbrand ums Leben gekommen, als er noch ein kleines Kind gewesen sei.

Er sei sehr exzentrisch, erklärten sie alle. Aber es mache Spaß, ihm zuzuhören.

«Er hatte so eine Theorie über Leylinien. Sie wissen schon, Geodäsie. Wir sind oft zum Stonehenge-Modell auf dem Nordcampus gegangen, und er hat dann so eine alte Weltkarte herausgeholt, in die er alles Mögliche hineingezeichnet hatte ...»

«Ich würde nicht ausschließen, dass er verrückt war. Er war ein guter Mathematiker, aber ...»

«Er hat mir so eine komische Geschichte erzählt, wie er einmal hypnotisiert wurde und sich dann plötzlich an alle seine früheren Existenzen erinnerte, eine blödsinnige Geschichte von Piraten oder antiken Königen, oder irgend so einer Phantasiewelt ...»

«Er sagte, er hätte als Teenager einen Nervenzusammenbruch gehabt, und seine Mutter zwang ihn, auf dem Dachboden zu schlafen. Sie schnallte ihn abends immer am Bett fest, und dann lag er die ganze Nacht wach und bildete sich ein, dass es unten brannte, bildete sich ein, dass er Rauch roch. Es war schwer, ihn nicht zu bemitleiden, wenn er einem diese entsetzlichen Dinge über seine Vergangenheit erzählte, er war ein so umgänglicher Mensch ...»

«Er hatte einen Zwillingsbruder, der, als sie zwölf waren, beim Schlittschuhlaufen tödlich verunglückte. Und ich hab gemerkt, dass er sich deswegen noch immer Vorwürfe machte. Mir tat der Mann leid, ehrlich … Es war bei ihm viel … Sie wissen schon … *Tiefe* … unter der Oberfläche …»

Es hatte offenbar auch eine Freundin gegeben, eine College-Studentin namens Rachel, aber sie hatte sich geweigert, mit Miles zu sprechen. Sie wollte nicht einmal die Tür öffnen, als er auf der Veranda ihres baufälligen Studentenhauses stand, sondern spähte lediglich durch den Spalt, den die Sicherheitskette zuließ, zu ihm hinaus, ein einzelnes blaues Auge und ein langes schmales Scheibchen Gesicht.

«Bitte», sagte sie. «Gehen Sie weg. Ich will nicht die Polizei rufen müssen.»

«Verzeihung», sagte Miles. «Ich versuche nur, Informationen über … äh … Miles Spady zu bekommen. Man hat mir gesagt, Sie würden mir vielleicht weiterhelfen können.»

«Ich weiß, wer Sie sind», sagte sie. Ihr Auge, körperlos und in dem schmalen Spalt zwischen Tür und Türstock eingerahmt, blinzelte rasch. «Ich rufe die Polizei.»

Er hatte nicht den Nerv, die Aggressivität, die einschüchternde Überzeugungskraft eines echten Detektivs. Also war er brav gegangen, so wie sie es ihm befohlen hatte, und ein ganzes Stück gelaufen, und er spürte, wie seine Entschlossenheit ihn verließ, sich im spätoktoberlichen Nieselregen verflüchtigte.

Es gab auf dem Campus tatsächlich eine Nachbildung von Stonehenge. In halber Originalgröße, aus Granitblöcken, die in der Wasserstrahlschneidewerkstatt der Universität zugeschnitten worden waren. Er stand da und schaute es an, die vier voneinander abgewandten Pi-förmigen Tore, die nach Norden, Süden, Osten, Westen schauten.

Ach, was hatte es schon für einen Sinn, dachte er, was hatte es für einen Sinn, dem armen Mädchen zuzusetzen? Warum tat er das alles überhaupt? Er sollte sich endlich um sein eigenes Leben kümmern!

Erst ein paar Wochen später, lange nachdem er Rolla verlassen hatte, kam ihm der Gedanke: *Vielleicht war Hayden da.*

Was, wenn Hayden an dem Tag, als Miles geklingelt hatte, da gewesen war, in Rachel Barries Haus? War das der Grund, warum sie ihn nicht hineingelassen hatte? Er konnte sich Hayden vorstellen, seine Gestalt, irgendwo jenseits des Windfangs, wie er zuhörte, wahrscheinlich nicht mehr als ein, zwei Meter von der Veranda entfernt, auf der Miles stand.

Zu spät, wurde ihm bewusst. Ein Schaudern. Eine Übelkeit.

«Hallo?», sagte die Stimme am anderen Ende der Leitung. «Hallo? Sind Sie noch da?»

Und Miles straffte sich. Wieder in der Bar. Wieder in Inuvik. Seine Erinnerungen waren wie eine Abfolge von Hieroglyphen an ihm vorübergezogen, und er musste ein-, zweimal durchatmen, um sich wieder in seinem physischen Körper einzurichten.

«Ja», sagte er. «Ja, ja.»

Er versuchte, den Detektiv in sich wiederzufinden.

«Ich …», sagte er. «Wir …», sagte er. «Ich bin sehr daran interessiert, mich mit Ihnen zu unterhalten. Könnten wir eine Zeit für ein persönliches Gespräch vereinbaren?»

«Wie wär's mit jetzt?», sagte die Frau. «Sagen Sie mir, wo ich Sie finde.»

14
DIE NACHRICHT

erreichte Ryan an seinem ersten Abend in Las Vegas, und er konnte ein gewisses Flattern im Bauch nicht ganz unterdrücken.

Das war das dritte oder vierte Mal, dass sich ein völlig Unbekannter über IM bei ihm meldete, immer auf Russisch oder in irgendeiner anderen osteuropäischen Sprache. In diesem Fall war es jemand, der sich «новый друг» nannte, und Ryans Instant-Messenger-Fenster machte sein Klopf-Klopf-Geräusch.

новый друг: Добро пожаловать в Лас-Вегасе

Ryan schloss augenblicklich das Fenster, fuhr den Computer runter, saß da und spürte, wie ihm die Ameisen die Arme hoch- und den Rücken wieder runterkrabbelten. Warum ließ er sich von der Sache nur so mitnehmen?

«Scheiße», sagte er, faltete die Hände auf der Glasplatte des Schreibtisches und starrte auf den leeren schwarzen Bildschirm seines Laptops.

Er hatte sich so gut gemacht. Er hatte ziemlich schnell gelernt, wie Jays Geschäft funktionierte, hatte es jetzt, meinte Jay, «so gut drauf wie eine Ente das Schnattern» und in null Komma nichts rausgehabt, mit fast hundert verschiedenen fiktiven Personen zu jonglieren.

«Ich merk schon, dass du mein Sohn bist», sagte Jay. «Du hast mein Talent.»

Und Spaß hatte er auch gehabt, meistens. Er reiste für sein

Leben gern – mit dem Auto, im Flugzeug, mit dem Zug –, jede Woche eine andere Stadt, ein neuer Name, eine neue Identität, die er ausprobieren konnte, eine neue *Rolle*, als ob jeder Trip ein Film wäre, in dem er die Hauptrolle spielte. Durch den er *schwebte*, wie es ihm mitunter vorkam. Schwebte. Es lag eine Erleichterung, eine Befreiung in diesem verwegenen Auftreten, diesem Gefühl, zu einem aalglatten Schwindler, Verbrecher und Dieb zu werden – ein Gefühl von Abenteuer und Gesetzlosigkeit und unbestimmter, irgendwie verführerischer Gefahr.

Und dennoch gab es Augenblicke, in denen ihn seine Gelassenheit im Stich zu lassen drohte, wirklich nur Augenblicke – eine unerklärliche IM, ein argwöhnischer Beamter im Straßenverkehrsamt, eine Kreditkartenzahlung, die plötzlich verweigert wurde. Und plötzlich spürte er, dass diese alte Panik ihm knisternd den Nacken hinauflief, ein Schatten war ihm die ganze Zeit gefolgt, der, das war ihm klar, wenn er sich umgedreht und einen Blick über die Schulter geworfen hätte, da gewesen wäre.

In solchen Momenten fragte er sich, ob er wirklich für ein solches Leben geschaffen war.

Vielleicht litt er auch nur unter Verfolgungswahn.

Er hatte dieses ungewöhnliche Vorkommnis, diese unerklärlichen Mitteilungen in kyrillischen Buchstaben schon einmal gemeldet, und Jay hatte sich nicht im Mindesten beunruhigt gezeigt.

«Ach, sei nicht so ein Schisser», sagte Jay zu ihm.

«Kommt dir das nicht – verdächtig vor?», hatte er Jay gefragt, aber Jay war überhaupt nicht beunruhigt.

«Das ist nur Spam», hatte Jay ihm erklärt. «Blockier das einfach und änder deinen Benutzernamen, Mann. Das Netz wimmelt von so'm Scheiß.»

Jay erklärte, dass er Server in Omsk und Nischni Nowgorod benutzt habe, um ihre IP-Adresse unkenntlich zu machen, und so, sagte er, sei es nicht weiter verwunderlich, wenn sie gelegentlich russische Junkmail bekämen. «Es geht da wahrscheinlich um billige rezeptpflichtige Medikamente oder Penisvergrößerung, oder um scharfe minderjährige Lesben.»

«Stimmt», sagte Ryan. «Ha.»

«Sei nicht so verkrampft, Sohn», sagte Jay. Und Jay war im Prinzip ein äußerst vorsichtiger Mensch, dachte Ryan. Wenn Jay sich keinen Kopf machte, warum sollte *er* es tun?

Trotzdem schaltete er den Computer nicht wieder an.

Er stand da, das Handy am Ohr, wartete darauf, dass Jay sich meldete, und starrte aus dem Fenster des zweiunddreißigsten Stocks des Mandalay Bay Hotel.

Da lag Las Vegas vor ihm ausgebreitet: die Pyramide des Luxor, die mittelalterlichen Türme des Excalibur, das blaue Leuchten des MGM Grand. Das Mandalay Bay selbst war ein großer blanker Goldbarren am Südende des Strip. Wenigstens von außen waren die Fenster eine einzige schimmernde Fläche von golden spiegelndem Glas, sodass niemand hätte sehen können, wie er da stand und hinausschaute. Es war ein Stadtpanorama, das aussah, als habe es sich jemand ausgedacht – Gebäude, die als Umschlagbild für einen dieser Fantasy-Romane hätten dienen können, die er auf der Highschool so gern gelesen hatte, oder digitale Simulationen aus einem aufwendigen SF-Film. Er könnte sich leicht vorstellen, dass er auf einem anderen Planeten gelandet oder in die Zukunft gereist war, legte eine Hand auf die Glasscheibe und überließ sich diesen angenehmen, beruhigenden Phantasien.

Die ganze Außenwand seines Hotelzimmers war ein einziges Fenster, und bei aufgezogenen Vorhängen konnte er da am äußersten Rand des Gebäudes stehen und sich wie ein Schwimmer auf dem Sprungbrett fühlen.

«Hallo?», sagte Jay, und Ryan schwieg kurz.

«Hey», sagte er dann.

«Hey», sagte Jay. Und dann folgte eine erwartungsvolle Pause. Ryan durfte nur in dringenden Fällen anrufen, aber wie es aussah, war Jay zu angeheitert – beziehungsweise wahrscheinlich zu *stoned* –, um Ryans Besorgnisse ernst zu nehmen. Manchmal war es komisch, sich vorzustellen, dass Jay tatsächlich sein Vater war, komisch, sich vorzustellen, dass Jay selbst erst fünfzehn war, als Ryan geboren wurde. Und auch jetzt sah er nicht alt genug aus, um einen zwanzigjährigen Sohn haben zu können. Er wirkte nicht viel älter als dreißig. Da war es schon vernünftiger, dachte Ryan oft, ihn sich als Onkel vorzustellen.

«Also …», sagte Jay. «Was gibt's?»

«Ich wollte mich nur kurz melden», sagte Ryan. Er nahm das Handy ans andere Ohr. «Hör mal», sagte er, «hast du mir grad eine IM geschickt?»

«Hm», sagte Jay. «Ich glaub nicht.»

«Oh», sagte Ryan.

Er hörte das Gluckern einer Bong, als Jay Rauch inhalierte, und dann das arrhythmische Klacken einer Tastatur, auf der Jay etwas tippte.

«Und, wie gefällt dir Las Vegas?», sagte Jay nach einer Pause.

«Gut», sagte Ryan. «Bislang gut.»

«Ist ganz schön irre, nicht?», sagte Jay.

«Stimmt», sagte Ryan, und er schaute hinunter in die schummrige Weite der Stadt. Unter ihm schob sich eine Reihe von Taxis wie eine Horde Rinder langsam die Auffahrt zum Hoteleingang hinauf, während die Anzeigetafel neben dem Gebäude auf einem riesigen LED-Schirm in schnellem Wechsel Bilder von allerlei Gesangs- und Comedystars zeigte und hoch über der Diamantkette von Autoscheinwerfern auf dem Las Vegas Boulevard flimmerte –

«Es ist –», sagte er.

– und in der anderen Richtung, wenn man sich vom Strip abwandte, lag, direkt hinter dem alten, geschlossenen Hof-Motel auf der anderen Straßenseite, der Flughafen. Man sah einen Streifen kahlen Wüstenboden und ein paar Ladenzeilen und Häuser, die sich in platten Flächen in Richtung der Berge hinzogen.

«Es ist toll», sagte er.

«Kannst du die Freiheitsstatue sehen?», fragte Jay. «Kannst du den Stratosphere Tower sehen?»

«Ja», sagte Ryan. Er sah sein Spiegelbild, das direkt jenseits der Fensterscheibe in der Luft schwebte.

«Ich liebe Vegas», sagte Jay, und dann schwieg er nachdenklich. Vielleicht ließ er sich die Punkte durch den Kopf gehen, die er und Ryan besprochen hatten, fragte sich, ob er sie wiederholen sollte – dann räusperte er sich aber nur.

«Die Hauptsache ist», sagte Jay, «dass du dich gut amüsierst. Ich möchte, dass du ein paar Nummern schiebst, okay?»

«Okay», sagte Ryan.

Hinter ihm, auf dem Bett, lagen die jeweils in Zehnerpacken mit Gummibändern verschnürten Bankcards.

«Das ist mein Ernst», sagte Jay. «Was dir fehlt, ist ein ordentlicher –»

«Ja», sagte er. «Ich hab's kapiert.»

Es war April. Seit seinem Tod waren ein paar Monate vergangen, und er kam inzwischen ganz gut damit klar. Er hatte seine Kübler-Ross-Phasen wohl mehr oder weniger abgearbeitet. Tatsächlich hatten sich das Nicht-wahrhaben-Wollen und das Verhandeln in Grenzen gehalten, und der Zorn fühlte sich gar nicht so schlecht an. Es bereitete ihm Vergnügen zu stehlen, es verschaffte ihm ein schönes, warmes Gefühl, Geld von einem falschen Bankkonto auf ein anderes zu transferieren, eine neue Kreditkarte in der Post zu finden.

Er ging ins Badezimmer, trug Klebstoff auf seine nackte Kopfhaut auf und strich sich dann die strubbelige blonde Kasimir-Czernewski-Perücke zurecht. Dann rasierte er sich und trocknete sich die Oberlippe, pinselte dann etwas Mastix darauf, sodass er sich den Schnurrbart ankleben konnte. Er musste zugeben, dass es Spaß machte, sich zu verkleiden, in den Spiegel zu schauen und ein neues Gesicht zu sehen, das ihm entgegenblickte.

Schon seit langem, dachte er, hatte er sich mehr und mehr von sich entfernt – vielleicht schon seit Jahren hatte er sich Möglichkeiten ausgedacht, sich selbst zu entrinnen. Jetzt tat er es wirklich. Und in so einem Bad fühlte es sich sogar toll an: mit dem deckenhohen Spiegel, den schönen Porzellanwaschbecken, der versenkten Sprudelwanne, der Duschkabine mit der Tür aus mattiertem Glas, der separaten Toilette, in der, neben dem Klopapierspender, ein Telefon an der Wand hing. Es war alles sehr schick, dachte er, setzte seine Kasimir-Czernewski-Sonnenbrille auf und putzte sich die Zähne.

Ich möchte, dass du ein paar Nummern schiebst, hatte Jay gesagt.

Und er dachte: *Okay. Vielleicht mach ich das.*

Sex hatte Ryan das letzte Mal im vorletzten Highschool-Jahr gehabt, und die Folgen waren ziemlich drastisch gewesen.

Das Mädchen hieß Pixie, beziehungsweise wurde so genannt, und war mit ihrem Vater von Chicago nach Council Bluffs gezogen. Obwohl sie erst fünfzehn war, zwei Jahre jünger als er, war sie ein richtiges Großstadtmädchen – erheblich weltgewandter als Ryan.

Sie hatte ein Lippen- und ein Augenbrauenpiercing, wasserstoffblondgefärbtes Haar und dick mit Kajal umrandete Augen. Sie war knapp anderthalb Meter groß – deswegen auch «Pixie» statt, wie sie wirklich hieß, Penelope – und hatte einen Körper wie eine Putte oder ein kurvenreicher Teddybär: glatte, makellose olivenfarbene Haut, große Brüste und einen sinnlichen Mund. Noch vor Ende ihrer ersten Woche auf der Schule nannten sie alle den «Goth Hobbit», und Ryan hatte wie alle anderen darüber gelacht.

Deswegen hatte er nie genau verstanden, was sie eigentlich an ihm gefunden hatte. Er wusste lediglich, dass sie im Schulorchester hinter ihm saß. Er spielte Posaune und sie Trommel, und wenn er sich umdrehte, konnte er sie aus dem Augenwinkel beobachten. Das Erste, was ihm an ihr auffiel, war dieser Gesichtsausdruck, eine selig konzentrierte Aufmerksamkeit auf ihr Notenblatt, und die Weise, wie sich ihre Lippen öffneten und die Trommelstöcke sich in ihren Händen bewegten, als verschwendete sie keinen Gedanken an sie. Ihn faszinierte die anmutige Lockerheit ihrer Handgelenke und Unterarme. Und, ja, das leichte Zittern ihrer Brüste, wenn sie einmal richtig fest auf die Trommel schlug.

Und so konnte er sich nicht beherrschen und musste immer wieder unauffällig zu ihr hinschauen, bis sie eines Tages nach der Stunde, als er gerade dabei war, seine Posaune zu zerlegen und den Zug einzufetten, dastand und ihn mit schräggehaltenem Kopf anstarrte. Er hatte die Einzelteile in die entsprechenden Aussparungen des mit Samt ausgeschlagenen Instrumentenkoffers gelegt und schaute schließlich zu ihr auf.

«Kann ich dir helfen?», sagte er, und sie hob eine Augenbraue – die, in der ein dünner Metallring steckte.

«Das glaub ich kaum», sagte sie. «Ich hab mich bloß gefragt, ob es einen tieferen Grund gibt, warum du mich dauernd angaffst, oder ob du bloß autistisch bist oder was in der Art.»

Er war nicht sonderlich beliebt in der Schule und war es gewohnt, dass sich alle möglichen Leute über ihn lustig machten, also kniff er nur die Lippen zusammen und steckte die Reinigungsbürste in die Öffnung des Zugs. «Ich weiß nicht, wovon du redest», sagte er.

Und sie zuckte die Achseln. «Na dann gut, Archie», sagte sie.

Archie. Er wusste nicht, was das sollte, aber es gefiel ihm nicht. «Ich heiße Ryan», sagte er.

«Okay, Thurston», sagte sie und musterte ihn noch einmal, zweifelnd. «Kann ich dich was fragen?», sagte sie, und als er sich weiter mit seinem Instrument beschäftigte, lächelte sie mit herausfordernd geschürzten Lippen. «Kauft deine Mama dir die Klamotten, oder läufst du wirklich freiwillig so rum?»

Ryan sah von seinem Posaunenkasten auf und bedachte sie mit einem Blick, den er für besonders eisig hielt. «Kann ich dir irgendwie helfen?», fragte er.

Und Pixie ließ sich das sichtlich durch den Kopf gehen, als sei es ein ernst gemeintes Angebot. «Vielleicht», sagte sie. «Ich wollte dir nur sagen, dass, wenn du etwas aus dir machen würdest, du wahrscheinlich sogar was zum Ficken sein könntest.» Und lächelte ihn wieder so an, mit einem heruntergezogenen Mundwinkel – ein Gangstergrinsen.

«Ich dachte nur, das könnte dich interessieren», sagte sie.

Das ging ihm durch den Kopf, während er im Lift hinunterfuhr, und dann schob er es wieder zurück, knapp unter die Bewusstseinsschwelle, wo sich Pixie die letzten paar Jahre lang herumgetrieben hatte.

Im Fahrstuhl war ein Miniatur-LED-Bildschirm, auf dem irgendeine broadwayartige Musiknummer plärrte, und das Mädchen, das vor ihm stand, verlagerte, während sie sich den

Videoclip ansah, ihr Gewicht von einem Fuß auf den anderen. Sie trug einen sehr kurzen Rock und hatte unglaublich lange nackte Beine. Sie schienen ihr bis zum Brustkorb zu reichen, schöne flaumbedeckte braune Beine, und Ryan betrachtete sie schweigend. Der Rock endete knapp unter der Rundung ihres Pos, und er ließ seine Augen über die Rückseite ihrer Oberschenkel, Waden und Knöchel bis hinunter zu ihren rosigen Füßen gleiten, die in hohen Sandalen steckten. Als sie aus dem Fahrstuhl ausstieg, schaute er ihr nach, und der Mann neben ihm gab ein kehliges Geräusch von sich.

«Mm, mm», sagte der Mann. Es war ein Schwarzer, vielleicht um die fünfzig. Er hatte ein pinkfarbenes Polohemd und eine erbsengrüne Hose an und trug eine Golftasche. «Das war ein Fest für die Augen.»

«Ja», sagte Ryan, und der Mann schüttelte den Kopf, als könnte er es nicht fassen.

«Verdammt», sagte der Mann. «Sind Sie Single?»

«Ja», sagte Ryan. «Kann man, glaub ich, so sagen.» Und der Mann schüttelte wieder den Kopf.

«Da beneide ich Sie ehrlich», sagte der Mann – und noch bevor er mehr sagen konnte, öffnete sich die Fahrstuhltür, und drei weitere schöne blutjunge Mädchen betraten den engen Raum.

Was, wenn er wirklich ein Mädchen kennenlernte?, fragte er sich. Das taten schließlich die Leute in Vegas – die meisten kamen nur dafür hierher. Überall in der Stadt, nahm er an, bandelten sie an, baggerten sich den Weg zu One-Night-Stands frei oder torkelten betrunken in die Arme eines wildfremden Menschen. Er selbst hatte noch nie ein Mädchen in einer Bar oder einem Kasino aufgerissen, aber offensichtlich war das möglich. Im Fernsehen sah man das andauernd: Ein Mann sprach eine attraktive Frau an, es wurde eine Zeitlang geflirtet oder anzüglich geplaudert, und kurze Zeit später trieben sie es miteinander. Konnte eigentlich nicht so schwierig zu bewerkstelligen sein. Wenn er beim College-Eignungstest 2200 Punkte geschafft hatte, müsste er auch imstande sein, in Las Vegas zum Stich zu kommen.

Aber als er da im Hauptspielkasino stand, erschien die bloße Vorstellung, «jemanden kennenzulernen», hoffnungslos schwierig. Wie konnte man sich an einem solchen Ort auch nur mit jemandem unterhalten? Vor ihm gähnte etwas wie eine gigantische Videospielhalle, Reihen über Reihen von neongrellen Münzautomaten, so weit das Auge reichte, und Hunderte von Menschen, die ihren jeweiligen Monitor, auf dem Spielkarten, durchlaufende Zahlen oder computeranimierte Gestalten zu sehen waren, mit Geld fütterten. Er musste unwillkürlich an alte Fotos von Ausbeuterbetrieben denken – riesige düstere Fabrikhallen, in denen unabsehbare Reihen von Arbeitern Feldblusen säumten oder Ösen in Schuhe nieteten, ein Bienenstock, in dem jeder Einzelne in seinem unaufhörlichen, einsamen Trott eingesperrt war. Und währenddessen wanderten rings um ihn Leute die Gänge und Laufstege mit diesem besonderen ausdrucksleeren Blick ab, den man bei gewissenhaften, amüsierwilligen Pauschalreisenden sah – diesem ziellosen Schlurfschritt, in den Leute in Einkaufszentren und angesichts von Kulturdenkmälern und Ähnlichem verfielen.

Schließlich schloss sich Ryan dem Strom von Menschen an, der um den Hauptspielbereich herumwanderte. Vor ihm unterhielten sich zwei blonde Frauen in Caprihosen auf Holländisch, Norwegisch oder in sonst einem vergleichbaren Idiom miteinander. Weiter vorne hatte sich ein kleiner Stau gebildet, weil die Leute kurz stehenblieben, um einem älteren Mann mit Cowboyhut und geblümtem Westernhemd zuzusehen, der Kartentricks vorführte. Der Mann hielt eine Pikzehn in die Höhe, und es erklang plätschernder Applaus, woraufhin er eine anmutige Verbeugung andeutete. Die blonden Frauen blieben stehen und reckten den Hals, um zu sehen, was da los war.

Ryan aber ging an ihnen vorbei und tastete wieder in seiner Hosentasche nach dem Bündel Bankcards, das fast so dick wie ein Kartenspiel war.

Ein Haufen Geld wartete darauf, abgehoben zu werden, bevor die Nacht vorbei war.

Wie ärgerlich, dass er wieder an Pixie dachte.

Während der letzten paar Jahre war es ihm recht gut gelungen, sie aus seinem Bewusstsein zu verdrängen, und umso lästiger war es, sie jetzt dort herumlungern zu sehen. Sie hatte eine bestimmte Art, Nase und Lippen an seinen Hals, direkt unter der Kinnlade, zu drücken; eine bestimmte Art, ihm mit der Hand über den Arm zu streichen, als versuchte sie zu erreichen, dass seine Haut an ihrer Handfläche haften blieb.

Es war nicht so, dass er in sie verliebt gewesen wäre. Das sagte später auch seine Mutter.

«Es ist nur ganz gewöhnliche Lust, aber in deinem Alter erkennt man den Unterschied noch nicht.»

Und wahrscheinlich hatte seine Mutter recht. Pixie war nicht das, woran er dachte, wenn er sich vorstellte, «sich zu verlieben» – und tatsächlich konnte er sich nicht erinnern, dass je das Wort «Liebe» zwischen ihnen gefallen wäre. Das war kein Wort, das Pixie in den Mund genommen hätte.

«Ficken» – das passte schon eher in Pixies Vokabular, und das war es denn auch, was sie bereits wenige Wochen nach diesem ersten Gespräch im Proberaum gemacht hatten: Das erste Mal hatten sie, anlässlich einer Schulorchesterfahrt nach Des Moines, in einem Motelzimmer gefickt, dann nach der Schule, während ihr Dad auf der Arbeit war, bei Pixie zu Hause gefickt, und dann in der Schule, in einer Abstellkammer im Keller, neben dem Heizungsraum, auf Kartons voller Papierhandtücher gefickt.

«Weißt du, was komisch ist?», sagte Pixie. «Mein Dad bildet sich echt ein, ich wär die unschuldige Jungfrau. Seit dem Tod meiner Mom ist er der reinste Zombie, der arme Kerl. Ich glaub, dem ist überhaupt nicht klar, dass ich keine zwölf mehr bin.»

«Mann», sagte Ryan. «Deine Mom ist tot?» Er hatte noch nie jemand kennengelernt, der eine solche Tragödie erlebt hatte, und es machte ihn noch befangener, nackt in ihrem Zimmer zu sein, mit der kleinmädchenhaften rosa Tagesdecke und ihrer Sammlung von Beanie Bears, die von ihrem Regal aus auf sie hinunterstarrten.

«Sie hatte irgendwas mit der Lunge», sagte Pixie und zog eine Packung Marlboro hervor, die in ihrem Bücherschrank hinter einem Harry Potter versteckt gewesen war. «Bronchiolitis obliterans heißt das. Keiner weiß, wo sie sich das geholt hat. Die meinten, sie wäre irgendwelchen giftigen Dämpfen ausgesetzt gewesen, oder es wäre von einem Virus gekommen. Aber kein Mensch wusste, was sie wirklich hatte. Die Ärzte sagten, sie hätte Asthma oder so gehabt.» Sie sah ihn kryptisch an, dann zog sie eine Zigarette aus der Schachtel und zündete sie an. Sie beugte sich zum offenen Fenster und atmete den Rauch aus.

«Das ist ja furchtbar», sagte er. Unsicher. Was sagte man in einer solchen Situation? «Das tut mir wirklich leid», sagte er.

Doch sie zuckte nur die Achseln. «Ich hab eine Zeitlang daran gedacht, mich umzubringen», sagte sie. Und blies einen Faden von blaugrauem Rauch durch das Fliegenfenster, hinaus in den Garten. Dann musterte sie ihn sachlich. «Aber irgendwie bin ich zu dem Schluss gekommen, dass es das nicht wert war. Das wäre viel zu existenzialistisch und weinerlich, find ich. Oder vielleicht ...», sagte sie. «Vielleicht ist mir alles auch nur zu egal.» Sie lehnte sich zurück und knetete mit ihren nackten Füßen Laken und Decke, und er sah zu, wie ihre Zehen den Stoff immer wieder knüllten und losließen. Ihre Äußerungen hatten ihn ein bisschen verwirrt.

«Hör mal», sagte er. «Du solltest nicht daran denken, dich umzubringen. Es gibt einen Haufen Leute, die – denen du etwas bedeutest, und ...»

«Halt die Klappe», sagte sie, aber nicht unfreundlich. «Sei kein Spasti, Ryan.»

Also sagte er nichts mehr.

Statt nach der Mittagspause wieder in die Schule zu gehen, blieben sie bei ihr und guckten sich Filme an, auf die Pixie stand. Erste Doppelstunde nach der Mittagspause: *Der Tod eines Killers* mit Lee Marvin und Angie Dickinson. Zweite Doppelstunde: *Gefährliche Freundin* mit Jeff Daniels und Melanie Griffith. Dritte Doppelstunde: wieder ficken.

Das bilde ich mir nicht ein, dachte er. *Das ist wirklich, wirklich, wirklich die Wirklichkeit* –

Die Hotels waren miteinander verbunden. Er durchquerte ein Kasino-Gewölbe und stieg auf eine Rolltreppe und mehrere Rollbänder, die von Souvenirläden gesäumte einkaufszentrenartige Korridore entlangflossen. Von dort aus gelangte er in die Nachbildung eines ägyptischen Grabes, dann in einen kaufhallengroßen Spielsaal, wo es galt, ein paar weitere Bankautomaten um etwas Geld zu erleichtern. Dann kam das Excalibur, das auf mittelalterliches Schloss gemacht war, und Leute standen am «Tafelrunden-Buffet» an, und er hob noch mehr Geld ab.

Und dann, nachdem er durch die Korridore des Luxor und des Excalibur gewandert war, kam er endlich ins Freie und hatte an die zehn Riesen im Rucksack. Das war das Schöne an

Vegas – man konnte an einem Bankautomaten fünfhundert, tausend, dreitausend Dollar abheben, und es fiel nicht weiter auf. Allerdings würde er Kasimir Czernewski nach diesem Trip in den Ruhestand schicken müssen. Was irgendwie traurig war. Er hatte viel Zeit damit zugebracht, sich Kasimirs Leben auszudenken, hatte versucht, sich vorzustellen, wie es wäre, ein Ausländer zu sein, ein junger Mann, der mit nichts angefangen und sich nach und nach zum amerikanischen Traum emporgearbeitet hatte. Kasimir: im Prinzip lässig, aber in mancherlei Hinsicht auch schlau, entschlossen, besuchte Abendkurse und rackerte sich ab, um seine bescheidene Ein-Mann-Detektei auf die Beine zu stellen. Man hätte über Kasimir Czernewski eine TV-Serie drehen können, eine «Dramedy», hätte er sich vorstellen können.

Draußen gingen die Leute in Gruppen von fünf, zehn oder zwanzig den Bürgersteig entlang, und hier wirkten sie zielstrebiger, mehr so, wie sich Großstädter auf der Straße bewegen. Auf der einen Seite schleppten sich Autokolonnen zähflüssig dahin, auf der anderen standen Männer und drückten den Passanten Karten in die Hand. Es waren hauptsächlich Mexikaner, die auf sich aufmerksam machten, indem sie sich mit ihrem Werbematerial auf den Unterarm schlugen – *klatsch, klatsch, klatsch* –, dann eine einzelne Karte herauszogen und sie einem hinhielten.

«Danke», sagte Ryan und hatte schon an die zwanzig davon eingesammelt, bevor er anfing zu sagen: «Hab schon», «nein danke», «tut mir leid.»

Die Karten warben für verschiedene Hostessen-Services und zeigten Fotos von samtig glatt retuschierten nackten Frauen mit aufgedruckten bunten Sternchen auf den Brustwarzen. Manchmal bedeckten die Buchstaben ihres jeweiligen Namens ihren Intimbereich: Fantasie, Roxan, Natasha. *Schöne exotische Tänzerin performt ausschließlich für Sie, in Ihrem eigenen Zimmer!*, erklärte die Karte. *Nur $ 39!* Und dann die Telefonnummer, die man anrufen sollte.

Er stand auf der Straße herum und sah sich seine Kollektion von Hostessen an. Als er sich gerade vorstellte, wie es wohl wäre, sich tatsächlich eine aufs Zimmer zu bestellen, hörte er die Russen näher kommen.

Zumindest nahm er an, dass es Russen waren. Oder sie sprachen irgendeine andere osteuropäische Sprache. Litauisch? Tschechisch? Auf jeden Fall redeten sie laut in ihrer Muttersprache – *Zatruxa* blabla. *Baruxa! Hahaha* –, und Ryan schaute erschrocken auf. Da gab es einen Glatzköpfigen, einen, der sein blondes Haar mit Gel zu Igelstacheln gestylt hatte, und noch einen, der eine karierte Caddie-Kappe trug. Und allesamt hatten sie bunte Hawaiihemden an.

Sie hielten diese riesigen Souvenirgläser in den Händen, die man auf dem Strip so häufig sah, Gefäße, die wie Blumenvasen oder Bongs aussahen – mit runden, knolligen Bäuchen und langen, röhrenförmigen Hälsen, die in einem Kesselmundstück endeten. Vermutlich waren diese Gläser so konzipiert, dass man sie praktisch nicht verschütten konnte und sie dabei die erlaubte Höchstmenge Alkohol enthielten.

Die drei kamen auf ihn zu, lachten und redeten lautstark in ihrer slawischen oder sonstigen Sprache, und er konnte nicht anders. Er erstarrte zur Salzsäule und glotzte sie an.

In seinem ersten College-Jahr auf der Northwestern schimpfte sein Zimmergenosse, Walcott, häufig mit ihm.

«Warum gaffst du die Leute immer so an?», sagte Walcott eines Abends, während sie in Chicago die Rush Street entlangschlenderten und nach einer Bar suchten, die vielleicht ihre gefälschten Ausweise schlucken würde. «Ist das in Iowa so üblich?», sagte er kritisch. «Denn weißt du, in Großstädten ist es nicht cool, Leute anzuglotzen.»

Walcott kam genau genommen aus Cape Cod, Massachusetts, was nicht mal eine Kleinstadt war, aber er hatte längere Zeit in Boston und New York gelebt und hielt sich deswegen für einen Fachmann in derlei Dingen. Er hatte auch sehr feste Vorstellungen darüber, wie Leute aus Iowa waren, obwohl er noch nie dort gewesen war.

«Hör mal», sagte Walcott, «ich geb dir einen Rat. Schau nie Leuten direkt ins Gesicht. Tritt niemals – ich wiederhole – niemals, niemals, NIEMALS mit einem Obdachlosen oder einem Betrunkenen, oder jemandem, der wie ein Tourist aussieht, in Blickkontakt. Es ist eine Regel, die man sich megaleicht merken kann: Schau sie nicht an.»

«Hmm», sagte Ryan, und Walcott klopfte ihm auf die Schulter.

«Was würdest du bloß ohne mich tun?», sagte Walcott.

«Weiß ich auch nicht», sagte Ryan. Er schaute hinunter auf seine Füße, die wie ferngesteuert den dreckigen Bürgersteig entlanggingen.

Er hätte sich Walcott nie als Freund ausgesucht, aber das Schicksal – beziehungsweise die Wohnheimverwaltung – hatte sie zusammengeführt, und so verbrachten sie während des ersten Jahres eine Unmenge Zeit miteinander, weswegen er Walcotts Stimme noch immer im Kopf hatte.

Aber jetzt war's zu spät. Er stand da, stellte den Blickkontakt her, gaffte, und der kahlköpfige Russe hatte ihn bemerkt. Die Augen des Glatzkopfs leuchteten auf, als ob Ryan ein Schild mit seinem Namen in die Höhe hielte.

«Yo, Homie», sagte der kahle Russe, mit einem harten Akzent, aber überraschend *slangy*, als hätte er sich Englisch durch Anhören von Rap-Musik angeeignet. «Was geht, Mann?»

Und das war genau das, wovor Walcott ihn gewarnt hatte. Das war das Problem, wenn man aus Iowa kam, denn er war jahrelang dazu erzogen worden, höflich und freundlich zu sein, also konnte er nicht anders.

«Hallo», sagte Ryan, als die drei Männer auf ihn zukamen und ihn grinsend umringten. Ein bisschen zu dicht umringten, sodass er sich nervös verkrampfte, aber merkte, dass er dabei trotzdem seine freundliche, herzliche Midwest-Miene aufsetzte.

Der Mann mit der Igelfrisur stieß eine Salve von unverständlichen russischen Silben hervor, und dann lachten alle drei.

«Wir ...», sagte der Igelköpfige und rang dann kurz nach verwendbaren Wörtern. «Wir – drei – Alkonauten! Wir –», sagte er. «Wir bringen den Frieden!»

Das fanden sie alle zum Brüllen, und Ryan lächelte unsicher. Er bewegte die Schulter, den Rucksack mit seinem schweren Laptop darin und knapp zehntausend Dollar in einer der Außentaschen. *Bleib ruhig.* Er stand am Rand des Bürgersteigs, und Touristen und Partygänger zogen mit glasigen, ausdruckslosen Augen an ihnen vorbei. Keine Blickkontakt-Augen.

Welcher Grad von Nervosität war jetzt wohl angebracht?, fragte er sich. Sie waren im Freien, dachte er, unter Massen von Leuten. Hier auf offener Straße konnten sie ihm nichts tun –

Andererseits erinnerte er sich an einen Film, den er mal gesehen hatte, wo ein Killer seiner Zielperson fachmännisch die große Oberschenkelader aufgeschlitzt hatte und das Opfer mitten auf einer belebten Straße verblutet war.

Die Männer hatten einen Kreis um ihn gebildet, und er spürte den dichten Verkehr, der hinter ihm über den Las Vegas Boulevard strömte. Er machte einen Schritt nach vorn, aber die drei Männer schlossen sich nur enger um ihn, als folgten sie seinem Beispiel.

«Gut, die Karten?», sagte der Glatzkopf. «Gut, die Karten, Homie?»

Plötzlich war Ryan sicher, aufgeflogen zu sein. Seine Hand schob sich automatisch in die Tasche, in der er sein Bündel Bankcards hatte. Dann ruhte sie flach auf seinem Oberschenkel, und er dachte wieder an die aufgeschlitzte Vene.

«Karten?», sagte Ryan schwächlich und versuchte, einen Blick über die Schulter zu werfen. Wenn er auf den vierspurigen Las Vegas Boulevard flitzte, wie standen die Chancen, von einem Auto erwischt zu werden? Ziemlich gut, nahm er an. Er schüttelte, zum Kahlkopf gewandt, den Kopf, als ob er nicht verstünde. «Ich … ich habe keine Karten», sagte er. «Ich weiß nicht, was Sie meinen.»

«Nicht verstehen?», sagte der Mann und lachte gutmütig überrascht, ein bisschen verwundert. «Kar-ten!», artikulierte er langsam und zeigte dabei auf Ryans Hand. «Karten!»

«Karten!», wiederholte der Igelhaarige und bleckte lächelnd seine goldüberkronten Schneidezähne. Er hielt ein knappes Dutzend Hostess-Karten in die Höhe, aufgefächert, als wären es Pokerkarten, ein Fullhouse mit Fantasie und Britt und Kamchana und Cheyenne und Natasha und Ebony.

Und dann verstand Ryan, wovon sie redeten. Er warf einen Blick auf die Karten, die er selbst auf dem Strip gesammelt hatte. «Ach so», sagte er. «Ja, na ja, ich …»

«Ja, ja!», sagte der Kahle, und die Männer lachten wieder alle laut los. «Karten! Schöne Mädchen, mein Homie!»

«Neun-und-dreißig United-States-Dollars! Unglaublich!», sagte der Mann mit der Golfkappe, der bis dahin nur Beobachter gewesen war. Und dann gab er einen ausführlichen Kommentar auf Russisch von sich, der einen weiteren Heiterkeitsausbruch auslöste. Der Mann hielt Ryan eine seiner Karten hin, bot sie ihm an.

«Du gefällst Natasha. Russische Mädchen mit große Titten. Sehr hübsch.»

«Ja», sagte Ryan und nickte, «Ja, sehr hübsch», sagte er und schaute die Straße entlang – Bally's, Flamingo, Imperial Palace, Harrah's, Casino Royale, Venetian, Palazzo – all die Hotels und Spielkasinos, die er noch hatte besuchen wollen, all die Bankautomaten, von denen er noch Geld abheben musste, bevor er endlich zum Riviera kam, wo er unter dem Namen Tom Knott einchecken würde, ein junger Buchhalter, der in Vegas an einem Kongress teilnahm.

«Schurik mein Name», sagte der kahlköpfige Russe und hielt ihm die Hand zum Schütteln hin.

«Wasya», sagte der mit dem Igelhaar.

«Pawel», sagte der mit der Kappe.

«Ryan», sagte Ryan, und er spürte fast augenblicklich, wie sein Gesicht heiß wurde, während er den drei Männern einem nach dem anderen die Hand gab. Der elementarste Fehler überhaupt – wie ein Idiot seinen richtigen Namen zu nennen, und er war verwirrter denn je. *Wie schön, Mr. J. zu finden*, dachte er. War es schlimm? Oder nicht?

«Ryan, mein Homie», sagte Schurik. «Wir kommen mit uns, ja? Zusammen. Komm. Wir finden die beste Mädchen. Okay?»

«Okay», sagte Ryan. Und dann, als die drei ihn durchließen, um ihm mit ihren riesigen Schnabeltassen, ihren Karten und ihren freundlichen, hoffnungsvollen Mienen zu folgen, täuschte er plötzlich links, dann rechts an und drängte sich in den Strom von Touristen auf dem Bürgersteig.

Und flitzte dann los.

Was eine Dummheit war, wie er sich später sagte.

Er stand in der Schlange vor der Rezeption des Riviera Hotel, und das Herz hämmerte ihm noch immer in der Brust.

Die Armen! Wie überrascht sie gewesen sein mussten, als er einfach davongerannt war. Sie hatten keinerlei Versuch unternommen, ihm zu folgen. Als er an ihre verblüfften Mienen zurückdachte, konnte er nicht glauben, dass er sie jemals für etwas anderes als harmlose ausländische Touristen hatte halten können. Ein paar betrunkene Typen auf der Suche nach einem Eingeborenen, mit dem sie fraternisieren konnten.

Jay hatte recht: Er musste ruhiger werden.

Dennoch war es schwierig, das einmal ausgeschüttete Adrenalin, diese straffe, nervöse Anspannung wieder loszuwerden, dachte er, als er in seinem Zimmer im Riviera – Tom Knott, zweiundzwanzig, aus Topeka, Kansas – saß. Er sah sich wieder die Hostessen an. *Natasha. Ebony.*

Das hasste er am meisten an sich, an seinem alten Ich – diese Nervosität, diese unterschwellige Angst, die ständig in ihm kribbelte. Als sein zweites Jahr an der Northwestern begann, verbrachte er schon so viel Zeit damit, sich darum zu sorgen, wie wenig er arbeitete, dass ihm zum Arbeiten überhaupt keine Zeit mehr blieb.

Vermutlich war das der Grund, warum er wieder angefangen hatte, an Pixie zu denken. Trotz allem, was passiert war, trotz des unerfreulichen Nachspiels, waren die sechs Wochen, die er mit ihr verbracht hatte, wahrscheinlich die beste Zeit seines Lebens gewesen. Sie schwänzten ziemlich regelmäßig die Schule, und er war immer rechtzeitig nach Haus gekommen, um die Briefe verschwinden zu lassen, in denen sein häufiges Fehlen und Zuspätkommen gemeldet wurden, und die Nachrichten der Anwesenheitssekretärin vom Anrufbeantworter zu löschen. So hatten seine ahnungslosen Eltern die ganze Zeit nichts Ungewöhnliches bemerkt. Ihm wurde bewusst, dass er ein ziemlich guter Schauspieler war. Ein ganz brauchbarer Lügner. Er hatte inzwischen seit einer ganzen Weile nichts Nennenswertes mehr für die Schule getan, und zum ersten Mal in seinem Leben war er in eine Prüfung gegangen, ohne die leiseste Ahnung zu haben, was von ihm erwartet wurde. Es war seine Mittsemesterklausur in Chemie, und er kreuzte bei den Multiple-Choice-Fragen auf gut Glück irgendetwas an und erfand Reaktionen, die er nie im Leben zustande gebracht hätte, während ihm ein herrlicher Gedanke kam.

Mir ist alles egal.

Es war so, wie wenn die Fundamentalisten-Kids von ihrer «Wiedergeburt» sprachen. «Jesus ist in mein Herz gekommen und hat alle Sünde hinweggewaschen», hatte ein Mädchen namens Lynette einmal zu ihm gesagt, und in gewisser Weise war ihm genau das widerfahren. Jegliche Bürde war von ihm genommen worden, und er fühlte sich leicht und transparent, als könnte das Sonnenlicht durch seinen Körper hindurchscheinen.

Mir ist alles egal, dachte er, *die Zukunft ist mir egal, mir ist egal, was mit mir passiert, mir ist egal, was meine Familie denkt, mir ist alles, alles egal.* Und jedes Mal, wenn er sich das im Geist vorsagte, war es so, als löste sich eine weitere Last von seiner Seele und flatterte wie ein Schmetterling davon.

Und dann kam er eines Tages nach Hause, und seine Mutter erwartete ihn in der Küche.

Wie sich herausstellte, war es nicht die Anwesenheitssekretärin gewesen, die Stacey kontaktiert hatte, auch keiner von seinen Lehrern; es war Pixies Vater gewesen. Er hatte anscheinend ein paar von den E-Mails, die sie sich geschrieben hatten, gelesen und dann Pixies Tagebuch gefunden, woraufhin – und das war etwas, das Ryan nicht erwartet hatte und auch nicht begriff – Pixie ihm alles gebeichtet hatte. Ihrem Vater.

Der jetzt entsprechend wütend war. Der Ryan am liebsten umgebracht hätte.

«Haben Sie eine Tochter, Mrs. Schuyler?», hatte Pixies Vater gefragt. Ryans Mutter saß gerade an ihrem Schreibtisch, in ihrem Büro bei Morgan Stanley in Omaha, wo sie als Wirtschaftsprüferin arbeitete, und Mr. Pixie sagte: «Wenn Sie eine Tochter hätten, wüssten Sie, wie ich mich fühle.

Ich fühle mich geschändet. Ich fühle mich von ihrem perversen Sohn beschmutzt», erklärte er Stacey. «Und Sie sollen eins wissen», sagte er. «Wenn sich herausstellt, dass meine Tochter schwanger ist, komme ich zu Ihnen nach Hause und nehme mir Ihren Sohn vor, und dann schlage ich ihm sämtliche Zähne aus.»

Als Ryan heimkam, hatte Stacey schon die Polizei angerufen und Pixies Vater wegen Morddrohung angezeigt, und sie hatte mit einem befreundeten Anwalt gesprochen, der dabei war, eine einstweilige Verfügung zu erwirken. Aber davon erzählte sie ihm nichts, als er in die Küche kam, den Kühlschrank öffnete und hineinspähte. Er schenkte ihr nicht allzu viel Beachtung. Soweit er das mitbekam, war sie häufig schlecht gelaunt. Sie platzierte sich dann in der Küche oder im Fernsehzimmer, oder an irgendeiner anderen strategischen Stelle, wo man sie schweigen sehen konnte, und dann fing sie an, harte radioaktive Wellen von Negativität auszusenden. Wenn sie so drauf war, hütete er sich, sie auch nur anzuschauen.

Also holte er die Milch raus, während sie am Küchentisch saß und vor sich hin starrte. Er schüttete sich etwas Getreideflocken in einen Napf und goss Milch darüber, und als er gerade mit seinem Snack ins Fernsehzimmer gehen wollte, sah Stacey zu ihm auf.

«Wer bist du?», fragte sie.

Ryan hob widerwillig den Kopf. Das war auch so eine Methode von ihr, diese leisen, unerforschlichen Fragen zu stellen. «Äh», sagte er. «Wie bitte?»

«Ich habe gefragt, wer du bist», murmelte sie mit einer traurig sinnierenden Stimme. «Denn ich glaube nicht, dass ich dich kenne, Ryan.»

Da machte sich bei ihm das erste Kribbeln von Nervosität bemerkbar. Er wusste, dass sie es herausgefunden hatte – aber was? Wie viel? Er spürte, dass sein Gesicht sich verhärtete und ausdrucksloser wurde. «Ich weiß nicht, wovon du redest», sagte er.

«Ich dachte, du wärst ein vertrauenswürdiger Mensch», sagte Stacey. «Ich dachte, du wärst verantwortungsbewusst, reif, hättest einen Lebensplan. Das habe ich bisher angenommen. Aber jetzt kann ich nicht ergründen, was in dir vorgeht. Ich habe keine Ahnung.»

Er hatte noch immer die Schüssel Zerealien in der Hand, die ein fast unhörbares Flüstern von sich gab, während sich die Puffkörner mit Milch vollsogen.

Er wusste nicht, was er sagen sollte.

Es durfte nicht sein, dass sein Abenteuer mit Pixie zu Ende war, und er dachte sich, wenn er einfach nichts sagte, würde es noch eine Weile so weitergehen. Er könnte weiterhin glücklich sein, ihm wäre weiterhin alles egal, und er würde sich weiterhin jeden Morgen an der Nordseite der Schule mit ihr treffen und ihr zuschauen, wie sie eine Zigarette rauchte und mit ihrem Lippenpiercing spielte, den Ring durch das Loch in ihrem Fleisch drehte und drehte.

«Willst du dein Leben verpfuschen?», redete Stacey inzwischen weiter. «Willst du so enden wie dein Onkel Jay? Denn du bist auf dem besten Weg dazu. Er hat sein Leben vermasselt, als er so alt war wie du, und er ist nie wieder hochgekommen. Nie. Er ist zu einem Versager geworden, und genau das steht dir ebenfalls bevor, Ryan.»

Erst Jahre später begriff er, wovon sie eigentlich redete.

Du wirst so enden wie dein Vater – das hatte sie eigentlich gemeint. Sein Vater: Jay, der mit fünfzehn ein Mädchen geschwängert hatte, von zu Hause weggelaufen war, sich mit irgendwelchen fragwürdigen Jobs über Wasser gehalten und es nie geschafft hatte, ein normales Leben zu führen. Im Nachhinein begriff er schon, warum sie ihn so hart rangenommen hatte, er konnte sogar ein gewisses Verständnis dafür aufbringen. Sie musste schon damals, noch bevor er es selbst wusste, gewusst haben, zu was für einer Art Mensch er sich entwickeln würde.

Und sie wollte nicht zulassen, dass er wie Jay endete. Ryan wurde für zwei Wochen in ein Wildnis-Camp für schwererziehbare Jugendliche geschickt, während seine Mutter die Scherben seines Lebens wieder zusammenfügte. Es war eines dieser Isolationscamps für Outdoor-Aktivitäten und Teambildung und Gruppentherapie, voll von paramilitärischen Beratern, die die Jungs mit «liebevoller Härte» behandelten und ihre psychischen Probleme diagnostizierten. Diese Jungs waren in die Irre gegangen; sie hatten durchweg ein ungesundes, falsches Selbstbild und mussten sich ändern, wenn sie je zu nützlichen Mitgliedern der Gesellschaft werden, wenn sie ihre Freunde und Angehörigen je wiedersehen wollten …

Auch nach seiner Rückkehr blieb er für den Rest des Schuljahres praktisch unter Hausarrest. Sie hatte ihm sein Handy weggenommen und seinen Internetanschluss gekündigt, und dann hatte sie sich mit allen seinen Lehrern in Verbindung gesetzt und mit ihnen besprochen, wie er alles, was er in der Schule versäumt hatte, aufarbeiten konnte. Einmal die Woche schickte sie ihn zu einem Therapeuten, und sie schrieb ihn bei einem Vorbereitungskurs für den Hochschul-Eignungstest und einem gemeinnützigen Programm namens Optimist Club ein, dessen Teilnehmer sich dreimal die Woche trafen, um öffentliche Grünanlagen zu säubern, armen Kindern Spielzeug zu schenken, Wertmüll einzusammeln und so weiter. Sie nahm ihn aus dem Schulorchester, dem einzigen Kurs, den er mit Pixie gemeinsam besucht hatte – obwohl es eigentlich egal war, weil Pixie ohnehin von ihrem Vater auf die St. Albert High umgeschult worden war. Er sah sie nie wieder. Ihr Vater wurde der Bedrohung für schuldig befunden und zu einer Bewährungsstrafe verurteilt.

Ryans Vater hingegen, Owen, hielt sich fast aus allem raus, wortkarg und mürrisch, wie er angesichts von Staceys starrsinniger Organisationswut immer zu sein pflegte. Immerhin überredete Owen sie dazu, Ryan zu erlauben, Gitarrenunterricht zu nehmen, und das war zumindest *ein* erfreulicher Aspekt seiner letzten anderthalb Jahre Highschool. Er und Pixie hatten darüber geredet, eine Band zu gründen, in der sie Drummerin und er Leadsänger sein würde, und er träumte jetzt häufig davon. Er saß gern in seinem Zimmer und komponierte Songs auf der Takamine, die Owen ihm gekauft hatte. Ein Song, den er schrieb, hatte den Titel *Oh, Pixie*. Ein ganz trauriges Stück. Ein anderer hieß *Aggravated Menace* und handelte von der Morddrohung von Pixies Vater. Und dann gab es da noch *Soon I'll Be Gone* und *Echopraxia*, das sich, wenn er je ein Album veröffentlichen sollte, vielleicht als Single auskoppeln lassen würde.

Es war jämmerlich, dachte er, an diese stümperhaften alten Songs zurückzudenken.

Es war deprimierend, weil er die ganze Nacht lang nur Pixie im Kopf gehabt hatte, sich an sie erinnert, sich gefragt hatte, wo sie jetzt sein mochte. Was war aus ihr geworden? Abgesehen davon deutete nichts darauf hin, dass er in absehbarer Zeit *eine Nummer schieben* würde.

Es war sogar traurig, dass sich seine Paranoia wegen der Russen letztlich als falscher Alarm erwiesen hatte. Abgesehen von diesem kurzen Zwischenfall auf der Straße war rein gar nichts Aufregendes passiert, kein Abenteuer mit Gangstern, nur die Herden von Touristen und die Profis, die – mit der erbarmungslosen Nonchalance eines Nachtkassierers in einem Supermarkt – ihrer Aufgabe nachgingen, ihnen das Fell über die Ohren zu ziehen.

Vielleicht würde er sein Leben lang einsam sein, dachte er, breitete die Hostessenkarten auf dem Schreibtisch aus und betrachtete sie. Fantasie. Roxan. Natasha.

Er saß da in seinem Hotelzimmer und dachte nach. Dann tippte er seinen Namen und seine Zimmernummer ein, und mit einem Flüstern stellte der Cyberspace die Verbindung her.

Er öffnete das Instant-Message-Fenster, und

Nein, kein weiterer Gruß auf Kyrillisch.

Also tippte er lediglich eine kurze Mitteilung an Jay. «Mission erfüllt», schrieb er, und dann entschied er, dass er genauso gut ins Bett gehen konnte.

15

SIE KONNTEN bald abreisen. Das war die eine Sache. Erst mal nach New York und dann weiter ins Ausland.

Und sie könnten auch bald reich sein, wenn alles nach Plan lief. Wenn sie die Sorte Mensch war, die etwas Derartiges machte.

Die Dokumente waren zwischen ihnen auf dem Küchentisch ausgebreitet, George Orson schob sie penibel zurecht und brachte sie in Reih und Glied, als ob parallele Linien ihr Gespräch einfacher machen würden. Sie sah ihn kurz, verstohlen aufschauen, und es war ihr fast peinlich zu erkennen, wie ernst und schuldbewusst sein Blick war – obwohl es sie auch erleichterte, dass er nichts sagte. Nicht versuchte, sie zu beruhigen oder sie zu belehren, sondern einfach nur auf ihre Entscheidung wartete. Es war das erste Mal seit einiger Zeit, dass ihr Wille etwas zählte, das erste Mal seit Monaten, dass sie nicht das Gefühl hatte, durch eine Traumlandschaft zu wandern, eine Amnesie-Landschaft, in der alles von einer Aura von Déjà-vus umgeben war –

Aber jetzt hatte sich alles konkretisiert. Seine Pläne. Seine Ausflüchte. Das Geld.

Sie nahm von dem Stoß, den er vor sie hingelegt hatte, ein einzelnes Blatt auf. Es war die Kopie der telegrafischen Überweisung. Oben stand *BICICI. Banque Internationale pour le Commerce et l'Industrie de Côte d'Ivoire*. Dann kamen ein Datum, ein Kode, ein Siegel, mehrere Unterschriften und ein Betrag. US-$ 4 300 000,00. Und hier war der Brief, der die Einzahlung bestätigte. «Sehr geehrter Mr. Kozelek, Ihr Guthaben wurde von Ihrem Geschäftspartner, Mr. Oliver Akubueze, bei unserer Bank eingezahlt. Ihr Partner hat uns darüber hinaus durch Ausfüllen des Überweisungsformulars beauftragt, den Betrag auf Ihr Bankkonto zu transferieren, und hat auch weitere dafür erforderliche Dokumente unterzeichnet …»

«Mr. Kozelek», sagte Lucy. «Das bist du.»

«Ja», sagte George Orson. «Ein Pseudonym.»

«Ich verstehe», sagte Lucy. Sie warf ihm einen kurzen Blick zu und schaute dann wieder auf das Blatt. *US-$ 4 300 000,00.*

«Ich verstehe», hauchte sie und versuchte, ihrer Stimme einen kühlen, unbeteiligten, amtlichen Ton zu verleihen. Sie dachte an die Frau vom Sozialamt, zu der sie und Patricia nach dem Tod ihrer Eltern hatten gehen müssen, und daran, wie sie die Papiere auf ihrem überfüllten Schreibtisch durchgeblättert hatte. *Ich frage mich, inwieweit ihr beide schon imstande seid, allein zurechtzukommen*, hatte die Frau gesagt.

Lucy hielt das Blatt zwischen beiden Daumen und Zeigefingern, so wie es die Frau vom Sozialamt getan hatte. Dann sah sie zu George Orson auf, der geduldig ihr gegenüber am Tisch saß und die Hände locker um seine Tasse Kaffee geschlossen hatte, als wollte er sich die Finger wärmen, obwohl es draußen bestimmt schon 26, 27 Grad sein mussten.

«Wer ist Oliver Aku-?», fragte sie und stolperte über den Rest des Namens, genau so, wie sie früher in Mme. Fourniers Unterricht durch französische Sätze getrampelt war. «Akubueze», versuchte sie es noch einmal, und George Orson lächelte matt.

«Er ist niemand», sagte George Orson, um nach kurzem Zögern den Kopf bedauernd zur Seite zu neigen. Er hatte versprochen, ihr jede Frage zu beantworten. «Er ist – nur ein Vermittler. Ein Kontaktmann. Ich musste ihn natürlich bezahlen. Aber das war kein Problem.»

Ihre Blicke trafen sich, und sie erinnerte sich, dass George

Orson ihr einmal erzählt hatte, er habe früher einen Hypnosekurs besucht: Diese leuchtenden grünen Augen waren dafür wie geschaffen, dachte sie. Er fixierte sie, und seine Augen sagten: *Du musst dich entspannen*. Seine Augen sagten: *Kannst du mir vertrauen?* Seine Augen sagten: *Sind wir nicht noch immer ineinander verliebt?*

Vielleicht. Vielleicht liebte er sie wirklich.

Vielleicht versuchte er nur, sich um sie zu kümmern, wie er sagte.

Aber es war frustrierend, denn trotz all dieser Dokumente, die er ihr vorgelegt hatte, blieb er, was die Wahrheit betraf, sehr im Unbestimmten. Er war ein Dieb, so viel hatte er zugegeben, aber ihr war nach wie vor nicht klar, wo das Geld hergekommen war und wie er es geschafft hatte, daran zu kommen. Oder wer genau auf der Suche nach ihm war.

«Ich habe keinen *Menschen* bestohlen, Lucy – das musst du unbedingt begreifen. Es ist nicht so, dass ich eine alte reiche Dame ausgeraubt hätte oder einen Gangster, oder eine kleine Kreditgenossenschaft in Pompey, Ohio. Gestohlen – sagen wir, veruntreut – habe ich das Geld von einem Unternehmen. Einem sehr großen, globalen Unternehmen. Was die Sache ein bisschen komplizierter macht. Ich meine ... du hattest doch früher den Wunsch geäußert, irgendwann mal bei einem internationalen Finanzdienstleister zu arbeiten. Wie Goldman Sachs. Richtig? Und angenommen, du fändest einen Weg, Geld aus deren Vermögen abzuzweigen, dann würdest du bald merken, dass die alles in ihrer Macht Stehende täten, um dich zu finden und vor Gericht zu schleifen. Sie würden sich natürlich einerseits an die Polizei wenden, aber wahrscheinlich auch zu anderen Mitteln greifen. Privatdetektive. Kopfgeldjäger. Würden sie Killer einsetzen? Folterexperten? Wahrscheinlich nicht. Aber du verstehst schon, was ich meine.»

«Nein, ehrlich gesagt, nicht», sagte Lucy. «Willst du damit sagen, du hast Goldman Sachs bestohlen?»

«Nein, nein», sagte George Orson. «Das war nur ein Beispiel. Ich versuche nur …» Und dann seufzte er resigniert. Ein für George Orson ganz untypisches Geräusch, dachte sie, fast das Gegenteil des verschwörerischen Schmunzelns, das sie am Anfang so anziehend und faszinierend an ihm gefunden hatte. «Schau», sagte er. «Ich wünschte, die Dinge hätten sich nicht so entwickelt. Ich habe die ganze Zeit geglaubt, ich kriege das alles allein auf die Reihe und du brauchst nicht mal was von – von der ganzen Sache zu erfahren. Ich dachte, ich kann alles regeln, ohne dich hineinzuziehen.»

Und dann schwieg er, brütend, und klopfte mit dem Rand des Fingernagels gegen seine Kaffeetasse. *Tink, tink, tink*. Sie beide befangen und besorgt. Es war deprimierend, dachte Lucy – und vielleicht war es tatsächlich besser gewesen, als sie überhaupt nichts gewusst hatte, als sie darauf vertraut hatte, dass er schon alles regeln würde. Darauf vertraut hatte, dass sie auf dem Weg in eine wunderbare Zukunft waren: eine zurückhaltende, aber geistreiche junge Frau und ihr weltgewandter, geheimnisvoller älterer Lover, vielleicht auf einem Kreuzfahrtschiff mit Kurs auf Monaco oder Playa del Carmen.

Sie dachte nach, ließ sich von diesem alten Tagtraum flüchtig berühren. Dann senkte sie endlich wieder den Kopf, um auch die übrigen Dokumente zu lesen, die George Orson ihr vorgelegt hatte.

Hier war die Reiseroute. Von Denver nach New York. Von New York zum Felix Houphouet Boigny International Airport in Abidjan, Elfenbeinküste.

Hier waren die Sozialversicherungskarten und Geburtsurkunden, die sie benutzen würden: David Fremden, fünfunddreißig Jahre alt, und seine Tochter, Brooke Fremden, fünfzehn.

«Ich kann die beschleunigte Ausstellung der Reisepässe beantragen, das wird kein großes Problem sein», erklärte ihr George Orson. «Wir können einen Eilpass in zwei bis fünf Tagen bekommen. Aber dazu müssten wir sofort handeln und schon morgen zu einem Gericht oder Postamt, um den Antrag einzureichen –»

Aber er verstummte, als sie zu ihm aufsah. Sie hatte nicht vor, sich hetzen zu lassen. Sie würde gründlich über die Sache nachdenken, das musste er begreifen.

«Wer sind die?», sagte sie. «David und Brooke?»

George Orson runzelte wieder vorwurfsvoll die Stirn. Selbst jetzt noch knauserig mit Informationen. Aber er hatte versprochen zu antworten.

«Sie sind niemand Bestimmtes», sagte er müde. «Das sind einfach Leute.» Und er strich sich mit der Hand über die Haare. «Sie sind *tot*», sagte er. «Vater und Tochter, bei einem Wohnungsbrand in Chicago ums Leben gekommen, vor ungefähr einer Woche. Und das ist der Grund, warum diese Dokumente uns jetzt von großem Nutzen sind. Es gibt ein Zeitfenster, bis die Todesfälle an alle zuständigen Behörden gemeldet worden sind.»

«Ich verstehe», sagte sie. Das war so ziemlich alles, was ihr dazu einfiel, und sie schloss kurz die Augen. Aber sie wollte sie sich nicht vorstellen – David und Brooke, wie sie im Rauch und der Hitze ihrer brennenden Wohnung nach Luft schnappten –, und deswegen starrte sie konzentriert auf die Geburtsurkunde, als sei sie eine Liste von Prüfungsfragen, die sie auswendig lernen musste.

GEBURTSURKUNDE		112-89-0053
Brooke Catherine Fremden		15. März 1993
04:22	weiblich	Swedish Covenant Hospital
Chicago		Cook County

Hier war der Mädchenname der Mutter: Robin Meredith Crowley, geboren im Staat Wisconsin, zum Zeitpunkt von Brookes Geburt einunddreißig Jahre alt.

«Also», sagte Lucy, nachdem sie diese Urkunde eine Zeitlang schweigend studiert hatte. «Was ist mit der Mutter? Robin? Werden die nicht nach ihr fragen?»

«Sie ist schon vor einiger Zeit gestorben», sagte George Orson und deutete ein Achselzucken an. «Als Brooke zehn war, glaube ich. Umgekommen bei einem, äh ...» Und dann verstummte er, wie um Lucy – oder Brooke? – zu schonen. «Wie auch immer», sagte er. «Der Totenschein der Mutter ist da auch irgendwo, wenn du also ...»

Bei einem Autounfall. Das war's vermutlich gewesen, aber vielleicht wollte sie es auch gar nicht wissen.

«Dieses Mädchen ist erst fünfzehn», sagte Lucy. «Ich sehe nicht wie fünfzehn aus.»

«Stimmt», sagte George Orson. «Und ich hoffe, dass ich auch nicht wie fünfunddreißig aussehe, aber wir können was dran drehen. Glaub mir, nach meinen Erfahrungen können die Leute ganz schlecht jemandes Alter schätzen.»

«Hmm», sagte Lucy, die noch immer auf die Urkunde starrte. Die noch immer an die Mutter dachte. Robin. An David und Brooke. Hatten sie versucht, dem Feuer zu entkommen, waren sie im Schlaf gestorben?

Die armen Fremdens. Die ganze Familie vom Antlitz der Erde ausgetilgt.

Draußen brannte die Spätvormittagssonne hell auf den japanischen Garten herab. Das Unkraut stand hoch und dicht, und es war weder von der kleinen Brücke noch von der Kotoji-Laterne etwas zu sehen. Die Krone der Trauerkirsche ragte aus dem Unkraut hervor, als schnappte sie nach Luft, die Zweige hingen wie langes nasses Haar herunter.

Vieles war an dieser Situation beunruhigend, aber das, was sie am meisten störte, war die Vorstellung, sich für George Orsons Tochter ausgeben zu müssen, das wurde ihr jetzt bewusst.

Warum konnten sie nicht einfach Reisegefährten sein? Freund und Freundin? Mann und Frau? Wenn es sein musste, Onkel und Nichte?

«Ich weiß, ich weiß», sagte George Orson.

Es war unangenehm, es mit einem so kleinlauten George Orson zu tun zu haben, einer reduzierten Version des Mannes, den sie kannte. Als sie sich von Fenster und Garten abwandte, setzte er sich auf seinem Stuhl um. «Es ist bedauerlich», sagte er. «Um ehrlich zu sein, bin ich auch nicht besonders glücklich mit dieser Lösung. Ich finde sie ebenfalls ziemlich makaber. Ganz davon zu schweigen, dass ich mich noch nie als jemand betrachten musste, der alt genug ist, um eine halbwüchsige Tochter zu haben!» Er versuchte es mit einem kleinen Lachen, als ob sie das amüsant finden könnte, aber das tat sie nicht. Sie wusste nicht hundertprozentig, wie sie sich fühlte, aber auf jeden Fall war sie nicht in der Stimmung, seine Witzeleien zu goutieren. Er streckte die Hand nach ihrem Bein aus, hielt es dann für doch nicht ratsam und zog sie wieder zurück, und sein Lächeln schrumpfte unter ihrem Blick kläglich in sich zusammen.

Das wollte sie aber auch nicht: diese zunehmende unbehagliche Anspannung, die zwischen ihnen herrschte, seit er angefangen hatte, ihr die Wahrheit zu erzählen. Es hatte ihr gefallen, wie sie miteinander scherzten. *Schlagabtausch* nannte George Orson ihre Wortgeplänkel, und es wäre furchtbar, wenn es damit jetzt vorbei wäre, wenn sich die Dinge zwischen ihnen so sehr änderten, dass ihre frühere Beziehung jetzt unwiederbringlich verloren wäre. Sie hatte es geliebt, dass sie Lucy und George Orson waren – «Lucy» und «George Orson» –, und vielleicht waren es bloß Rollen, die sie füreinander spielten, aber es hatte sich leicht und natürlich angefühlt und hatte Spaß gemacht. Dieses Spiel war ihr wahres Ich, das sie erst entdeckt hatte, als sie ihn kennenlernte.

«Glaub mir, Lucy», sagte er jetzt, sehr feierlich und ganz und gar nicht wie George Orson. «Glaub mir», sagte er. «Das war nicht meine erste Wahl. Aber ich hatte nicht viele Alternativen. In unserer momentanen Situation war es nicht gerade einfach, die erforderlichen Dokumente zu beschaffen. Mir standen einfach nicht allzu viele Möglichkeiten zur Auswahl.»

«Okay», sagte Lucy. «Kapiert.»

«Fass es einfach als Spiel auf», sagte George Orson. «Wir tun so, als ob.»

«Kapiert», sagte Lucy noch einmal. «Ich verstehe, was du sagst.»

Was die Sache allerdings nicht unbedingt leichter machte.

Am Nachmittag musste sich George Orson «um ein paar Sachen kümmern».

Was irgendwie fast beruhigend war. Seit sie dort wohnten, war er regelmäßig für Stunden am Stück verschwunden – hatte sich im Herrenzimmer eingeschlossen oder war ohne ein Wort der Erklärung im alten Pick-up davongefahren, in die Stadt –, und heute war es nicht anders. Nach ihrem Gespräch hatte er es eilig gehabt, sich wieder an seinen Computer zu setzen, und sie hatte an der Tür seines Herrenzimmers gestanden und den großen Schreibtisch und das alte Gemälde betrachtet, hinter dem der Tresor war, wie Requisiten in einem billigen Krimi.

Er legte die Hand auf den Türknauf. Sie sah ihm an, dass er die Tür zumachen wollte – natürlich nicht vor ihrer Nase. Er zögerte, und sein zunächst beruhigendes Lächeln erstarrte allmählich.

«Du brauchst wahrscheinlich sowieso ein bisschen Zeit für dich», sagte George Orson.

«Ja», sagte sie. Sie beobachtete, wie seine Finger um das geschliffene Glas des Türknaufs zuckten, und er folgte ihrem Blick, sah auf seine ungeduldige Hand hinunter, als habe sie ihn enttäuscht.

«Du weißt, dass du das nicht tun musst», sagte er. «Ich würde es dir nicht übelnehmen, wenn du jetzt wegwillst. Mir ist schon klar, dass ich viel von dir verlange.»

Sie wusste nicht genau, wie sie dazu sagen sollte. Sie dachte:

Sie dachte:

Dann machte er die Tür zu.

Zunächst ging sie eine Zeitlang vor dem Herrenzimmer auf und ab, dann setzte sie sich mit einer Diät-Cola – es war ein heißer Nachmittag – an den Esstisch und drückte sich die kalte betaute Dose an die Stirn.

Das ging jetzt schon seit Wochen so, dass sie täglich auf diese Art sich selbst überlassen wurde und dann stundenlang Fernsehen guckte und mit der vorsintflutlichen Satellitenschüssel herumspielte, die den Kopf mit einem langsamen metallischen Summen, wie von einem elektrischen Rollstuhl, herumdrehte; dass sie mit einem alten Kartenspiel ihres Dads, das sie aus sentimentalen Gründen mitgenommen hatte, eine Patience nach der anderen legte; dass sie die Bücherregale im Wohnzimmer planlos absuchte – eine grausliche Sammlung von alten Schwarten, wie man sie beim Garagenflohmarkt einer alten Dame in einem Karton finden mochte. *Kalte Herzen. Verdammt in alle Ewigkeit. Marjorie Morningstar.*

Sie versuchte nachzudenken. Versuchte sich zu überlegen, was sie tun sollte – genau das, was sie fast das ganze letzte

Jahr lang getan hatte, seit ihre Eltern gestorben waren. Schweifte im Geist durch die Zukunft, versuchte, sie für sich zu kartieren, spähte hinaus in eine unendliche Weite wie ein Pilot über einem Ozean auf der Suche nach einem möglichen Landeplatz. Und noch immer kristallisierte sich kein klarer Plan heraus.

Aber zumindest verfügte sie jetzt über mehr Informationen.

4,3 Millionen Dollar.

Was ein wichtiges und nützliches Detail war, immer vorausgesetzt, dass es stimmte. Einzelne Aspekte von George Orsons Geschichte wirkten übertrieben oder ausgeschmückt, oder verzerrt. Aber ein Teil der Wahrheit verbarg sich in dem, was er ihr erzählt hatte, so wie bei diesen alten Suchbildern, die sie als Kind so geliebt hatte: ganz gewöhnliche gezeichnete Landschaften, in denen einfache stilisierte Objekte – fünf Muscheln oder acht Cowboyhüte, oder dreizehn Vögel – versteckt waren.

Sie zog ein altes Buch aus dem Regal und blätterte wieder einmal darin. Im Lauf der letzten paar Wochen war sie sämtliche Bücher durchgegangen, in der Hoffnung, dass irgendwo zwischen den Seiten eine Notiz versteckt sein könnte. Sie hatte jeden Schrank in der Küche und jede Kommode in jedem Schlafzimmer durchsucht; sie hatte die Wände nach etwaigen Geheimtüren oder versteckten Nischen abgeklopft. Sie war hinunter zum Leuchtturm gegangen und hatte im Büro das staubige Gestell mit Informationsmaterial über längst geschlossene Vergnügungsstätten in der Umgebung durchsucht, hatte Kartons geöffnet und darin noch in Cellophan verpackte alte Klopapierrollen gefunden, Kommoden voll mit vermodernden Handtüchern; sogar in den Motelzimmern war sie gewesen. Sie hatte die Schlüssel von den Haken hinter dem Empfangstresen genommen und die Zimmer eins nach dem anderen aufgeschlossen – allesamt leer geräumt, keine Betten, keine Möbel, nichts als kahle Wände und nackte Fußböden, nichts als eine nicht weiter bemerkenswerte Staubschicht.

Während der ganzen Zeit war das einzige Indiz, das sie gefunden hatte, eine einzelne Goldmünze gewesen. Sie hatte in einer Zigarrenkiste auf dem obersten Brett des Wandschranks in einem der leeren Schlafzimmer im ersten Stock des Hauses gelegen – zusammen mit ein paar seltsam geformten Steinen, einem kleinen Hufeisenmagnet, ein paar Reißzwecken und einem Plastik-Dino. Die Münze war schwer und sah aus wie eine alte Dublone, sehr abgerieben, auch wenn sie wahrscheinlich nur irgendein wertloses Andenken war.

Trotzdem hatte sie sie mitgenommen, sie hatte sie in ihrem Koffer versteckt, und genau diese Münze war ihr eingefallen, als sie den Überweisungsschein gesehen hatte. *4,3 Millionen Dollar*, und kindischerweise hatte sie im ersten Moment die Vision von Kisten voll solcher Goldmünzen gehabt.

Natürlich war ihr bewusst, dass Geldgier mit zu ihrer Entscheidung beigetragen hatte. Ja, sie wusste das. Aber Liebe spielte auch eine Rolle. Sie liebte es, wie es sich anfühlte, mit ihm zusammen zu sein, diese zwanglose, frotzelnde Vertraulichkeit; dieses Gefühl, das er ihr schenkte, dass sie beide, und ausschließlich sie, ihr eigenes Reich und ihre eigene Sprache hatten, als ob sie, wie George Orson oft gesagt hatte, sich schon in einem anderen Leben gekannt hätten – und sie vermutete, dass sie es sogar aushalten könnte, eine Zeitlang Brooke Fremden zu sein, solange er David war …

Und es sogar Spaß machen könnte.

Es könnte eines dieser vertraulichen Abenteuer sein, die sie miteinander erlebten. Eine der Episoden, aus denen sich eine private Geschichte zusammensetzte, die nur ihnen bekannt war. Sie würden irgendwann in Marokko oder sonst einem vergleichbaren Ort an einer Dinnerparty teilnehmen, und jemand würde sie fragen, wie sie sich kennengelernt hatten, und sie würden verstohlene, verständnisinnige Blicke tauschen.

Es war fast halb vier Uhr nachmittags, als er endlich aus dem Herrenzimmer herauskam. Lucy saß im Wohnzimmer in einem der mit Leinwand verhängten hohen Ohrensessel und starrte wieder einmal auf Brooke Fremdens Geburtsurkunde.

Unten standen die gekritzelten Unterschriften:

Ich bestätige, dass ich die in dieser Bescheinigung enthaltenen persönlichen Angaben nach bestem Wissen und Gewissen gemacht habe. Das war der Vater.

Ich bestätige, dass das obengenannte Kind zur angegebenen Zeit am angegebenen Ort lebend geboren wurde. Das war der Arzt – Albert Gerbie, M. D.

Und als sie aufschaute, stand George Orson in der Tür. Er hatte sich die Haare mit den Fingern gekämmt, und jetzt standen sie ihm büschelweise zu Berge. Er hatte den Blick eines Mannes, der zu lange wissenschaftliche Formeln oder Zahlenspalten studiert hatte, einen zugleich angespannten und abwesenden Ausdruck, als überraschte es ihn, sie dort sitzen zu sehen.

«Ich muss ein paar Besorgungen machen», sagte er.

«Okay», sagte sie, und er schien sich etwas zu entspannen.

«Ich will versuchen, ein paar Sachen zu kaufen, in denen du jünger aussiehst», sagte er. «Wie wär's mit was in Rosa? Etwas leicht Mädchenhaftes?»

Sie sah ihn skeptisch an. «Vielleicht sollte ich besser mitkommen», sagte sie.

Doch er schüttelte nachdrücklich den Kopf. «Keine gute Idee», sagte er. «Wir sollten uns in der Stadt nicht zusammen sehen lassen. Besonders jetzt nicht.»

«Okay», sagte sie, und er warf ihr einen dankbaren Blick zu, während er sich die Baseballkappe aufsetzte, die er bei seinen Exkursionen immer trug. Vermutlich war er froh, dass sie keinen Streit mit ihm anfing. Jetzt berührte er ihre Hand, ließ die Finger zerstreut über ihre Fingerknöchel gleiten. Sie schenkte ihm ein zögerndes Lächeln.

Er hatte die Tür des Herrenzimmers nicht abgeschlossen.

Sie stand an der Haustür und sah dem alten Pick-up nach, wie er auf die Landstraße fuhr, die vom Motel wegführte. Der Himmel war mit Schichten von blassgrauen Kumuluswolken verhängt, und sie verschränkte die Arme vor der Brust, während der Pick-up einen Buckel nahm und dahinter verschwand.

Noch bevor sie sich wieder zur Tür wandte, wusste sie, dass sie schnurstracks zum Herrenzimmer gehen würde, und tatsächlich beschleunigte sie sogar ihren Schritt. Dieses abgeschlossene Zimmer war seit ihrer Ankunft ein Streitpunkt zwischen ihnen gewesen. Seine *Privatsphäre* – aber widersprach das nicht all seinen Erklärungen, sie würden eine geheime Welt gemeinsam haben, *sub rosa*, wie er gesagt hatte?

Doch als sie das Thema zur Sprache brachte, zuckte er lediglich die Schultern. «Jeder braucht seine ganz persönliche Höhle», hatte er zu ihr gesagt. «Selbst Menschen, die sich so nah stehen wie wir. Glaubst du nicht?»

Und Lucy hatte die Augen zum Himmel verdreht. «Ich weiß wirklich nicht, was der Aufstand soll», sagte sie. «Guckst du dir dadrin Pornos an, oder was?»

«Mach dich nicht lächerlich», hatte George Orson gesagt. «Das gehört einfach zu einer Beziehung unter erwachsenen Menschen dazu, Lucy. Dass man dem anderen seinen Freiraum lässt.»

«Ich möchte nur meine E-Mails checken», sagte sie – obwohl es in Wirklichkeit niemanden gab, der ihr geschrieben haben könnte, und er das natürlich wusste.

«Lucy, bitte», sagte er. «Lass mir nur noch ein paar Tage

Zeit. Dann kaufe ich dir einen eigenen Computer, und du kannst nach Herzenslust mailen. Hab nur noch ein bisschen Geduld.»

Das Herrenzimmer war weit unordentlicher, als sie erwartet hatte. Es sah ganz und gar nicht nach George Orson aus – der ein Kleiderfalter und Listenersteller war, wie er im Buche stand, ein Mann, der Durcheinander und dreckiges Geschirr in der Spüle auf den Tod nicht ausstehen konnte.

Das also war eine Seite von George Orson, die sie noch nie erlebt hatte, und sie blieb verunsichert an der Schwelle stehen. Das Zimmer strahlte Hektik, Planlosigkeit, Panik aus. Auf jeden Fall bestand kein Zweifel daran, dass die unzähligen Stunden, die er hier eingeschlossen verbracht hatte, nicht untätig vertrödelt worden waren. Er hatte gearbeitet, genau wie er behauptet hatte.

Im Zimmer standen alle möglichen Geräte herum: mehrere Laptops, ein Drucker, ein Flachbettscanner, weitere Dinge, die sie nicht identifizieren konnte – alle durch ein Gewirr von Kabeln miteinander verbunden und an einer Mehrfachsteckdose angeschlossen. Die vorderen Ränder der Bücherborde waren mit leeren Getränkedosen – Cola und Energy-Drinks – gesäumt, und der Fußboden war mit schmutzigen Kleidungsstücken – einem Paar Boxershorts, drei, vier T-Shirts, einer einzelnen halb umgestülpten Socke – und vielen Schokoriegelhüllen übersät, obwohl sie George Orson noch nie hatte Süßigkeiten essen sehen. Hier und da lagen auch mehrere Bücher herum, prall gefüllt mit Lesezeichen, einzelne Seiten mit Haftnotizen markiert. *Das heilige Pentagramm von Sedona. Fibonacci und die finanzielle Revolution. Das Ding auf der Schwelle. Eine praktische Einführung in den Mentalismus.*

Und überall waren Papiere – zum Teil in Stößen, zum Teil zusammengeknüllt und weggeworfen, dazu einzelne Blätter, zu einer wirren Collage an die Wände geklebt. Die Schubladen des Aktenschranks, zu dem er angeblich den Schlüssel nicht finden konnte, waren alle herausgezogen worden, und die überquellenden Hängemappen waren hier und da im Zimmer zu Türmen gestapelt.

Man hätte das leicht für das Zimmer eines Irren halten können, und als sie eintrat, machte sich ein nervöses Kribbeln in ihrer Brust bemerkbar, ein glatter vibrierender Stein, der sich direkt unter ihrem Brustbein herausbildete.

«O George», hauchte sie, und sie konnte sich nicht entscheiden, ob es erschreckend oder traurig – oder anrührend war, daran zu denken, wie er Tag für Tag als der normale, vergnügte George Orson aus diesem Zimmer herauskam. Ordentlich gekämmt und lächelnd diesem Tsunami entstieg, um ein Abendessen für sie zu kochen und sie zu beruhigen, sich zusammen mit ihr, den Arm sanft um ihre Schultern gelegt, einen Film anzuschauen und die ganze frenetische Aktivität des Tages hinter der verschlossenen Tür des Herrenzimmers zurückzulassen.

Ihr war vollkommen klar, dass sie nichts anrühren durfte. Es war unmöglich zu erkennen, welches Ordnungsprinzip dem Ganzen zugrunde lag, auch wenn es so aussehen mochte, als gäbe es keines. Sie trat vorsichtig auf, als sei sie auf einem frisch zugefrorenen See oder an einem Tatort. Es war schon okay, was sie tat, sagte sie sich. Er hatte versprochen, ihr alles zu erzählen, und wenn er es nicht getan hatte, war es ihr gutes Recht, sich auf eigene Faust kundig zu machen. Es war nur fair, dachte sie, aber gleichzeitig drängten sich ihr, beklemmend, all die Märchen ins Bewusstsein, die ihr als Kind Angst gemacht hatten. *Blaubart. Der Räuberbräutigam.* All diese Horrorfilme, in denen Mädchen Zimmer betraten, die sie eigentlich nicht betreten durften.

Was, wie sie wusste, paranoid war. Sie glaubte nicht, dass George Orson ihr etwas antun würde. Sie anlügen, das ja, aber sie war sich sicher – hundertprozentig sicher –, dass er nicht gefährlich war.

Trotzdem schlich sie wie ein Eindringling vorwärts, und sie spürte im Handgelenk das Pochen ihres Pulses, während sie lautlos einen Fuß vor den anderen setzte, langsam einen Zickzackparcours abschritt und sich dabei möglichst dicht an der Wand hielt.

Die mit Klebestreifen an den Wänden befestigten Blätter waren, wie sie sah, größtenteils Karten: Straßenkarten, Messtischblätter, Ausschnittvergrößerungen von Stadtplänen und äußerst detaillierte Darstellungen von Küsten. Nichts davon war für sie identifizierbar. Hier und da waren zwischen diesen Karten Nachrichtenmeldungen eingestreut, die George Orson aus dem Internet heruntergeladen und ausgedruckt hatte: *11 Personen in den USA wegen großangelegten Identitätsschwindels unter Anklage gestellt*; *Keine neuen Entwicklungen im Fall des vermissten College-Studenten*; *Versuchter Diebstahl von biologischen Kampfstoffen vereitelt.* Sie überflog diese Schlagzeilen im Vorbeigehen, ohne stehenzubleiben, um die dazugehörigen Artikel zu lesen. Es waren zu viele; jede freie Wand des Zimmers war mit bedruckten A4-Blättern tapeziert. Vielleicht hatte er ja wirklich den Verstand verloren.

Und dann fiel ihr Blick auf den Tresor. Den Wandtresor, den er ihr gleich am Tag ihrer Ankunft gezeigt hatte, damals, als dieses Zimmer noch lediglich eines der vielen eingestaubten Sehenswürdigkeiten gewesen war, durch die er sie führte. Damals, als er ihr ungeniert erzählt hatte, er kenne die Kombination nicht.

Doch jetzt war der Tresor offen. Das Gemälde, das ihn verdeckt hatte, das Porträt von George Orsons Großeltern, war weggeklappt, und die dicke Metalltür des Tresors stand halb auf.

In einem Horrorfilm wäre das der Augenblick gewesen, in dem George Orson hinter ihr in der Tür erschienen wäre. «Was soll das eigentlich werden?», hätte er mit leiser Stimme geschnurrt, und sie spürte, wie ihr Nacken prickelte, obwohl niemand hinter ihr in der Tür stand und George Orson längst weggefahren und auf dem Weg in die Stadt war.

Unweigerlich ging sie auf den Tresor zu, denn er war voll Geld.

Die Banknoten waren gebündelt, genau so, wie man es im Fernsehen in Gangsterfilmen sah, und die einzelnen Bündel vielleicht männerfingerdick mit einem Gummiband umwickelt und zu ordentlichen Stapeln geschichtet. Sie streckte die Hand aus und nahm eines heraus. Hundert-Dollar-Scheine. Schätzungsweise bestand so ein Bündel aus vielleicht fünfzig Scheinen, und sie wog es in der offenen Hand. Es war leicht, nicht schwerer als ein Kartenspiel, und sie schurrte mit dem Daumen über den Schnitt, für einen Moment atemlos. Da lagen dreißig von diesen Päckchen: an die hundertfünfzigtausend Dollar, überschlug sie rasch und schloss die Augen.

Sie waren wirklich reich, dachte sie. Das zumindest stimmte. Trotz ihrer Zweifel, trotz des Chaos von Papieren und Müll, trotz der Bücher und Landkarten und Zeitungsartikel – war das zumindest sicher. Noch vor einer Minute, wurde ihr bewusst, war sie so gut wie davon überzeugt gewesen, dass sie George Orson würde verlassen müssen.

Ohne an irgendetwas zu denken, hielt sie sich das Geldbündel ans Gesicht, als sei es ein Blumensträußchen. «Danke», flüsterte sie. «Danke dir, Gott.»

16

SIE HATTEN vereinbart, sich in der Lobby des Mackenzie Hotel zu treffen, wo die Frau laut eigener Aussage wohnte. «Ich heiße Lydia Barrie», hatte sie ihm am Telefon gesagt, und als er ihr seinen Namen nannte, stutzte sie kurz.

«Miles Cheshire», wiederholte sie dann mit einem leicht skeptischen Unterton – als habe er ihr irgendeinen absurden Künstlernamen genannt. Als habe er behauptet, sein Name sei Mr. Breeze.

«Hallo?», sagte er. «Sind Sie noch dran?»

«Wir können uns in einer Viertelstunde treffen», sagte sie – ein bisschen steif, wie er fand. «Ich habe rotes Haar und trage einen schwarzen Mantel. Wir dürften keine Schwierigkeiten haben, uns zu finden.»

«Ah», sagte er. «Okay.»

Ihre Stimme klang so kurz angebunden, so seltsam geschäftsmäßig, dass er für einen Moment unsicher wurde. Als er seine Steckbriefe aufgehängt hatte, hatte er erwartet, dass sich bestenfalls der eine oder andere ortsansässige Jugendliche melden würde – vielleicht der Verkäufer vom Schnapsladen oder eine Kellnerin, oder ein neugieriger, wachsamer Rentner, oder irgendein Obdachloser, der auf die Belohnung aus war. Das waren die typischen Anrufer, mit denen er es normalerweise zu tun bekam.

Deswegen bereitete ihm ihr Eifer ein unangenehmes Gefühl.

Er hätte wahrscheinlich vorsichtiger sein müssen, dachte er. Er hätte wahrscheinlich gründlicher nachdenken sollen, bevor er ein Treffen vereinbarte, er hätte sich eine glaubhafte Legende zurechtlegen sollen.

Alles Dinge, die ihm jetzt zu spät einfielen. Zu spät erinnerte er sich an den Brief, den Hayden ihm geschickt hatte: *Du solltest Dir dessen bewusst sein, dass Dich möglicherweise jemand überwacht, und so ungern ich es sage, glaube ich, dass Du in realer Gefahr sein könntest*, und jetzt dachte er, dass er Haydens Warnung vielleicht nicht so schnell hätte in den Wind schlagen dürfen.

Aber die Frau war schon in die Lobby gekommen. Sie sah sich schon um, und er war der Einzige, der da stand. Er warf einen Blick über die Schulter, nach dem Mädchen an der Rezeption, das geradezu gierig telefonierte und der Frau, die jetzt auf ihn zukam, nicht die geringste Beachtung schenkte.

«Miles Cheshire?», sagte sie – und wieder sprach sie seinen Namen mit einem Anflug von Skepsis aus –, und was blieb ihm jetzt anderes übrig? Er nickte und versuchte, auf eine Weise zu lächeln, die aufrichtig und entwaffnend wirken würde.

«Ja», sagte er. Er trat von einem Fuß auf den anderen. «Danke, dass Sie gekommen sind», sagte er.

Sie war, schätzte Miles, ein bisschen älter als er – zwischen fünfunddreißig und vierzig, nahm er an, eine dünne, auffällige Frau mit hohen Jochbeinen und einer scharfen Nase und glattem rotem Haar. Ihre Augen waren groß und grau und eindringlich, nicht direkt hervorstehend, aber so stechend, dass er sich verunsichert fühlte.

Ihm war außerdem bewusst, wie abgerissen er aussah, in seinen billigen Jeans und dem aus der Hose hängenden, ungebügelten Button-down-Hemd, ziemlich zerzaust und vermutlich nach Bier und dem billigen frittierten Fisch miefend, den er zu Abend gegessen hatte. Lydia Barrie dagegen trug einen leichten schwarzen Trenchcoat und war vom hauchzarten Duft eines unbestimmt blumigen, geschäftsfraulichen Parfüms umgeben. Sie richtete den Blick auf ihn, und ihre Brauen wölbten sich, als sie ihn von Kopf bis Fuß musterte.

Dann streifte sie einen dünnen Stoffhandschuh ab und reichte ihm ihre glatte, gepflegte, sehr kalte Hand. Aber sie war es, die erschauderte, als Miles' Finger ihre Handfläche berührten. Sie starrte ihm ins Gesicht, und ihre großen Augen rundeten sich vor argwöhnischer Feindseligkeit.

«Es ist verblüffend», sagte sie. «Der Mann auf Ihrem Steckbrief heißt ebenfalls Miles.» Er sah, wie sie die Lippen schürzte: eine unangenehme Erinnerung. «Sein Name ist Miles Spady.»

Er stand wie vor den Kopf geschlagen da. «Tja», sagte er.

Natürlich hätte er darauf gefasst sein müssen. Er war diesem bestimmten Decknamen schon einmal begegnet, damals in Missouri. Es war ein verletzender Einfall vonseiten Haydens gewesen, ein beleidigender Insiderwitz, Miles mit dem Nachnamen ihres verhassten Stiefvaters zu verquicken, und in North Dakota hatte sich Hayden in einem Motel sogar unter dem Namen Miles Cheshire eingetragen.

Es war dumm von ihm gewesen, dieser Frau seinen richtigen Namen zu nennen, ein idiotischer Fehler, und er versuchte jetzt nachzudenken. Sollte er ihr seinen Führerschein zeigen, um zu beweisen, dass er die Wahrheit gesagt hatte?

«Tja», sagte er noch einmal.

Warum hatte er sich nicht besser vorbereitet? Warum hatte er sich nicht ein bisschen anständiger angezogen, warum hatte er sich nicht eine einfache Erklärung zurechtgelegt, anstatt sich einzubilden, er könnte improvisieren?

«Das ist nicht sein wirklicher Name», sagte Miles schließlich. Es war das Einzige, was ihm einfiel und – ach, warum auch nicht? Warum nicht schlicht und einfach die Wahrheit sagen? Warum spielte er noch immer ein Spielchen, das schon seit langem nicht den geringsten Spaß mehr machte? «Miles Spady –», sagte er. «Das ist nur ein Pseudonym; so was macht er dauernd. Oft verwendet er Namen von Leuten, die er kennt. Miles ist mein Name, und Spady hieß unser Stiefvater. Das soll ein Witz sein, nehm ich an.»

«Ein Witz», sagte sie. Ihre Augen ruhten auf seinem Gesicht, und ihr Gesichtsausdruck flackerte kurz, als sie etwas begriff.

«Sie sind mit ihm verwandt», sagte sie. «Jetzt sehe ich die Ähnlichkeit.»

Tja.

Das verschlug ihm die Sprache. Es war ein merkwürdiges Gefühl, nach so langer Zeit.

So viele Jahre lang hatte er dieses alte Foto von Hayden herumgezeigt, und nie hatte jemand eine Verbindung hergestellt. Für eine Weile hatte ihn das erstaunt, aber schließlich war es lediglich zu einem weiteren kleinen bohrenden Zweifel geworden.

Sie waren eineiige Zwillinge – selbstverständlich ähnelten sie sich –, warum hatte es dann so viele Jahre gedauert, bevor jemand ihn darauf angesprochen hatte? Miles vermutete, dass er anders als Hayden gealtert war – er hatte zugenommen, sein Gesicht hatte sich verhärtet und war massiger geworden –, aber trotzdem, es hatte ihn immer ein bisschen verletzt, dass kein Mensch sein Gesicht mit dem des Jungen auf dem Steckbrief in Verbindung brachte.

Deswegen war es eine Erleichterung, ja sogar ein Trost, sie das Wort «Ähnlichkeit» sagen zu hören. Es war so, als ob sein Körper sich zum ersten Mal verfestigte, zum ersten Mal seit – er konnte sich nicht erinnern, seit wie lange.

Miles atmete tief aus.

«Er ist mein Bruder», sagte er zuletzt, und es war eine solche Befreiung, das zu sagen, eine solche Erleichterung. «Ich bin seit langem auf der Suche nach ihm.»

«Ich verstehe», sagte Lydia Barrie. Sie sah ihn an, und ihr

Blick verlor ein klein wenig an Feindseligkeit. Sie strich sich eine Haarsträhne hinter das Ohr und schloss dann die Augen, als ob sie meditierte.

«Dann haben wir wohl etwas gemeinsam, Miles», sagte sie. «Ich bin ebenfalls seit langem auf der Suche nach ihm.»

Er war einsam: Das war die Erklärung, die er sich später gab, als er sich fragte, warum er nicht vorsichtiger, nicht besonnener gewesen war. Er war einsam und müde und desorientiert, und er hatte es satt, Spielchen zu spielen, und was machte es auch schon aus? Was machte es schon aus?

Sie setzten sich an die Bar des Mackenzie Hotel, und er genehmigte sich noch ein paar Bier. Lydia Barrie trank mehrere Gin Tonic, und er erzählte ihr alles.

Na ja – fast alles.

Es war verwirrend, stellte er fest, sobald er begann, die ganze Geschichte in Worte zu fassen. Ihre unglaubliche Kindheit – die selbst in der mildesten Variante wie direkt aus einem Comic klang. Ihr Vater, der Clown/Zauberkünstler/Hypnotiseur. Der Atlas. Haydens Zusammenbrüche, die vergangenen Existenzen und die Geisterstädte, die vielfältigen Identitäten, die er abwechselnd anlegte, die E-Mails und Briefe, die eine Schatzsuche vorzeichneten, auf der sich Miles mittlerweile seit Jahren befand. Am peinlichsten war vielleicht gerade dieses Eingeständnis, dass er seit inzwischen über einem Jahrzehnt Haydens Fährte folgte und ihm um keinen Schritt näher gekommen war.

Wie erklärte man das? Genügte es zu sagen, dass sie Brüder waren – dass Hayden der letzte lebende Mensch auf Erden war, der an denselben Erinnerungen teilhatte, der letzte Mensch, der noch wusste, wie glücklich sie an einem bestimmten Punkt ihres Lebens gewesen waren, der letzte Mensch, dem klar war, dass es auch anders hätte werden können? Genügte es zu sagen, dass Hayden ein Kanal war, durch den er in die Vergangenheit zurücktauchen konnte, der letzte Faden, der ihn mit dem verband, was er noch immer als sein «wirkliches» Leben betrachtete?

Genügte es zu sagen, dass er Hayden – selbst jetzt, selbst nach alldem – noch immer mehr liebte als jeden anderen Menschen auf der Welt? Dass noch immer kein Tag verging, an dem er sich nicht nach dem alten Hayden gesehnt hätte, nach dem Bruder, den er als Junge gekannt hatte, und das, obwohl er wusste, dass es verrückt klang. Verzweifelt. Pathologisch.

«Ich weiß ehrlich nicht, was ich gerade mache», sagte er und verschränkte die Hände auf der Oberfläche des Tresens. «Warum bin ich hier? Ich weiß es wirklich nicht.»

Im Laufe der Jahre hatte er sich immer wieder vorgestellt, er würde irgendjemandem seine Geschichte erzählen – einem weisen Therapeuten vielleicht; oder einem Freund, der ihm vertraut geworden war – John Russell vielleicht, Zeit und räumliche Nähe vorausgesetzt; oder einer Freundin, sobald sie sich näher kennengelernt hätten und er sicher sein könnte, dass sie nicht sofort weglaufen würde. Dem Mädchen bei Matalov Novelties, Aviva, Mrs. Matalovs Enkelin, mit ihrem schwarzgefärbten Haar und ihren Skelett-Ohrgehängen und ihren scharfsichtigen, mitfühlenden, wissenden Augen –

Aber er hätte sich niemals vorstellen können, dass der Mensch, dem er sich schließlich anvertrauen würde, jemand wie Lydia Barrie sein würde. Es gab wenige Leute, die dafür ungeeigneter gewesen wären als die eulenhaft wachsame, zugeknöpfte Frau mit ihren Handschuhen und ihrem Trenchcoat und ihrer blassen, mondänen Haut.

Trotzdem fiel es ihm leicht, zu ihr zu sprechen. Sie hörte konzentriert zu, und vor allem schien sie das, was er ihr erzählte, nicht in Zweifel zu ziehen. Nichts von alldem, sagte sie zuletzt, überrasche sie.

Lydia Barrie war seit über drei Jahren auf der Suche nach Hayden – oder, um genauer zu sein, auf der Suche nach ihrer jüngeren Schwester Rachel.

Hayden war Rachels Verlobter. Beziehungsweise war es gewesen.

«Das war in Missouri», sagte Lydia Barrie. «Meine Schwester besuchte die University of Missouri in Rolla, und Ihr Bruder unterrichtete sie. Er nannte sich Miles Spady – er war Doktorand in Mathematik. Angeblich war er Brite. Er sagte, er habe in Cambridge studiert und sein Vater sei dort Dozent für Anthropologie, und ich glaube, als sie ihn damals im Dezember mit nach Hause brachte, war ich von ihm ziemlich geblendet.

Wir waren fünf Frauen: Rachel und ich und unsere mittlere Schwester Emily, meine Tante Charlotte und unsere Mutter. Unser Vater war gestorben, als wir noch Kinder waren, also kam das hinzu: Es war etwas Neues, einen Mann im Haus zu haben.

Eine weitere Sache war die schwere Krankheit meiner Mutter. Sie hatte ALS, und zu dem Zeitpunkt saß sie schon im Rollstuhl. Wir wussten alle, dass sie bald sterben würde, und deswegen – ich weiß nicht, jeder wollte, dass es eine wunderschöne Weihnacht würde, und ich bin mir sicher, dass er das begriff. Er war sehr charmant und reizend zu unserer Mutter. Sie konnte schon nicht mehr sprechen, aber er saß die ganze Zeit bei ihr und redete, erzählte ihr von seinem Leben in England und –

Ich glaubte ihm. Zumindest war er ausreichend überzeugend. Im Nachhinein weiß ich, dass mir sein Akzent damals irgendwie leicht aufgesetzt vorkam, aber ich habe mir zu dem Zeitpunkt nicht viel dabei gedacht. Er schien sehr intelligent und sehr nett zu sein. Ein bisschen exzentrisch, fand ich, ein bisschen affektiert, aber nichts, was mich sonderlich argwöhnisch gemacht hätte.

Ich habe unbestreitbar nicht allzu sehr aufgepasst. Ich wohnte in New York, war nur über Weihnachten für ein paar Tage nach Hause gekommen, und ich war mit meinem eigenen Leben beschäftigt, außerdem standen Rachel und ich uns nicht übermäßig nah. Wir sind acht Jahre auseinander, und sie war schon immer – ein sehr stilles Mädchen, verschlossen, wissen Sie? Auf jeden Fall fand ich es albern von ihnen, zu sagen, sie seien verlobt, wo sie doch nicht vorhatten, vor ihrem College-Abschluss zu heiraten, und es bis dahin noch weit über ein Jahr hin war. Sie war damals im zweiten Jahr.

Und dann, im Oktober des folgenden Jahres – ungefähr fünf Monate nach dem Tod meiner Mutter –, verschwanden die beiden.»

Lydia Barrie zögerte kurz. Starrte dabei in ihr Glas. Miles fragte sich, ob er ihr erzählen sollte, wie besessen Hayden von Waisen gewesen war. Wie gern sie als Kinder gespielt hatten, sie seien Waisenkinder in Gefahr, von zu Hause ausgerissen, und wie sehr sie dieses Kinderbuch geliebt hatten, *Der geheime Garten*, in dem es um ein kleines Waisenmädchen ging …

Aber vielleicht war das nicht der richtige Augenblick, um davon zu sprechen.

«Ich war unglaublich wütend auf sie», sagte Lydia Barrie endlich mit leiser Stimme. «Wir hatten seit einiger Zeit kein Wort miteinander gewechselt. Ich nahm es ihr übel, dass sie nicht zum Begräbnis unserer Mutter heimgekommen war, und so riss der Kontakt zwischen uns ab. Es dauerte eine ganze Weile, bis mir klarwurde, dass sie gar nicht mehr auf dem College war. Und es keinerlei Möglichkeit gab, sie zu erreichen.

Offensichtlich hatten sie die Stadt zusammen verlassen, aber keiner wusste, wohin sie gegangen sein könnten, und sie haben sich praktisch … Tja, wahrscheinlich klingt es für Sie nicht lächerlich, wenn ich sage, dass sie sich in Luft aufgelöst haben.»

Und sie sah Miles mit ihren großen, etwas vorstehenden Augen an, und er merkte, wie blass ihre Haut war, fast durchscheinend, wie Florpost, durch die er ihre zarten Adern erkennen konnte. Sie hob die Hand und strich sich eine Haarsträhne hinter das Ohr.

«Wir haben Rachel seitdem nicht wiedergesehen», sagte Lydia Barrie.

Rachel, dachte er. Er erinnerte sich an den Namen. Haydens Freunde aus dem Mathematischen Institut hatten ihn ihm genannt.

Sie war das Mädchen, das aus der Tür des abbruchreifen Mietshauses hinausgespäht hatte, durch das Fliegengitter mit dem klaffenden Riss. Er sah noch genau das staubige Sofa vor sich, das wie Sperrmüll unter den vorderen Erkerfenstern gestanden hatte.

Er erschauderte bei der Erkenntnis: Hier trat er selbst in der Geschichte auf, die Lydia Barrie erzählt hatte. Er hatte sie sich, fast unbeteiligt, angehört, hatte sich diese Dezemberszene ausgemalt: Hayden im Wohnzimmer bei der zitternden stummen Mutter, beide ins Feuer starrend, unter dem Schatten eines glitzernden Weihnachtsbaumes; Hayden zusammen mit diesen Frauen am Frühstückstisch, wie er eine Scheibe Toast mit Butter bestrich und dazu mit seinem Bühnen-Briten-Akzent redete – was er, wie Miles sich erinnerte, immer besonders gern getan hatte; Hayden, der Rachel Barrie einen Arm um die Schultern legte, während schön eingepackte Geschenke verteilt wurden und aus der Stereoanlage ein Weihnachtslied erklang.

Er hatte das alles im Geiste gesehen, als schaute er sich die körnigen, nostalgisch anrührenden Videos irgendwelcher wildfremden Leute an – und dann war unvermittelt Rachel Barries Auge in einem Türspalt erschienen und hatte zu ihm hinausgestarrt.

Ich weiß, wer Sie sind, hatte sie gesagt. *Wenn Sie nicht gehen, rufe ich die Polizei.*

Miles und Lydia saßen da am Tresen, beide schweigsam. Sie hob ihr Glas, und obwohl auch andere Leute in der Bar waren, redeten und lachten und im Hintergrund Musik spielte, hörte er das leise Xylophonklimpern der Eiswürfel in ihrem Glas.

«Ich glaube, ich habe einmal Ihre Schwester gesehen», sagte er. Und als er dann sah, wie sich ihre Miene erhellte, korrigierte er sich rasch.

«In Rolla», sagte er. «Das war vor ungefähr fünf Jahren. Es muss gewesen sein, kurz bevor sie …»

«Ich verstehe», sagte sie.

Er zuckte schuldbewusst die Achseln – er wusste aus eigener Erfahrung, wie solche Informationsfunken plötzlich aufleuchten und dann wieder verlöschen konnten. Die ständigen Enttäuschungen, die Entmutigung.

«Tut mir leid», sagte er.

«Nein, nein», sagte sie. «Ich wollte nicht – enttäuscht aussehen.» Sie schaute hinunter auf ihr Glas, berührte das Kondenswasser auf dem Rand. «Sie sind seit Ewigkeiten der erste Mensch, den ich treffe, der sie tatsächlich gesehen hat. Also: Erzählen Sie mir alles, woran Sie sich erinnern. Es ist wichtig und nützlich, selbst wenn es nur Kleinigkeiten sind. Hat sie überhaupt mit Ihnen gesprochen?»

«Tja», sagte er.

Ihm war, als liege eine gewisse Intimität in der Weise, wie sich ihre Augen an ihn geheftet hatten – erwartungsvoll, feucht und traurig – hoffnungsvoll. Was konnte er ihr schon erzählen? Er hatte mit ein paar Leuten gesprochen, anderen graduierten Studenten, mit denen sie ohne Zweifel ebenfalls gesprochen hatte; er war zu dem Haus gegangen, in dem Rachel wohnte, und sie war kurz an die Tür gekommen, aber viel hatte sie nicht gesagt, oder? Lediglich gedroht, die Polizei zu rufen – was ihm vermutlich Angst eingejagt hatte. Wenn's um die Staatsgewalt ging, war er ein Feigling, er war von jeher davon überzeugt gewesen, dass die Bullen sich im Zweifelsfall gegen ihn stellen würden – wie konnte man schließlich einen Menschen wie Hayden erklären, ohne selbst wie ein Verrückter zu klingen? *Ich weiß, wer Sie sind*, hatte Rachel gesagt. *Ich werde die Polizei rufen.*

Und warum war er nicht hartnäckiger gewesen? Warum hatte er sich nicht gewaltsam Zutritt verschafft, sich mit dem armen Mädchen hingesetzt und ihr genau erzählt, wer er war und wer Hayden war?

Er hätte ihr helfen können, dachte er. Er hätte sie *retten* können.

Er sah auf seine Hand hinunter. Selbst bei eineiigen Zwillingen waren die Fingerabdrücke, die Handlinien verschieden, und einen Augenblick lang spielte er mit dem Gedanken, Lydia diese nutzlose Information zu geben – er wusste selbst nicht, warum.

Zunächst hatte Lydia versucht, die Behörden einzuschalten. Aber sie waren nicht sonderlich besorgt oder hilfreich gewesen.

Danach waren es Privatdetektive gewesen, eine ganze Reihe davon.

«Aber das war sehr kostspielig», sagte sie. «Ich bin nicht reich, und jedenfalls ist es mir auch nie gelungen, einen zu finden, der übermäßig gescheit gewesen wäre. Die gerieten alle bloß von einer Sackgasse in die nächste, rechneten bis zuletzt nach Stunden ab, plus Spesen, und erreichten nichts. Nicht bei Ihrem Bruder. Diese Detektive verjuxten, ich weiß nicht – Hunderte und Tausende von Dollars –, und dann kamen sie mit irgendwelchen Lächerlichkeiten zurück. Einem Postfach in Sedona, Arizona. Einer Internet-Meinungsforschungsfirma in Manada Gap, Pennsylvania. Einem verlassenen Motel in Nebraska. Und dann wollte einer von ihnen Geld haben, um gewisse *internationale Spuren*, wie er sie nannte, zu verfolgen. Ecuador. Russland. Afrika. Eine Zeitlang habe ich mir wohl eingeredet, ich käme vorwärts. Ich näherte mich allmählich meinem Ziel, obwohl –»

Sie lächelte angespannt, müde, und Miles nickte.

«Ja», sagte er.

Er kannte die Erschöpfung, die sich nach ein paar Jahren bemerkbar machte. Um Hayden aufspüren zu wollen, brauchte man eine besondere Ausdauer, eine geduldige Aufmerksamkeit für winzige Details, die vielleicht nirgendwohin führen würden. Man brauchte die Beharrlichkeit eines Forschers, der eine Küste kartographierte, die sich in immer neuen Buchten und Vorsprüngen zum Horizont hinschlängelte und deren Ende unerreichbar war.

Manchmal dachte er an den Herbst, in dem ihr Vater gestorben war. Damals hatte Hayden gerade seine Faszination für irrationale Zahlen entdeckt, für Fibonacci-Zahlen und den Goldenen Schnitt, hatte Rechtecke und Nautilusschalen gezeichnet und Seiten über Seiten eines Notizbuches gewissenhaft mit den niemals endenden Dezimalstellen des Größenverhältnisses vollgeschrieben.

Miles erlebte währenddessen sein erstes Halbjahr Algebra als eine fast unerträgliche Qual. Er starrte auf die Gleichungen und schaffte es nicht, ihnen auch nur den geringsten Sinn zu entlocken – nichts als ein Kribbeln hinter seiner Stirn, als ob sich die Zahlen in seinem Gehirn in Ameisen verwandelt hätten. Er saß da und starrte die Aufgaben böse an – oder, schlimmer noch, er fing an, sie zu lösen, und geriet dabei auf unerklärliche Abwege, sodass er eine Zeitlang meinte, die richtige Methode gefunden zu haben – nur um zuletzt erkennen zu müssen, dass x nicht gleich 41,7 war. Nein, x war gleich −1, obwohl er nicht die leiseste Ahnung hatte, wie das sein konnte. Abend für Abend vor einem Blatt mit solchen Gleichungen zu sitzen war die schlimmste Mühsal, die er jemals erlebt hatte, und so fühlte sich sein Verstand schließlich an, als sei er zu einem schütteren Gewebe von hauchdünnen, fast gewichtslosen Fäden zerfressen worden.

«Ich *bitte* dich», sagte Hayden immer, und dann nahm er Miles freundlich das Blatt aus der Hand und zeigte ihm zum soundsovielten Mal, wie einfach das war. «Du bist *so* ein Esel, Miles», sagte Hayden. «Jetzt pass doch auf. Es ist ganz einfach, wenn du einen Schritt nach dem anderen machst.»

Aber Miles war an dem Punkt häufig schon den Tränen nah. «Ich kann's nicht», sagte er dann. «Ich kann nicht richtig denken!»

Es war diese Frustration, dieses Gefühl von Vergeblichkeit, an das er sich später erinnern sollte, als er seine Suche nach Hayden aufnahm. Er entdeckte das gleiche Gefühl in Lydia Barries Gesichtsausdruck.

Lydia fuhr sich mit den Fingern sanft durch die Haare und blickte skeptisch auf ihr Longdrink-Glas hinunter, das – abgesehen von einer Limettenscheibe, die embryonal gekringelt auf dem Boden lag – nichts mehr enthielt. Sie war, wie Miles vermutete, leicht betrunken und sah jetzt weniger vornehm aus als vorhin. Ihr Haar hatte seine vormals makellose Form aufgegeben, und ein paar Strähnen standen ab. Als der unverbindliche Barkeeper mit Pferdeschwanz vorbeikam, um zu hören, ob sie einen weiteren Drink wollte, nickte sie. Miles hatte sein Bier noch in Arbeit.

Die Bar war dunkel und ohne Fenster und erzeugte das angenehme Gefühl von Nacht, obwohl draußen nach wie vor die Sonne schien.

«Es ist komisch», sagte Lydia und schaute trübsinnig zu, wie erst eine Serviette und dann das nachgefüllte Glas vor ihr auf dem Tresen erschienen. «Ehrlich, ich muss an die dreißigtausend Dollar für Detektive ausgegeben haben, und ab einem bestimmten Punkt habe ich, glaube ich, nur noch weitergemacht, weil ich nicht das Gefühl haben wollte, dass das alles nur rausgeschmissenes Geld gewesen war. Ich weiß nicht», sagte sie und seufzte. «Ich könnte mir schon denken, warum Rachel gegangen ist und nie wieder Kontakt mit mir aufgenommen hat. Ich könnte verstehen, warum sie nicht mehr mit mir reden wollte. Ich habe damals ein paar sehr unfreundliche Dinge zu ihr gesagt, weil sie nicht zum Begräbnis unserer Mutter gekommen war. Ich habe ein paar Dinge gesagt, die ich bedaure. Aber bei unserer Schwester Emily hat sie sich auch nicht wieder gemeldet. Oder bei Tante Charlotte. Ich kann mir denken, dass sie sehr unglücklich war, und vielleicht hat sie der Tod unserer Mutter so mitgenommen, dass sie nicht die Kraft hatte, sich ihm zu stellen. Aber wer verlässt einfach so seine Familie? Was für ein Mensch entschließt sich, alles hinzuwerfen und – sich *neu zu erfinden*? Als ob man die Teile seines Lebens, die man nicht mehr haben will, einfach wegwerfen kann. Manchmal denke ich, tja, so steht es mit uns, als Gesellschaft. So sind die Menschen heutzutage eben. Wir wissen Beziehungen nicht mehr zu schätzen.»

Sie fixierte ihn, und von der beherrschten Haltung, die sie anfangs gezeigt hatte, war nichts mehr übrig. Die Luft hatte eine prekäre Spannung, ein zermürbendes Gewicht.

«Ich habe auch ein paar krasse Dinge in meinem Leben getan», sagte sie. «Ich bin mit Leuten ins Bett gegangen, mit denen ich anschließend nie wieder ein Wort gewechselt habe. Einmal habe ich meinen Job geschmissen, bin an einem Freitag gegangen, ohne meinem Chef zu sagen, dass ich kündige oder sonst was. Ich bin einfach nicht wiedergekommen. Ich hab einmal einem Arbeitskollegen erzählt, ich wäre aufs Wellesley gegangen – wahrscheinlich wollte ich mich interessant machen, und als er mich nach ein paar Frauen fragte, die er kannte und die in Wellesley ihren BA gemacht hatten, hab ich so getan, als würde ich sie auch kennen. Weil ich ihm gefallen wollte. Aber ich bin nie verschwunden», sagte sie. Ihre Hand mit den manikürten Nägeln schloss sich um ihr Glas, und ihre Fingerkuppen wurden dadurch flach gedrückt und blutleer. «Ich habe mich nie in Luft aufgelöst, sodass niemand mich mehr finden kann. Das ist schon ein bisschen extrem, meinen Sie nicht? Das ist nicht normal, oder?»

«Nein», sagte Miles. «Ich glaub nicht, dass das normal ist.»

«Danke», sagte sie. Sie sammelte sich, straffte den Rücken, strich mit den flachen Händen über die Vorderseite ihrer Bluse. «Danke.»

Vielleicht war sie genauso verrückt wie er, dachte Miles, obwohl er nicht so genau wusste, ob das ein tröstlicher Gedanke war. Vielleicht gab es überall auf der Welt Leute, deren Leben Hayden zerstört hatte, sie waren ein Verein, eine Matrix, die den ganzen Globus überzog, wer wusste schon, wie viele es waren? Haydens Einfluss breitete sich spiralförmig immer weiter aus, wie die Fibonacci-Zahlen, die er früher so gern aufgesagt hatte – 1, 1, 2, 3, 5, 8, 13, 21, 34, 55, 89 … und so weiter.

Inzwischen hatte sich Lydia Barrie den Handballen gegen die Stirn gedrückt und die Augen geschlossen. Miles fragte sich, ob sie vielleicht eingeschlafen sei, und dachte selbst ans Schlafen. Er war so müde – so müde –, so viele Stunden Fahrt, so viele Stunden Tageslicht und Nachdenken, Nachdenken.

Dann aber hob Lydia den Kopf.

«Glauben Sie, sie ist noch am Leben?», flüsterte sie.

Es dauerte einen Moment, bis Miles begriff, was sie ihn da fragte.

«Ähm», sagte er. «Ich weiß nicht, was Sie meinen.»

«Ich frage mich, ob er sie vielleicht getötet hat», sagte Lydia Barrie. «*Das* meine ich. Ich frage mich, ob sie nicht vielleicht irgendwo begraben liegt, wo auch immer, an einem der Orte, bis zu denen ich ihrer Spur gefolgt bin, oder an irgendeinem anderen Ort, von dem ich nichts weiß. Deswegen –»

Aber sie vollendete den Satz nicht. Sie wollte nicht unbedingt in diese Richtung weiterdenken, also saß sie nur stumm da, die offene Hand gegen das Gesicht gepresst.

«Natürlich nicht», sagte Miles. «Ich glaube nicht, dass er –»

Obwohl er das in Wirklichkeit durchaus glaubte. Er stellte sich wieder einmal ihr brennendes Elternhaus vor, malte sich aus, wie seine Mutter und Mr. Spady im Obergeschoss in ihrem Bett lagen und vielleicht zu spät aufwachten, als das Zimmer schon voller Rauch war – oder vielleicht überhaupt nicht aufwachten, sondern sich nur ein paar Sekunden lang im Schlaf wälzten: Ihre Lider flatterten auf und schlossen sich dann wieder, während der Sauerstoff immer weniger wurde und dünne, lange Flammenzungen an den Tapeten leckten.

War es so weit hergeholt, sich vorzustellen, dass Hayden Rachel Barrie etwas angetan hatte?

«Ich habe einige Papiere oben in meinem Zimmer», sagte Lydia Barrie mit schwerer Zunge. «Ich habe einige – Dokumente.» Er betrachtete sie, wie sie ihren Gin Tonic hob. Den Rand des Glases an die Lippen führte.

«Ich glaube, sie sind authentisch», sagte sie und tat einen langen Zug. «Ich glaube, sie könnten Sie interessieren.»

17

MANCHMAL meinte Ryan, Leute aus seiner Vergangenheit zu sehen. Seit seinem Tod passierte ihm das regelmäßig, immer wieder diese leichten Halluzinationen, Sinnestäuschungen.

Da stand zum Beispiel seine Mutter, den Rücken zu ihm gewandt, an einer belebten Straßenecke auf der Hennepin Avenue in Minneapolis, spannte einen Schirm auf und verschwand mit schnellem Schritt in einer Menschenmenge.

Da saß Walcott am Fenster eines Busses voll von grölenden Verbindungsbrüdern, in Philadelphia, nicht weit von der Penn. Ryan stand mit aufgerissenen Augen da, während die Männer, schief und unmelodisch zu Bob Marley singend, an ihm vorbeifuhren.

Ihre – seine und Walcotts – Blicke trafen sich, und für einen Moment hätte Ryan schwören können, dass er es wirklich war, obwohl der Walcott im Bus lediglich zu ihm hinausschaute und weiter zum Song die Lippen bewegte, *Every little thing gonna be allright* sangen sie, und Ryan nahm eine Bewegung über sich wahr, den Schatten eines Vogels oder einer Wolke, die über ihn hinwegzog.

So muss es sein, wenn man einen Geist sieht, dachte er, obwohl *er* ja von ihnen beiden der Tote war.

Er wusste, dass sie es nicht wirklich waren, dass alles nur ein Gespinst von Unterbewusstem war, eine fehlgeschaltete Erinnerungssynapse, ein unverdautes Stück Vergangenheit, das ihm einen Streich spielte. In letzter Zeit hatte er seinen Gedanken zu sehr die Zügel schießenlassen, sagte er sich; mehr steckte nicht dahinter. Er musste sich sammeln. Er musste meditieren, wie Jay vorgeschlagen hatte. «Du musst deine innere Ruhe finden», riet ihm Jay, und eines Tages, nach einer besonders stressigen Fahrt, hörten sie sich gemeinsam eine von Jays Entspannungs-CDs an. «Stell dir einen Kreis von Energie vor, nahe dem unteren Ende deiner Wirbelsäule», befahl ihnen die CD, während sie, die nackten Füße auf dem Boden, im verdunkelten rückwärtigen Zimmer in Sesseln saßen. «Atme ein … atme aus … und lass deine Atmung tief und gleichmäßig werden …»

Und es war wirklich entspannend, bloß dass es nichts half. Die Woche darauf, in Houston, hatte er gemeint, Pixie zu sehen – zwar mit längerem und dunklerem Haar, aber durchaus wiederzuerkennen –, ja, praktisch unverändert, wie sie da vor dem Marriott auf dem Bordstein saß und eine Zigarette rauchte und mit einer zugleich gelangweilten und wehmütig-nachdenklichen Miene an dem Ring in ihrer Augenbraue herumspielte.

Nein.

Sie war es nicht: Sobald er aus dem Taxi ausgestiegen war, konnte er erkennen, dass diese Frau Mitte, Ende dreißig war, vielleicht sogar über vierzig. Wie hatte er auch nur eine entfernte Ähnlichkeit sehen können? Es war so, als sei sie nur eine Sekunde lang Pixie gewesen, nur ein paar klickende Schnappschüsse aus dem Augenwinkel lang. Ein weiteres kleines Spielchen, das sein Gehirn mit ihm getrieben hatte.

Trotzdem.

Trotzdem, dachte er, war es nicht ausgeschlossen: Selbst in einem Land mit dreihundert Millionen Einwohnern lag es durchaus im Bereich des Möglichen, dass er irgendwann wirklich jemandem begegnen würde, den er früher gekannt hatte.

Tatsächlich war er ziemlich sicher, in einer Bar auf dem Flughafen von Nashville seine frühere Psychologie-Dozentin, Ms. Gill, gesehen zu haben. Sein Anschlussflug hatte Verspätung gehabt, und er hatte sich die Wartezeit im Terminal von Nashville International vertrieben, war auf der Suche nach einer Möglichkeit, sich abzulenken, mit seinem Trolley-Handgepäck an Zeitungskiosken, Schnellimbissen und Andenkenläden vorbeigeschlendert, und da war sie auf einmal gewesen. Sie saß im Gibson Café unter irgendwelchen denkwürdigen Gitarrenmodellen und hatte, als er vorbeigegangen war, einen zerstreuten Blick auf ihn geworfen. Und dann waren sich ihre Augen begegnet, und er hatte gesehen, wie sich ihre Miene anspannte, eine plötzliche Aufmerksamkeit über ihr Gesicht huschte.

Es sah aus, als ob er ihr irgendwie bekannt vorkäme; sie rätselte jetzt sichtlich. Sein Kopf war rasiert, und er trug eine Pilotenbrille und eine kurzärmlige Uniform vom Sicherheitsdienst, deswegen wäre nicht zu erwarten gewesen, dass sie überhaupt zweimal hinschauen würde. Aber sie tat es. War das nicht einer ihrer ehemaligen Studenten? Sah er nicht aus wie der Junge, der ums Leben gekommen war – sich das Leben genommen hatte –, der Junge, der auf dem besten Weg gewesen war, in ihrem Kurs durchzufallen? Der in ihr Büro gekommen war, um zu fragen, ob er nicht irgendetwas tun könne, um seine Note aufzubessern?

Nein. So weit war sie bestimmt nicht gekommen. Er kam ihr einfach nur entfernt bekannt vor, und sie musterte ihn eine Sekunde lang – eine traurige ledige College-Dozentin mit einem billigen Haarschnitt und einem Überbiss, die vielleicht schon selbst mit dem Gedanken an Selbstmord gespielt hatte. Sie hatte an diesen Jungen gedacht, der sich im See ertränkt hatte, und hatte sich gefragt, was das wohl für ein Gefühl war – sie selbst hatte immer angenommen, die beste Methode sei Kohlenmonoxid, Kohlenmonoxid und Schlaftabletten, ein schmerzloser Abschied …

Und er war weitergegangen, und sie hatte ihr Glas Wodka mit Cranberrysaft an die Lippen geführt, und er hatte an Jays Meditations-CDs gedacht.

«Die nächste Energie-Ebene liegt in der Nähe deiner Stirn», sagte die Sprecherin mit ihrer beruhigenden, verträumt monotonen Stimme. «Hier liegt das Chakra der Zeit, der Kreislauf von Tageslicht und Nacht in ihrem ewigen Wechsel, der dich zum Gewahrsein deiner Seele führen wird. Lass deinen Geist frei. Indem du die Kraft und die Herrlichkeit deiner eigenen Seele annimmst, wirst du auch die Seele in jedem und allem gewahren.»

Er dachte daran, als er sich in die Schlange vor dem Check-in-Schalter einreihte, und legte sich die Finger leicht an die Stirn.

«Das ist der Sitz der Zirbeldrüse», hatte ihm Jay erklärt. «Da kommt dein Melatonin her, das den Tag-Nacht-Rhythmus steuert. Cool, was?»

«Ja», hatte Ryan gesagt. «Interessant!»

Jetzt fragte er sich allerdings, was Ms. Gill zu dem Ganzen zu sagen gehabt hätte. Wie er sich erinnerte, war sie eine Skeptikerin gewesen, die nicht den geringsten Sinn für derlei New-Age-Quatsch hatte, und er warf einen Blick über die Schulter.

Trotz seiner Sprüche über Meditation und Entspannung und so weiter war auch Jay in letzter Zeit nervös.

«Gottverdammt, Ryan», sagte er. «Dein Gezappel färbt allmählich auch auf mich ab. Ich krieg so langsam die *fantods*, Mann.»

Ryan saß an einem der Laptops und eröffnete gerade ein Bankkonto für einen seiner Neuzugänge – Max Wimberley, dreiundzwanzig, aus Corvallis, Oregon. Während er weitertippte und die erforderlichen Daten in das Antragsformular eingab, hob er die Augen.

«Was ist ein *fantod*?», fragte er.

«Keine Ahnung», sagte Jay. Er saß ebenfalls an einem Computer und hackte mit dem Zeigefinger gereizt auf die Escape-Taste ein, während er kopfschüttelnd auf den Bildschirm starrte. «Das ist einfach so ein altmodisches Wort aus Iowa, das mein Dad immer benutzt hat. Das ist so, wie wenn eine Gans über dein Grab spaziert. Kennst du diese Redensart?»

«Nicht direkt», sagte Ryan, und Jay stieß unvermittelt einen besonders lästerlichen Strom von Flüchen aus.

«Das glaub ich jetzt nicht», sagte Jay und knallte mit der flachen Hand auf die Tastatur, so fest, dass zwei Buchstabentasten heraussprangen und mit einem leisen Klacken, wie zwei Würfel, auf den Fußboden fielen. «Gottverdammt!», sagte Jay. «Ich hab mir einen Virus gefangen! Ist schon das dritte Mal in dieser Woche!»

Jay strich sich das Haar aus dem Gesicht und hinter die Ohren und fuhr sich nervös mit den Fingern über die Schläfen.

«Hier geht irgendwas ab», sagte er. «Ich hab ein mieses Gefühl, Ryan. Das gefällt mir nicht.»

Ryan wusste nicht, was er davon halten sollte. Mit Jay konnte gelegentlich das Temperament durchgehen. Er spielte zwar gern den relaxeden, immer lockeren Typ, hatte aber durchaus seine abergläubischen fixen Ideen, seine Ängste und Spinnereien.

Zum Beispiel war da dieser Streit, den sie wegen der Führerscheine gehabt hatten. Das war in der Anfangszeit gewesen, als Ryan gerade das College geschmissen und angefangen hatte, für Jay zu arbeiten, als er dauernd in andere Staaten gefahren war und die Straßenverkehrsämter abgeklappert hatte.

Damals war Ryan nicht so richtig klar gewesen, was er eigentlich tat. Er dachte sich schon, dass es irgendwie illegal war, aber schließlich waren alle möglichen Dinge illegal, ohne dass sie unbedingt jemandem schadeten. Er versuchte noch immer zu kapieren, was eigentlich mit ihm passiert war: sein Entschluss, das College zu schmeißen. Die Tatsache, dass er seine Eltern nicht angerufen hatte, die «Suche» nach ihm, die sich irgendwie verselbständigt hatte. Er versuchte noch immer, sich mit der Vorstellung abzufinden, dass Jay sein richtiger Vater war, dass Stacey und Owen ihn sein Leben lang belogen hatten.

Sich an einem kleinen zwielichtigen Unternehmen zu beteiligen passte irgendwie zur allgemeinen Unklarheit seiner damaligen Denkprozesse.

Außerdem war es ja nicht so, dass sie Banken ausgeraubt hätten, dass sie alte Damen überfallen oder arme Waisen betrogen hätten. Vielmehr hatte er einen Haufen Zeit damit zugebracht, einfach nur zu warten. Schlange zu stehen. Auf Plastikstühlen zu sitzen, gegenüber den Schaltern von immer neuen Führerscheinstellen. An den Wänden aufgehängte Plakate zu lesen, die über die Gefahren von Alkohol am Steuer und Fahren ohne Gurt und so weiter informierten.

Er sah den anderen zu, wie sie ihre theoretische Prüfung ablegten und ihre Anträge ausfüllten, achtete darauf, welche Fragen ihnen gestellt wurden, welche Probleme auftraten – keine Sozialversicherungskarte, keine Geburtsurkunde, keine Aufenthaltsbescheinigung.

Mit der Zeit hatte er angefangen, sich besonders für das Thema Organspenden zu interessieren. Für die Beamten war es eine Routinefrage. «Wären Sie gern Organspender?», fragten sie und leierten dann ihren Text herunter: «Der Eintrag in das Spenderverzeichnis ist eine Möglichkeit, Ihre rechtsverbindliche Einwilligung zur Entnahme Ihrer Organe, Gewebe und Augen im Todesfall zu erklären, zur beliebigen Verwendung im Rahmen der gesetzlichen Richtlinien. Durch eine Organspende könnten Sie bis zu sieben Leben retten, und durch Gewebe- und Augenspenden die Lebensqualität von bis zu fünfzig Menschen verbessern. Darf ich diese Gelegenheit nutzen, um Sie in das Verzeichnis aufzunehmen?»

Ryan war überrascht zu sehen, wie viele Leute sich von dieser Frage überrumpelt fühlten. In Knoxville zum Beispiel war ein Althippie gewesen, grauer Pferdeschwanz und abgeschnittene Jeans, der laut losgelacht hatte. Ryan sah, wie sein Grinsen plötzlich ins Wanken geriet, als er kurz an seinen Tod dachte. Ans Aufgeschnitten- und Zerlegtwerden. «Hehe», sagte der Mann, und dann zuckte er die Schultern und machte eine großspurige Geste. «Ja … klar doch!», sagte er. «Klar, Gott, warum nicht?» Als ob das eine besondere Heldentat wäre, für die ihn die anderen bewundern würden.

In Indianapolis war eine alte Frau im zitronengelben Hosenanzug gewesen, die lange über die Frage nachgedacht hatte. Sie wurde sehr ernst und feierlich und legte die Hände übereinander. «Tut mir leid», sagte sie. «Wir glauben nicht an so was.»

In Baltimore hatte es den knallhart aussehenden Hip-Hop-Typen gegeben, straff über die Brust gespanntes Muskel-T-Shirt, tiefhängende Schlabberjeans, aus denen oben die Boxershorts rausguckten. Aber er rückte in echtem – fast kindlichem – Entsetzen von der Angestellten ab. «Nein, Ma'am», sagte er. «N-nh.» Als könnte im Hinterzimmer schon jemand mit Säge und Skalpell warten.

Ryan dagegen hatte keinerlei Bedenken. Für ihn war es eine elementare altruistische Tat, wie Blutspenden oder etwas Ähnliches. Genau das, was man tun sollte, hatte er gedacht – bis er an diesem Wochenende mit seiner Ausbeute an falschen Ausweisen zu Jay gekommen war:

«Was soll der Scheiß?», hatte er gesagt. Er war guter Laune gewesen, bis er angefangen hatte, die Führerscheine durchzusehen, die Ryan ihm gegeben hatte. «Ryan, Mann, du hast dich bei jedem einzelnen dieser verdammten Dinger als Organspender eintragen lassen.»

«Äh …», sagte Ryan. «Ja?»

«Verdammte Kacke!», sagte Jay – und sein Gesicht rötete sich auf eine Weise, wie Ryan es noch nie gesehen hatte. Jay kultivierte einen Gammlerlook – das glatte schwarze Haar schulterlang, die Klamotten aus dem Secondhandladen und gut abgelagert. Aber jetzt nahm sein Gesicht einen beeindruckend harten, bedrohlichen Ausdruck an. «Was zum Teufel hast du dir dabei gedacht, Mann?», sagte Jay und knirschte abrupt mit den Zähnen. «Bist du übergeschnappt? Die können wir jetzt alle auf den Müll schmeißen!»

«Aber –», sagte Ryan. «Tut mir leid, ich kapier nicht, wovon du redest.»

«Herr Jesus», sagte Jay. «Ryan, was passiert, wenn du deinen Namen in ein staatliches Organspenderverzeichnis aufnehmen lässt?» Seine Stimme war leiser geworden, und er sprach langsam und betont und skandiert: *Organ. Spender. Verzeichnis.* Jedes einzelne Wort ein Luftballon, in den er mit einer Nadel stach.

«Ich weiß nicht», sagte Ryan. Er war völlig platt und versuchte, die Sache mit einem beiläufigen Ton, einem vorsichtigen, entschuldigenden Achselzucken zu überspielen. Aber Jay starrte ihn weiterhin wütend an.

«Ist dir klar, dass du Staats- und Bundesbehörden das uneingeschränkte Recht zur Einsicht in deine Krankenakten gewährt hast? Die ärztliche Schweigepflicht kannst du dir von nun an in die Haare schmieren. Die Typen sind jetzt berechtigt, jedes medizinische Dokument, das dich betrifft, anzufordern – ärztliche Untersuchungen, Labortests, Blutspenden –»

«Das wusste ich nicht», sagte Ryan und sah Jay zweifelnd an. Machte er Witze? «Bist du sicher? Das klingt nicht –»

«Klingt nicht was?», sagte Jay grimmig.

«Ich weiß nicht», sagte Ryan wieder. Er dachte: *Das klingt nicht so, als ob es wahr wäre*. Aber er sprach es nicht aus.

«Du wusstest es nicht», sagte Jay. «Hast du den Vertrag nicht durchgelesen, den du unterschrieben hast?»

«Ich habe keinen Vertrag unterschrieben.»

«Natürlich hast du einen Scheißvertrag unterschrieben!», sagte Jay, und seine Stimme kochte jetzt vor Empörung. Gezügelter Verachtung. «Du hast ihn bloß nicht durchgelesen, Kumpel. Oder? Die haben dir gezeigt, wo du unterschreiben solltest, und du hast unterschrieben, hab ich recht? War's nicht so?»

«Jay», sagte Ryan, «das war doch nicht mein richtiger Name.»

«Glaubst du, das spielt eine Rolle?», sagte Jay. «Die Namen auf diesen Ausweisen *sind* unsere Namen. Wir haben hart dafür gearbeitet, diese Namen zusammenzubekommen. Sie sind für uns Gold wert. Und jetzt können sie von Regierungsstellen beliebig überwacht werden. Vollkommen nutzlos!» Er schüttelte eine der laminierten Karten zwischen Daumen und Zeigefinger, sah sie angewidert an und schleuderte sie dann gegen die Wand, wo sie mit einem *Tick!* abprallte. «Total. Im Arsch. Scheiße! Kapierst du jetzt?»

Es gab Seiten an Jay, aus denen er noch nicht schlau geworden war – seine unberechenbaren Wutausbrüche, seine philosophischen Spinnereien, die angeblichen Fakten, die wie erfunden klangen und die er sich, wie Ryan vermutete, größtenteils aus verschwörungstheoretischen Websites zusammengelesen hatte.

Glaubte Jay zum Beispiel wirklich an den Quatsch mit den

Chakras? Meinte er es ernst, wenn er das Ouija-Brett auf dem Couchtisch konsultierte oder wenn er anfing, über verschiedene «Schattenregierungs-Organisationen» wie die Omega Agency Reden zu schwingen, oder über Geheimgesellschaften wie die Bildenberg-Gruppe und den Order of Skull and Bones von Yale und das globale Überwachungsnetzwerk Echelon?

«Wir haben nicht die leiseste Ahnung, was unsere Regierung treibt», sagte Jay, und Ryan nickte unsicher.

«Deswegen habe ich auch nie das Gefühl gehabt, kriminell zu sein», sagte Jay. «Die eigentlichen Gangster sind die Typen, die dieses Land regieren. Das weißt du doch, oder? Und wenn du nach deren Regeln spielst, bist du nichts anderes als ihr Sklave.»

«M-hm», sagte Ryan und versuchte, Jays Gesichtsausdruck zu deuten.

Machte er Witze? War er jetzt übergeschnappt?

Gelegentlich war sich Ryan durchaus bewusst, dass die Entscheidungen, die er getroffen hatte, einem unbeteiligten Beobachter unglaublich leichtsinnig vorkommen mussten. Wer würde schon ausgeglichene, liebende Eltern verlassen, um sich mit jemandem wie Jay zusammenzutun? Wer würde eine solide College-Ausbildung aufgeben, um ein Gauner zu werden, ein berufsmäßiger Lügner und Dieb? Warum war es ihm eine solche Erleichterung, zu wissen, dass er nie wieder Teil seiner anständigen Familie sein würde, nie wieder einen College-Kurs besuchen, dass er nie einen Lebenslauf schreiben, nie ein Vorstellungsgespräch führen, nie würde versuchen müssen, zu heiraten und eine eigene Familie zu gründen und an den verschiedenen zyklischen Freuden der Mittelschicht teilzuhaben, die Owen so viel bedeutet hatten?

Die Wahrheit war, dass er eher Jay als seinen Eltern ähnelte; und das hatten sie nie begriffen.

Staceys und Owens Leben, sagte er sich, waren nicht realer als die Dutzende, die er im Lauf des letzten Jahres erschaffen hatte, die virtuellen Leben des Matthew Blurton, Kasimir Czernewski oder Max Wimberley. Die meisten Menschen, sagte er sich, hatten Identitäten, die so gehaltlos waren, dass man davon leicht hundert auf einmal gemanagt bekam. Ihre Existenz kratzte gerade mal an der Oberfläche der Welt.

Natürlich, wenn man wollte, konnte man sich auch in ein, zwei virtuellen Personen inkarnieren, die mit der Zeit mehr Gewicht gewannen. Wenn man wollte, sagte Jay, konnte man dabei auch eine Frau, ja sogar eine ganze Familie haben. Er sagte, er wisse von einem Typen, der irgendwo in Arizona Stadtrat war – und gleichzeitig Immobilienmakler in Illinois *und* dazu Handlungsreisender mit Frau und drei Kindern in North Dakota.

Und schließlich gab es die Leute, die tatsächlich *in sich* Bedeutung hatten, einflussreiche Individuen werden konnten. Die Arbeit an einer solchen Identität musste wahrscheinlich schon sehr früh beginnen, dachte Ryan, vielleicht schon in der Kindheit. Man brauchte ein bestimmtes, klares Ziel, und nach und nach mussten sich alle abstrakten Elemente wie Glück und die äußeren Umstände um einen herum anordnen. Wie zum Beispiel ein Rockstar werden, sich ein Talent und einen Namen aufbauen, sich in die Aufmerksamkeit der Öffentlichkeit emporarbeiten. Mit diesem Gedanken hatte er ziemlich lange gespielt, ihn reizte die Vorstellung, sich in einen berühmten, erfolgreichen Singer-Songwriter zu verwandeln, aber gleichzeitig wusste er, dass er dazu nie wirklich gut genug sein würde. Er spürte seine Grenzen, erahnte die Straßensperren, die schon hinter der nächsten Kurve dieses Wunsch-Lebensweges lauerten – und jetzt mal ehrlich, wenn man wusste, dass man wahrscheinlich scheitern würde, wo war dann der Witz? Wozu es erst versuchen? Wenn man Dutzende mittelmäßiger

Leben führen konnte – war das nicht ebenso viel wert wie *ein* herausragendes?

Das alles ging ihm wieder durch den Kopf, während er durch den Flughafenterminal von Portland, Oregon, schlenderte. Den Mietwagen unauffällig verlassen, das Prepaid-Handy unter dem Schuhabsatz zerquetscht und in eine Mülltonne geworfen, den brandneuen Führerschein auf den Namen Max Wimberley samt Flugticket dem Security-Mann an der Personenkontrolle vorgezeigt, Rucksack und Laptop und Schuhe und Gürtel in Plastikeimer gelegt und mit dem Rollband durch den Gepäckscanner geschickt, und dann war er selbst, Max Wimberley, durch den türrahmenförmigen Metalldetektor gewinkt worden. Ohne Zwischenfall. Alles ganz einfach, keine Probleme, nicht der geringste Anlass zur Sorge. Max Wimberley konnte sich weit unbeschwerter und gewandter durch die Welt bewegen, als Ryan Schuyler es je fertiggebracht hätte.

«Okay», murmelte er in sich hinein. «Okay.»

Er saß im Boarding-Bereich mit einem Schoko-Joghurt-Eisshake und einem *Guitar*-Magazin, den Rucksack neben sich auf dem nächsten Sitz. Rasch und unauffällig musterte er die anderen Leute in seiner näheren Umgebung. Mitteljunge, hyperangespannte Geschäftsfrau mit einem Palm Pilot. Ältliches händchenhaltendes Ehepaar. Athletischer Typ mit Red-Sox-Kappe. Usw.

Niemand, der ihm im Entferntesten bekannt vorkam.

Während der Reise waren keine Halluzinationen aufgetreten, und er nahm an, dass das ein Zeichen war. Die letzten Spuren seines früheren Lebens verblassten endlich. Die Umwandlung war fast abgeschlossen, dachte er, und er erinnerte sich an die längst vergangenen Zeiten, in denen er durch die Gegend gefahren war und dabei versucht hatte, im Kopf einen Brief an seine Eltern zu verfassen.

Liebe Mom und Dad, dachte er. *Ich bin nicht der Mensch, für den Ihr mich gehalten hattet.*

Ich bin nicht dieser Mensch, dachte er, und dann erinnerte er sich an diese Kübler-Ross-Phasen, von denen Jay ihm erzählt hatte. Es war nicht nur so, dass Ryan Schuyler tot war: Ryan Schuyler hatte überhaupt nie existiert. Ryan Schuyler war lediglich eine Hülse, die er eine Zeitlang benutzt hatte – vielleicht sogar noch weniger real als Max Wimberley.

Er schaute hinunter auf seine Bordkarte, und fast spürte er, wie der verbleibende Rest von Ryan Schuyler aus ihm verdunstete, eine kleine gespenstische Fledermaus mit einem menschlichen Gesicht, die sich in einem Sprühregen winziger Mücken auflöste und zerstreute.

«Okay», flüsterte er und machte kurz die Augen zu. «Okay.»

Es war spät, 1:44, und warm, als er nach einem Fliegerwechsel in Phoenix in Detroit Metro landete. Er ging zielstrebig durch den ausgestorbenen Terminal zum Parkhaus für Langzeitparker, wo Jays alter Econoline auf ihn wartete. An einer Tankstelle hielt er an, um sich einen Energydrink zu kaufen, und dann war er schon auf der Interstate und rollte – entspannt, wie er fand – bei laufender Musik dahin. Er kurbelte die Fenster herunter und sang eine Weile mit.

Nördlich von Saginaw bog er auf einen Highway in westliche Richtung und dann auf eine zweispurige Landstraße, überquerte eine Eisenbahntrasse – die Häuser immer weiter auseinander, das Licht seiner Scheinwerfer ein Tunnel durch endlosen Wald. Einige Bäume knospten schon frühlingshaft, andere reckten nur tote kahle Skelettzweige in die Luft, in alte Gespinste von Wollspinnerraupen vermummt. Gelegentlich kam er an viereckigen Rodungen am Straßenrand vorbei – die einzigen Zeichen menschlicher Besiedlung. In den zwanziger

Jahren hatte laut Jay die Purple Gang aus Detroit hier in der Gegend eines ihrer Verstecke gehabt.

Endlich bog er auf den schmalen Asphaltstreifen, der sich später in den unbefestigten Weg verwandeln würde, der noch tiefer in den Wald hinein und schließlich zur Hütte führte. Es war gegen vier Uhr früh. Die Verandabeleuchtung war eingeschaltet, und als er vorfuhr, hörte er, dass Jay seine Musik laufen ließ, ein Gestampfe von Hip-Hop der alten Schule, und sah, dass ein paar von Jays Computern auf dem Schotterweg lagen. Sie sahen so aus, als wäre jemand mit einem Baseballschläger auf sie losgegangen.

Und tatsächlich kam, gerade als Ryan den Motor ausschaltete, Jay heraus auf die Veranda und hatte einen silberfarbenen Aluschläger in der einen und eine Glock-Pistole in der anderen Hand.

«Verdammte Scheiße, Ryan», sagte Jay und stopfte sich die Pistole in den Hosenbund, als Ryan aus dem Kombi ausstieg. «Wo treibst du dich so lange rum?»

Im Allgemeinen pflegte Jay nicht mit Schießeisen herumzulaufen – wenngleich es in der Hütte etliche davon gab –, und Ryan wusste nicht so recht, wie er darauf reagieren sollte. Er sah Jay an, dass er ziemlich betrunken, *stoned* und übler Laune war, und so näherte er sich dem Haus mit achtsamen schotterknirschenden Schritten.

«Jay?», sagte er. «Was ist los?»

Er folgte Jay auf die mit Fliegendraht umschlossene Veranda, vorbei am gusseisernen Holzofen und den billigen Gartenmöbeln ins Wohnzimmer, wo Jay sich schon einen weiteren Computer vorgenommen hatte. Er zog verschiedene USB- und sonstige Kabel aus den hinteren Anschlussbuchsen des Rechners, aber als Ryan hereinkam, hielt er inne und fuhr sich mit den Fingern durch das lange Haar.

«Das glaubst du nicht», sagte Jay. «Ich glaube, irgendein Arschloch hat meine Identität gestohlen!»

«Du machst Witze», sagte Ryan. Er blieb unsicher in der Tür stehen und sah Jay dabei zu, wie er den nicht mehr angeschlossenen Computer vom Tisch hob und ihn wie einen Betonblock auf den Fußboden krachen ließ.

«Was soll das heißen, ‹deine Identität gestohlen›?», fragte Ryan. «Welche denn?»

Jay sah ihn ausdruckslos an, in der Faust ein schlappes Kabel, als sei es eine Schlange, die er gerade erwürgt hatte. «Verdammt», sagte er. «Ich weiß es auch nicht. So langsam krieg ich Schiss, dass die alle verseucht sein könnten.»

«Verseucht?», fragte Ryan. Trotz der Tatsache, dass er eine Schusswaffe trug und Computer zerlegte, sah Jay noch relativ ruhig aus. Er war auch nicht so zugedröhnt, wie Ryan im ersten Moment geglaubt hatte – was die Sache noch besorgniserregender machte. «Was meinst du mit ‹verseucht›?»

«Ich hab heute zwei Leute verloren», sagte Jay, dann bückte er sich und holte aus einem Pappkarton, der unter einem der Tische im hinteren Bereich des Wohnzimmers stand, einen alten Laptop heraus. «Meine sämtlichen Dave-Deagle-Kreditkarten sind gesperrt worden, also muss sich jemand vor ein paar Tagen in ihn eingeklinkt haben. Und da bin ich nervös geworden und hab angefangen, jeden einzeln abzuchecken. Es hat sich rausgestellt, dass jemand Warren Dixons Geldmarkteinlagekonto ausgeräumt hat – irgend so ’ne faule Online-Überweisung –, und das ist eben heute früh passiert!»

«Du machst Witze», sagte Ryan. Jay schloss den alten Laptop an, und ein bedenkliches Summen verriet, dass die Kiste hochfuhr.

«Schön wär’s», sagte Jay und starrte den Bildschirm an, der mit seinem Einstiegs-Jingle zum Leben erwachte. «Sieh am besten zu, dass du deinen Arsch online kriegst, und fang an, deine Leute durchzuchecken. Ich glaube, wir stehen unter Beschuss.»

Unter Beschuss. Das hätte albern und melodramatisch klingen können, hier mitten im Wald, in diesem Zimmer, das wie eine Kreuzung aus einer Studentenbude und einem Computerreparaturladen aussah, mit der sperrmüllreifen Couch inmitten von Tischen, die mit Dutzenden von Computern, Bierdosen, Schokoriegelhüllen, Druckern, Faxgeräten, schmutzigen Tellern, Aschenbechern vollgerümpelt waren. Aber Jay hatte die Kanone im Hosenbund stecken und verzerrte, während er tippte, den Mund zu einer bösen Grimasse, und so sagte Ryan nichts.

«Weißt du was?», sagte Jay. «Warum besorgst du uns nicht Flugtickets? Guck, ob du uns nicht zwei Flüge ins Ausland buchen kannst. Egal wohin, Hauptsache Dritte Welt. Pakistan. Ecuador. Tonga. Guck, was es an Last-Minute-Angeboten gibt.»

«Jay …», sagte Ryan, aber er setzte sich gehorsam an den Computer.

«Mach dir keinen Kopf», sagte Jay. «Wir kriegen das schon auf die Reihe. Wir müssen hier zwar den Laden dichtmachen, aber ich glaube, wir kriegen das alles tipptopp auf die Reihe.»

18

LUCY UND GEORGE

Orson saßen im alten Pick-up, unterwegs zu einem Postamt in Crawford, Nebraska. Laut George Orson war es der ideale Ort, um ihre Passanträge einzureichen, während Lucy nicht recht einsah, warum das Kaff besser sein sollte als irgendein anderes, warum sie drei Stunden weit fahren mussten, wo es doch bestimmt jede Menge andere miese kleine Postämter gegeben hätte, die näher lagen. Aber sie verfolgte den Gedanken nicht weiter. Momentan hatte sie genug anderes im Kopf.

Die Erleichterung, die ihr die Entdeckung der Geldbündel verschafft hatte, war mittlerweile schon halb abgeklungen, und jetzt spürte sie wieder ein Flattern im Magen. Sie musste an die Achterbahn im Cedar-Point-Park in Ohio denken. Millennium Force hieß das Ding, mit einer Schussfahrt, die hundert Meter in die Tiefe ging. Wie man da wartete, sobald man festgeschnallt war, das schwere Klacken der Kette, während man langsam die steile Steigung hinauf zum Scheitelpunkt des Hügels geschleppt wurde. Diese grauenvolle ängstliche Anspannung.

Aber sie bemühte sich, ruhig zu wirken. Sie saß brav auf dem Beifahrersitz des alten Pick-ups, während George Orson je nachdem rauf- oder runterschaltete, und ertrug stumm das abscheuliche rosa Shirt mit dem Gestöber von smileygesichtigen Schmetterlingen auf Brust und Bauch, das George Orson ihr gekauft hatte. Seine Vorstellung davon, was ein fünfzehnjähriges Mädchen so trug –

«Du siehst darin jünger aus», hatte er gesagt. «Darum geht's dabei.»

«Ich sehe darin zurückgeblieben aus», sagte sie. «Vielleicht sollte ich so tun, als wäre ich geistig behindert?» Und sie streckte die Zunge raus und produzierte ein kehliges höhlenmädchenmäßiges Knurren. «Ich kann mir keine Fünfzehnjährige vorstellen, die ein solches T-Shirt trägt, es sei denn, die netten Onkels in Weiß hätten es ihr verordnet.»

«Ach, Lucy», sagte George Orson. «Du siehst prima aus. Du siehst wie das aus, was du darstellen sollst, und nur das zählt. Sobald wir außer Landes sind, kannst du anziehen, was du willst.»

Und Lucy hatte keine weiteren Widerworte gegeben. Sie hatte nur trübselig in den Schlafzimmerspiegel gestarrt, auf diese wildfremde Person, die ihr vom ersten Augenblick an widerlich gewesen war.

Am schlimmsten war ihr Haar. Ihr war nicht bewusst gewesen, dass sie so sehr an ihrer Naturhaarfarbe hing – ein ins Rötliche spielende Kastanienbraun –, bis sie gesehen hatte, wie es nach dem Färben aussah.

George Orson hatte darauf bestanden – ihr Haar, sagte er, solle in etwa die gleiche Farbe wie seines haben, schließlich mussten sie als Vater und Tochter durchgehen –, und so war er von seiner Shoppingtour nicht nur mit dem grauenerregenden Schmetterlingsshirt, sondern auch mit einer Tüte voll Haartönungen zurückgekommen.

«Ich habe sechs verschiedene gekauft», sagte er, stellte die Einkaufstüte auf den Küchentisch und holte eine Hochglanzschachtel mit einem Haarmodel darauf heraus. «Ich konnte mich nicht entscheiden, welche die richtige war.»

Die Farbe, die sie schließlich ausgewählt hatten, hieß Umbrabraun, und Lucy fand, sie sehe so aus, als habe ihr jemand die Haare mit Schuhcreme angestrichen.

«Du musst dir nur ein paarmal die Haare waschen», sagte George Orson. «Die Farbe sieht schon jetzt prima aus, aber wenn du sie erst ein paar Tage lang getragen hast, wird sie völlig natürlich aussehen.»

«Meine Kopfhaut brennt», sagte Lucy. «In ein paar Tagen habe ich wahrscheinlich eine Glatze.»

Und George Orson hatte ihr einen Arm um die Schultern gelegt. «Sei nicht albern», murmelte er. «Du siehst umwerfend aus.»

«Hmm», hatte sie gesagt und sich im Spiegel betrachtet.

Umwerfend sah sie nicht aus, so viel war mal sicher. Aber vielleicht sah sie wie ein fünfzehnjähriges Mädchen aus.

Brooke Catherine Fremden. Ein langweiliges Mädchen ohne Freunde, wahrscheinlich krankhaft schüchtern. Wahrscheinlich ein bisschen wie ihre Schwester, Patricia.

Patricia hatte früher häufig Panikattacken gehabt. Daran musste Lucy denken, während sie im Pick-up saß, auf dem Weg nach Crawford, und ihr das Herz so komisch in der Brust flimmerte. Wenn sie eine «Attacke» hatte, legte Patricia die bizarrsten Symptome an den Tag: Ihre Stirn und Arme fühlten sich dann taub an, sie hatte das Gefühl, dass ihr Insekten über die Kopfhaut krochen, und sie meinte, die Kehle würde sich ihr zuschnüren. Äußerst melodramatisch, hatte Lucy damals mitleidlos gedacht. Sie erinnerte sich, wie sie, die Schultasche über der Schulter, in der Tür zum Schlafzimmer stand und ungeduldig eine Scheibe Toast aß, während ihre Mutter Patricia aufforderte, in eine Tüte zu atmen. «Ich krieg keine Luft!», keuchte Patricia, ihre Stimme vom braunen Papier erstickt. «Bitte, schick mich nicht in die Schule!»

Das kam Lucy alles sehr aufgesetzt vor, obwohl – wenn sie Patricia gewesen wäre, hätte sie auch nicht in die Schule gehen wollen. Das war zu einer Zeit, als drei besonders bösartige Siebtklässler sich aus welchem Grund auch immer Patricia als Opfer ausgesucht hatten: Sie hatten eine Serie von komischen

Situationen und Sketchen entwickelt, in denen Patricia als eine der Hauptpersonen auftrat, «Miss Patty Stinkfotze», die Moderatorin einer Kindersendung mit allerlei Handpuppen, für die die Jungs auch eine Reihe entsprechend dämlicher Stimmen auf Lager gehabt hatten. Zotige Jungenwitze, in denen es etwa darum ging, dass Patricia furzte oder ihre Tage hatte oder dass sie Kakerlaken im Schamhaar hatte. Lucy sah noch vor sich, wie die drei – Josh, Aaron und Elliot, sie erinnerte sich sogar noch an ihre dämlichen Namen, drei widerliche Jungen – an ihrem Tisch in der Cafeteria ihre Nummer abzogen und dabei lachten und feixten, bis ihnen die Milch, die sie tranken, wieder aus der Nase herauslief.

Und Lucy hatte nichts unternommen. Hatte lediglich stoisch zugeschaut, als sei es nur eine besonders grausige Naturdoku, in der Schakale ein Nilpferdbaby töteten.

Arme Patricia!, dachte sie jetzt und legte sich die Hand an die Kehle, die leicht zugeschnürt wirkte, und ihr Gesicht fühlte sich ein bisschen taub an und prickelte.

Aber sie würde keine Panikattacke bekommen, sagte sie sich.

Sie hatte ihren Körper in ihrer Gewalt, und sie würde ihm nicht erlauben, in Panik zu geraten. Also legte sie die Hände auf die Oberschenkel und atmete gleichmäßig aus, während sie unverwandt auf das Handschuhfach starrte.

Sie stellte sich vor, das ganze Geld aus dem Tresor liege darin und sie säßen nicht in einem Pick-up, sondern im Maserati. Sie fuhren auch nicht durch die Sandhügel von Nebraska – die übrigens, so weit sie sehen konnte, auch gar nicht sandig waren, sondern lediglich ein endloser See von Wellenhügeln und -tälern, bedeckt mit Steinen und schütterem grauem Gras.

Sie saßen im Maserati, und sie fuhren eine Küstenstraße entlang – weit unten ein mittelmeerblauer Ozean, auf dem ein paar Segelboote und Jachten schwammen. Sie schloss die Augen und füllte langsam ihre Lungen mit Luft.

Und als sie die Augen wieder aufschlug, fühlte sie sich besser, obwohl sie noch immer in einem Pick-up-Truck saß und noch immer in Nebraska war, wo ein paar irre Felsformationen den Horizont durchkreuzten. Waren das Mesas? Buttes? Die Dinger sahen aus, als kämen sie vom Mars.

«George», sagte sie, nachdem sie sich eine knappe Minute lang gesammelt hatte. «Ich hab gerade an den Maserati gedacht. Was machen wir eigentlich mit dem Maserati?»

Er sagte nichts. Er war schon ungewöhnlich lange stumm gewesen, und vermutlich war es genau das, was ihre Nervosität ausgelöst hatte: die fehlende Konversation, die sie, trotz allem, vielleicht doch aufgeheitert hätte. Sie wünschte sich, er würde die Hand auf ihren Oberschenkel legen, so wie er es früher immer getan hatte.

«George?», sagte sie. «Lebst du noch? Empfängst du gerade übersinnliche Botschaften?» Und endlich drehte er sich um und warf ihr einen Blick zu.

«Du musst dir abgewöhnen, mich George zu nennen», sagte George Orson endlich, und seine Stimme hatte keine so beruhigende Wirkung, wie sie gehofft hatte. Ja, sie klang sogar ein wenig herb, was sie enttäuschte.

«Wahrscheinlich», sagte sie, «möchtest du, dass ich dich ‹Dad› nenne.»

«Stimmt», sagte George Orson. «Aber ‹Vater› ginge wohl auch, wenn es dir lieber ist.»

«Krass», sagte Lucy. «Das ist ja noch abartiger, als dich ‹Dad› zu nennen. Warum kann ich dich nicht einfach David nennen, oder wie auch immer?»

Und George Orson hatte sie streng angesehen – als sei sie wirklich nur eine fünfzehnjährige Göre. «*Deswegen*», sagte er. «Weil du meine Tochter sein sollst. Es wäre respektlos.

Den Leuten fällt es auf, wenn ein Kind seinen Vater oder seine Mutter beim Vornamen anredet, besonders in einem so konservativen Staat wie diesem. Und wir wollen nicht auffallen. Wir wollen nicht, dass sich die Leute an uns erinnern, wenn wir erst mal wieder weg sind. Klingt das einleuchtend?»

«Ja», sagte sie. Sie ließ die Hände in ihrem Schoß liegen, und als sie spürte, wie heftig ihr Herz klopfte, atmete sie tief aus. «Ja, Dad», sagte sie. «Das klingt einleuchtend. Aber ich hoffe aufrichtig, Dad, dass du nicht bis Afrika in diesem gönnerhaften Ton zu mir reden wirst.»

Er warf ihr wieder einen Blick zu, und in seinen Augen blinkte eine Schärfe auf, ein Anflug von Wut, der sie innerlich zusammenzucken ließ. Sie hatte ihn noch nie richtig wütend erlebt, und jetzt wurde ihr bewusst, dass sie auch gar nicht darauf neugierig war. Er würde kein besonders netter Vater sein, begriff sie. Sie wusste zwar nicht, warum, aber es war ihr plötzlich intuitiv klar. Er würde kalt und fordernd und ungeduldig zu seinen Kindern sein, wenn er denn je welche haben sollte.

Sie dachte dies, obwohl seine Miene fast augenblicklich sanfter wurde.

«Schau», sagte er. «Schatz, ich bin nur nervös. Jetzt wird es ernst. Du musst daran denken, auf den Namen ‹Brooke› zu hören, und du musst aufpassen, dass du mich nie, unter keinen Umständen ‹George› nennst. Es ist sehr wichtig. Ich weiß, es ist anfangs ungewohnt, aber das geht bald vorbei.»

«Ich verstehe», sagte sie, nickte und starrte wieder auf das Handschuhfach. In der Ferne sah sie eine Felsformation, die wie ein Vulkan oder ein gigantischer Schornstein aussah.

«Siehst du den Felsen dahinten?», fragte George Orson – fragte David Fremden. «Er heißt Chimney Rock. Er ist eine nationale Gedenkstätte.»

«Ja», sagte Brooke.

Es war komisch, wieder eine Tochter zu sein. Und wenn auch nur eine gespielte. Es war lange her, dass sie zuletzt an ihren richtigen Vater gedacht hatte, monatelang hatte sie diese Erinnerungen tapfer von sich ferngehalten, hatte Mauern und Wände gegen sie errichtet, hatte sie zurückgedrängt, wann immer sie drohten, in ihrem Alltagsbewusstsein Gestalt anzunehmen.

Aber wenn sie das Wort «Dad» aussprach, wurde es schwieriger. Ihr Vater schien dann wie ein Geist aus der Flasche vor ihrem geistigen Auge zu erscheinen – sein mildes rundes Gesicht, seine massigen Schultern und sein kahler Kopf. Zu seinen Lebzeiten schien sie ihn nie enttäuscht zu haben, und obwohl sie nicht an Geister glaubte, nicht an ein Leben nach dem Tod, obwohl sie, anders als Patricia, nicht daran glaubte, dass ihre toten Eltern als Schutzengel über ihnen schwebten, verspürte sie doch einen leichten Schmerz, als sie George Orson «Dad» nannte. Einen feinen Stich von Schuldgefühl, als könnte ihr Vater wissen, dass sie ihn verraten hatte. Und zum ersten Mal seit seinem Tod schien er sich über sie zu beugen, zum Greifen nah, nicht zornig, aber irgendwie verletzt, und es tat ihr leid.

Sie hatte ihn offenbar wirklich geliebt.

Sie hatte das gewusst, aber sie hatte sich nie gestattet, darüber nachzudenken, und so kam es jetzt überraschend.

Zu Hause war er wenig in Erscheinung getreten, hatte sich kaum in die Erziehung der Mädchen eingemischt, obwohl Lucy davon überzeugt war, dass sie von ihrem Temperament her eher ihm ähnelte als ihrer Mutter. Er war ein reservierter Mensch, wie Lucy, mit dem gleichen zynischen Humor wie sie, und Lucy erinnerte sich, wie sie sich zusammen davonstahlen, um sich Horrorfilme anzuschauen, was ihre Mutter verboten hätte.

Patricia war die Sorte Mädchen, die von einer Halloween-

Maske Albträume bekam, ja schon von einem Filmplakat, geschweige denn vom Film selbst. Lucy dagegen hatte keine Angst. Was sie und ihr Vater sich von solchen Filmen erhofften, war nicht Gänsehaut. Sich Horrorfilme anzuschauen war für sie beide seltsam entspannend, es war wie eine Art Musik, die ihre – seine und ihre – Weltsicht bestätigte. Ein gemeinsames Verstehen, und Lucy bekam nie Angst, nicht richtig jedenfalls. Gelegentlich, wenn ein Monster oder ein Mörder plötzlich auftauchte, legte sie ihrem Vater die Hand auf den Arm, rückte näher an ihn heran, und dann tauschten sie einen Blick. Ein Lächeln.

Sie verstanden sich.

Das alles ging ihr durch den Kopf, während sie und George Orson wortlos die Straße entlangfuhren. Sie drückte die Wange gegen die Scheibe des Beifahrerfensters und sah zu, wie sich eine Wolke von Vögeln von einem Feld erhob und, als sie vorüberfuhren, zu einer Fahne auseinanderzog. Lucys Gedanken waren nicht klar artikuliert in ihrem Kopf, aber sie spürte, wie sie sich rasch bewegten und zusammenballten.

«Woran denkst du?», sagte George Orson, und jetzt, beim Klang seiner Stimme, stoben die Gedanken auseinander, so wie die Vögel sich aus ihrem Schwarm herauslösten und wieder zu einzelnen Vögeln wurden. «Du siehst so aus, als wärst du tief in Gedanken versunken», sagte George Orson.

Sagte Dad.

Und sie zuckte die Achseln. «Ich weiß nicht», sagte sie. «Ich hab wahrscheinlich etwas Angst.»

«Ah», sagte er. Er richtete die Augen wieder auf die Straße und drückte mit dem Zeigefinger leicht gegen den Steg seiner Sonnenbrille. «Das ist ganz natürlich.»

Er streckte die Hand aus und tätschelte ihr den Oberschenkel, und sie akzeptierte diese kleine Geste, obwohl sie sich nicht sicher war, ob es George Orsons oder David Fremdens Hand war.

«Anfangs ist es schwierig», sagte er. «Umzuschalten. Da ist ein Widerstand, den man erst überwinden muss. Man hat sich an eine bestimmte Routine und Maske gewöhnt, und wenn man den Wechsel vollzieht, kann es zu gewissen kognitiven Dissonanzen kommen. Ich weiß genau, wovon du sprichst.» Er strich mit der Hand über den Außenrand des Lenkrads, als formte er es, knetete er es aus Ton.

«Angst!», sagte er. «Kenn ich, zur Genüge! Und weißt du, das erste Mal ist es besonders schwierig, weil man sich da noch so an die Idee vom eigenen Ich klammert. Man ist mit diesem Begriff aufgewachsen, man glaubt, es gebe ein wirkliches Ich, und es gibt allerlei Dinge, an denen man hängt – Menschen, die man seit langem kennt. Man fängt an, an sie zu denken. Menschen, die man zurücklassen muss –»

Er seufzte und wurde sogar leicht wehmütig, vielleicht beim Gedanken an seine verstorbene Mutter oder an seinen Bruder, der ertrunken war, an einen lange zurückliegenden Familienausflug auf dem Kahn, als der See noch immer voll Wasser gewesen war.

Oder auch nicht.

Es fiel ihr wie Schuppen von den Augen.

Was hatte George Orson nochmal zu ihr gesagt? *Ich bin eine Menge verschiedener Personen gewesen. Dutzende.*

Sie hatte sich lange in einem Paralleluniversum befunden, dachte sie, und sie war George Orson die ganze Zeit wie in Trance gefolgt. Und dann plötzlich, während sie auf dem Weg zum fernen Postamt waren, spürte sie, dass sie aufwachte. Ein flatterndes, ein aufschwebendes Gefühl, und alles begann plötzlich einen Sinn zu ergeben.

Er hatte gar keinen Bruder, dachte sie.

Er war in Wirklichkeit gar nicht hier, in Nebraska, aufgewachsen. Er hatte nie in Yale studiert; nichts von dem, was er ihr erzählt hatte, war wahr.

«Gott», sagte sie und schüttelte den Kopf. «Was bin ich dumm.»

Und er warf ihr einen kurzen Blick zu, aufmerksam und liebevoll. «Nein, nein», sagte er. «Du bist nicht dumm, Süße. Was ist los?»

«Mir ist grad was klargeworden», sagte Lucy, und sie schaute kurz auf seine Hand hinunter, die noch immer auf ihrem Bein ruhte. Seine Hand, sie hätte sie überall wiedererkannt. Eine Hand, die sie gehalten, die sie an ihre Lippen geführt hatte, eine Handfläche, deren Linien sie mit den Fingerspitzen nachgezogen hatte.

«Du heißt nicht wirklich George Orson, stimmt's?», sagte sie, und –

Er blieb unbewegt. Fuhr weiter. Hatte weiterhin diese Sonnenbrille auf, in der sich die Straße und der wellige Horizont spiegelten, war immer noch derselbe Mann, den sie kannte.

«George Orson», sagte sie. «Das ist nicht dein wirklicher Name.»

«Nein», sagte er.

Er sprach in einem sanften Ton, als teilte er ihr etwas Schlimmes mit, und sie erinnerte sich daran, wie die Polizisten an dem Tag, an dem ihre Eltern ums Leben kamen, vor ihrer Tür gestanden hatten, wie sie die Nachricht vorsichtig, stückweise übermittelt hatten. *Es hatte einen schrecklichen Unfall gegeben. Ihre Eltern waren schwer verletzt. Der Rettungswagen war gekommen. Die Sanitäter hatten nichts mehr tun können.*

Sie nickte, und sie und George Orson sahen sich an. Es entstand eine wortlose, zärtliche Verlegenheit. War das nicht schon gestern klar gewesen, als er ihr die Unterlagen vom Konto in der Elfenbeinküste gezeigt, als er ihr ihre gefälschten Geburtsurkunden vorgelegt hatte? War es da nicht schon offensichtlich gewesen?

Es hätte klar sein müssen, vermutete sie, aber es begann ihr erst langsam aufzugehen.

Sie schaute hinunter auf ihr rosa T-Shirt, auf ihre von einem Sport-BH flachgedrückten Brüste.

«Das ist nicht wirklich das Haus, in dem du aufgewachsen bist, stimmt's?», sagte sie, und ihre Stimme fühlte sich ebenso flach und gepresst an. «Das Lighthouse Motel. Alles, was du mir erzählt hast. Dieses Bild. Das war gar nicht deine Großmutter.»

«Hmm.» Er hob die Finger von ihrem Oberschenkel und machte eine unbestimmte Geste, eine wedelnde apologetische Bewegung. «Es ist kompliziert», sagte er bekümmert. «Darauf läuft's immer hinaus. Alle machen ein Wahnsinnsaufheben um die Frage, was wirklich ist und was nicht.»

«Stimmt», sagte Lucy. «Die Leute sind schon komisch.»

Aber George Orson schüttelte nur den Kopf, als kapierte sie es nicht.

«Das mag jetzt für dich unglaublich klingen», sagte er, «aber die Wahrheit ist: Ein Teil von mir ist wirklich dort aufgewachsen. Es gibt nicht nur *eine* Version der Vergangenheit, weißt du. Vielleicht erscheint dir das verrückt, aber zu guter Letzt, wenn wir das hier eine Zeitlang gemacht haben, wirst du es, glaub ich, begreifen. Wir können jeder sein, der wir sein wollen. Ist dir das klar? Und darauf läuft das Ganze nur hinaus», sagte er. «Es hat mir große Freude gemacht, George Orson zu sein. Ich habe jede Menge Gedanken und Energie darein investiert, und es war kein Schwindel. Ich habe nicht versucht, dich zu täuschen. Ich habe es getan, weil ich es schön fand. Weil es mich glücklich gemacht hat.»

Und Lucy stieß einen kleinen, unsicheren Seufzer aus und dachte: eine Heerschar von Gedanken.

«Warum sollte jemand Highschool-Lehrer werden wollen?», sagte sie endlich. Es war der einzige unter den vielen Gedanken, der sich artikulieren ließ. «Das klingt überhaupt nicht lustig.»

«Nein, nein», sagte George Orson, und er lächelte sie ermunternd an, als sei das genau die richtige Frage gewesen – als säßen sie wieder im Klassenzimmer und diskutierten über den Unterschied zwischen Existenzialismus und Nihilismus, als hätte sie die Hand gehoben, und sie wäre seine Lieblingsschülerin, und er freute sich schon maßlos darauf, ihr zu antworten.

«Das war eines der besten Dinge, die ich je gemacht habe», sagte er. «Dieses Jahr in Pompey. Ich wollte schon immer Lehrer werden, schon als Kind. Und es war toll. Es war eine phantastische Erfahrung.»

Er schüttelte den Kopf, als wäre er davon noch immer ganz verzückt. Als ob die Highschool ein exotisches fremdes Land gewesen wäre.

«Und», sagte er, «ich habe dich kennengelernt, und wir haben uns ineinander verliebt, oder nicht? Verstehst du nicht, Süße? Du bist der einzige Mensch auf der Welt, mit dem ich je wirklich habe reden können. Du bist der einzige Mensch auf der Welt, der mich liebt.»

Hatten sie sich tatsächlich ineinander verliebt? Tja, vermutlich schon, obwohl das jetzt wie ein ziemlich schräger Sachverhalt erschien, da sich gerade herausgestellt hatte, dass «George Orson» nicht mal eine reale Person war.

Wenn sie darüber nachdachte, wurde ihr schwindlig und übel. Nahm man alle Einzelteile weg, die George Orson ausmachten – seine Kindheit im Lighthouse Motel, sein Elite-Studium, seine lustigen Anekdoten und seine zärtliche, aufmerksame Anteilnahme, die er Lucy als seiner Schülerin entgegengebracht hatte: Wenn das alles eine bloße Erfindung war, was blieb dann übrig? Vermutlich steckte irgendjemand im George-Orson-Kostüm, eine wirkliche Person, zwei Augen, die daraus hervorschauten, eine Seele, konnte man vielleicht dazu sagen, auch wenn sie noch immer nicht wusste, wie der wirkliche Name dieser Seele lautete.

Für welchen von beiden empfand sie etwas? Für die Figur «George Orson» oder für den Menschen, der diese Figur erschaffen hatte? Mit welchem von beiden hatte sie Sex gehabt?

Es war ein bisschen so wie mit diesen Wortspielen, die George Orson so gern der Klasse vorgesetzt hatte – «seltsame Schleifen» hatte er sie genannt. *Halte in allem Maß, auch im Maßhalten*, sagte er. Oder: *Ich sage nie die Wahrheit. Ist die Antwort auf diese Frage «nein»?*

Sie sah noch das Grinsen vor sich, mit dem er das gesagt hatte. Das war, bevor sie auch nur geahnt hatte, dass sie seine Freundin werden würde, lange bevor sie sich hätte vorstellen können, dass sie einmal mit einer gefälschten Geburtsurkunde und einem gebuchten Flug nach Afrika zu einem Postamt in Nebraska fahren würde. «Ich sage nie die Wahrheit», hatte er der Klasse erklärt, war eine Abwandlung des berühmten Paradoxons des Epimenides, und dann hatte er erklärt, was ein Paradoxon war, und Lucy hatte es sich aufgeschrieben für den Fall, dass es in einem Test vorkommen würde, in welchem Fall sie sich damit Extrapunkte verdient hätte.

Sie hatten jetzt fast den Stadtrand von Crawford erreicht, und George Orson – David Fremden – fuhr rechts ran, um den Stadtplan zu konsultieren, den er aus dem Internet runtergeladen hatte.

Sie parkten vor einem Informationsschild, und nachdem er seine Unterlagen durchgesehen hatte, blieb George Orson noch eine Zeitlang da sitzen und las die Metalltafel interessiert durch.

Die nach dem seinerzeit in Fort Robinson stationierten Captain Emmet Crawford benannte Stadt liegt im White River Valley, Pine-Ridge-Land, und stellt das ökonomische und administrative Zentrum eines ausgedehnten, durch Viehzucht und Ackerbau geprägten Gebiets dar. Sowohl der Fort Laramie – Fort Pierre Fur Trail von 1840 als auch der während des Black-Hills-Goldrauschs der 1870er Jahre aktive Sidney – Black Hills Trail verliefen hier durch. Zu den Söhnen und Töchtern beziehungsweise zeitweiligen Bewohnern von Crawford gehörten Persönlichkeiten wie der Sioux-Häuptling Red Cloud; der ehemalige Desperado David (Doc) Middleton; der Dichter-und-Scout John Wallace Crawford; die Wild-West-Heldin Calamity Jane; der Army-Scout Baptiste (Little Bat) Garnier, der in einem Saloon erschossen wurde; Militärarzt Walter Reed, der Überwinder des Gelbfiebers; und Präsident Theodore Roosevelt.

Das war ein trauriges Machwerk, dachte sie.

Oder zumindest empfand sie es, an diesem Wendepunkt ihres Lebens, als traurig. Was hatte George Orson doch einmal im Unterricht gesagt? «Die Menschen lieben es, sich zu kontextualisieren. Sie haben gern das Gefühl, auf irgendeine kleine, bescheidene Weise mit den Mächten und Mächtigen dieser Erde in Verbindung zu stehen.» Und sie erinnerte sich, dass er dann den Kopf leicht schräg gehalten hatte, als wollte er sagen: *Ist das nicht erbärmlich?*

«Die Menschen bilden sich gern ein, ihre Handlungen wären irgendwie von Belang», hatte er verträumt, abwesend gesagt und die Augen über ihre Gesichter gleiten lassen, und sie erinnerte sich, dass sein Blick vor allem auf ihr geruht hatte, und sie hatte sich, leicht geschmeichelt, leicht verwirrt, auf ihrem Stuhl aufgerichtet. Dabei hatte sie seinen Blick erwidert und genickt.

Während sie jetzt daran dachte, legte sich Lucy die Hand an die Kehle, die sich nach wie vor wie zugeschnürt anfühlte. Panisch.

Die Menschen bilden sich gern ein, ihre Handlungen wären irgendwie von Belang.

Ihr war eingefallen, dass sich alle Papiere, die ihre, Lucy Lattimores, Identität bestätigten – Geburtsurkunde, Sozialversicherungskarte und so weiter –, in Pompey, Ohio, befanden. Sie lagen noch immer in einer durchsichtigen Plastiktüte in der obersten Schublade der Kommode ihrer Mutter, zusammen mit ihren Babyfußabdrücken und ihrem Impfpass und allen sonstigen Dokumenten, die ihre Mutter für wichtig gehalten hatte.

Es war ihr unnötig erschienen, als sie und George Orson die Stadt verlassen hatten, irgendetwas davon mitzunehmen, und jetzt, ging ihr auf, besaß sie wahrscheinlich mehr Papiere für Brooke Fremden, als überhaupt für ihr wirkliches Ich existierten.

Sie fragte sich, was jetzt aus Lucy Lattimore werden würde. Wenn sie künftig nicht mehr aktenkundig wurde, wenn sie nie irgendwo einen Job antrat oder einen Führerschein beantragte, Steuern zahlte, heiratete oder Kinder bekam, wenn sie nie starb – würde sie dann in zweihundert Jahren noch existieren, beziehungslos und ungeklärt in irgendeiner Datenbank in einem Bundesamt für unzustellbare Briefe? Würde man irgendwann beschließen, sie aus sämtlichen amtlichen Personenregistern zu löschen?

Was, wenn sie jemanden anrufen würde? Was, wenn sie ein allerletztes Mal mit ihren Eltern sprechen und ihnen sagen könnte, dass sie allein und pleite und im Begriff war, unter falschem Namen nach Afrika zu fliegen? Was für einen Rat würden sie ihr geben? Was würde sie überhaupt fragen?

Mom, ich überleg mir, nicht mehr zu existieren, und ich wollte nur deine Meinung dazu hören.

Der Gedanke brachte sie fast zum Lachen, und David Fremden drehte sich um, als hätte er eine Bewegung wahrgenommen. Aufmerksam und dadmäßig.

«Wie auch immer», sagte er. «Ich denke, wir sollten jetzt.»

19

JAY KOZELEK

stand am Bordstein vor dem Denver International, als ein schwarzer Lexus langsam vorfuhr und vor ihm hielt. Die getönte Scheibe des Fahrerfensters glitt mit einem leisen pneumatischen Zischen hinunter, und ein schmaler, gepflegter Typ sah zu ihm auf. Yuppiehaft: War das das richtige Wort?

«Mr. Kozelek, wie ich annehme», sagte der Mann, und Jay stand nur da und blinzelte.

Jay wusste nicht, was er erwartet hatte, aber mit Sicherheit nicht *das* – diese geschniegelte Gestalt mit Designer-Hornbrille und schickem Sportjackett und Rollkragenpulli und Filmstargebiss. Und auf der anderen Seite er, mit seinem alten Trekking-Rucksack und Secondhandparka, untenrum eine Jogginghose, die Haare hinten von einem Gummiband zusammengehalten. Seit längerem nicht mehr gewaschen.

«Äh», sagte er, und der Typ grinste selbstzufrieden, als sei ihm ein guter Scherz gelungen. Was, wie Jay vermutete, wohl der Fall war – und so probierte er es mit einem verlegenen Lächeln, obwohl er eigentlich eine gewisse Nervosität verspürte. «Hi, Mike», sagte er, sehr relaxed. «Wo geht's hin? Raus zu deiner Jacht?»

Mike Hayden sah ihn an. Keine Reaktion.

«Steig ein», sagte Mike, und es ertönte ein Klick, als die Fondtür entriegelt wurde. Jay zögerte nur eine Sekunde, bevor er einstieg und seinen abgerissenen Rucksack hinter sich hineinzog.

War das am Ende eine Falle?

Es war ein brandneues Auto, mit diesem lieblichen künstlichen Ledergeruch und makellos. Während Jay seine Knie unterbrachte, drehte sich Mike Hayden herum und reichte ihm die Hand. «Sehr angenehm», sagte er.

«Ebenfalls», sagte Jay und schlug in Mike Haydens Hand ein, die kühl und trocken war. Es sah nicht danach aus, als ob er noch aufgefordert werden würde, sich nach vorn zu setzen: Der Beifahrersitz war vollgehäuft mit Papieren, einer zerknüllten Fastfood-Tüte und etlichen Handys, fünf an der Zahl, die im Müll lagen wie Eier in einem Nest.

Ihre Augen begegneten sich, und auch wenn er nicht wusste, was Mike Haydens langer Blick im Einzelnen zu bedeuten hatte, äußerte sich darin eine gewisse Erwartung. Jay lehnte sich zurück, als sei er verwarnt worden.

«Es ist wunderbar, dich endlich persönlich kennenzulernen, Jay», sagte Mike Hayden. «Es freut mich sehr, dass du gekommen bist.»

«Ja», sagte Jay, und dann machte er es sich bequem, während der Wagen butterweich vom Bordstein losfuhr und beschleunigte, sich zwischen den anderen Fahrzeugen durchschlängelte, die sich zur Flughafenausfahrt schoben, und die Auffahrt zur Interstate nahm, während sich die Regenwolken über ihnen im riesigen Himmel türmten.

Kennengelernt hatten sich Jay und Mike Hayden in einem Internet-Chatroom, einem dieser versteckten, schwer zugänglichen Räume, in denen Hacker und Trolle sich zu treffen pflegen. Sie waren sich auf Anhieb sympathisch gewesen.

Das war damals gewesen, als Jay zusammen mit einer Bande von Computerfreaks, die sich für Revolutionäre hielten, in einem Haus in Atlanta wohnte. Die «Association» nannten sie sich, was, wie Jay ihnen klarzumachen versucht hatte, der Name einer grausigen Band aus den Sechzigern war. «Kennt ihr nicht diese dämlichen Stücke wie *Windy* und *Cherish*?»

Und er hatte ihnen ein, zwei Zeilen vorgesungen, aber sie hatten ihn bloß skeptisch angeguckt.

Und so wurde ihm allmählich klar, dass er ein bisschen zu alt war, um mit ihnen zusammenzuwohnen. Sie hatten ein paar gute Ideen, wie man Geld machen könnte, aber letztlich waren sie nur Kids und ziemlich oft recht kindisch, saßen am liebsten herum und schauten sich schlechte Horrorfilme an oder diskutierten über irgendwelchen Popkulturscheiß, TV, Comics, verschiedene Websites und Internet-Phänomene, die sie gerade kurzzeitig «geil» fanden. Sie waren zu *stoned* und zu träge, um irgendetwas halbwegs konsequent durchzuziehen, aber für Jay sah die Sache anders aus. Er war dreißig! Er hatte ein richtiges Kind da draußen, auch wenn das Kind nicht wusste, dass er sein Dad war. Einen Sohn, fünfzehn Jahre alt, Ryan. Er sagte sich, dass es langsam an der Zeit war, ein bisschen mehr auf ernst zu machen.

«Ich weiß, was du meinst», hatte Mike Hayden ihm im Chatroom geantwortet. «Ich bin auch nicht dafür, hirnlos herumzuspielen.»

Damals wusste Jay noch nicht, dass der Typ Mike Hayden hieß. Er lief unter dem Username «Breez», und er war in bestimmten Kreisen der Internet-Community sehr bekannt. Sämtliche Hacker in Jays Haus verehrten ihn wie einen Halbgott. Es hieß, er sei persönlich an einem riesigen, landesweiten Blackout beteiligt gewesen, habe es fertiggebracht, Stromnetze im ganzen Nordosten und Mittleren Westen lahmzulegen; es hieß, er habe mehrere größere Banken um Millionen von Dollars bestohlen und dafür gesorgt, dass ein Professor der Yale University wegen Verbreitung von Kinderpornographie unter Anklage gestellt wurde.

«Wenn ich du wär, würd ich dem Typen nicht ans Bein pissen», sagte Dylan – einer von Jays Mitbewohnern, ein fetter bärtiger Einundzwanzigjähriger aus Colorado mit einem

Gesicht wie eine Yamswurzel. «Der Kerl ist der *Zerstörer*, Mann», sagte Dylan ernsthaft. «Der zerstört dein Leben aus purem Jux, ey.»

«Hmm», sagte Jay. Es war komisch, das gerade aus Dylans Mund zu hören, dachte er, denn Dylan und seine Kumpel brachten ein gut Teil ihrer Zeit damit zu, im Internet bösartige, hirnlose Streiche zu spielen – auf «The Wonderful Fluffy World», die Bichon-Frisé-Website irgendeiner Dame, Tierpornovideos hochzuladen und an für Kinder gedachte Message-Boards blutrünstige Unfallfotos zu posten; irgendein armes Mädchen zu terrorisieren, das eine Tribut-Site für einen toten Popstar betrieb, den sie alle verabscheuten, indem sie Hunderte von Pizzas an ihre Adresse liefern ließen und dafür sorgten, dass ihr der Strom abgestellt wurde; sich in die Website der National Epilepsy Foundation zu hacken und eine stroboskopartige Animation hochzuladen, die, wie sie annahmen, bei den Kranken epileptische Anfälle auslösen konnte. Dann wälzten sie sich, hemmungslos kichernd, in nachgemachten Krämpfen auf dem Boden, während Jay ihnen unbehaglich missbilligend zusah. Es konnte auf die Dauer ermüdend wirken, schrieb er Breez.

«‹Ermüdend›», antwortete Breez. «So kann man es höflich ausdrücken.»

Es war ungefähr drei Uhr früh, und Jay und Breez hatten ein paar Stunden lang freundlich miteinander gechattet. Es war eine nette Abwechslung, dachte Jay, mit jemandem seines Alters zu reden, wenngleich auch einschüchternd. Breez redete immer in vollständigen Sätzen, gliederte seine Texte übersichtlich, statt einfach hintereinanderweg zu schreiben, und machte weder orthographische Fehler, noch verwendete er je Abkürzungen oder Jargon-Ausdrücke.

«Ich finde all diese kleinen Trolle allmählich auch ermüdend», sagte Breez. «Der ständige Unfug und dieser Humor auf Hilfsschulniveau. Allmählich gelange ich zu der Überzeugung, dass wir ein Eugenik-Programm für das Internet bräuchten. Meinst du nicht auch?»

Jay wusste nicht so genau, was das Wort «Eugenik» bedeutete, also wartete er erst mal kurz. Dann tippte er: «Klar. Absolut.»

«Es ist schön, jemanden zu treffen, der ein bisschen gesunden Menschenverstand hat», sagte Breez. «Die meisten Leute können einfach nicht die Wahrheit akzeptieren. Du weißt schon, was ich meine. Bilden die sich ein, wir könnten einfach so weitermachen, mit diesem ganzen Gelaber und Geschiss, als ob wir nicht am Rand des Untergangs stünden? Die arktische Eiskappe schmilzt. In den Ozeanen gibt es tote Zonen, die sich mit astronomischer Geschwindigkeit ausdehnen. Die Bienen sterben, und die Frösche und Süßwasserreserven nehmen immer weiter ab. Die globale Ernährungswirtschaft steuert dem Zusammenbruch entgegen. Wir sind wie Fibonaccis Kaninchen, stimmt's? Noch eine Generation – noch zehn, fünfzehn Jahre, und wir werden den Punkt erreicht haben, an dem das Ganze umkippt. Elementare Projektionsmatrizes. Korrekt?»

«Korrekt», sagte Jay, und dann starrte er auf den kleinen blinzelnden Herzschlag des Cursors.

«Ich werde dir ein Geheimnis verraten, Jay», sagte Breez. «Ich glaube an den Lebensstil des Untergangs. Bis zur offenen Anarchie ist es nicht mehr allzu weit. Sehr bald schon werden wir anfangen müssen, einige schwierige Entscheidungen zu treffen. Wir sind einfach zu viele, und ich fürchte, dass man sich binnen kurzem die Frage stellen muss: Wie schnell kann man von den sechs Milliarden Menschen, die es auf der Welt gibt, drei oder vier eliminieren? Wie beseitigt man sie auf die fairste und gerechteste denkbare Weise? Das ist die Frage, mit der die Menschheit anfangen sollte, sich zu beschäftigen.»

Jay dachte nach. *Der Lebensstil des Untergangs?*

«Es gibt zweifellos Anteile der breiten Masse, die eine Ausdünnung verdienen – das ist alles, was ich meine», sagte Breez. «Gibt es auf der Erde noch Platz für Leute wie deine abstoßenden nasebohrenden Mitbewohner? Stünde die Welt nicht besser da ohne die Sorte Menschen, die Investmentbanker werden? Kannst du dir überhaupt eine niedrigere Lebensform vorstellen? Diese Leute sind angeblich so intelligent und talentiert. Sie gehen nach Princeton oder Harvard, oder Yale, und dann werden sie ‹Investmentbanker›? Kannst du dir eine widerwärtigere Vergeudung vorstellen?»

Und Jay sagte nichts. Machte der Typ Witze? War er reif für die Klapse?

Trotzdem, er war von den Dingen, die Dylan ihm erzählt hatte, schon beeindruckt. «Dieser Typ ist der Zerstörer», hatte Dylan gesagt. «Der hat wahrscheinlich Millionen geklaut –» Und Jay spürte, wie diese Gedanken allmählich wegkippten und langsame Riesenräder in seinem Kopf in Gang setzten. Er war ganz schön zugedröhnt.

Und eigentlich fragte sich Jay doch, ob ein Typ wie der nicht Dinge wusste, von denen er keine Ahnung hatte. Passte er schlicht mehr auf, während der Rest der Menschheit größtenteils einfach vor sich hin lebte, ohne die Dinge bis zu ihrer logischen Schlussfolgerung zu Ende zu denken?

Der Lebensstil des Untergangs.

«Ich weiß nicht so recht, was ich sagen soll», erwiderte Jay endlich. «Es gibt eine Menge Dinge, über die ich auch nicht besonders gründlich nachgedacht habe, wenn ich ehrlich sein soll.» Pause. «Es klingt so, als hättest du erheblich mehr drauf als ich», sagte Jay.

Das war ein Arschkriecher-Zug, keine Frage, aber er war neugierig. Was hatte dieser Typ außer großen Sprüchen zu bieten?

«Warum rufst du mich nicht auf meinem Handy an?», tippte Breez. «Ich leide unter fürchterlicher Schlaflosigkeit. Albträume. Von Zeit zu Zeit höre ich ganz gern den Klang einer menschlichen Stimme.»

Und so waren sie Freunde geworden.

So hatte er erfahren, dass der berühmte «Breez» in Wirklichkeit ein gewisser Mike Hayden war, ein gewöhnlicher Mensch, der am Stadtrand von Cleveland aufgewachsen war und – was immer er geleistet hatte, wie reich und berüchtigt er auch sein mochte – sich einsam fühlte. Er sagte, er sei auf der Suche nach jemandem, dem er vertrauen könne. «Was in unserer Branche nicht so leicht zu finden ist», sagte er.

«Keine Frage», sagte Jay, und er schmunzelte freudlos. Er und seine Hausgenossen wohnten in einem Bungalow in Westview, einem Viertel im Südwesten von Atlanta, und er musste zugeben, dass er mit dem Gedanken spielte weiterzuziehen. Bislang hatten sie sich hauptsächlich mit Amateurscheiß abgegeben, sagte er – stundenlang im Auto auf dem Parkplatz von irgendeinem Supermarkt, Baumarkt oder Elektromarkt sitzen, Löcher im WLAN des jeweiligen Ladens suchen und Kreditkarten- und Bankcardnummern absammeln, wenn sie in die Lesegeräte eingegeben wurden. Es schien nichts dabei rauszukommen.

«Das ist eigentlich keine schlechte Idee», sagte Mike Hayden. «Ich kenne einen Typ in Lettland, auf dessen Computer du die Daten speichern könntest – und der kennt einen Typ in China, der Kartenrohlinge mit den Nummern bedrucken kann. Das wird durchaus gemacht. Du kannst damit ganz ordentlich absahnen, wenn du clever und aggressiv vorgehst.»

«Ja, tja», sagte Jay. «‹Clever› und ‹aggressiv› sind in diesem Haus Fremdwörter. Ich glaub nicht, dass auch nur einer dieser Kids weiß, was er eigentlich tut.»

Und Mike Hayden wurde nachdenklich. «Hmm», sagte er.

«Genau», sagte Jay.

«Also, was hast du jetzt vor?», fragte Mike Hayden. «Willst du für immer da hocken bleiben?»

«Ich weiß nicht», sagte Jay.

«Wenn ich Zugriff auf diese ganzen Nummern hätte, die ihr gesammelt habt», sagte Mike, «könnte ich was Ernsthaftes damit anfangen. Das will ich nur damit sagen. Wir könnten zusammenarbeiten.»

«Hmm», sagte Jay. Im Haus war es dunkel, aber durch eine der offenen Türen konnte Jay Dylan sehen, sein Gesicht vom Computerbildschirm erhellt, seine Finger auf der Tastatur klappernd, und er senkte die Stimme und hielt die hohle Hand über das Mikrophon seines Handys.

«Ich muss dir die Wahrheit sagen», sagte Jay. «Ich bin in einer anderen Situation als diese Jungs. Ich muss anfangen, mir über die Zukunft Gedanken zu machen, wenn du weißt, was ich meine. Ich bin dreißig. Ich hab ein Kind irgendwo da draußen – fünfzehn Jahre alt, kannst du dir das vorstellen? Offen gesagt, bin ich aus dem Alter jugendlicher Tagträume raus.»

Bei dieser Offenbarung hatte Mike Hayden erst mal gestutzt.

«Ja sag mal, Jay», sagte er endlich, «ich hatte keine Ahnung, dass du ein Kind hast! Das ist ja Wahnsinn!»

«Ja», sagte Jay, und er setzte sich um. «Einen Sohn. Aber es ist kompliziert. Ich habe ihn, also, zur Adoption freigegeben, gewissermaßen. Meiner Schwester überlassen. Er weiß nicht, dass ich. Dass ich sein Dad bin.»

«Wow», sagte Mike Hayden. «Das muss ja hart sein.»

«Er heißt Ryan», sagte Jay – und es war irgendwie nett, das jemandem zu sagen, sodass er kurz ein warmes, väterliches

Gefühl in sich verspürte. «Er ist ein Teenager. Ist das zu fassen? Mir kommt es völlig unglaublich vor.»

«Das ist cool», sagte Mike Hayden. «Es muss ein tolles Gefühl sein – einen richtigen Sohn zu haben!»

«Ist es wohl», sagte Jay. «Er hat von alldem keine Ahnung. Es ist eher wie ein furchtbares Geheimnis zwischen mir und meiner Schwester. Um ehrlich zu sein, fühlt es sich meist nicht mal für mich selbst wirklich an. Eher so, als wäre das ein Paralleluniversum oder so.»

«Hmm», sagte Mike Hayden. «Weißt du was, Jay? Mir gefällt deine Art zu denken. Ich hätte Lust, dich persönlich kennenzulernen. Soll ich dir ein Flugticket besorgen?»

Jay sagte nichts. Aus dem Wohnzimmer drang das meckernde Lachen seiner Hausgenossen. Sie amüsierten sich gerade über einen neuen Jux, den sie sich kürzlich ausgedacht hatten und bei dem es um digital bearbeitete Fotos einer prominenten Dame ging. Seit Wochen hatten sie nicht einen Cent verdient.

Mike Hayden redete währenddessen weiter über Ryan. «Mann, ich wünschte, *ich* hätte einen Sohn!», sagte er. «Das würde mich echt glücklich machen. Alles, was mir noch bleibt, ist mein Zwillingsbruder, und der ist in letzter Zeit eine ziemliche Enttäuschung gewesen.»

«Tut mir leid», sagte Jay und zuckte die Schultern, obwohl ihm klar war, dass Mike Hayden das durch das Telefon nicht sehen konnte. «An Beziehungen dieser Art muss man wahrscheinlich arbeiten, stimmt's? Man kann nichts für selbstverständlich nehmen.»

«Das ist wahr», hatte Mike Hayden gesagt. «Sehr wahr.»

Und da war Jay jetzt. Eine Woche später verließen er und Mike Hayden Denver in östlicher Richtung, er und Breez, er und der Zerstörer fuhren durch Colorado, und Jay war praktisch entschlossen, seine ehemaligen Hausgenossen zu verraten.

Das bereitete ihm keine allzu großen Gewissenskonflikte. Sie waren echte Arschlöcher, dachte er, aber er konnte ein nervöses Kribbeln nicht unterdrücken, als der Himmel sich über der Interstate 76 verfinsterte und sie durch die dichten Dampfschwaden fuhren, die aus der Zuckerraffinerie direkt hinter Fort Morgan quollen. Ein Schwarm von Staren erhob sich in einer langen, strömenden Formation aus einem Feld. Es war so, als hätte sich die Welt dazu verschworen, möglichst ominös zu erscheinen.

Er bückte sich, hob seinen Rucksack auf und rutschte ein Stück nach rechts. Es war ihm unangenehm, im Fond zu sitzen, so als sei Mike Hayden ein Taxifahrer oder Chauffeur, aber Mike selbst schien nicht das Geringste dabei zu finden.

«Also, wie geht's deinem Sohn?», fragte Mike Hayden, und als Jay aufschaute, konnte er Mikes Augen im Rückspiegel sehen.

Er zuckte die Schultern. «Gut», sagte er. «Nehm ich an.»

Es war irgendwie peinlich. Obwohl es gleichzeitig niemanden sonst auf der Welt gab, mit dem er bislang über dieses Thema geredet hätte.

«Ich weiß es nicht», sagte er endlich. «Wir – also, um ehrlich zu sein, Mike, habe ich noch nie mit dem Jungen gesprochen. Weißt du, nachdem meine Schwester ihn adoptiert hat … da hatte ich gewisse Probleme. Ich war kurze Zeit im Gefängnis. Und meine Schwester, Stacey. Wir hatten einen gewaltigen Streit, hauptsächlich wegen – also, dass sie nicht wollte, dass er Bescheid weiß. Sie sah nicht ein, warum man ihn verwirren sollte, was ich auch verstehe, irgendwie, obwohl – es ist nicht leicht für mich, das auf die Reihe zu kriegen.»

«Dann – hat er dich tatsächlich nie gesehen?», sagte Mike Hayden.

«Nicht direkt», sagte Jay. «Meine Schwester und ich haben zuletzt miteinander gesprochen, als er ungefähr ein Jahr alt war. Ich bezweifle, dass er seitdem auch nur ein Bild von mir gesehen hat, außer von mir als Kind. Meine Schwester ist da echt knallhart gewesen. Wenn die mit einem Schluss macht, dann macht sie Schluss, und das war's. Ich hab einmal versucht, sie anzurufen. Du weißt schon, ich war neugierig. Ich dachte einfach, ich könnte dem Jungen Hallo sagen, aber sie wollte nichts davon wissen. Für Ryan existiere ich praktisch nicht.»

«Wow», sagte Mike Hayden, und wieder sah Jay das Auge, das im Spiegel seinen Blick erwiderte. Ein überraschend trauriges, mitfühlendes Auge, dachte Jay, aber auch verunsichernd. «Wow», sagte Mike. «Das ist eine unglaubliche Geschichte.»

«Ist wohl so», sagte Jay.

«Tragisch.»

«Tja, dazu kann ich nichts sagen», sagte Jay, und er zuckte die Schultern. Um ehrlich zu sein, wusste er nicht so genau, wie er sich fühlen sollte – hier in der luxuriösen, kostspieligen Zelle des Lexus; zusammen mit diesem unerwarteten Mike Hayden, der ein Sportjackett trug, manikürte Nägel und förmliche Manieren hatte und ihn über seine Privatangelegenheiten ausfragte.

Als sie angefangen hatten, miteinander zu telefonieren, hatten sie ein paar sehr lange persönliche Gespräche geführt – nicht nur über geschäftliche Ideen, sondern auch über ihr Leben. Er hatte von Mikes Kindheit erfahren, vom Vater, der Hypnotherapeut gewesen war und, als Mike dreizehn war, Selbstmord begangen hatte; vom gewalttätigen Stiefvater; vom Zwillingsbruder, der jedermanns Liebling gewesen war, der nichts falsch machen konnte, während Mike praktisch unsichtbar war.

«Ich stand meinem Vater sehr nah, und nach seinem Tod fühlte ich mich einfach wie ein Fremder in meiner eigenen Familie», erzählte ihm Mike. «Es kam mir so vor, als wären sie ohne mich glücklicher gewesen, also bin ich gegangen. Ich habe sie nie wiedergesehen, und ich werde sie wahrscheinlich auch nie wiedersehen.»

«Ich weiß, was du meinst», sagte Jay. «So war das bei mir zu Hause auch. Stacey war zehn Jahre älter als ich, und sie war immer die Starschülerin. Was waren die alle stolz, als sie ihren Abschluss in Buchführung machte. Eine Scheißbuchhalterin! Und von mir wurde erwartet, dass ich auf die Knie fiel und ‹oooh› und ‹aaah, wie eindrucksvoll!› sagte.»

Mike Hayden fand das irrsinnig komisch.

«‹Oooh› und ‹aaah, wie eindrucksvoll!›», wiederholte er und ahmte dabei Jays Ton nach. «Mann, du machst mich fix und fertig!»

Mike Hayden war der Ansicht, dass Jay sich mit seinem Sohn in Verbindung setzen sollte. Dass man Ryan die Wahrheit über seine Adoption und alles Übrige sagen sollte.

«Ich meine, dass er Anspruch darauf hat, die Wahrheit zu erfahren», hatte Mike Hayden gesagt. «Das ist überhaupt keine coole Situation mit deiner Schwester. Sie ist herrschsüchtig, findest du nicht? Und denk doch nur an den armen Ryan! Wenn die Menschen, die du zu lieben glaubst, dir etwas Wichtiges verheimlichen, ist das ein ziemlich übler Verrat. Das kann eins der Dinge sein, die das Karma der ganzen Welt versauen.»

«Ich weiß nicht», sagte Jay. «Wahrscheinlich ist es für ihn besser so.»

Aber in gewisser Hinsicht hatte sich Jay diesen Rat durchaus zu Herzen genommen. Tatsächlich dachte Jay, seit er dreißig geworden war, ziemlich oft über diese Situation nach, und Mike Haydens Freundschaft und Ratschläge waren wichtig für ihn.

Gleichzeitig aber war es ein komisches Gefühl, jetzt darüber zu reden – mit diesem Fremden. Mit diesem jungen, etepetetehaft aussehenden Mike Hayden. Das war immer das Problem mit virtuellen Beziehungen, Internet-Freundschaften, wie immer man sie nennen mochte: Es gab immer diesen Schock, wenn man erkannte, dass die Person, die man sich im Kopf zurechtgelegt hatte – das Bild, der Avatar –, dem realen Menschen aus Fleisch und Blut nicht im Entferntesten ähnelte.

Er fragte sich, ob es eine so gute Idee gewesen war, Atlanta zu verlassen. Vielleicht, dachte er, hätte er nicht so offen über die Sachen reden sollen, die die Association abzog; vielleicht hätte er nicht einmal seinen Sohn erwähnen sollen. Plötzlich verspürte er ein nadelfeines Unbehagen, als er sich den Jungen, seinen Sohn, vorstellte, der friedlich und ahnungslos in Staceys Haus saß und «sich so gut machte», wie Stacey geschrieben hatte, damals, als Jay zum ersten Mal im Gefängnis saß, als Ryan noch kaum laufen konnte. «Du hast ihm einen großen Gefallen getan, Jay. Vergiss das nicht.»

Und jetzt wusste Mike Hayden – Breez – von ihm. Jay erinnerte sich wieder an das, was Dylan über Breez gesagt hatte: *Der zerstört dein Leben aus purem Jux.*

Er rieb seine feuchten Handflächen an seinen Hosenbeinen, strich sich mit den Fingern durch das Haar. Sie überquerten gerade die Grenze nach Nebraska. Dazu lief irgendeine entsetzliche, sich ständig wiederholende klassische Musik, furchtbares Zeug, das so klang, als würde jemand immer und immer wieder dieselben Tonleitern auf dem Klavier spielen.

Es dämmerte, als sie in das Motel fuhren. THE LIGHTHOUSE MOTEL erklärte die Neonschrift, aber die Neonschrift war nicht eingeschaltet, und das Ganze sah verlassen aus.

«Endlich zu Haus!», sagte Mike Hayden, und er schob den Wahlhebel mit einer elegant-schwungvollen Bewegung in die

Parkstellung. Er schaute über die Schulter und grinste, als Jay aus seinen Rücksitzgrübeleien aufschaute.

«Das ist mein Haus», sagte Mike Hayden. «Es gehört mir.»

«Oh», sagte Jay und warf einen Blick nach draußen. Es war schlicht ein altes Hof-Motel mit der großen Nachbildung eines Leuchtturms am Eingang, eine sich nach oben verjüngende Betonsäule, rot und weiß geringelt. «Ha», sagte er und versuchte, anerkennend zu nicken. «Cool.»

Jay und Mike gingen den Weg hinauf, der vom Motel zum alten Haus auf dem Hügel führte, und sprachen dabei kein Wort. Es nieselte, Ende Oktober, und das Wetter schien sich nicht entscheiden zu können, ob es regnen oder schneien wollte. Der Wind peitschte das hohe dürre Unkraut hin und her.

Das Haus, das über dem Motel aufragte, war von der Sorte, wie man sie in alten Schauerfilmen sah – das klassische «Spukhaus», fand Jay, obwohl Mike sich so gebärdete, als sei es ein architektonisches Wunder.

«Ist es nicht der absolute Irrsinn?», sagte er. «Das nennt sich Queen-Anne-Stil. Asymmetrische Fassade. Auskragende Giebel. Und erst das Türmchen! Findest du das Türmchen nicht hinreißend?»

«Klar», sagte Jay, und Mike Hayden rückte vertraulich näher.

«Ich habe mit dieser Immobilie ein paar äußerst interessante Dinge hingekriegt», sagte Mike. «Die frühere Besitzerin ist eigentlich vor drei Jahren gestorben, aber ihre Sozialversicherungsnummer ist immer noch aktiv. Für die Behörden ist die Gute noch am Leben.»

«Ah, okay», sagte Jay. «Cool.»

«Wart nur ab, es kommt noch besser», sagte Mike. «Denn wie das Schicksal so spielt, hatte sie zwei Söhne. Beide sind jung gestorben, aber ich glaube, sie sind wiederbelebbar. Und das Beste ist, wenn sie noch lebten, wären sie ziemlich genau in unserem Alter! George. Und Brandon. Sie sind beide ertrunken – als sie Teenager waren. Sie schwammen drüben im See, und Brandon versuchte, George zu retten. Hat offenbar nicht geklappt.»

Mike Hayden stieß ein hartes Lachen aus, als sei an dieser Tatsache etwas Bitter-Komisches, das Jay allerdings nicht ganz mitbekam.

«Hör mal», sagte Mike. «Was hieltest du davon, wenn wir Brüder würden?»

«Hm», sagte Jay. Er schaute dorthin, wo Mikes Hand ruhte, auf seinem Schultergelenk, und er zuckte und verkrampfte sich nicht. Das war eines der positiven Dinge, die er während seiner Jahre in Vegas gelernt hatte: ein Pokerface zu wahren.

Ihm wurde eine Chance geboten. Atlanta war eine Sackgasse gewesen, und hier ergab sich eine Gelegenheit weiterzukommen.

Spielte es eine Rolle, dass er selbst ein bisschen manipuliert worden war? Spielte es eine Rolle, dass er sich Mike Hayden – Breez – kurzzeitig näher gefühlt hatte, als wahrscheinlich klug gewesen war? Spielte es eine Rolle, dass er persönliche Dinge verraten hatte, spielte es eine Rolle, dass dieser Typ, wie immer er in Wirklichkeit auch heißen mochte, jetzt private Details aus seinem Leben wusste? Von seinem Sohn wusste. Seinen Geheimnissen.

Ja, natürlich spielt es eine Rolle, du Idiot! Er war ein Volltrottel gewesen, und Mike Hayden – oder wer auch immer – lächelte sanft. Als sei Jay ein Hundekind in einem Glaskasten in einer Zoohandlung.

«Eins der Dinge, die ich dir zeigen kann –», sagte Mike Hayden. «Du glaubst nicht, was man mit Toten nicht alles anstellen kann. Hast du auch nur eine Vorstellung davon, wie viele unbeanspruchte Immobilien es in diesem Land gibt? Es ist wie bei Risiko oder Monopoly oder was weiß ich. Du kannst dich einfach auf ein Grundstück setzen, und es gehört praktisch dir. Du musst nur wissen, wie du es richtig anfängst.»

Mike lachte, und Jay lachte ebenfalls ein bisschen, obwohl er nicht so genau wusste, was eigentlich so witzig war. Sie hatten die Veranda des alten Hauses erreicht, und Mike Hayden holte einen Schlüsselring aus der Tasche, ein dickes, klingelndes Windspiel aus Schlüsseln. Wie vielen? Zwanzig? Vierzig?

Aber offensichtlich hatte er keine Schwierigkeiten, den richtigen zu finden. Er steckte einen Schlüssel in das Schlüsselloch, das sich direkt unter dem Türknauf befand, und dann machte er wieder eine theatralische Geste mit den Händen – wie ein Zauberkünstler: Abrakadabra!

«Wart nur, bis du es von innen gesehen hast», sagte Mike Hayden. «Es gibt eine Bibliothek. Mit einem richtigen Wandtresor hinter einem Gemälde! Ist das nicht völlig irre?»

Und dann versteifte sich Mike Hayden – als sei ihm sein Ausbruch kindischer Begeisterung mit einem Mal peinlich, als befürchtete er, Jay könnte sich darüber lustig machen.

«Ich bin sehr froh darüber, dass wir zusammenarbeiten werden», sagte er. «Ich habe mir schon immer gewünscht, einen richtigen Bruder zu haben, weißt du? Wenn du als Zwilling geboren bist, gibt's da immer einen Teil von dir, der sich nach diesem anderen Menschen in deinem Leben sehnt. Diesem anderen – Seelengefährten. Verstehst du, was ich meine?»

Er öffnete die Tür, und ein seltsamer, modriger Geruch strömte ihnen entgegen. Jay sah gleich hinter der Eingangshalle, jenseits einer weiten Fläche von verblichenen Orientteppichen, mit Laken verhängte Möbel und eine breite Treppe mit geschwungenem Geländer.

«Ich hab mich übrigens um deine Kumpane in Atlanta

gekümmert», sagte Mike Hayden. «Ich schätze mal, dass die Bundesbullen schon dabei sind, die kleinen Wichser hochzunehmen, das heißt – wenigstens *den* potenziellen Ärger haben wir vom Hals.»

Und damit betraten er und Jay das Haus.

DRITTER TEIL

DRITTER TEIL
DRITTER TEIL
DRITTER TEIL
DRITTER TEIL DRITTER TEIL
DRITTER TEIL
DRITTER TEIL

Sag dir zuerst, was du sein willst; und dann tu, was vonnöten ist.

Epiktet, Diatribai III,23

20

AUF DEM FOTO

sitzen der junge Mann und das Mädchen zusammen auf einem Sofa. Beide haben eingepackte Geschenke auf dem Schoß, und sie halten sich bei der Hand. Der junge Mann ist blond und schmal und angenehm unbefangen. Er sieht das Mädchen an, und man erkennt an seinem Gesichtsausdruck, dass er gerade etwas harmlos-freundlich Frotzelndes sagt, und das Mädchen fängt gerade an zu lachen. Sie hat rotbraunes Haar und kummervolle Augen, aber im Augenblick sieht sie ihn mit unverhohlener Zuneigung an. Es ist offensichtlich, dass sie ineinander verliebt sind.

Miles saß da, starrte das Bild an und wusste nicht, was er sagen sollte.

Keine Frage, es war Hayden.

Es war sein Bruder, aber man hätte nie geglaubt, dass er und Miles Zwillinge waren. Es war so, als sei dieser Hayden von Geburt an in einem anderen Leben aufgezogen worden, als ob ihr Vater nie gestorben wäre, als ob ihre Mutter ihm gegenüber nie wütend, fremd und verzweifelt geworden wäre, als hätte Hayden nie phantasierend in einem Dachbodenzimmer gelegen, die Hände mit Stoffgurten gefesselt, rufend – seine heisere, hysterische Stimme durch die geschlossene Tür gedämpft, aber beharrlich: «Miles! Hilf mir! Miles, deck mir den Hals zu. Bitte, bitte, jemand muss mir den Hals zudecken!»

Als wäre während all der Zeit woanders ein anderer, normaler Hayden aufgewachsen und aufs College gegangen und hätte sich in Rachel Barrie verliebt. Und wäre in die Welt des gewöhnlichen Glücks gerutscht – in das Leben, dachte Miles, das ihnen beiden eigentlich zugestanden hätte, brave Mittelschichtjungen aus Suburbia, die sie beide waren.

«Ja», sagte Miles. Er schluckte. «Ja. Das ist mein Bruder.»

Sie saßen in Lydia Barries Zimmer im Mackenzie Hotel, in Inuvik, aber einen Moment lang wirkte es nicht so, als wären sie überhaupt irgendwo. Dieser Ort, diese Stadt, die schuhkartonartigen, mit Wellblech verkleideten Häuser, so provisorisch wie eine hastig aus dem Boden gestampfte Filmkulisse; dieses Zimmer mit dem Rand von unveränderlichem, unwahrscheinlichem Sonnenlicht rings um das Rollo – das wirkte alles um so viel unwirklicher als die jungen Leute auf dem Foto, dass es ihn nicht überrascht hätte zu erfahren, dass in Wirklichkeit er und Lydia bloße Hirngespinste waren.

Er ließ seine Fingerkuppen leicht auf der glänzenden Oberfläche des Fotos ruhen, als könnte er das Gesicht seines Bruders berühren, bis Lydia die Hand ausstreckte und ihm das Bild sanft aus den Händen nahm.

«Hören Sie», sagte er. «Wäre es möglich, dass ich einen Abzug von dem Bild bekomme? Ich hätte sehr gern eine Kopie.»

Es war unmöglich, die Traurigkeit zu erklären, die er empfand; das Gefühl, dass dieses Foto, das sie gerade wegpackte, fast etwas Übernatürliches sei: ein Bild von etwas, das möglich gewesen wäre. Für ihn selbst. Für Hayden. Für ihre Familie.

Aber das hätte Lydia Barrie kaum begriffen, dachte er. Für sie war Hayden lediglich ein Schwindler, ein Betrüger, ein Hochstapler, der sich in ihr Familienfoto eingeschlichen hatte. Sie begriff nicht, dass der Mensch, den sie als Miles Spady kennengelernt hatte, eine reale Möglichkeit war. Eine Potenzialität, die zur aktuellen Existenz hätte gelangen können.

«Ich könnte mir denken, Sie haben die Hoffnung, ihn zu retten», sagte Lydia Barrie, und sie bedachte Miles mit einem langen, forschenden Blick, den er nicht ganz verstand.

Sie hatte an diesem Abend viel getrunken, aber wie eine Betrunkene benahm sie sich eigentlich nicht. Sie torkelte nicht oder so, allerdings wirkten ihre Bewegungen vorsätzlicher, als müsste sie nachdenken, bevor sie sie ausführte. Ihr ganzes Verhalten hatte etwas sehr Präzises. Sie war Anwältin, und sie legte eine gewisse anwaltliche Grazie an den Tag – eine theatralische Drehung des Handgelenks, als sie den Aktendeckel wieder in ihre Ledermappe schob, ein exakt choreographiertes *Klick*, als sie die dazu passende Aktentasche öffnete, ein elegantes *Swischh* von Papier, als sie die Dokumente auf das Bett legte, zwischen sich und ihn. Dass sie betrunken war, erkannte man nur, wenn man ihr in die Augen sah, die eine feuchte, unscharfe Intensität hatten.

«Sie glauben, wenn Sie ihn nur erst mal finden, könnten Sie ihn dazu bringen – ja, *was* zu tun?» Sie schwieg kurz, lange genug, dass ihnen beiden auffallen konnte, wie unlogisch er war.

«Was genau glauben Sie eigentlich, Miles?», sagte sie sanft. «Glauben Sie, Sie können ihn dazu überreden, sich den Behörden zu stellen? Oder vielleicht, mit Ihnen in die Staaten zurückzukommen und eine Therapie zu machen oder so was in der Art? Halten Sie es für möglich, dass er seine Einwilligung zu einer Einweisung in eine psychiatrische Anstalt geben würde?»

«Ich weiß es nicht», sagte Miles.

Es war entmutigend, so leicht durchschaubar zu sein. Ihm war nicht klar, wie sie seine Gedankengänge, die zweifelhaften Ideen, die er über die Jahre mit sich herumgetragen hatte, so exakt hatte artikulieren können, aber sie jetzt ausgesprochen zu hören machte ihm bewusst, wie dumm und unhaltbar sie klangen.

Um die Wahrheit zu sagen, hatte er gar keinen Plan. Er hatte immer gedacht, dass er, sobald – *falls* – er Hayden endlich eingeholt hätte, würde improvisieren müssen.

«Ich weiß es nicht», sagte er noch einmal, und Lydia fixierte ihn mit ihrem grellen, verschwommenen Blick. Selbst jetzt, wo sie so betrunken war, sah er ihr an, dass sie eine Wahnsinns-Staatsanwältin abgegeben hätte – geradezu mörderisch im Kreuzverhör.

Er schlug die Augen mit einem verschämten, Entschuldigung heischenden Lächeln nieder. Er hatte selbst einiges getrunken, und vielleicht fiel es ihr deswegen so leicht, seine Gedanken zu lesen. Aber es stimmte auch, dachte er, dass er auch sonst nicht sonderlich undurchschaubar war. Das war von jeher sein Problem gewesen – schon im Mutterleib musste ihn irgendein besonderer amniotischer Stoff durchspült haben, der ihn dazu programmiert hatte, von Geburt an der Leichtgläubige zu sein, der sanfte, leicht zu manipulierende Zwilling.

«Er ist nicht das, wofür Sie ihn halten, Miles», sagte sie. «Das wissen Sie doch, oder?»

Sie hatte ihm schon ihre verschiedenen Theorien über Hayden dargelegt.

Mit einigen von ihnen stimmte er grundsätzlich überein.

Er wusste, ohne jeden Zweifel, dass Hayden ein Dieb war, dass er zahlreiche Personen und Firmen betrogen hatte, dass er insbesondere verschiedene Investmentbanken aufs Korn genommen und möglicherweise um Millionen von Dollar bestohlen hatte.

Dass es wirklich um einen so hohen Betrag gehen könnte, bezweifelte Miles allerdings.

Was Lydias andere Anschuldigungen betraf, war er sich nicht so sicher. War Hayden wirklich an der Freisetzung verschiedener Internetwürmer beteiligt gewesen – darunter eines, der die Computer der Diebold Corporation für mehr als fünfundvierzig Minuten lahmgelegt hatte? Hatte Hayden das Handy einer Hotelerbin gehackt und deren Vater für kurze Zeit davon überzeugt, seine Tochter sei entführt worden? Hatte er die berufliche Laufbahn eines Yale-Professors für politische Wissenschaften ruiniert, indem er kinderpornographisches Material auf seinen Computer kopiert hatte? War er wirklich ein Sympathisant und Sponsor verschiedener terroristischer Organisationen, darunter einer Öko-Gruppe, die sich für die Verbreitung biologischer Waffen als eines Mittels zur Verlangsamung der Bevölkerungsexplosion einsetzte?

Hatte Hayden wirklich dafür gesorgt, dass Lydia Barrie in den Verdacht der Unterschlagung geraten war und deswegen unter einer Gewitterwolke von unbestätigten Anschuldigungen die Anwaltskanzlei Oglesby & Rosenberg verlassen musste, was ihrer Laufbahn geschadet, wenn nicht sogar den Todesstoß versetzt hatte?

Es war weit hergeholt, dachte Miles, zu unterstellen, dass Hayden in all das verwickelt sein sollte. So viele verschiedene Dinge …

«Sie lassen ihn wie eine Art Superschurken erscheinen», sagte Miles und schmunzelte leise, um ihr zu zeigen, wie albern das klang. Aber sie hob lediglich skeptisch eine Augenbraue.

«Meine Schwester ist seit drei Jahren vermisst», sagte sie. «Das ist für mich kein Comic-Gag. Ich nehme das sehr ernst.»

Und Miles spürte, dass er errötete. Verlegen wurde. «Ja also», sagte er. «Ich verstehe. Ich wollte Ihre Situation nicht – verharmlosen.»

Er schaute hinunter auf seine Hände, hinunter auf die penibel geschichteten Dokumente, die sie für ihn bereitgelegt hatte, starrte auf die Schlagzeile eines Zeitungsartikels, den sie fotokopiert hatte: «US-amerikanische Staatsanwaltschaft erhebt Anklage wegen schweren Identitätsbetrugs gegen elf Personen», las er. Was sollte man dazu sagen?

«Ich versuche nicht, ihn zu entschuldigen», sagte Miles. «Ich meine nur – es ist ein bisschen schwer zu glauben, wissen Sie? Er ist nur ein einzelner Mensch. Und er ist eigentlich – ich bin mit ihm aufgewachsen, und er ist eigentlich wirklich kein Genie. Ich meine, wenn er all das getan hat, was Sie glauben, hätte ihn da nicht schon längst jemand erwischt?»

Lydia Barrie neigte den Kopf leicht zur Seite, und als sich ihre Augen begegneten, wich sie seinem Blick nicht aus. «Miles», sagte sie, «Sie haben sich das ganze Material, das ich hier habe, doch gar nicht angesehen, oder? Wir – Sie und ich – könnten die einmalige Chance haben, Ihren Bruder vor Gericht zu bringen. Zu versuchen, ihm zu helfen, ihn zu heilen, wenn Sie so wollen. Ihn für seine Taten zur Verantwortung zu ziehen. Vielleicht ist er kein ‹Superschurke›, wie Sie es formulieren, aber ich glaube, wir können uns darauf einigen, dass er eine Gefahr für sich selbst darstellt. Und für andere. Darauf können wir uns doch einigen, Miles, oder?»

«Ich glaube nicht, dass er böse ist», sagte Miles. «Er ist – gestört, verstehen Sie? Ich glaube ehrlich, dass das alles für ihn zu einem großen Teil ein Spiel ist. Als Kinder haben wir alle möglichen solchen Spiele gespielt, und in vielerlei Hinsicht ist es noch immer das Gleiche. Es ist für ihn, na ja, so etwas wie ein Rollenspiel. Verstehen Sie, was ich meine?»

«Ja», sagte Lydia Barrie, und sie beugte sich vor, und ihr Ausdruck wirkte fast traurig, fast mitfühlend. «Sie sind ein sehr sentimentaler Mensch», sagte sie, und dann lächelte sie, sehr kurz und sanft, und legte ihre kühle, glatte Handfläche auf sein Handgelenk. «Und sehr loyal. Das bewundere ich unheimlich.»

Es war nicht ausgeschlossen, dass sie ihn gleich küssen würde.

Er wusste nicht genau, was er davon hielt, aber er spürte

diese seltsame Schwere in der Luft, wie wenn kurz vor einem Gewitter das Barometer in den Keller fällt. Sie schien nicht zu begreifen, was er ihr zu erklären versuchte. Sie war nicht eigentlich seine Verbündete, dachte er, aber dennoch merkte er, wie sich seine Augen langsam schlossen, als sie sich weiter vorbeugte. Dieses unheimliche Licht zog noch immer einen glühenden Rand um die Kanten des Rollos, während ihre Hand seinen Unterarm hinauf zu seinem Bizeps glitt, und okay, ja, ihre Lippen berührten sich.

Als Miles am nächsten Morgen aufwachte, schlief Lydia Barrie noch, und er lag noch eine Zeitlang mit offenen Augen da und starrte auf die roten Zahlen des alten Digitalweckers auf dem Nachttisch. Schließlich fing er an, diskret unter den Decken nach seiner Unterhose zu tasten, und als er sie gefunden hatte, steckte er vorsichtig die Füße durch die Beinöffnungen und zog sich das Teil dann über die Oberschenkel hoch. Lydia Barrie rührte sich nicht, als er auf nackten Füßen ins Bad ging.

Tja. Das war unerwartet gewesen.

Und er konnte nicht umhin, ein kleines bisschen Stolz zu verspüren. Sich ein kleines bisschen ... erbaut zu fühlen. Er war an so was nicht gewöhnt: Mit Frauen – selbst mit betrunkenen Frauen – ins Bett zu gehen war für ihn kein häufiges Vorkommnis. Er betrachtete sich kritisch im Badezimmerspiegel. Er hatte kein Doppelkinn, aber fast – es sei denn, er hielt das Kinn sehr hoch. Und rumpfmäßig war er immerhin so dick, dass er einen Ansatz von Brüsten und eine runde babyweiche Wampe hatte. Wie peinlich! Auf der Ablage über dem Waschbecken stand eine Miniaturreiseflasche Mundspülung, und er goss einen Fingerbreit davon in ein Glas und spülte sich damit den Mund aus.

Sie war durch und durch verrückt, vermutete er. Wahrscheinlich war das überhaupt der Grund, warum sie mit ihm geschlafen hatte. Er betrachtete sein Gesicht und strich sich mit der Hand über das ungebärdige Haar und mit den Fingern durch den dichten, krausen Bart.

Sie war genauso besessen wie er, wenn nicht noch mehr – verschwörungsorientierter, methodischer, organisierter, *professioneller*. Es sprach einiges dafür, dachte er, dass sie Hayden vor ihm finden würde.

Er ließ etwas Wasser in das Waschbecken laufen und benetzte sich damit die Wangen.

Und sie war *sehr* attraktiv. In vielfacher Hinsicht, wie er vermutete, eine ganz andere Liga als er. Er dachte wieder an das Foto, das sie ihm gezeigt hatte, das Bild von Hayden und Rachel Barrie, an dieses leere Gefühl in der Magengrube, als er ihre glücklichen Gesichter betrachtet hatte, eine alte Kindheitsverletzung, die wieder aufbrach.

Warum hätte ich das nicht sein können?, fragte er sich. *Warum könnte sich ein hübsches Mädchen nicht in mich verlieben? Warum muss Hayden immer alles kriegen?*

Als er aus dem Bad herauskam, war Lydia Barrie schon aufgestanden, schon teilweise angezogen, und sie drehte sich um und sah ihn erwartungsvoll an.

«Guten Morgen», sagte sie. Sie trug BH und Slip, und ihr zuvor makellos gestyltes Haar war heillos zerzaust, wie eine der Hexenperücken, die sie im Zauberladen in Cleveland verkauften. Ihr Make-up war fast vollständig verschmiert, und ihre Augen wirkten abgespannt, übernächtigt. Man sah ihr deutlich an, dass sie im Sauseschritt auf die vierzig zuging, aber das störte ihn überhaupt nicht. In ihrem mitgenommenen, unaufpolierten Zustand zeigte sie eine Verletzlichkeit, die ihn berührte.

«Hey», sagte er befangen, und er lächelte, als sie sich verlegen ans Haar fasste.

Und dann sah er die Kanone.

Es war ein kleiner Revolver, und sie hielt ihn locker in der linken Hand, während sie sich mit der rechten über die Haare strich, und er sah, wie sie versuchte, die Waffe unauffällig in ihre Aktentasche zu stecken. Für einen Augenblick verhielt sie sich so, als hoffte sie, er habe nichts bemerkt.

«Heilige Scheiße», sagte Miles.

Er trat einen Schritt zurück.

Wenn er es sich recht überlegte, hatte er wahrscheinlich noch nie in seinem Leben eine echte Schusswaffe zu Gesicht bekommen, auch wenn er im Fernsehen, im Kino und in Videospielen vermutlich an die Hunderte von Menschen mit Schusswaffen gesehen hatte. Er hatte zugeschaut, wie jede Menge Leute getötet wurden; er wusste, wie es theoretisch aussah: das kleine runde Loch in der Brust oder im Bauch, das Blut, das sich zu einem Rorschachklecks im Hemd ausbreitete.

«Jesus», sagte er. «Lydia.»

Ihr Ausdruck geriet ins Wanken. Im ersten Moment schien sie zu hoffen, sie könnte die Ahnungslose spielen – sie riss die Augen auf, als bereitete sie sich darauf vor zu sagen: *Was? Wovon redest du?* Und dann erkannte sie offensichtlich, dass eine solche Taktik nichts nützen würde, und ein kalter, herausfordernder Ausdruck huschte über ihr Gesicht, bevor sie schließlich die Achseln zuckte. Sie lächelte ihn schuldbewusst an.

«Was?», sagte sie.

«Du hast eine Pistole», sagte er. «Warum hast du eine Pistole?»

Er stand da in seiner Unterhose, noch immer leicht groggy, noch immer leicht benommen von der Tatsache, dass er zum ersten Mal seit zwei Jahren Sex gehabt hatte, noch immer durcheinander von den Gesprächen, die sie am Abend zuvor geführt hatten, und dem Bild von Hayden und Rachel, und der Traurigkeit, die er empfunden hatte. Lydia Barrie hob die Augenbrauen.

«Du hast keine Ahnung, wie es ist, eine Frau zu sein», sagte sie. «Ich weiß, dass du deinen Bruder nicht für gefährlich hältst, aber sei einmal realistisch. Versetz dich in meine Lage. Ich brauch eine gewisse Sicherheit, Miles.»

«Oh», sagte Miles. Und sie standen da und sahen sich an, und Lydia legte den Revolver aufs Bett und nahm die Hände hoch, als ob Miles derjenige wäre, der die Waffe hatte.

«Das ist bloß eine kleine Mäuseknarre», sagte sie. «Eine kleine Beretta Kaliber .25. Die trage ich schon seit Jahren bei mir», sagte sie. «Für eine Schusswaffe ist sie nicht sonderlich tödlich – ich würde sie eher als ein Abschreckungsmittel bezeichnen.»

«Ich verstehe», sagte Miles, obwohl er diesbezüglich seine Zweifel hatte. Er stand da in seinen Boxershorts mit dem lächerlichen Chili-Muster und verschränkte unsicher die Hände vor der Brust. Ein schwabbliger Schauder lief ihm durch die nackten Beine, und er fragte sich flüchtig, ob es das Beste wäre, zur Tür zu flitzen.

«Hast du vor, meinen Bruder zu töten?», fragte er schließlich, und Lydia sah ihn, wie erstaunt, mit großen Augen an.

«Natürlich nicht!», sagte sie, und er stand da, während sie sich den Rock über die Hüften zog und den Reißverschluss hinten zumachte, und dann lächelte sie ihn erschöpft an. «Miles», sagte sie. «Mein Lieber, ich habe dich gestern Abend gefragt, ob du einen Plan hättest, und du hast mir gesagt, du würdest, wenn du erst einmal deinen Bruder gefunden hättest, wahrscheinlich mehr oder weniger improvisieren. Schön, *ich* werde nicht improvisieren. Nachdem ich bei Oglesby & Rosenberg gefeuert worden bin, war eines der Dinge, die ich in meiner «Freizeit» als Erstes getan habe, mir eine Privatdetektiv- und Kautionsagent-Lizenz für den Staat New York zu besorgen. Was mir eine riesengroße Hilfe war, bei meiner Suche nach – Hayden.» Sie steckte die Arme entschlossen in die Ärmel ihrer Bluse. «Und das Erste, was ich nach meiner Ankunft in Kanada getan habe, war, Mr. Joe Itigaituk anzuheuern; er ist ein in Kanada zugelassener privater Ermittler, sodass ich, wenn wir deinen Bruder in Gewahrsam nehmen, die Souveränität einer ausländischen Macht nicht verletzen werde.»

Miles sah zu, wie Lydia sich die Bluse von oben nach unten zuknöpfte und ihre Finger, während sie redete, eine flinke Zeichensprache artikulierten.

Er warf einen Blick zur Tür, die zum Korridor führte, und sein Bein zitterte wieder.

«Ich bin keine Mörderin, Miles», sagte Lydia, und sie standen da und sahen sich an, und ihr Ausdruck wurde weicher, als sie ihn von oben bis unten anschaute.

«Warum ziehst du dich nicht an?», sagte sie. «Mr. Itigaituk und ich fliegen in ein paar Stunden nach Banks Island, und ich dachte, du würdest vielleicht gern mitkommen. So kannst du absolut sicher sein, dass keiner ihm was tut. Wenn du dabei bist, kommt er vielleicht friedlich mit.»

Lydia vermutete, dass Hayden gegenwärtig in einer verlassenen Wetterstation an der Nordspitze von Banks Island wohnte, nicht weit vom Rand des permanenten Eisschilds.

«Wobei der Rand des permanenten Eisschilds nicht so genau festgelegt ist, wie er das mal war», sagte sie, als sie im Taxi saßen. «Globale Erwärmung und so weiter.»

Miles war nicht zum Reden aufgelegt. Er lehnte den Kopf gegen das Fenster und starrte hinaus auf die baumlosen Straßen, eine Reihe von knallbunten Häusern – türkis, sonnenblumengelb, purpurrot –, wie Bauklötze aneinandergefügt. Das Erdreich entlang der Straßen hatte die Farbe von Holzkohle, der Himmel war wolkenlos, und direkt hinter der Zeile von

Häusern und Lagerschuppen sah er die tauende Tundra. Da draußen war es grün, es blühten hier und da sogar Blumen, aber es kam ihm so vor, als ob die Landschaft erst dann wirklich sie selbst war, wenn sie wieder mit Eis bedeckt war.

Lydia hatte ihm nicht in allen Einzelheiten erzählt, wie sie Haydens Spur bis zu diesem bestimmten Ort zurückverfolgt hatte, ebenso wenig wie Miles bezüglich seiner eigenen, weniger rationalen Methoden ins Detail gegangen war – der Intuition oder Vorahnung, oder Idiotie, die ihn dazu gebracht hatte, sechseinhalbtausend Kilometer weit zu fahren. Aber Lydia war ziemlich optimistisch. «Die Tatsache, dass wir beide hier in Inuvik gelandet sind, müsste doch eigentlich ein gutes Zeichen sein, oder? Das macht mir, ehrlich gesagt, Hoffnung. Dir nicht?»

«Doch, ja», sagte Miles, obwohl er jetzt, wo die Ergreifung Haydens in immer greifbarere Nähe rückte, spürte, wie sich ein böses, banges Vorgefühl in ihm ausbreitete und Wurzeln schlug. Er dachte daran, wie Hayden geschrien hatte, als man ihn in der psychiatrischen Klinik in die Zwangsjacke gesteckt hatte. Es war das Entsetzlichste, was Miles je gehört hatte – wie sein Bruder, achtzehnjährig, ein erwachsener Mann, diese grauenvollen, krähenartigen Schreie ausstieß und mit den Armen um sich schlug, als die Pfleger über ihn herfielen. Es war ein paar Tage nach Neujahr, in Cleveland schneite es, und Miles und seine Mutter standen da in ihren Wintermänteln, schmelzende pusteblumenflauschige Schneeflocken in den Haaren, während Hayden gegen den Fußboden gedrückt wurde und sich aufbäumte. Er trat um sich und versuchte, sich frei zu strampeln, riss die Augen auf und versuchte zu beißen. «Miles!», weinte er. «Sie dürfen mich nicht mitnehmen! Sie tun mir weh, Miles! Rette mich, rette mich –»

Aber Miles hatte ihn nicht gerettet.

«Du bist so still», sagte Lydia Barrie, streckte die Hand aus und strich ihm über den Unterarm, als sei da ein Krümel oder ein Staubkörnchen. «Machst du dir Sorgen?»

«Ein bisschen», sagte er. «Ich frag mich einfach, wie er wohl reagieren wird. Ich weiß nicht, es ist einfach – ich möchte nicht, dass ihm wehgetan wird.»

Lydia Barrie seufzte. «Du bist ein lieber Mensch», sagte sie. «Du hast ein gutes Herz, und das ist eine wunderbare Eigenschaft. Aber weißt du was, Miles? Ihm gehen allmählich die Optionen aus.»

Miles nickte und schaute hinunter, wo Lydias Fingerkuppen leicht auf seinen Handrücken drückten, knapp oberhalb seines Handgelenks.

«Er hat sich in eine Ecke hineinmanövriert», sagte Lydia. «Und ich habe den argen Verdacht, dass ein paar äußerst üble Leute hinter ihm her sind. Weit gefährlichere Leute, als ich es bin.»

Diese Vermutung hatte er selbst gehabt, als er diesen Brief von Hayden bekommen hatte. *Ich bin untergetaucht, sehr tief untergetaucht, aber jeden Tag musste ich daran denken, wie sehr Du mir fehltest. Es war einzig meine Angst um Deine Sicherheit, die mich davon abhielt, mit Dir Kontakt aufzunehmen …*

«Ja», sagte Miles. «Du hast wahrscheinlich recht.»

Und wieder musste er an dieses Foto von Hayden und Rachel denken, wie sie an Weihnachten auf der Couch saßen. Er hoffte, dass sie noch immer zusammen waren – dass Rachel mit ihm in der Wetterstation sein würde. Den Augenblick, wo er und Lydia die Tür öffneten, konnte er sich gut vorstellen: Hayden und Rachel in dem winzigen schuppenartigen Raum, verhärmt und erschrocken – und wahrscheinlich abgemagert. Wovon hatten sie sich schließlich an diesem gottverlassenen Ort ernährt? Fisch? Konserven? Hatten sie dort duschen können? Würden sie zottelhaarig wie Einsiedler sein?

Zweifellos würden sie im ersten Moment in Panik geraten. Sie würden einen muskelbepackten Schläger erwarten, oder einen flinken, effizienten Killer –

Und dann würden sie sehen, dass es nur Miles war. Nur Miles und Lydia, ein Bruder und eine Schwester. Und würden sie, nach dem ersten Schauder des Wiedererkennens, nicht dankbar sein? Es würde eine Art Familientreffen sein. Er und Lydia waren gekommen, um sie zu retten, und sie würden begreifen, dass sie nirgendwohin mehr fliehen konnten, dass sie ans Ende gelangt waren.

Und zumindest war derjenige, der sie gefunden hatte, jemand, der sie liebte.

Das Taxi hatte den Flugplatz erreicht, wo Mr. Itigaituk auf sie wartete. Lydia bezahlte den Fahrer, dann drehte sie sich um und winkte Mr. Itigaituk zu, der jetzt auf sie zukam. Er war ein untersetzter schnurrbärtiger Inuit mittleren Alters in Cordjacke, Jeans und Cowboystiefeln und sah eher wie ein Highschool-Mathelehrer als wie ein Privatschnüffler aus.

Als er Miles sah, runzelte der Mann die Stirn, sagte aber nichts. Er und Lydia gaben sich die Hand, und dann schaute Miles aus einiger Entfernung zu, wie sie sich leise unterhielten. Mr. Itigaituk musterte Miles dabei skeptisch und nickte dann, ohne die dunklen, ausdruckslosen Augen von seinem Gesicht zu wenden.

Der Flugplatz lag ungefähr fünfzehn Kilometer außerhalb der Stadt, und Miles bemerkte wieder das endlose Sonnenlicht, unter dem sich die grüne Weite der Tundra in allen Richtungen ausdehnte. In der Ferne blinkten vereinzelte schlammige Moore und Schmelzwassertümpel.

Gleich ein Stück weiter, auf der Asphaltpiste, stand die kleine sechssitzige Cessna, die darauf wartete, sie nach Banks Island, nach Aulavik zu bringen.

21 RYAN SCHAUTE AUF,

und da stand eine Gestalt in der Tür.

Er schlief fast, über seinen Computer gebeugt, die Hände in Position, die Fingerspitzen ordentlich nebeneinander auf *asdf jklö*. Sein Kinn war immer schwerer geworden, bis sein Nacken endlich nachgegeben hatte, seine Ellbogen schlaff geworden waren und seine Stirn einen langsamen Abstieg in Richtung Tischoberfläche eingeleitet hatte.

Es war ein besonderer Traumzustand. Nachdem er sich ein paar Bier, ein paar Züge aus der Bong reingezogen hatte; nachdem er lange gereist war, quer durch die Zeitzonen – von Pacific zu Mountain zu Central zu Eastern –, nachdem er seinen betrunkenen Vater, der, möglicherweise zusätzlich auf Zauberpilzen, mit einer Knarre durch die Gegend torkelte, beruhigt hatte; nachdem er ihn ins Bett gekriegt, ihm sanft die Kanone aus der schlaffen Hand genommen und sie in Sicherheit gebracht hatte und sich dann mit geschlossenen Augen vor den Computerbildschirm gesetzt hatte.

Wie angeordnet, hatte er für sie beide Flüge nach Quito, Ecuador, unter den Namen Max Wimberley und Darren Loftus gebucht, und die Bestätigung war noch immer da auf dem Bildschirm, eine Box, die wie ein Seerosenblatt auf der Oberfläche des Monitors schwebte, und Ryan dachte: *Ich sollte ins Bett gehen. Unglaublich, wie erschöpft ich bin*. Und er rollte seine trockene, klebrige Zunge im Mund herum und zwang seine Augen einen Spaltbreit auf.

Er hatte schon früher solche Träume gehabt.

Da stand ein Mann, eine Silhouette hinter dem Maschendraht der Fliegentür. Er stand unter der Verandalampe, unter einer Wolke von Nachtfaltern, die kreisten und kreisten und benommen gegen die Decke knallten, wodurch über dem Kopf des Mannes ein langsamer Strudel von Hell und Dunkel entstand. Ryan ließ die Augen wieder zufallen.

Er hatte diese leichten Halluzinationen inzwischen schon seit einer ganzen Weile, diese eingebildeten Erscheinungen von Leuten, die er kannte, diese flackernden Lichter, von denen er wusste, dass sie lediglich die Rückstände von Erschöpfung und Stress und noch nicht überwundenen Schuldgefühlen waren, von zu viel Bier und Pot, zu viel Zeit allein mit Jay, ohne jemand anderen, mit dem er hätte reden können; von zu viel Zeit vor einem Computerbildschirm, der gelegentlich wie ein Hochgeschwindigkeits-Stroboskop zu flirren schien, im Millisekundentakt, wie diese unterschwelligen Werbebotschaften von früher, über die er mal gelesen hatte.

Plötzlich musste er an dieses Erlebnis an der Northwestern denken. Er und Walcott hatten das ganze Wochenende über Party gemacht, und er saß jetzt am offenen Fenster seines Zimmers im dritten Stock des Wohnheims und rauchte einen Joint. Sein Arm war nach draußen ausgestreckt, damit nicht das ganze Zimmer vollgequalmt wurde, und er versuchte, Rauchringe in die neblige Frühlingsnacht zu blasen, während er auf den menschenleeren Bürgersteig hinunterschaute und auf die Straßenlaternen, die wie alte Gaslaternen gestylt waren. Es war keinerlei Verkehr, und dann streckte jemand plötzlich die Hand von unten herauf und berührte ihn am Handgelenk.

Er spürte es ganz deutlich. Er wusste, dass es unmöglich war. Sein Arm war drei Stockwerke über dem Straßenniveau ausgestreckt, aber trotzdem hatte jemand von unten danach gegriffen und ihn einen Moment lang umfasst. Es war so, als ob sein Arm statt aus einem Fenster des dritten Stocks aus einem fahrenden Boot heraushinge, als ob seine Finger über die Oberfläche eines Sees gestrichen hätten und plötzlich eine Hand, ein Ertrinkender, aus dem Wasser nach ihm gegriffen und sein Handgelenk umklammert hätte.

Er hatte einen Schrei ausgestoßen, und der Joint war ihm aus den Fingern gefallen, und er sah, wie die orange Glut durch den dunklen Raum hinuntertrudelte, während er die Hand blitzschnell wieder hereinzog. «Heilige Scheiße!», sagte er, und Walcott hatte von seinem Laptop aufgeschaut und Ryan mit schläfrigen Augen angesehen.

«Hm?», sagte Walcott, und Ryan saß einfach nur da und hielt sich das Handgelenk fest, als habe er sich verbrannt. Was konnte er schon sagen? *Eine Geisterhand ist gerade drei Stockwerke hochgeschwommen und hat versucht, mich zu packen. Jemand hat versucht, mich aus dem Fenster zu ziehen.*

«Irgendwas hat mich gestochen», sagte er endlich, ruhig. «Ich hab den Joint fallen lassen.»

Das alles kam ihm jetzt mit völliger Klarheit wieder zu Bewusstsein – mehr wie eine Zeitreise als wie eine Erinnerung –, und er schüttelte den Kopf, die typische Bewegung des Tagträumers, der versucht, sein Gehirn wieder zurechtzurütteln.

Er kniff die Augen zu in der Hoffnung, damit Tabula rasa machen zu können, aber als er sie wieder öffnete, war die Gestalt in der Tür sogar noch deutlicher geworden.

Der Mann war näher gekommen. Er war jetzt im Zimmer und kam auf Ryan zu, ein großgewachsener Mann in einem schwarzen Anzug, dessen blanker Stoff schimmerte.

«Ist Jay da?», sagte der Mann, und Ryans Körper zuckte unkontrolliert, als er vollständig ins Wachbewusstsein zurückkehrte. «Ich bin ein Freund von Jay», sagte der Mann. Real. Kein Traum.

Der Mann hielt ein schwarzes Plastikgerät in der Hand, das auf den ersten Blick so aussah, als könnte es ein Elektrorasierer sein. Etwas, das sich an den Computer anschließen ließ? Ein Kommunikationsgerät, wie ein Handy oder ein Empfänger, mit zwei Metallklauen, die zangenartig aus dem einen Ende herausschauten?

Der Mann kam schnell näher und hielt das Ding dabei vor sich ausgestreckt, als böte er es Ryan an, und Ryan griff tatsächlich für einen Augenblick danach, direkt bevor der Mann es ihm gegen die Kehle drückte.

Es war ein Taser, begriff Ryan.

Er spürte den elektrischen Strom, der durch ihn hindurchschoss. Seine Muskeln krampften sich schmerzhaft zusammen, und er spürte die Spasmen in seinen schlenkernden Armen und Beinen und seiner Zunge, die sich in seinem Mund verhärtete, ein dicker Klumpen Fleisch, an dem er ein kehliges Gurgeln vorbeipresste. Seine zitternden Lippen versprühten Speichel.

Und dann verlor er allmählich das Bewusstsein.

Es war keine Halluzination. Es war nichts als Leere, dicke, verschwommene schwarze Flecke, die sich in sein Gesichtsfeld hineinzudrängen begannen. Wie Schimmel, der sich in einer Petrischale ausbreitet. Wie die Emulsionskörnchen eines verschmorenden Films.

Und dann: Stimmen.

Jay – sein Vater – nervös, ausweichend.

Dann eine ruhige Erwiderung. Eine Stimme aus einer Entspannungs-CD?

Ich suche Jay. Können Sie

mir da helfen?

Autsch, sagte Jay, leicht schrill.

Ich weiß nicht, ich weiß

Sagt Ihnen der Name Jay Kozelek etwas?

Ich ...

Wo ist er?

... weiß nicht

Ich brauche nur eine Adresse. Wir können es ganz kurz und schmerzlos machen.

Ehrlich

Was immer Sie mir sagen können, wird uns allen eine große Hilfe sein.

Ehrlich, ich schwöre bei Gott

ich w

Ryans Kopf hob sich, aber sein Hals fühlte sich wie ein schlapper Stängel an. Er saß auf einem Stuhl und spürte den Druck des Klebebandes, das ihn – seine Unterarme, seine Brust, seine Taille, seine Waden, seine Fußknöchel – fixierte, und als er probeweise die Muskeln anspannte, merkte er, dass er sich nicht rühren konnte. Seine Augen gingen einen Schlitzbreit auf, und dann sah er, dass er und Jay einander gegenüber am Küchentisch saßen. Er sah, dass Jay ein Rinnsal von Blut aus dem Haar lief, über die Schläfe und das linke Auge und dann an der Nase entlang in den Mund. Jay machte ein schniefendes Geräusch, als ob er erkältet sei, und ein paar Tröpfchen Blut spritzten aus ihm hervor und besprenkelten die Tischplatte.

«Schauen Sie», sagte Jay demütig zu dem Mann. «Sie wissen doch, wie es in diesem Geschäft ist. Die Leute sind nicht zu fassen. Ich kenn den Typen kaum», sagte er eifrig, hilfsbereit, noch immer bemüht, sich an sein altes Charmeur-Ich zu klammern. «Sie wissen wahrscheinlich mehr über ihn als ich.»

Und der Typ, der über ihm stand, dachte darüber nach.

«Ach, wirklich», sagte er und stand da und sah auf Jay hinunter.

Es war der Typ, der Ryan den Stromstoß verpasst hatte, und zum ersten Mal konnte Ryan ihn sich richtig ansehen. Er war ein ziemlicher Fettsack, Ende zwanzig, schmale Schultern und breite Hüften, schätzungsweise ein bisschen größer als eins achtzig. Er trug einen glänzenden schwarzen italienischen Anzug, wie ihn ein Mafioso tragen könnte – nur dass er gar nicht wie ein Gangster aussah. Er hatte einen jungenhaften, kartoffelförmigen Kopf, einen Schopf von strohfarbenem Haar und erinnerte Ryan an niemand so sehr wie an den Studenten aus einem höheren Semester, der in seinem Computerkurs auf der Northwestern dem Dozenten assistiert hatte.

«Weißt du was», sagte der Typ, «ich glaub dir nicht.»

Er hob die Faust und rammte sie Jay ins Gesicht. Fest. So fest, dass Jay nach hinten kippte und weitere Blutströpfchen aus seinem Mund spritzten und Jay einen spitzen, überraschten Japser ausstieß.

«Das ist ein Missverständnis!», sagte Jay. «Hören Sie, Sie haben einfach den Falschen erwischt, das ist alles. Ich weiß nicht, was ich sonst noch sagen soll. Sagen Sie mir, was Sie von mir hören wollen!»

Ryan versuchte währenddessen, sich so unauffällig und leise wie möglich zu verhalten. Er hörte Geräusche – allerlei unbestimmte dumpfe und scheppernde Geräusche im Nebenzimmer, und durch die offene Tür sah er Männer in schwarzen Hosen und Hemden. Zwei Männer, dachte er, aber vielleicht auch mehr, die von den Rechnern, die nebeneinander auf den Tischen standen, sämtliche Kabel abzogen, die Monitore und Tastaturen und sonstigen peripheren Geräte auf den Boden schmissen und gelegentlich mit langen gebogenen Metallstücken, Brechstangen, auf irgendwas einschlugen. Einer von ihnen hob Jays Ouija-Brett vom Couchtisch auf und betrachtete es neugierig, von vorn und von hinten, als sei es eine Errungenschaft der Technik, die ihm bislang noch nicht untergekommen war. Dann hielt er inne, vielleicht weil er Ryans Blick auf sich gespürt hatte. Schnell kniff Ryan die Augen zu.

«Tja also, ich überleg mir gerade, dich zu foltern», sagte der Taser-Mann endlich zu Jay. Er hatte eine weiche, besonnene, fast monotone Stimme, die an den DJ eines College-Radiosenders erinnerte. «Hör mir zu. Die einzige Phantasie, die mir geholfen hat, all die Jahre durchzuhalten, war die Vorstellung, Jay Kozelek eines Tages zu foltern. Es war eins der wenigen Dinge, die mich während der ganzen Zeit im Knast glücklich gemacht haben, also versuch mich nicht zu ficken. Ich hab seine Spur bis hierher verfolgt. Ich weiß, dass er hier irgendwo ist. Und wenn du mir nicht sagst, wo Jay ist, werde ich dich foltern, und dein Freundchen hier gleich mit, bis ihr beide Blut kotzt. Okay?»

Ryans Lippen öffneten sich, aber es kam nichts heraus. Kein Ton, nicht einmal ein Hauch.

Das hier war eine Situation, über die Ryan nie sonderlich viel nachgedacht hatte. Während der ganzen Zeit, in der er und Jay ihrer kriminellen Tätigkeit nachgegangen waren – selbst als er die russischen IMs bekam, selbst als er vor diesen Typen in Las Vegas floh –, hatte er sich nie vorgestellt, jemals an einen Stuhl gefesselt in einer Hütte in den Wäldern von Michigan zu sitzen, während ein Mann sagte: *Ich habe mir überlegt, dich zu foltern.*

Er war überrascht, wie unnütz sein Verstand war. Er hatte sich immer vorgestellt, dass sein Gehirn in einer verzweifelten Situation auf volle Leistung schalten würde – seine Gedanken anfangen würden zu rasen –, sein Adrenalin in die Blutbahn schießen – sein Selbsterhaltungstrieb plötzlich einsetzen würde –, aber stattdessen verspürte er eine dumpfe pulsierende Leere, einen flachen Herzschlag, wie die schnelle Atmung eines gestellten Nagetiers. Er dachte an ein Kaninchen, ein kleines Wildtier, das in Reglosigkeit erstarrt, als ob es sich einreden wollte, es sei unsichtbar. Er dachte an Jays Meditations-CDs: *Stell dir einen Kreis von Energie vor, nah dem unteren Ende deiner Wirbelsäule. Diese Energie ist stark. Sie verbindet dich mit der Erde …*

Und wie er so dasaß, hatte er das Gefühl, nichts anderes als Erde zu sein. Ein Sack Gartenerde.

Inzwischen hatte der Mann die Hand in Jays langes Haar gesteckt, und während er redete, wickelte er sich eine Strähne um jeden einzelnen Finger und zog dieses Geflecht strammer, je leiser seine Stimme wurde.

«Ich war drei Jahre lang im Gefängnis», sagte der Mann. «*Gefängnis.* Das ist dir vielleicht nicht klar, Mann, aber so ein Gefängnisaufenthalt hat die Eigenart, einen irgendwie bösartig zu machen. Und weißt du was? Tag für Tag und Monat für Monat gab es nur eines, was mich glücklich gemacht hat: mir Möglichkeiten auszumalen, wie ich deinem Freund Jay wehtun könnte. Ich hab viel darüber nachgedacht. Manchmal habe ich einfach die Augen zugemacht und mich dann gefragt: Was müsste man mit Jay tun? Ich habe mir sein Gesicht vorgestellt und wie er aussehen würde, wenn er an einem Stuhl festgebunden wäre, und dann fragte ich mich: Was wäre das Schlimmste? Was würde ihm die größten Schmerzen bereiten?»

Der Mann schwieg nachdenklich, ein ganzes Büschel von Jays Haaren um die Finger geflochten, immer straffer gespannt.

«Und deswegen wirst du verstehen –», sagte der Mann. «Die Tatsache, dass ich Jay nicht habe, macht mich richtig stinkig.»

Mittlerweile fand Ryan das Gespräch surreal und unverständlich, aber es fiel ihm schwer, sich auf etwas anderes zu konzentrieren als den Ausdruck im Gesicht seines Vaters, Jays gebleckte Zähne, seinen leeren Kaninchenblick.

Ryan vermutete, dass der Mann vorgehabt hatte, eine Docke von Jays Haar mitsamt den Wurzeln auszureißen, dies aber mehr Kraft erforderte, als er zunächst erwartet hatte. «Au!», schrie Jay, aber die Haare blieben stur an der Kopfhaut haften, und nach einem kurzen Kampf erkannte der Mann, dass eine größere Hebelwirkung oder mehr Muskelkraft erforderlich war, als er bereit – oder imstande – war zu investieren.

«Gottverdammt», sagte der Mann und schlenkerte stattdessen Jays Kopf kräftig herum, so wie ein Hund das mit einem Lumpen tun würde, und Jays Gesicht bibberte heftig, bis der Mann aufhörte und Jays Haare mit einer theatralischen Geste losließ.

Er hatte die Haare nicht ausgerissen, aber es hatte immerhin so wehgetan, dass Jay jetzt wimmerte und sich krümmte.

«Ich hab ihn seit Jahren nicht mehr gesehen», sagte Jay. «Ich hab keine Ahnung, wo er ist, ich schwör's.»

Jay weinte ein bisschen, ein leises kindliches Schnüffeln, ein Zittern der Schultern, und das gab dem Mann offensichtlich zu denken: Jemanden zu foltern war wohl anstrengender, als er es sich ausgemalt hatte.

«Als ich ihn zuletzt sah, hatte er vor, nach Lettland zu fahren. Nach Rēzekne», sagte Jay ernst und tat einen langen nassen Atemzug durch die Nase. «Er ist schon lange aus dem Rennen, schon sehr lange.»

Aber das war nicht das, was der Mann hören wollte, und Ryan für sein Teil hatte keine Ahnung, wovon sie eigentlich redeten. Gab es noch einen anderen Jay?

«Du hast mich nicht verstanden, was?», sagte der Mann. «Du bildest dir ein, du kannst mich mit so einer blöden Scheiße abspeisen, ja?» Und er stieß einen steifen, theatralischen

Lacher aus. «Aberr wirr habben Wägä, dich zum Rädän zu bringen», sagte er mit künstlichem russischem Akzent.

Der Mann steckte die Hand in seine Jacketttasche und tastete darin herum wie jemand, der nach seiner Hasenpfote sucht, und als er den Gegenstand berührte, stellten sich seine Augen wieder scharf, und seine Entschlossenheit kehrte langsam zurück. Seine Miene entspannte sich zu einem kleinen, privaten Lächeln.

Was er aus seiner Tasche zog, war eine Rolle von dünnem silberfarbenem Draht, und er betrachtete sie mit einem Ausdruck, als erinnerte er sich an ein lange zurückliegendes erfreuliches Erlebnis.

Jay sagte nichts. Er ließ einfach den Kopf hängen, und sein langes Haar bildete einen Vorhang um sein Gesicht, während seine Schultern sich im Takt seines Atems hoben und senkten. Ein Tröpfchen fiel ihm aus der Nase und auf die Brust seines T-Shirts.

Aber der Mann bekam das gar nicht mit. Er hatte seine Aufmerksamkeit von Jay abgewandt und schaute jetzt Ryan an.

«So», sagte er. «Wen haben wir da?»

Ryan spürte, wie sich die Augen des Mannes auf ihn richteten. Das vorübergehende Gefühl der Unsichtbarkeit verflog, und er sah interessiert zu, wie der Mann das Stück Draht auseinanderrollte. An beiden Enden je ein einfacher Gummigriff. Der Mann neigte den Kopf zur Seite. «Wie heißt du, Mann?», fragte er. Er nahm die Hände beiläufig auseinander und spannte dadurch den Draht, bis er so straff war, dass er wie eine Gitarrensaite vibrierte.

«Ryan.»

Und der Mann nickte. «Gut», sagte er. «Du weißt, wie man Fragen beantwortet.»

Und Ryan wusste nicht genau, was er dazu sagen sollte. Er starrte über den Tisch hinweg und hoffte, Jay würde den Kopf heben, Jay würde ihn ansehen, ihm ein Zeichen geben, ihm irgendwie zu verstehen geben, was er tun sollte.

Doch Jay schaute nicht auf, und der Mann richtete seine ganze Aufmerksamkeit auf Ryan.

«Du bist Kasimir Czernewski, nehme ich an?», sagte der Mann.

Ryan starrte auf die Tischplatte, auf der alte Wasserflecke sich zu einer Landkarte ausgebreitet hatten – einem Kontinent, umgeben von kleinen Inseln.

Er spürte, wie seine Haut erschauderte – die unwillkürliche körperliche Reaktion, die er sonst mit Nass- und Durchfrorensein assoziierte, aber das hier war richtige Angst. So fühlte es sich an, sich zu Tode zu fürchten.

«Dich haben wir auch im Auge behalten, weißt du», sagte der Mann. «Ich glaube, du wirst staunen, wie viele von deinen getürkten Konten nicht mehr gedeckt sind.»

Ryan konnte zwar die Worte hören, die der Mann sagte, konnte sie verarbeiten, wusste, was sie bedeuteten – aber gleichzeitig fühlten sie sich insgesamt nicht wie wirkliche Sätze an. Sie sanken in sein Bewusstsein wie eine bleibeschwerte Angelschnur, die in einen Teich geworfen wird, und er spürte, wie sich die Ringwellen in seinem Körper ausbreiteten.

Was wünschte er sich in dem Moment von Jay? Was wünscht sich ein Sohn in einer solchen Situation von seinem Vater?

Zunächst einmal gibt es den heroischen Action-Tagtraum. Den Vater, der dir vielleicht selbstsicher, beruhigend zuzwinkert – ein leises *tschk, tschk* aus dem Mundwinkel –, unvermittelt seine Fesseln sprengt und eine Pistole zückt, die er in seinem Wadenhalfter versteckt hatte, und die Kugeln schlagen in den Hinterkopf des Folterers ein, der daraufhin mitten in der Bewegung erstarrt und vornüberfällt, und dein Dad grinst dich verlegen an, während er sich das Klebeband von den Beinen reißt und herumwirbelt, die Waffe im Anschlag, und auf die Spießgesellen anlegt –

Und dann gibt es den Vater von stählerner Entschlossenheit. Den Vater, der dir seine knirschenden Zähne zeigt: *Lass dich nicht kleinkriegen! Wir stehen das gemeinsam durch! Es wird alles gut!*

Oder den betroffenen Vater – mit Augen, die von Zärtlichkeit und Kummer schwimmen, Augen, die dir sagen: *Ich bin bei dir. Wenn du leidest, werde ich zehnfach leiden. Ich schicke dir all meine Liebe und Kraft …*

Und dann gab es Jay. Blut war ihm aus dem Haar ins Gesicht geflossen, Tränen hatten sich hier und da Pfade durch das angetrocknete Blut gebahnt, und als sich ihre Augen begegneten, war es schon viel, dass sie sich gegenseitig erkannten.

Zum ersten Mal seit langem dachte Ryan an Owen. Seinen anderen Vater. Seinen einstigen Vater – den Vater, den er sein Leben lang gekannt, der ihn aufgezogen hatte, der ihn nun für tot hielt. Gut möglich, dass Owen genau in diesem Augenblick in Iowa aufwachte, um die Hündin rauszulassen. Er würde im Pyjama auf dem Rasen stehen und ihr zuschauen, wie sie schnüffelte und im Kreis herumtrottete, zu den Straßenlaternen hinübersehen, die mit der aufgehenden Sonne immer matter leuchteten, sich bücken, um die Zeitung vom Rasen aufzuheben.

Einen Moment lang war Ryan fast dort. Er hätte wie ein Vogel in der alten Eiche vor dem Haus sitzen und zärtlich von oben hinunterschauen können, während Owen den *Daily Nonpareil* auspackte, um die Schlagzeilen zu überfliegen; während Owen mit den Fingern schnippte und pfiff und die Hündin, mit sich zufrieden, angerannt kam; während Owen einen Blick nach oben warf, als könnte er irgendwo über sich Ryan spüren, der sich hinunterbeugte, eine Lufthand, die zausend über Owens ungekämmten, verschlafenen Kopf strich.

«Dad», sagte Ryan. «Dad, bitte, Dad.»

Und er sah Jay zusammenzucken. Jay sah ihn nicht an, er hob den Kopf nicht, aber ein Schauder durchfuhr ihn, und der Mann im Anzug richtete sich interessiert auf.

«Ach du liebe Güte», sagte er. «Das ist eine unerwartete Entwicklung.»

Ryan senkte den Kopf.

«Ryan», sagte der Mann, «ist das dein Vater?»

«Nein», flüsterte Ryan.

Er ließ die Augen wieder auf den wolkenförmigen Wasserfleck auf dem Tisch fallen. Ein Kontinent, dachte er wieder. Eine Insel, wie Grönland, ein imaginäres Land, und er ließ seine Augen dem Verlauf der Küste folgen, den Buchten und Archipelen, und konnte beinah die Stimme der Meditations-CD hören.

Stell dir einen Ort vor, sagte die Stimme. *Achte als Erstes auf das Licht. Ist es grell, natürlich oder matt? Achte außerdem auf die Temperatur. Heiß, warm oder kühl? Werde dir der Farben bewusst, die dich umgeben. Gestatte dir, einfach nur da zu sein ...*

Ein Versteck, dachte er, und eine Sekunde lang konnte er sich die Zelte vorstellen, die er als Kind immer aufgebaut hatte, darin Küchenstühle, mit einem großen Quilt verhängt, den dunklen Raum in der Mitte, wo er Kissen und Stofftiere aufhäufte, sein ganz persönliches unterirdisches Nest, das sich, wie er sich vorstellte, auswärts in weiche, halbdunkle, sich schlängelnde Gänge ausdehnte, die aus Federn und Decken bestanden.

«Ich werde mit der linken Hand anfangen», sagte der Mann. «Dann ist der linke Fuß dran. Und dann die rechte Hand und so weiter.»

Der Mann streckte die Hand aus und berührte, ganz leicht, die sommersprossige Haut von Ryans Unterarm.

«Wir werden hier eine Aderpresse anbringen», murmelte er. «Was ziemlich kneifen wird. Aber auf die Art wirst du nicht ganz so schnell verbluten, wenn ich dir die Hand abschneide.»

Aus welchem Grund auch immer war Ryan nicht ganz bei der Sache. Er dachte an Owen. Er dachte an diese Geisterhand, die damals, als er ein Student in einem Wohnheimzimmer gewesen war, von unten aufgetaucht war und ihn am Handgelenk gepackt hatte. Er dachte an seine Höhle unter der Steppdecke.

Der Mann sagte: «Oberhalb des Handgelenks? Oder unterhalb des Handgelenks?»

Und Ryan wusste kaum, was da gefragt wurde, bis er spürte, wie der Draht sich um seine Hand schlang, direkt unterhalb des Daumengelenks. Er zitterte so heftig, dass der Draht ebenfalls in Schwingung geriet, als der Mann ihn straffte.

«Bitte nicht», flüsterte Ryan, aber er war nicht sicher, ob tatsächlich irgendein Laut aus seinem Mund gedrungen war.

«Und jetzt, Ryan», sagte der Mann, «möchte ich, dass du deinen Vater aufforderst, Vernunft anzunehmen.»

Jay hatte das alles mit einem gequälten, glasigen Blick mitverfolgt, und seine Augen weiteten sich, als er sah, wie der Mann den dünnen Draht um Ryans Handgelenk schlang.

«Ich bin Jay!», rief er heiser, und es klang wie der Ruf einer Krähe auf einem Ast. «Ich bin Jay, ich bin Jay, ich bin der Mann, den Sie suchen, ich heiße Jay Kozelek, ich bin der, den Sie haben wollen …»

Doch der andere Mann stieß einen kehligen, angewiderten Laut aus.

«Du musst mich für einen Idioten halten», krächzte der Mann. «Ich *kenne* Jay Kozelek. Ich habe mit ihm zusammengewohnt. Ich weiß, wie er aussieht. Wir haben zusammen herumgesessen und gequatscht und uns Filme angeguckt und den ganzen Scheiß, und ich dachte, er wär mein Freund. Das ist das Schlimmste an der ganzen Sache. Wir standen uns tatsächlich nah, ich weiß also genau, wie sein Gesicht aussieht. Geht das in deinen Schädel? Ich weiß, wie er aussieht. Glaubst du ehrlich, du könntest mich verarschen, nach all der Zeit? Glaubst du, ich bin geisteskrank? Glaubst du, ich mach hier Spaß …?»

Nichts davon ergab für Ryan irgendeinen Sinn, aber er konnte sowieso längst nicht mehr klar denken.

Der Mann hatte schon angefangen, den Schneidedraht zu spannen, und Ryan stieß einen Schrei aus.

Es ging eigentlich sehr schnell.

Erstaunlich schnell.

Der Draht war scharf, und er sank tief in das Fleisch, bis er das Radiokarpalgelenk erreichte. Er blieb direkt oberhalb von Speiche und Elle hängen, rutschte dann am Knochen entlang, bis er den weicheren Knorpel fand, und der Mann ballte die Fäuste fester um die Griffe und zog mit aller Kraft hin und her, mit einer sägenden Bewegung, und die Hand ging plötzlich ab. Sauber abgetrennt.

Öach, sagte der Mann.

Da war diese Erinnerung,

ein Geist, der aus dem Nichts nach oben griff, nach seinem Handgelenk schnappte, und

Nicht direkt bei Bewusstsein.

Guckte nicht hin, nicht auf seine Hand, aber da war eine harte Stimme – *verdammte elende Scheiße, was tust du da?* –, und Ryans Augen gingen auf, und er konnte den Mann sehen, der da stand und blinzelnd auf den Fußboden starrte. Den Draht noch immer, jetzt locker, in der Hand, aber er war blass geworden, und sein Gesicht hatte einen feuchten Glanz. Einen verkniffenen Ausdruck, als hätte er etwas getrunken, das er besser ausgespuckt hätte.

Jetzt war da auch noch ein anderer Mann – einer von denen, die er im Kopf als «Spießgesellen» bezeichnet hatte –, und der sagte: *O mein Gott Dylan bist du übergeschnappt du hattest doch gesagt du würdest das nicht wirklich machen*, und Ryan am ganzen Leib bibbernd und mit schwummrigem Kopf, und die zwei Gestalten verschwammen zu Silhouetten und verfestigten sich dann wieder vor einer Lichteruption, die vom Küchenfenster reflektiert wurde, und einer von ihnen hatte ein Geschirrtuch in der Hand und beugte sich zu Ryan hinunter

und Jays Stimme –

«Er verblutet noch, Leute, er kann nichts dafür, bitte, lasst ihn nicht verbluten –»

Und dann der Mann, Dylan, der Ryan mit großäugigem, entsetztem Ekel anstarrte. Der zerknitterte schwarze Gangsteranzug hing an ihm wie ein Kostüm, das ihm jemand im Schlaf angezogen hatte, und er stand da, benommen, unsicher, wie ein Schlafwandler, der gerade in einem Zimmer aufwacht, von dem er geglaubt hatte, er habe es nur geträumt.

«O Scheiße», flüsterte Dylan.

Und dann bückte er sich und kotzte.

22

DER JETBLUE-AIRWAYS-FLUG

von Denver nach New York dauerte dreieinhalb Stunden – Zeit genug, um mehrmals zwischen Panik und Resignation hin und her zu schwanken. Lucy saß, die Hände im Schoß verkrampft, stocksteif auf ihrem Platz in einem wankenden, Übelkeit erregenden Ausnahmezustand.

Sie war bis dahin noch nie geflogen – konnte sich aber nicht dazu durchringen, George Orson diese peinliche Tatsache einzugestehen.

David Fremden einzugestehen. Dad.

Sie hatte versucht, die Tatsache in den Kopf zu kriegen, dass es einen Menschen namens George Orson überhaupt gar nicht gab.

Es war nicht lediglich so, dass alles, was sie über ihn wusste, erfunden oder geborgt, oder übertrieben war – es war nicht lediglich, dass er gelogen hatte. Es war mehr als das, ein unheimliches Gefühl, das in ihrem Bewusstsein aufbrach, wann immer sie versuchte, ruhig und logisch über die Situation nachzudenken.

Er existierte nicht mehr.

Da musste sie an die Tage nach dem Tod ihrer Eltern denken – der Wäschekorb überquellend von ungewaschenen Sachen, der Kühlschrank voll mit Lebensmitteln, die ihre Mutter an diesem Wochenende zum Kochen hatte verwenden wollen, das Handy ihres Vaters, das zahlreiche Anrufe von Kunden anzeigte, die wissen wollten, warum er nicht zu den vereinbarten Terminen gekommen war. Anfangs würden sie ein paar Lücken in der Welt hinterlassen – bei Kunden, die sich auf ihren Vater verließen, bei Patienten, die im Krankenhaus darauf warteten, von ihrer Mutter versorgt zu werden, bei Freunden, Kollegen und Bekannten, denen sie eine Zeitlang fehlen würden –, aber das waren unbedeutende Laufmaschen im Gewebe des großen Ganzen, leicht zu behebende Schäden. Was sie am meisten schockierte, war, wie schnell sich solche Abwesenheiten zu schließen begannen. Schon nach ein paar Wochen konnte man sehen, wie bald ihre Eltern vergessen sein würden, wie schnell ihre Gegenwart zu einer Abwesenheit wurde und dann – was? Wie nannte man eine Abwesenheit, die aufhörte, sich als Abwesenheit bemerkbar zu machen, wie nennt man ein Loch, das aufgefüllt worden ist?

Ach, dachte sie dauernd. *Sie werden nie wiederkommen.* Als ob es sich dabei um etwas Übernatürliches, Science-Fictionmäßiges handelte. Wie konnte man glauben, so etwas sei möglich?

Daran musste sie denken, als sie in der Nacht, in der er ihr die Wahrheit gesagt hatte, neben ihm im Bett lag und mit den Fingern über den Arm strich, der nicht George Orsons Arm war. *Ich werde nie wieder mit George Orson reden*, dachte sie, und sie zog die Hand zurück.

Er war da, direkt neben ihr, derselbe Körper, mit dem sie schon so lange zusammen war, und trotzdem fühlte sie sich einsam.

Ach, George, dachte sie. *Du fehlst mir.*

Und jetzt, wo sie im Flugzeug neben David Fremden saß und versuchte, ihre Gedanken zu ordnen, dachte sie das wieder.

George Orson fehlte ihr. Sie würde nie wieder mit ihm reden.

Sie war noch nie zuvor in einem Flugzeug gewesen, und sie war sich der grauenvollen, unermesslichen Distanz zwischen sich und dem Erdboden bewusst. Sie spürte, wie die Luft unter ihren Füßen vibrierte, ein Schauder von leerem Raum, und sie bemühte sich, nicht aus dem Fenster zu sehen. Hinauszuschauen und die dicken Wolken-Meringen zu sehen war nicht so schlimm, aber wenn die Erde anfing, dazwischen sichtbar zu werden, wurde es schon schwieriger. Die Topographie. Man konnte die geometrische Ausbreitung menschlicher Besiedlung sehen, die haarfeinen Bleistiftstriche von Feldrainen, Wegen und klobigen Sprenkel von Ortschaften, und es fiel schwer, nicht daran zu denken, wie es wäre abzustürzen – wie lange man fallen müsste, bevor man endlich aufprallte.

George Orson hätte sie das sowieso nie erzählt. Sie hätte es nicht ertragen, so unerfahren zu erscheinen, von George Orson als eine alberne Landpomeranze angesehen zu werden, ganz kribbelig vor ignoranter Angst beim Gedanken ans Fliegen, die Fingernägel in das Polster der Armlehnen gebohrt, als könnte ihr das irgendwie Halt geben.

David Fremden sah währenddessen völlig gefasst aus. Er schaute auf den Miniatur-Fernsehbildschirm, der in die Kopfstütze des Sitzes vor ihm eingebettet war, verweilte kurz bei einer Sendung über Pyramiden im History Channel, zappte rasch über Nachrichten und Wetter weg, lächelte nostalgisch bei einer Episode einer alten Sitcom aus den achtziger Jahren. Er sah sie nicht an, aber seine Hand ruhte auf ihrem Unterarm.

«Du liebst mich noch immer, oder?», hatte er sie gefragt – und die Frage pulsierte weiter, als könnte sie sie durch die Wirbel seiner Fingerspitzen spüren.

Aber es gab auch andere Dinge, die sie im Kopf behalten musste. Die Ereignisse überstürzten sich mittlerweile fast. Die Welt drehte sich weiter, und sie musste ein paar Entscheidungen treffen, auch wenn sie nur über unzuverlässige Informationen verfügte. 4,3 Millionen Dollar lagen angeblich auf einer Bank in der Elfenbeinküste. Hunderttausend Dollar, vielleicht noch mehr, befanden sich gegenwärtig in ihrem Besitz.

Ihr Handgepäck lag im Stauraum, direkt über ihnen, und das war so weit ganz gut, obwohl es auch ein gewisses Unbehagen verursachte.

Sie hatten ihre letzte Nacht im Lighthouse Motel Seite an Seite in der Bibliothek zugebracht, jeder mit einer Rolle Tesafilm, jeder mit einem Stapel Hundert-Dollar-Scheine.

David Fremden hatte einen großen alten Atlas, 65 × 50cm, vor sich liegen, und Lucy ein Wörterbuch und einen Roman von Dickens. So saßen sie da und befestigten Banknoten an den Seiten.

«Bist du sicher, dass das funktioniert?», hatte Lucy gesagt. Sie blätterte sich durch *Bleakhaus*, und Textfetzen sprangen ihr jedes Mal ins Auge, wenn sie einen Geldschein auf die Seite legte und ihn festklebte. *Der Nebel ist wirklich furchtbar, gab ich zu.* Und sie presste Ben Franklin darauf und blätterte ein paar Seiten weiter. *Es ist eine Schmach, fuhr sie fort. Sie wissen es ganz gut. Das ganze Haus ist eine Schmach.* Und wieder deckte sie die Passage ab, und wieder tauchten ein paar Krümel Text auf: *Miss Jellyby fanden wir am Kamin im Schreibzimmer stehen …*

«Das ist kein Problem», sagte David Fremden. Er arbeitete schneller als sie, reihte gerade drei Hunderter in der Mitte von Irland nebeneinander und drückte mit dem Daumen einen Streifen Klebefilm über die Oberkante der Geldscheine. «Das mache ich nicht zum ersten Mal», sagte er.

«Okay», sagte sie.

«Das Universum», wendete er ein, «ist kein besonders guter Vater, fürchte ich.»

«Aber haben die da nicht einen Röntgenapparat», fragte sie, «mit dem sie durch die Buchdeckel sehen können?»

Das Gemälde stellt die gegenwärtige Lady Dedlock dar; es gilt für ausgezeichnet getroffen und ...

«Hör mal», sagte David Fremden, und er seufzte. «In dem Punkt wirst du mir einfach vertrauen müssen. Ich weiß, wie diese Sicherheitsanlagen funktionieren. Ich weiß wirklich, was ich tue.»

Und bislang, ja, hatte er recht behalten, auch wenn sie entsetzlich nervös gewesen war. Als sie endlich am Anfang der Schlange vor dem Sicherheitscheck standen, hatte sich ihr Körper fast übernatürlich sichtbar angefühlt, so als strahle ihre Haut eine leuchtende Aura aus. Sie konnte es nicht glauben, dass die Leute sie nicht anstarrten, aber keiner schien etwas zu merken. Also legte sie ihren Ranzen, der ein paar Toilettenartikel und ein T-Shirt und die Bücher enthielt, in eine graue Plastikwanne und musste die ganze Zeit an das gemästete, mit Geld vollgestopfte *Bleakhaus* denken – musste daran denken, als sie sich bückte, um die Schuhe auszuziehen, und als das Rollband ihre Tasche durch den Tunnel des Durchleuchtungsgerätes beförderte.

«Okay», sagte der Sicherheitsmann und bedeutete ihr, zum türrahmenförmigen Metalldetektor weiterzugehen, wo ein breiter Gewichthebertyp mit ausdruckslosem Gesicht, der vielleicht nicht viel älter als sie war, sie durchwinkte. Es gab keinen Alarm, kein Zögern, als ihre Tasche durchlief, kein Stutzen angesichts ihres stümperhaft gefärbten Haares, nichts.

David Fremden legte ihr die Hand an den Ellbogen.

«Gut gemacht», murmelte er.

Und jetzt war die Maschine also auf dem Rollfeld in New York. Sie saßen auf ihren Plätzen und warteten brav darauf, dass der Kapitän die BITTE-ANSCHNALLEN-Zeichen ausschaltete, obwohl manche der Passagiere um sie herum schon unruhig wurden. Lucy versuchte noch immer, nach der Erfahrung der Landung – den knirschenden Geräuschen, mit denen sich das Fahrwerk ausgeklappt hatte, dem plötzlichen, nachbebenden Stoß beim Aufsetzen auf der Landebahn, dem Gefühl, dass ihre Ohren mit einem Pfropfen von klebriger Luft verstopft waren – ihr inneres Gleichgewicht wiederzugewinnen. Sie versuchte, streng mit sich zu sein. *Du bist so eine Vollidiotin, Lucy. So eine hinterwäldlerische Landpomeranze, wovor hast du eigentlich Angst? Wovor hast du Angst?*

Aber die Wahrheit war, dass sie einen Tic im Bein hatte, sie spürte, wie ein Muskel unwillkürlich zuckte, und als sie die Hand auf ihren Oberschenkel legte, hörte sie eine andere Stimme in ihrem Kopf, ein leises, trauriges Wimmern.

Das will ich alles nicht. Ich glaub, das war ein Fehler.

Es war so, als ob Schmetterlinge angefangen hätten, sich auf ihr niederzulassen, Hunderte von Schmetterlingen, und jeder einzelne davon war aus Blei. Es dauerte nicht lange, und sie war vollständig damit bedeckt.

Als ein leiser, tiefer Glockenton erklang, seufzten die übrigen Passagiere auf und begannen en masse aufzustehen, sich in die Gänge zu drängen und die Handgepäckfächer zu öffnen. Sie lehnten sich an die Person, die vor ihnen stand – nicht direkt chaotisch, aber fast wie ein Schwarm von Fischen oder Zugvögeln. Lucy hob die Augen, als David Fremden ebenfalls aufstand.

«Brooke», sagte er. Er griff nach ihrer Hand und drückte sie fest. «Komm, Schätzchen», flüsterte er. «Lass mich jetzt nicht hängen.»

Es war kein Problem aufzustehen. Kein Problem, den engen Gang zwischen den Sitzen entlangzuschlurfen, immer David nach – ihrem Vater nach –

Er reichte ihr ihren Ranzen mit einem dieser liebevoll-spöttischen Blicke, die sie so sehr an George Orson erinnerten. Dieses Grinsen, das sie so beeindruckt hatte, als sie seine Schülerin im Geschichtskurs gewesen war, damals, als er ihr gesagt hatte, sie sei *sui generis*. «Menschen wie du und ich, wir erfinden uns selbst», hatte er gesagt, aber sie hatte damals unmöglich ahnen können, dass er es wörtlich meinte.

George Orson fehlte ihr.

Sie atmete einmal tief durch und schloss sich der schlurfenden Schlange von Reisenden an. Es war wirklich kein Problem. Kein Problem, den Kopf gesenkt zu halten und zwischen den engen Sitzreihen einen Fuß vor den anderen zu setzen. Kein Problem, an der Flugbegleiterin vorbeizugehen, die am vorderen Ende des Flugzeugs stand und wie ein Priester nickte, Friede sei mit dir, Friede sei mit dir, während sie sie in den Ziehharmonikatunnel entließ, der zum Terminal führte.

«Du siehst geschafft aus», sagte David. «Ist alles in Ordnung?»

«Bestens», sagte Lucy.

«Warum holen wir uns nicht eine Tasse Kaffee?», sagte er. «Oder eine Cola? Eine Kleinigkeit zu essen?»

«Nein danke», sagte Lucy.

Sie waren in den endlosen, weiten Gang eingebogen, der an den verschiedenen Flugsteigen entlangführte – Schalter und Podeste, von in den Boden verankerten Stühlen umgeben, Glaszellen voll wartender Menschen, und soweit sie sehen konnte, würdigte sie niemand eines Blickes. Keiner schaute ein zweites Mal hin, keiner fragte sich, ob sie Vater und Tochter waren oder ein Liebespaar, oder Lehrer und Schülerin. Oder was auch immer. In Pompey, Ohio, hätten sie vielleicht Neugier erregt, hier aber nahm man sie kaum wahr.

Lucy starrte ein Trio von Frauen in Burkas an, blaue, gesichtslose, nonnenartige Gestalten, die liebenswürdig in ihrer

Landessprache schwatzten, und ein großer Mann mit schütterem Haar wischte, munter in sein Handy fluchend, im Eilschritt an ihnen vorbei; dann eine alte Frau im Rollstuhl, die einen knöchellangen Pelzmantel trug und von einem Schwarzen in einem grauen Overall geschoben wurde –

Lucy spürte das Gewicht ihrer Umhängetasche. *Bleakhaus* und *Webster's Dictionary* und *Marjorie Morningstar*, die zusammengenommen vielleicht hunderttausend Dollar enthielten.

Sie rückte den Gurt auf ihrer Schulter zurecht und zog dann am verhassten Schmetterlings-T-Shirt, das ihr ständig hochrutschte und den Bauch entblößte. Ihr war bewusst, wie unsympathisch ihr Brooke Fremden in dem Alter gewesen wäre: Wenn ihr Brooke Fremden in ihren kitschigen Klamotten und mit ihrer kindisch-kessen Schultertasche auf dem Korridor der Pompey High School entgegengelatscht wäre, hätte Lucy das große Kotzen gekriegt.

Doch als David Fremden ihr einen Blick über die Schulter zuwarf, war sein Ausdruck mild und väterlich und zerstreut. Sie war einfach ein Mädchen, einfach ein Teenager. So sahen Teenager aus; ihm war alles egal, solange sie mit ihm Schritt hielt.

Ihm fehlte Lucy nicht, dachte sie.

«Das hast du schon mal gemacht», sagte sie. «Ich bin nicht die Erste.»

Das war in der Nacht vor ihrer Abreise gewesen. Sie waren noch immer im Haus oberhalb des Lighthouse Motel und saßen im Fernsehzimmer nebeneinander auf der Couch, ihre Sachen gepackt, die Zimmer stumm wie Orte, die wissen, dass sie bald verlassen werden.

Die Bücher waren mit Geld vollgeklebt, und jetzt hätten sie einfach ins Bett gehen sollen, aber stattdessen saßen sie da und schauten sich den Eingangsmonolog irgendeines Late-Night-Talkshow-Moderators an. Sein Gesicht, Davids Gesicht, war vollkommen ausdruckslos, zeigte diese typische stumpfe Leere-vor-der-Glotze, und schließlich wiederholte sie es.

«Du bist schon andere Leute gewesen», sagte sie, und endlich wandte er die Augen vom Bildschirm ab und warf ihr einen müden Blick zu.

«Das ist eine komplizierte Frage», sagte er.

«Meinst du nicht, es wäre nur fair, wenn du ehrlich mit mir wärst?», sagte sie. «Wir sind schließlich ...»

Zusammen?

Sie dachte darüber nach.

Vielleicht war es besser, nichts zu sagen. Es war komisch – die ganze Zeit, die sie in diesem muffigen Fernsehzimmer zugebracht hatte, all die Stunden, die sie allein gewesen war, mit alten Videos als einziger Gesellschaft, *Rebecca* und *Mrs. Miniver* und *Frau ohne Gewissen* und *So grün war mein Tal* und *My Fair Lady* und *Solange ein Herz schlägt* ... Und dazu Diät-Cola getrunken und gelegentliche Blicke in den verwahrlosten japanischen Garten geworfen und darauf gewartet hatte, endlich wieder in den Maserati einsteigen zu können und davonzufahren, an irgendeinen wunderbaren Ort.

Er war schon «viele verschiedene Leute» gewesen. So viel gab er zu.

Also – war es wahrscheinlich logisch, anzunehmen, dass es auch andere Mädchen gegeben hatte, andere Lucys, die auf derselben Couch gesessen und sich dieselben alten Filme angesehen und derselben Stille gelauscht hatten, während das Lighthouse Motel über seinem staubigen Streifen von ausgetrocknetem See brütete.

«Ich möchte nur wissen –», sagte sie. «Ich will etwas über die anderen wissen. Wie viele hat es in deinem Leben gegeben? Bei der ganzen Geschichte.»

Und er schaute auf. Er riss den Blick vom Fernseher los und sah ihr in die Augen, und sein Ausdruck wurde unsicher.

«Es hat nie jemand anders gegeben», sagte er. «Das ist das, was du nicht verstehst. Ich bin auf der Suche gewesen – ich bin lange Zeit auf der Suche gewesen. Aber es hat nie so eine wie dich gegeben.»

Aha.

Nein, sie glaubte ihm nicht, auch wenn er es vielleicht geschafft hatte, sich das selbst einzureden. Vielleicht dachte er wirklich, es spiele keine Rolle, ob sie Lucy oder Brooke war, oder was immer für einen Namen sie sonst noch annehmen würde. Vielleicht stellte er sich vor, dass sie innen drin derselbe Mensch bleiben würde, gleichgültig, welchen Namen und welche Maske sie sich zulegen würde.

Aber das stimmte nicht, dachte sie.

Immer deutlicher wurde ihr bewusst, dass Lucy Lattimore die Erde verlassen hatte. Schon jetzt war kaum noch etwas von ihr übrig – ein paar Dokumente, Geburtsurkunde und Sozialversicherungskarte, zu Hause in der Kommode ihrer Mutter, ihre Highschool-Unterlagen, die in irgendeinem antiquierten Computer schlummerten, die Erinnerungen ihrer Schwester, Patricia, die vagen, schon verblassenden Erinnerungen ihrer Klassenkameraden und Lehrer.

Tatsache war, dass sie sich vor Monaten getötet hatte. Jetzt war sie so gut wie ein Nichts: eine namenlose physische Gestalt, die sich austauschen und austauschen und austauschen ließ, bis nur noch Moleküle übrig blieben.

Der Stoff, aus dem die Sterne sind – das hatte George Orson einmal im Geschichtsunterricht gesagt. *Wasserstoff und Kohlenstoff und all die Urteilchen, die seit Anbeginn der Zeit existieren – das ist der Stoff, aus dem ihr alle besteht.*

Als ob das ein Trost wäre.

Zunächst würden sie nach Brüssel fliegen. Sieben Stunden und fünfundzwanzig Minuten, in einer Boeing 767, und dann von dort aus weitere sechs Stunden und fünfundvierzig Minuten nach Abidjan. Den schwierigsten Teil der Reise hätten sie schon hinter sich, sagte David Fremden. Die Zollkontrollen in Belgien und der Elfenbeinküste seien nicht der Rede wert. «Wir können uns eigentlich schon entspannen und Zukunftspläne schmieden.»

4,3 Millionen Dollar.

«Ich will nicht allzu lange in Afrika bleiben», sagte er. «Ich will nur die Sache mit dem Geld geregelt bekommen, und dann können wir fahren, wohin wir auch wollen.

In Rom bin ich noch nie gewesen», sagte er. «Ich würde gern eine gewisse Zeit in Italien verbringen. Neapel, Toskana, Florenz. Ich glaube, das wäre eine wundervolle Erfahrung für dich, aufregend. Wie für Henry James», sagte er. «Wie für E. M. Forster», sagte er. «Lucy Honeychurch», sagte er und schmunzelte, als sei das ein kleiner leichtfertiger Scherz, den sie zu goutieren wisse –

Aber sie hatte keine Ahnung, wovon er eigentlich redete.

Früher – damals, als er noch George Orson und sie seine Schülerin war, hatte sie seine abgehobenen Kuriositäten, die Nebenprodukte seines Studiums an der Elite-Uni, recht amüsant gefunden. Sie verdrehte dann immer die Augen und tat so, als nerve sie seine Angeberei maßlos, diese mild-vorwurfsvolle Art, die er draufhatte, die Augenbrauen zu wölben, so als habe sie eine Wissenslücke offenbart, die ihn zutiefst verwunderte. «Wer ist Spinoza?» Oder: «Was ist Natriumpentothal?» Und dann war es durchaus möglich, dass er eine komplizierte oder sogar interessante Antwort auf Lager hatte.

Aber das waren sie nicht mehr, sie waren nicht mehr Lucy und George Orson, also saß sie stumm da, schaute auf ihr Flugticket hinunter, New York–Brüssel, und

Wer ist Lucy Honeychurch? Wer ist E. M. Forster?

Es spielte keine Rolle. Es war nicht wichtig, obwohl sie doch wieder an die Frage denken musste, die sie am vergangenen Abend George Orson gestellt hatte: Was ist aus den anderen geworden, denen vor mir?

Sie konnte sich diese Lucy Honeychurch bildlich vorstellen – eine Blondine, ohne Zweifel, eine, die Pullover aus dem Secondhandladen und eine Nostalgiebrille trug, ein Mädchen, das sich wahrscheinlich für intelligenter hielt, als es tatsächlich war. Hatte er sie ins Lighthouse Motel mitgenommen? Waren sie zusammen durch die Ruinen des überfluteten Dorfes spaziert? Hatte er sie in die Kleider einer anderen gesteckt und sie, mit einem falschen Pass in der Handtasche, in aller Eile zu einem Flughafen geschafft, in eine andere Stadt, einen anderen Staat, irgendwohin ins Ausland?

Wo ist das Mädchen jetzt?, fragte sich Lucy, als die Leute begannen aufzustehen, als die Passagiere für den Flug nach Brüssel aufgefordert wurden, an Bord zu gehen.

Wo ist das Mädchen jetzt?, dachte Lucy. *Was ist aus ihr geworden?*

23

DAS WAR

Banks Island, der Aulavik-Nationalpark. Eine Polarwüste, erklärte ihnen Mr. Itigaituk mit seiner freundlich-emotionslosen Stimme trocken. Während des Fluges hatte er sie auf verschiedene Wahrzeichen aufmerksam gemacht, als seien sie Touristen auf einer Sightseeingtour: Da war ein Pingo, ein kegelförmiger, vulkanähnlicher Hügel, der statt mit Lava mit Eis gefüllt war; da war Sachs Harbour, ein Häufchen von Häusern an einer unwirtlichen, schlammigen Küste; und da waren die kleinen, ineinander übergehenden Becken der trockenen Täler und – da! – eine Herde Moschusrinder!

Jetzt aber, wo sie durch die Tundra wanderten, unterwegs zu der Stelle, wo sich die alte Forschungsstation befinden sollte, war Mr. Itigaituk schweigsam. Alle fünfzehn, zwanzig Minuten blieb er stehen, um auf seinen Kompass zu sehen, sein Fernglas an die Augen zu halten und die graue Fläche von Kies, Schotter und Felsen abzusuchen.

Miles hatte ein Paar Gummistiefel und eine Jacke bekommen, und er schaute nervös über die Schulter, während er über die feuchten Kiesflächen, durch Pfützen und die kalte, leicht neblige Luft stapfte.

Lydia Barrie dagegen marschierte mit bemerkenswert anmutigem Schritt – besonders für jemanden, dachte Miles, der mit Sicherheit einen gewaltigen Kater hatte. Aber es war ihr nichts anzusehen, und als Mr. Itigaituk auf eine mit grau-weißem Fell ausgekleidete schüsselförmige Vertiefung zeigte – den Kadaver eines Fuchses, aus dem sich eine Gans ein Nest gebaut hatte –, betrachtete Lydia sie mit leidenschaftslosem Interesse.

«Krass», sagte Miles und starrte hinunter auf den Kopf des Fuchses, die um den Schädel straff gespannte Haut, die eingetrockneten Augen, die entblößten und mit Gänsekot übersprenkelten Zähne. Zwei Eier lagen in der gerundeten Mulde aus verrottetem Fell.

«Treffend formuliert», murmelte Lydia.

Es war schon einige Kilometer her, dass sie zuletzt ein Wort miteinander gewechselt hatten. Natürlich herrschte nach dem, was in der vergangenen Nacht zwischen ihnen vorgefallen war, eine gewisse Verlegenheit, die Scheu nach der Intimität – was das nervöse Hintergrundgeräusch, das er die ganze Zeit hörte, auch nicht gerade leichter machte. Ein Summen in den Ohren, das einfach nicht verstummen wollte.

Das Ganze war Wahnsinn, dachte er.

War es überhaupt wahrscheinlich, dass Hayden hierhergekommen war? Dass er wirklich in der Einöde dieser Tundra lebte, in der die Cessna, die sie viele Kilometer hinter sich gelassen hatten, immer kleiner und kleiner geworden und trotzdem noch immer, stecknadelkopfgroß, zu erkennen war?

Vielleicht war er auf mehr aussichtslosen Jagden gewesen als sie, vielleicht war er zum Fatalisten geworden. Aber das hier sah jedenfalls nicht sehr vielversprechend aus.

«Wie lange, meinst du, dauert es noch?», fragte er und warf einen taktvollen Blick auf Mr. Itigaituk, der sich mittlerweile schon an die zehn Meter von ihnen entfernt hatte. «Wissen wir auch genau, dass wir tatsächlich in die richtige Richtung gehen?»

Lydia Barrie zog die Finger ihrer Handschuhe glatt, während ihre Augen noch immer auf dem Fuchs ruhten, auf den Knochen und dem Fell, das irgendeiner Gans eine so behagliche Ruhestätte geboten hatte.

«Ich bin ziemlich zuversichtlich», sagte sie, und sie sahen sich an.

Miles nickte wortlos.

Er hatte ihr einiges von Cleveland erzählt.

Von Hayden, natürlich, aber auch von ihrer Kindheit und ihrem Vater, und selbst von seinem jetzigen Leben, seinem Job im alten Kuriositätenladen, von Mrs. Matalov und ihrer Enkelin –

«Und trotzdem bist du hier», sagte Lydia. «Es klingt so, als hättest du glücklich sein können, Miles, und trotzdem bist du hier, auf einer Insel im Arktischen Ozean. Das ist schade.»

«Vielleicht», sagte Miles. Er zuckte, leicht durcheinander, die Achseln. «Ich weiß nicht. ‹Glücklich› ist ein großes Wort.»

«‹Glücklich› ist ein großes Wort?», wiederholte sie sanft, wie das ein Therapeut hätte tun können. Sie hob die Augenbrauen. «Eine ziemlich seltsame Aussage.»

Und Miles zuckte wieder die Achseln. «Ich weiß nicht», sagte er. «Ich meinte nur – *so* glücklich war ich in Cleveland auch wieder nicht.»

«Ich verstehe», sagte sie.

«Einfach nur – neutral. Ich meine, ich habe praktisch bei einem kleinen Versandhaus gearbeitet. Es war nichts Besonderes. Du weißt schon. Und die Abende verbrachte ich meist in einer leeren Wohnung, vor dem Fernseher.»

«Ja», sagte sie und zog den Kragen ihres Mantels hoch, als der Wind sie durchpustete.

Es war eigentlich nicht kalt. Miles schätzte die Temperatur auf um die zehn Grad, und das endlose Tageslicht strahlte auf sie herab. Der Himmel hatte eine glasartige, silbrige Schärfe – wie abgebildet in einer verspiegelten Sonnenbrille. Dieses unwirkliche phosphoreszierende Blau, das die Erde vom Weltraum aus gesehen besitzt.

«Also», sagte Lydia endlich. «Falls wir ihn finden – glaubst du, dass du *dann* endlich glücklich sein wirst?»

«Ich weiß es nicht», sagte Miles.

Zugegeben, es war eine lahme Antwort, aber er wusste ehrlich nicht, wie er sich fühlen würde. Endlich, nach so vielen Jahren, vor der Lösung all seiner Probleme stehen? Er konnte es sich nicht so recht vorstellen.

Und sie schien das auch zu verstehen. Sie neigte den Kopf, während ihre Füße leise, beschwichtigende Geräusche auf dem Kies erzeugten, der wie das Bett eines Baches in runzligen Graten lag. Er musste durch das abwechselnde Sichanhäufen und Abschmelzen des Schnees so geworden sein, vermutete Miles.

«Und wenn wir ihn nicht finden», sagte Lydia, nachdem sie eine Zeitlang schweigend weitergestapft waren. «Was dann? Steigst du dann einfach wieder in dein Auto und fährst zurück nach Cleveland?»

«Vermutlich.»

Er zuckte wieder die Schultern, und dies Mal lachte sie, ein überraschend unbeschwertes, ja fast liebevolles Geräusch.

«Ach, Miles», sagte sie. «Ich fasse es nicht, dass du den ganzen Weg bis rauf nach Inuvik *gefahren* bist. Das verblüfft mich einfach.» Sie warf einen Blick nach Mr. Itigaituk, der inzwischen seinen Abstand zu ihnen noch ein bisschen vergrößert hatte und entschlossen weitermarschierte.

«Du bist ein sehr seltsamer Mensch, Miles Cheshire», sagte sie und sah ihn nachdenklich an. «Ich wünschte …»

Aber sie vollendete den Satz nicht. Sie ließ ihn verhallen, und Miles vermutete, dass ihr das, was sie hatte sagen wollen, bei näherer Überlegung nicht mehr so klug erschienen war.

Er versuchte, über die Zukunft nachzudenken.

Je länger sie gingen, desto klarer wurde Miles, dass es sich bei dieser ganzen Aktion lediglich wieder um einen von Haydens ausgeklügelten Scherzen handelte, ein weiteres Labyrinth, das er für ihn erschaffen hatte.

Er *würde* zurückfahren; vermutlich. Zurück nach Cleveland, zurück zum Matalov Novelties, wo die alte Dame ungeduldig auf seine Rückkehr wartete; und er würde in seine Ecke des überfüllten Ladens zurückkehren und sich an seinen Computer setzen, unter den gerahmten Fotos alter Varieté-Künstler, und manchmal das Foto seines Vaters betrachten, seines Dads, der, in Smoking und Cape gekleidet, den Zauberstab schwang.

Miles selbst war kein Magier, würde auch nie einer sein, aber er konnte sich durchaus vorstellen, den Respekt ihrer Zunft zu gewinnen. Als deren Lieferant. Schon jetzt hatte er ein gutes Auge für den Warenbestand und die Ausgaben bei Matalov, hatte er Ordnung in die chaotischen Regale gebracht und die Website auf Vordermann gebracht, für Interessenten benutzerfreundlicher gestaltet – hatte endlich etwas *Nützliches* getan, einen schmalen Weg durch sein Leben gebahnt, den sein Vater vielleicht sogar anerkannt hätte.

War das nicht genug? Bestand nicht die Möglichkeit, dass er sesshaft wurde und zur Ruhe kam, dass er glücklich oder zumindest zufrieden wurde? Bestand nicht die Chance, dass – nach diesem letzten Mal – Haydens Schatten anfangen würde, sich aus seinen Gedanken zurückzuziehen, und er ihm endlich, endlich entrinnen könnte?

War das wirklich so schwierig? So unwahrscheinlich?

Und dann hob er die Augen, und gerade in dem Moment drehte sich Mr. Itigaituk um und rief ihnen etwas zu.

«Ich sehe die Station», sagte Mr. Itigaituk. «Da vorn, nur noch ein Stück weiter!»

Lydia rückte ihre Sonnenbrille zurecht und reckte den Hals, und Miles beschirmte sich die Augen gegen den strahlenden

Himmel und den Wind und spähte mit zusammengekniffenen Augen zum Horizont.

Sie standen alle ratlos da.

«So», sagte Miles endlich. «Was machen wir jetzt?»

Mr. Itigaituk und Lydia tauschten einen Blick.

«Ich meine», sagte Miles, «gehen wir einfach hin und klopfen an die Tür? Oder was?»

Und Lydia fixierte ihn durch die undeutbare Leere ihrer Sonnenbrille.

«Hast du einen anderen Vorschlag?», fragte sie.

Die Forschungsstation sah wie ein Strandhaus aus. Ein Pfahlbau, dachte Miles, nur dass weit und breit kein Wasser oder Ufer zu sehen war, nichts, was darauf hindeutete, dass das hier alles jemals überflutet werden könnte.

Das Gebäude selbst war kaum mehr als drei aneinandergenietete Wohnmobile, auf vielleicht anderthalb Meter hohe Pfähle montiert. Es war mit dem gleichen weißen Wellblech verkleidet, das Miles in Inuvik schon ausgiebig gesehen hatte, und auf dem Flachdach gedieh ein kleiner Garten von Antennen und Satellitenschüsseln und allerlei Richtstrahlern. An der Längsseite des Gebäudes befanden sich ein großer, raumkapselförmiger Tank, wie man ihn für die Speicherung von Erdgas verwendet, und ein paar gleichfalls auf Stelzen stehende Metallfässer – wahrscheinlich für Petroleum. Kabel verbanden das Hauptgebäude mit einem kleinen Holzschuppen von der Größe eines Klosetthäuschens.

«Sind Sie sicher, dass das –», sagte Miles, und Mr. Itigaituk drehte sich um und fixierte ihn kurz mit einem glühenden Jägerblick.

«Schhhhh», sagte Mr. Itigaituk.

Das Haus, dachte Miles, war ganz offensichtlich verlassen. Die Fenster – vier auf jeder Seite – waren nicht zum Hinausschauen gedacht. Sie waren mit einer grauen, undurchsichtigen Folie beklebt, wahrscheinlich irgendeinem Dämmmaterial. Eine Wetterfahne, ein Aluminiumwindrad, knarrte im friedlichen Dickicht von Metallstangen auf dem Dach des Gebäudes.

Als Mr. Itigaituk näher heranschlich, flog ein Rabe vom baufälligen Klohäuschen auf und segelte davon.

«Er ist nicht hier», flüsterte Miles, mehr zu sich selbst als zu Lydia.

Er hatte nie an Haydens paranormalen Quatsch geglaubt, auch wenn er sich im Lauf der Jahre mit etlichen von Haydens Obsessionen abgegeben hatte: früheren Existenzen und Geomantie, Numerologie und Ouija-Brettern, Telepathie und Geistreisen.

An *etwas* glaubte er aber schon.

Er war davon überzeugt, dass er, wenn Hayden endlich in Reichweite wäre, es spüren würde. Dann, glaubte er, würde so etwas wie ein außersinnlicher «Zwilling-Radar» Meldung geben. In seiner Brust würde ein Alarm ausgelöst, wie ein auf Vibration eingestelltes Handy. Wenn Hayden in diesem Gebäude gewesen wäre, dann wüsste Miles es.

«Das hier ist es nicht», murmelte er.

Lydia aber sah ihn nur ausdruckslos an. Sie streckte ihre behandschuhte Hand aus und legte sie Miles auf die Schulter.

Still.

Mit glühender, fast bebender Aufmerksamkeit starrte sie. Er musste an einen Spieler denken, an diesen Augenblick atemlosen Betens, wenn die Roulettescheibe langsamer wird und die Kugel endlich in einem Fach zur Ruhe kommt.

Sie sah so sicher und konzentriert aus, dass er trotz allem an seinem Instinkt zweifelte.

Vielleicht. Vielleicht war es ja möglich?

Schließlich schien sie Dinge zu wissen, die er nicht wusste, sie schien ihre Hausaufgaben gemacht zu haben.

Was, wenn Hayden wirklich da war? Was würden sie tun?

Miles und Lydia blieben in einigem Abstand vom Gebäude stehen, während sich Mr. Itigaituk der Holztreppe näherte, die zur Tür hinaufführte.

Sie schauten zu, wie Mr. Itigaituk langsam, geduckt Stufe für Stufe hinaufstieg. Sie schauten zusammen zu; sie hielten den Atem an, als er die Hand an den Türknauf legte.

Nicht abgeschlossen.

Miles schloss die Augen. *Okay*, dachte er.

Okay. Ja. Wir sind da.

Das Haus war leer.

Die Tür ging ruckelnd auf, und Mr. Itigaituk stand eine gefühlte halbe Ewigkeit da und spähte hinein. Dann drehte er sich um und sah sie an.

«Unbewohnt», sagte Mr. Itigaituk, und endlich war der Bann gebrochen. Miles und Lydia wurde bewusst, dass sie Abstand gehalten hatten, als sei Mr. Itigaituk dabei, eine Bombe zu entschärfen.

«Nichts», sagte Mr. Itigaituk kritisch und bedachte sie mit einem mild vorwurfsvollen Blick. «Schon lange kein Mensch mehr hier gewesen.»

Schon *sehr* lange, ergänzte Miles. Seit einem Jahr vielleicht, vielleicht auch länger. Er merkte es an dem pilzartigen Kellergeruch der Luft, als sie das Haus betraten.

Das vordere Zimmer, das in etwa die Größe und Form der Fahrerkabine eines Sattelschleppers hatte, war mit grauem Teppichboden belegt und enthielt keinerlei Möbel. An den Korkplatten, mit denen die Wände beklebt waren, hingen ein paar Zettel, und als der Wind hereinkam, flatterten sie wild wie aufgescheuchte Hühner.

«Hallo?», rief Lydia, aber ihre Stimme war schwächlich

und matt. «Rachel?», sagte sie und näherte sich zögernd der offenen Tür, die in die hinteren Räume führte. «Hallo? Rachel?»

In den hinteren Zimmern war es dunkler.

Nicht stockfinster, aber halbdunkel, wie in einem Hotelzimmer, in dem die Rollos heruntergezogen sind, und der findige Mr. Itigaituk holte eine kleine Taschenlampe aus der Tasche und schaltete sie ein.

«Gottverdammt», sagte Lydia Barrie, und Miles sagte nichts.

Hier, in diesem nächsten Zimmer, standen an den Wänden Klapptische, wie aus einer Highschool-Mensa. Und es gab einiges nicht näher identifizierbare Material – ein großes sperriges Ding mit zackigen Lattenzaun-Zähnen; kleinere Wetterfahnen und windrädchenartige Stäbe; einen Aktenschrank mit entfernten Schubladen, deren Mappen über den Fußboden verstreut lagen.

Der muffige Geruch von alten Kleidern war jetzt intensiver, und Mr. Itigaituk richtete den Lichtfinger seiner Taschenlampe in ein Seitenzimmer, das, wie Miles sah, eine Küche-und-Speisekammer war. In der Spüle stapelte sich schmutziges Geschirr, und leere Dosen und Schokoriegelhüllen bedeckten die Arbeitsfläche; die Hängeschränke darüber standen offen und waren größtenteils leer.

Eine Schachtel Cap'n-Crunch-Cornflakes, fast bis zur Unkenntlichkeit verblasst, stand auf dem Tisch neben einem Napf und einer Dose Kondensmilch.

Mr. Itigaituk wandte sich feierlich zu Lydia, und sein Gesichtsausdruck bestätigte, was Miles sich schon die ganze Zeit gedacht hatte. Das Haus war – seit Jahren, vermutete Miles – verlassen. Sie waren erheblich mehr als *etwas* zu spät gekommen.

«Scheiße», sagte Lydia Barrie leise, und endlich holte sie

einen Flachmann aus ihrer Handtasche und trank einen Schluck. Ihr Gesicht war müde, abgespannt, und als sie Miles die Flasche anbot, zitterte ihre Hand.

«Ich war so zuversichtlich», sagte sie, und Miles nahm die Flasche. Er spielte mit dem Gedanken, trank aber dann nicht.

«Ja», sagte Miles. «Das kann er gut. Leute an der Nase herumführen. Man könnte sagen, das ist seine Lebensaufgabe.»

Er hielt ihr den Flachmann hin, und sie nahm ihn und führte ihn wieder an die Lippen.

«Es tut mir leid», sagte Miles.

Er machte das mittlerweile schon so lange, dass es ein vertrautes Gefühl für ihn geworden war – die sich immer mehr steigernde Spannung und Erwartung, die emotionale Aufwallung. Und dann die Enttäuschung. Die Antiklimax, die auf ihre Art der Trauer ähnelte. Es war vermutlich nicht viel anders, dachte er, wenn einem das Herz brach.

Und dann räusperte sich Mr. Itigaituk, und sie schauten beide auf. Er stand ein paar Meter von ihnen entfernt, nahe dem dunklen Eingang zu den hinteren Räumen.

«Ms. Barrie», sagte er. «Das sollten Sie sich vielleicht ansehen.»

Es war ein Schlafzimmer.

Sie standen in der Tür, starrten hinein, und das war der Raum, aus dem der Geruch nach alter Erde und modrigen Textilien am intensivsten hervordrang. Es war ein enges Zimmer, in dem gerade mal eben ein Bett und ein paar Regale Platz fanden, aber es war extravagant dekoriert worden.

Dekoriert? War das der richtige Ausdruck?

Miles musste an etwas denken, was sie in Kunstgeschichte an der Ohio University durchgenommen hatten. «Art Brut» hatte der Dozent das genannt, oder «Außenseiterkunst»: Und da waren ihm die Dioramen und Plastiken eingefallen, die

Hayden in ihrer Kindheit gemacht hatte. Die «Dekoration» war in demselben Stil gehalten, allerdings weit aufwendiger, sie füllte den ganzen Raum. Da gab es von der Decke hängende Mobiles, Origami-Fische, Origami-Schwäne und -Pfauen, Origami-Nautilusschalen und -Windräder; Wolken aus Watte, Windspiele aus Steinchen und Objektträgern. Die Regale waren angefüllt mit Krimskrams, den Hayden aus Steinen und Knochen, Nägeln, Holzstückchen und Suppendosen, aus Plastikfolie, Stoffstreifen, Federn, Fellfetzen, Computerteilen, dem verschiedensten nicht näher bestimmbaren Plunder gebastelt hatte.

Manche dieser Kreationen waren zu einem Tableau angeordnet worden – und Miles hatte lange genug im Zauberladen gearbeitet, um darin Motive aus dem Tarotspiel wiederzuerkennen. Hier war die Drei der Schwerter: Eine winzige aus Lehm, Schlamm oder Teig geformte Gestalt lag auf einem Pappbett unter einer winzigen Zudecke, die aus einem Stück Cordsamt ausgeschnitten worden war, und über dem Bett hingen, die Spitzen nach unten, drei Nägel. Hier war der Turm – eine kegelstumpfförmige Konstruktion aus Kieselsteinchen, mit zwei aus Büroklammern gebogenen Strichmännchen, die sich vom Turmkranz stürzten.

Auf dem Bett unter diesen Objekten waren Kleidungsstücke ausgelegt. Seite an Seite: eine weiße Bluse und ein weißes T-Shirt, die Ärmel ausgestreckt. Zwei Paar Jeans. Zwei Paar Socken. Als ob sie da nebeneinander geschlafen hätten und dann einfach verdunstet wären und nichts als ihre leere Kleidung hinterlassen hätten.

Die Gestalten waren ringsum von verschiedenen Blumen umgeben: Lilien aus Gänsefedern, Rosen, aus Buchseiten gefaltet, Schleierkraut aus Kabeldraht und Stückchen von Isoliermaterial. Flocken von Glimmer glitzerten auf, als Mr. Itigaituk den Strahl seiner Taschenlampe über das –

Heiligtum, dachte Miles, konnte man wohl dazu sagen – gleiten ließ.

Es erinnerte an diese Gedenkstätten, die man entlang der Highways sieht, diesen Sammelsurien von Kreuzen und Plastikblumensträußen und Plüschtieren und handgemalten Schildern, die die Stellen markieren, an denen jemand bei einem Verkehrsunfall ums Leben gekommen ist.

Über den leeren Kleidungsstücken waren einige große flache Steine bogenförmig angeordnet worden, und in jeden Stein war eine Rune eingegraben.

Runen: Es war das alte Spiel, das «alte» Alphabet, das sie damals, als Zwölfjährige, erfunden hatten. «Buchstaben», die irgendwo ein Mittelding zwischen Phönikisch und Tolkien darstellten und von denen sie behaupteten, sie seien eine uralte Schrift.

Er konnte die Buchstaben noch immer gut lesen. Er erinnerte sich an sie.

R-A-C-H-E-L, stand da. H-A-Y-D-E-N.

Und dann darunter, in kleineren Schriftzeichen:

I-D-E-M M-U-T-A-T-U-S R-E-S-U-R-G-O

Er vermutete, dass es eine Art Grab war.

Schweigend standen die drei da, und ihnen war allen klar, was dieses Panoptikum zum Ausdruck bringen wollte; sie standen vor einem Mahnmal, einem Grab. Offenbar kam eine Brise durch die Eingangstür herein, denn die Mobiles hatten angefangen, sich sacht zu bewegen, und warfen im Licht von Mr. Itigaituks Taschenlampe langsam Schatten auf die Wände. Die Windspiele gaben ein unbestimmtes, rasselndes Flüstern von sich.

«Das müssen wohl Rachels Sachen sein», sagte Lydia endlich, mit heiserer Stimme, und Miles zuckte die Achseln.

«Wer weiß», sagte er.

«Was ist das?», sagte Lydia. «Ist das eine Botschaft?»

Miles schüttelte den Kopf. Er dachte an die seltsam geschichteten Figuren aus Steinen und Zweigen, die Hayden, nach dem Tod ihres Vaters, im Garten ihres Elternhauses konstruiert hatte. Er dachte an die zerfledderte Ausgabe von *Frankenstein*, die er nicht lange nach seiner Reise nach North Dakota per Post bekommen hatte, an die angestrichene Passage im letzten Kapitel:

SO FOLG MIR DENN WEITERHIN! ICH BIN UNTERWEGS NACH DER EWIGEN GEFRÖRNIS DES NORDENS, WO DU ALL DIE KÄLTE UND DEN FROST ERDULDEN SOLLST, WELCHE NICHTS ÜBER MICH VERMÖGEN. (...) IMMER VORAN, MEIN FEIND!

«Ich glaube, das bedeutet, dass sie beide tot sind», sagte Miles endlich, und dann hielt er inne.

Glaubte er das wirklich? Oder wünschte er sich lediglich, es sei so?

Lydia schauderte ein bisschen, aber ihr Gesicht blieb unbewegt. Er wusste nicht, was sie empfand. Wut? Verzweiflung? Trauer? Oder war es lediglich eine Abart der tauben, stumpfen, wortlosen Leere, die sich über ihn gelegt hatte, als er sich an den Brief erinnerte, den Hayden ihm geschickt hatte: *Erinnerst Du Dich an den Großen Turm von Kallupilluk? Das könnte meine letzte Ruhestätte werden, Miles. Gut möglich, dass Du nie wieder von mir hörst.*

«Er hat das alles für mich zurückgelassen», sagte Miles leise. «Wahrscheinlich hat er geglaubt, ich würde verstehen, was es bedeutete.»

Da er Hayden kannte, vermutete Miles, dass jeder einzelne Gegenstand im Zimmer eine eigene Botschaft darstellte, jede

Plastik und jedes Diorama eine Geschichte erzählen sollte. Da er Hayden kannte, wusste er, dass jedes Objekt mit einer solchen Sorgfalt angefertigt worden war, als ob ihm einst die Aufmerksamkeit zuteilwerden würde, die ein Altertumsforscher einem Hort von lange verschollenen Schriftrollen widmen würde.

Und – Miles vermutete, dass er die tiefere Aussage des Ganzen verstand. Oder zumindest konnte er sie deuten – so wie Wahrsager in den zufälligen Handlinien eines Menschen oder der Anordnung der Stäbchen des I-Ching eine Geschichte entdeckten; so wie Mystiker überall geheime Mitteilungen entdeckten, Buchstaben in Zahlen und Zahlen in Buchstaben umwandelten – magische Zahlen in Bibelverse eingebettet, Zaubersprüche, die sich in der unendlichen Dezimalreihe der Zahl Pi entdecken ließen.

Wäre es eine Lüge gewesen zu sagen, dass sich in diesem Durcheinander von Dioramen und Plastiken und Mobiles eine Erzählung finden ließe? Wäre es unwahrhaftig gewesen? Würde er sich dadurch von einem Therapeuten unterscheiden, der Traummaterial – Landschaften, Gegenstände und zufällige, surreale Ereignisse – nimmt und irgendeinen Sinn in es hineinliest?

«Es ist der Abschiedsbrief eines Selbstmörders», sagte Miles endlich, sehr sanft, und er zeigte auf die aufgeschichteten Steine, von deren Gipfel sich zwei Büroklammermännchen in die Tiefe stürzten.

«Das ist der Große Turm von Kallupilluk», sagte er, «... eine Geschichte, die wir uns als Kinder ausgedacht haben. Es ist ein Leuchtturm am äußersten Rand der Welt, und dorthin gehen die Unsterblichen, wenn sie bereit sind, aus diesem Leben zu scheiden. Sie stechen von der Küste jenseits des Leuchtturms in See und segeln hinaus in den Himmel.»

Er starrte konzentriert auf diese Dinge, die Hayden für ihn

hinterlassen hatte, als sei jedes von ihnen eine Hieroglyphe, jedes ein Standbild aus einem Film, wie in den erzählenden Freskensequenzen aus der Antike.

Ja. Man konnte schon sagen, dass hier eine Geschichte erzählt wurde.

Wie Miles es sich zurechtlegte, waren sie im Herbst hier angekommen.

Hayden und Rachel. Sie waren verliebt gewesen, wie sie es auf dem Foto gewesen waren, das Lydia ihm gezeigt hatte. Hier war ein Ort, an dem sie sich, wie sie glaubten, würden verstecken können – nur kurz, nur bis Hayden die Dinge wieder ins Gleis gebracht hätte.

Sie hatten nicht geplant, lange zu bleiben, aber der Winter kam schneller als erwartet, und ehe es ihnen bewusstwurde, saßen sie in der Falle. Rachel – das konnte man aus dem Mobile da herauslesen, dem mit den Gänsedaunen und den bunten Glasscherben – war krank geworden. Sie war nach draußen gegangen, um sich das Polarlicht anzuschauen. Sie war eine romantische, nicht sehr lebenstüchtige Frau, eine Amateurfotografin – man sah die Filme in diesem Diorama dort drüben. Vielleicht ließen sie sich noch entwickeln, vielleicht waren es die Bilder, die sie in ihren letzten Tagen aufgenommen hatte –

Aber sie begriff nicht. Sie kapierte einfach nicht, dass in diesem Land selbst ein paar Minuten im Freien, in der Gewalt der Elemente, lebensgefährlich sein konnten. Da konnte man sie sehen, im Bett, delirierend, unter diesen Nägeln –

Und mittlerweile wurden die Lebensmittel knapp, und Hayden wusste nicht, wie lange es der Generator noch tun würde. Also hatte er für Rachel einen Schlitten gebaut, und er hatte sie in Decken und Mäntel gewickelt und war aufgebrochen. Er plante, zum südlichen Ende der Insel zu wandern. Es war ihre einzige Hoffnung.

«Nein», sagte Mr. Itigaituk, und er schüttelte zynisch den Kopf. «Das ist lächerlich. Sie hätten es nie geschafft. Es wäre unmöglich gewesen.»

«Das wusste er», sagte Miles. «Das ist die Bedeutung der Steine, dort drüben. Ihm war klar, dass keine Hoffnung mehr bestand, aber er wollte es trotzdem versuchen.» Miles sah Lydia an, die dagestanden und ausdruckslos zugehört hatte, während er erzählte. Während er *interpretierte*.

«Nein», sagte sie. «Das ergibt keinen Sinn. Wie können sie schon so lange tot sein? Wie können – wir beide Briefe von ihm bekommen haben, Briefe neueren Datums …»

Briefe, die vielleicht im Voraus jemandem anvertraut worden waren. *Bitte schicken Sie diese Briefe ab, wenn ich in einem Jahr noch nicht wieder zurück bin. Hier sind hundert Dollar, zweihundert Dollar für Ihre Bemühungen.*

«Vielleicht haben Sie recht», sagte Miles. «Vielleicht sind sie immer noch – irgendwo – am Leben.»

Doch Lydia hing jetzt ihren eigenen Gedanken nach. Nicht überzeugt, aber –

Trotzdem.

Wahrscheinlich stimmte es nicht, aber wäre es nicht schön, daran zu glauben?

Es wäre eine solche Erleichterung, dachte Miles, solch eine Beruhigung zu denken, dass sie endlich das Ende der Geschichte erreicht hatten. War das nicht das Geschenk, das Hayden ihnen mit diesem Panoptikum machte? War das nicht Haydens Vorstellung von Güte?

Ein Geschenk für dich, Miles. Ein Geschenk auch für dich, Lydia. Ihr seid am äußersten Rand der Erde angelangt, und jetzt ist eure Reise zu Ende. Vollendet, wenn ihr wollt.

Wenn ihr es nur akzeptiert.

24

RYAN LEBTE inzwischen seit einem Jahr in Ecuador, und er gewöhnte sich allmählich an den Gedanken, dass er Jay wahrscheinlich nie wiedersehen würde.

Er gewöhnte sich allmählich an so manches.

Er wohnte in der Altstadt von Quito – dem Centro Histórico – in einer kleinen Wohnung an der Calle Espejo, einer ziemlich belebten Fußgängerzone, und war mittlerweile gegen den Lärm der Stadt, ihr frühes Aufwachen, immun geworden. Direkt unter seinem Fenster gab es einen Zeitungsstand, dadurch brauchte er keinen Wecker. Noch vor Tagesanbruch hörte er das Geklapper der Metallregale, die Señor Gamboa Pulido aufbaute und in die er seine Zeitungen einordnete, und kurz darauf begannen Stimmen sich von unten herauf in sein Halbbewusstsein einzuschleichen. Lange war der Klang von spanischen Sätzen für ihn nicht mehr als plätschernde Musik gewesen, aber auch das änderte sich allmählich. Es hatte nicht so lange wie erwartet gedauert, bis die einzelnen Silben angefangen hatten, zu Worten zu verschmelzen, bis er merkte, dass er selbst begonnen hatte, auf Spanisch zu denken.

Natürlich war er noch immer in seinen Möglichkeiten eingeschränkt. Noch immer als Amerikaner zu erkennen, aber für den Markt und auf der Straße reichte es schon, er konnte dem Geplapper der Diskjockeys im Radio halbwegs folgen, er konnte fernsehen und verstand die Nachrichten, die Handlung und die Dialoge der Telenovelas, er konnte sich in Cafés und Internetcafés nett unterhalten, er bekam es mit, wenn Leute über ihn redeten – ihn neugierig ansahen, wie er sich über die Tastatur beugte, staunten, wie schnell er mit einer Hand tippen konnte.

Auch daran gewöhnte er sich so langsam.

Manchmal spürte er am Morgen ein seltsames Stechen. Seine Phantomhand tat weh, die Handfläche juckte, die Finger schienen sich zu bewegen. Aber es überraschte ihn nicht mehr, wenn er dann die Augen öffnete und nichts davon da war. Er hatte aufgehört, mit der Gewissheit aufzuwachen, dass er seine Hand wiederhatte, dass sie sich irgendwie mitten in der Nacht rematerialisiert hatte, aus seinem Armstumpf gesprossen, regeneriert.

Das schmerzliche Gefühl von Verlust war verblasst, und neuerdings stellte er fest, dass er immer seltener über diese Abwesenheit stolperte. Er konnte sich ohne allzu große Schwierigkeiten anziehen und sogar seine Schuhe zubinden. Er konnte sich Toast und Kaffee machen, ein Ei in die Pfanne schlagen, alles mit einer Hand, und an manchen Tagen verzichtete er sogar auf seine Prothese.

«Eier» war eines der Wörter, über die er manchmal stolperte.

Huevos? Huecos? Huesos? Eier, Löcher, Knochen.

Einstweilen benutzte er einen myoelektrisch gesteuerten Greifer, der sich wie ein Panzerhandschuh über seinen Stumpf stülpen ließ. Er konnte die Zangenbacken öffnen und schließen, indem er einfach die Unterarmmuskeln anspannte, und sogar das konnte er schon ganz gut. Trotzdem gab es Tage, an denen es einfacher – unauffälliger – war, schlicht eine Manschette um das nackte leere Handgelenk zu knöpfen. Er schätzte das Interesse nicht, das der Greifer bei den Leuten erregte, die erschrockenen Blicke, die Angst der Frauen und Kinder. Es reichte schon, ein Gringo zu sein, ein Yankee – auffällige Zutaten waren wirklich nicht nötig.

In der Anfangszeit hatte er festgestellt, dass er, wenn er über die Plaza de la Independencia ging, sich der Promenade um die geflügelte Siegesstatue anschloss, ohne es zu wollen, Aufmerksamkeit erregte. Er erinnerte sich an Walcotts Ermahnung: *Schau den Leuten nie direkt ins Gesicht!* Aber trotzdem passierte es ihm immer wieder, dass abgerissene Schuhputzerjungen ihm hinterherliefen und dabei ihre schrillen, unverständlichen Schreie ausstießen und, wenn er an ihnen vorbeiging, die alten Bauersfrauen mit ihren grauen Zöpfen und Filzhüten ihre Mienen noch weiter verfinsterten. Quito war eine Stadt, in der es von Clowns und Pantomimen geradezu wimmelte, und auch diese zog er an. Ein zerlumptes rotnasiges Skelett auf Stelzen; ein weißgeschminkter Zombie in einem staubigen schwarzen Anzug, der eine Kreuzung mit den Bewegungen eines mechanischen Spielzeugs überquerte; ein älterer Mann mit Lippenstift und grünem Lidschatten und einem rosa Turban, der eine Handvoll Tarotkarten in die Höhe hielt und ihm hinterherrief: «*Fortuna! Fortuna!*»

Manchmal war es auch ein College-Junge, mit Rucksack und Sandalen und Secondhand-Militärklamotten, der ihn ansprach. «Hey, Mann! Bist du Amerikaner?»

Inzwischen passierte ihm das seltener. Er überquerte die Plaza ohne größere Zwischenfälle. Wenn Ryan vorüberging, hob der alte Wahrsager lediglich den Kopf, das Huren-Makeup vom Schweiß angegriffen, traurige Augen, die Ryan folgten, während er weiterging, auf den Präsidentenpalast zu, die weiße Kolonnadenfassade, die Gefängniszellen aus dem 18. Jahrhundert, die einst den Sockel des Palasts gesäumt hatten und jetzt geöffnet und zu Barbierläden, Bekleidungsgeschäften und Fastfood-Lokalen umfunktioniert worden waren.

Von den Berggipfeln ringsum blickte ein Golgatha von Antennen und Satellitenschüsseln herab. Und durch die Gebäudelücken konnte er manchmal die gigantische Statue auf der Kuppe des Panecillo, die Jungfrau der Offenbarung, in ihrer tänzerischen Pose über das Tal ragen sehen.

Finanziell ging's ihm nicht schlecht. Trotz der Rückschläge hatte er noch immer ein paar Bankkonten, die nicht entdeckt worden waren, und er hatte angefangen, sehr vorsichtig, Beträge vom einen aufs nächste zu transferieren – ein schmales, stetiges Rinnsal von Geld, das ihm ein behagliches Leben ermöglichte. Er hatte auch ein paar Treuhandfonds eingerichtet, die echte Dividende abwarfen, und es geschafft, sich einen neuen Namen zuzulegen, in dem er sich mittlerweile heimisch fühlte. David Angel Verdugo Cubrero, ein ecuadorianischer Staatsbürger mit Pass und allem Pipapo, und wenn die Leute ihn komisch ansahen, zuckte er die Achseln. «Meine Mutter war Amerikanerin», erklärte er ihnen. Und er eröffnete ein Sparkonto und besorgte David ein paar Kreditkarten, und es schien alles in Ordnung zu sein. Er schien davongekommen zu sein.

Die Männer, die ihn und Jay überfallen hatten, die Männer, die ihm die Hand abgeschnitten hatten, waren offenbar von seiner Spur abgekommen.

Er vermutete, dass Jay da weniger Glück gehabt hatte.

Alles, was sich in dieser Nacht ereignet hatte, war nach wie vor wie von Nebel umgeben. Er wusste noch immer nicht, was die Männer eigentlich gewollt oder warum sie darauf beharrt hatten, Jay sei nicht Jay. Warum sie in einer solchen Panik aufgebrochen waren und wie Jay es geschafft hatte, sich von seinem Stuhl zu befreien. Sooft er auch versucht hatte, die einzelnen Ereignisse im Kopf zusammenzufügen, sperrten sie sich weiterhin jeder Ordnung, blieben unlogisch, zufällig, bruchstückhaft.

Als sie endlich das Krankenhaus erreichten, hatte Ryan schon viel Blut verloren, und aus seinem Gesichtsfeld war jegliche Farbe herausgeschwemmt worden. Ryan erinnerte sich – meinte, sich zu erinnern –, wie sich die Schiebetür automatisch geöffnet hatte und sie in den Empfangsbereich einer Notaufnahme getaumelt waren. Er erinnerte sich an die überraschte, zitternde Krankenschwester in ihrem Kittel mit Luftballonmuster, an ihr verdutztes Gesicht, als Jay ihr die Kühlbox aufgedrängt hatte. «Da ist seine Hand drin», hatte Jay gesagt. «Die können Sie doch wieder dranmachen, oder? Sie bringen das doch wieder in Ordnung, nicht?»

Er konnte sich erinnern, wie Jay ihn auf den Scheitel geküsst und mit schwerer Zunge geflüstert hatte: «Du wirst nicht sterben; ich liebe dich, mein Sohn; du bist der einzige Mensch, der je für mich da gewesen ist; ich werde nicht zulassen, dass dir irgendetwas passiert; du wirst wieder gesund –»

«Ja», sagte Ryan. «Okay», sagte er, und als er die Augen schloss, hörte er Jay zu jemandem sagen: «Er ist von einer Leiter gefallen. Und seine Hand – ist an einem Draht hängen geblieben. Es ging alles ganz schnell.»

Warum lügt er?, dachte Ryan wie im Traum.

Und dann – das Nächste, woran er sich erinnern konnte – lag er in einem Krankenhausbett, sein Unterarmstumpf wie eine Mumie bandagiert, und seine Phantomhand pochte dumpf, und der junge Arzt, Dr. Ali, schwarzes Haar zu einem Pferdeschwanz gebunden, müde braune Augen, sagte ihm, es gebe eine schlechte Nachricht, wegen seiner Hand. Der Arzt meinte, es sei ihnen nicht möglich gewesen, die Extremität wieder anzunähen; es sei schon zu viel Zeit vergangen, und als ein kleines Krankenhaus seien sie nicht dazu ausgerüstet –

«Wo ist sie?», sagte Ryan. Das war sein erster Gedanke. Was hatten sie mit seiner Hand gemacht?

Und der Arzt hatte der knirpsigen blonden Schwester, die ein Stück weiter weg stand, einen Blick zugeworfen. «Unglücklicherweise», sagte der Arzt bedauernd, «ist sie nicht mehr da.»

«Wo ist mein Vater?», hatte Ryan dann gefragt. Er bekam so weit alles mit, aber nichts davon drang wirklich zu ihm vor. Sein Gehirn fühlte sich flach an, zweidimensional, und er starrte unsicher zur Tür seines Krankenhauszimmers. Er hörte das *klipp, klapp* von harten Sohlen, draußen auf dem Korridor.

«Wo ist mein Dad?», fragte er, und wieder tauschten Arzt und Krankenschwester feierliche Blicke.

«Mr. Wimberley», sagte der Arzt, «haben Sie eine Telefonnummer, unter der Ihr Vater zu erreichen ist? Gibt es sonst noch jemanden, den wir anrufen sollten?»

Als Ryan endlich in seine Brieftasche geschaut hatte, hatte er die kurze Notiz gefunden. Die Brieftasche – darin noch immer sein auf Max Wimberley ausgestellter Führerschein – war mit Geld vollgestopft. Fünfzehn Hundert-Dollar-Scheine, ein paar Zwanziger, ein paar Einer, und außerdem war da noch ein zusammengefalteter Zettel, darauf Jays saubere winzige Blockschrift:

R – verlass schleunigst das Land. Wir treffen uns in Quito, melde mich, sobald ich kann. Beeil Dich!

Alles Liebe, Jay

In der ersten Zeit nach seiner Ankunft in Quito hatte er jeden Tag mit Jays Ankunft gerechnet. Er musterte die Passanten auf der Plaza und den kopfsteingepflasterten Bürgersteigen, er spähte in die engen, überfüllten Läden, er setzte sich in verschiedene Internetcafés und tippte Jays Namen in Suchmaschinen – alle von Jay verwendeten Namen, an die er sich erinnern konnte. Er checkte jedes E-Mail-Konto, das Jay jemals gehabt hatte, und dann checkte er es noch ein zweites Mal.

Er wollte sich nicht vorstellen, dass Jay tot war, obwohl es vielleicht einfacher gewesen wäre, als sich vorzustellen, dass Jay schlicht und einfach nicht kam.

Dass Jay ihn verlassen hatte.

Dass Jay nicht mal Jay *war*, sondern irgendein – was? – weiterer Avatar?

In diesen ersten Monaten stand er auf dem Balkon seiner Wohnung im ersten Stock und lauschte den jungen Straßenhändlerinnen, die vor dem Teatro Bolivar standen, gerade ein paar Blocks weiter. Schöne, traurige Otavaleñas, möglicherweise Schwestern, Zwillinge mit ihrem geflochtenen schwarzen Haar, ihren weißen Bauernblusen und roten Umhängetüchern, die ihre Körbe voll Erdbeeren, Limabohnen oder Blumen vor sich hielten und «Einen Dollar, einen Dollar, einen Dollar, einen Dollar» psalmodierten. Anfangs hatte er geglaubt, die Mädchen sängen. Ihre Stimmen waren so lieblich und melodisch und sehnsuchtsvoll, kontrapunktisch umeinandergeschlungen, bisweilen auch harmonisch vereint: «Einen Dollar, einen Dollar, einen Dollar, einen Dollar.» Als ob man ihnen das Herz gebrochen hätte.

Jetzt war fast ein Jahr vergangen, und er dachte nicht mehr so viel an Jay. Nicht ganz so oft.

Nachmittags schlenderte er hinunter zur Calle Flores, zu einem Internetcafé, das er gern besuchte. Es lag direkt hinter der korallenfarbenen, stuckverzierten Fassade des Hotels Viena Internacional, wo amerikanische und europäische Studenten billig wohnen und ecuadorianische Geschäftsleute ein paar Stunden mit einer Prostituierten verbringen konnten. Gerade ein Stückchen den Hügel runter, wo die enge Straße sich abrupt zu einer unbegrenzten Aussicht auf die östliche Bergkette öffnete, schichteten sich die Häuser in Cornrow-Kreisen unter dem dünnblauen Himmel.

Hier. Lediglich eine offene Tür mit einem handgemalten Schild INTERNET und eine steile krumme Treppe. Ein beengtes Hinterzimmer mit Reihen von uralten, schmutzigen Computern.

Der Besitzer war ein alter Amerikaner. Raines Davis, vielleicht siebzig Jahre alt, saß hinter dem Tresen und füllte einen Aschenbecher langsam mit Zigarettenstummeln. Sein dichtes weißes Haar hatte einen gelblichen Stich, als sei es vom Rauch getönt.

Oft war das Lokal voll von Studenten, alle über ihre Tastaturen gebeugt, die Augen starr auf die Monitorkästen gerichtet, aber manchmal, am Spätnachmittag, war es mehr oder weniger leer, und das war Ryans liebste Zeit, sehr still, sehr diskret, und knapp unter der Zimmerdecke die dünne Zirrusschicht von Zigarettenrauch. Ja, manchmal tippte er «Ryan Schuyler» in die Suchmaschine, nur um zu sehen, ob es irgendwelche Treffer gab; sah sich Satellitenbilder von Council Bluffs an – die Technik war mittlerweile so weit, dass man sein Haus sehen konnte, man Staceys Auto in der Auffahrt sehen konnte, wie es zurücksetzte, vermutlich auf dem Weg zur Arbeit.

Er hatte sich sogar gefragt, was wohl passieren würde, wenn er sich bei ihnen meldete, wenn er sie wissen ließe, dass er doch noch am Leben war. Würde das freundlich oder grausam sein?, fragte er sich. Würde man sich wirklich darüber freuen, wenn die Toten ins Leben zurückkehrten, nachdem man so viel Energie darein investiert hatte, die eigene Welt, so gut es ging, wieder in Ordnung zu bringen? Er wusste es nicht – wusste nicht, wen er hätte fragen können –, obwohl er sich schon vorstellen konnte, diese Frage eines Tages, wenn sie sich besser kannten, Mr. Davis vorzulegen.

Mr. Davis war kein gesprächiger Mensch, aber von Zeit zu Zeit plauderten sie ein bisschen miteinander. Er war ein alter Soldat, Mr. Davis. Ein echter Heimatloser. Aufgewachsen in Idaho, lebte er seit mittlerweile dreißig Jahren in Quito und rechnete nicht damit, je nach Amerika zurückzukehren. Er denke nicht einmal mehr daran, sagte er.

Und Ryan hatte genickt.

Er stellte sich vor, dass es einen Punkt geben müsste, an dem man aufhörte, ein Besucher zu sein. Wenn die Touristen abgeflogen waren, wenn die Austauschstudenten aufgehört hatten, einen auf eingeboren zu machen, wenn die Vorstellung von «der Heimat» anfing, sich nur noch wie ein theoretisches Konstrukt anzufühlen: Wie unendlich fern das Kind, das er für Stacey und Owen Schuyler gewesen war. Wie fern der linkische, übereifrige Freund, der er für Pixie, der Zimmergenosse, der er für Walcott, der Sohn, der er für Jay gewesen war.

War das hier auch nur um einen Deut weniger real als die kleinen, vergänglichen Ichs, die er abgelegt hatte? Kasimir Czernewski, Matthew Blurton, Max Wimberley.

An einem bestimmten Punkt musste es möglich sein, sich zu entwinden. An einem bestimmten Punkt erkannte man, dass man freigelassen worden war.

Man konnte jeder x-Beliebige werden, dachte er.

Man konnte jeder x-Beliebige sein.

25

GEORGE ORSON

war langsam am Durchdrehen. Er wachte mitten in der Nacht, wild um sich schlagend, mit einem Schrei auf, und dann saß er, bei eingeschalteter Nachttischlampe und laufendem Fernseher, mit angezogenen Knien da. «Ich hab wieder schlimme Träume», sagte er, und Lucy saß unbehaglich neben ihm, während er ein langes, fruchtloses Schweigen ausstrahlte.

Es war ihr zweiter Tag in Afrika, eingesperrt in einem Zimmer im vierzehnten Stock des Hotels Ivoire, und George Orson ging aus und kam zurück, ging aus und kam zurück, und bei jeder Rückkehr sah er erhitzter und entnervter aus.

In der Zwischenzeit hatte Lucy in ihrem gemeinsamen Zimmer gesessen, hoch oben in einem Hotel-Wolkenkratzer, gelangweilt und selbst ziemlich ausgeflippt vor Angst, hatte behutsam Geldscheine von Buchseiten gelöst und hinunter auf die dichtbefahrene Schnellstraße gestarrt. Sechs Spuren von Autos, über die ganze Länge der Ébrié-Lagune – die nicht so urlaubsprospektblau war, wie sie erwartet hatte, sondern ganz normal grau, nicht viel anders als der Eriesee. Wenigstens gab es Palmen.

Sie hörte ihn an der Tür, am Türknauf rütteln, vor sich hin murmeln, und als er endlich hereinplatzte, warf er die Schlüsselkarte auf den Teppichboden und fletschte die Zähne.

«Arschlöcher», sagte er und schmiss seinen Aktenkoffer aufs Bett. «Gottverdammte, verfickte Scheiße», sagte er, und Lucy stand da, einen Hundert-Dollar-Schein in der Hand, und blinzelte ihn alarmiert an. Sie hatte ihn bis dahin noch niemals fluchen hören.

«Was ist los?», fragte sie und folgte ihm mit den Augen, als er zur Minibar stampfte und sie aufriss.

Leer.

«Verfickte Scheißbruchbude», sagte er. «Und das soll ein Vier-Sterne-Hotel sein?»

«Was ist los?», fragte sie noch einmal, aber er schüttelte lediglich gereizt den Kopf und fuhr sich mit den Fingern durch die Haare, die ihm wie Büschel von dürrem Gras vom Kopf abstanden.

«Wir bekommen neue Pässe», sagte er. «Wir müssen David und Brooke so schnell wie möglich ausmustern.»

«Mir soll's recht sein», sagte sie und folgte ihm wieder mit den Augen, als er zum Telefon ging und den Hörer mit einer theatralischen Geste beherrschter Wut von der Gabel nahm.

«*Allô, allô?*», sagte er. Er atmete einmal durch, und Lucy fand es unheimlich. Als er seinen tiefen, übertriebenen französischen Akzent annahm, schien sich sein Gesicht tatsächlich zu verändern. Seine Lider senkten sich leicht, seine Mundwinkel zogen sich nach unten, und er hob das Kinn.

«*Service des chambres?*», sagte er. «*S'il vous plaît, je voudrais une bouteille de whiskey. Oui, Jameson, s'il vous plaît.*»

«George», sagte sie – wieder falsch, wieder vergessen, dass es «Dad» heißen sollte. «Gibt's ein Problem?», fragte sie, aber er hob lediglich einen Finger: *Schh!*

«*Oui*», sagte er ins Telefon. «*Chambre quatorze quarante-et-un*», sagte er, und erst dann, erst nachdem er wieder aufgelegt hatte, drehte er sich um und sah sie an.

«Was ist los?», fragte sie. «Gibt's ein Problem?»

«Ich brauch einen Drink; das ist das Hauptproblem», sagte er, setzte sich aufs Bett und zog einen Schuh aus. «Aber wenn du die Wahrheit hören willst, ich bin ein ganz kleines bisschen besorgt, und ich würde uns gern neue Namen beschaffen. Morgen.»

«Okay», sagte sie. Sie legte *Bleakhaus* auf den Couchtisch und steckte den Hundert-Dollar-Schein unauffällig in die vordere Tasche ihrer Jeans. «Aber das beantwortet meine Frage nicht. Was ist los?»

«Es ist alles in Ordnung», sagte er kurz angebunden. «Ich bin nur etwas paranoid», sagte er und ließ seinen anderen Schuh auf den Fußboden fallen, einen dieser Herrenslipper, mit Lederbommeln da, wo eigentlich die Schnürsenkel hingehörten.

«Ich möchte, dass du morgen früh runter in den Friseursalon gehst», sagte er. «Schau mal, ob die nicht eine Blondine aus dir machen können. Und lass dir die Haare schneiden», sagte er – und sie meinte, einen Anflug von Widerwillen aus seiner Stimme herauszuhören. «Irgendwas Elegantes. Das sollten die ja wohl hinbekommen.»

Lucy legte sich die Hände an die Haare. Sie hatte sich ihre Brooke-Fremden-Zöpfe noch nicht wieder aufgeflochten, obwohl sie sie schauderhaft fand. Zu kindlich, hatte sie gesagt. «Soll ich sechzehn sein? Oder acht?», hatte sie gefragt, aber als George darauf beharrte, hatte sie sich am Ende doch überreden lassen.

Wollte ich *dieses Haar etwa haben?* Das hätte sie ihm am liebsten gesagt, nur zur Erinnerung, aber es war wahrscheinlich sowieso egal. Er hatte sein handtellergroßes Notizbuch aus der Tasche seines Anzugjacketts gezogen und schrieb etwas mit seinen pingeligen, winzigen Blockbuchstaben hinein.

«Du lässt dir also morgen früh als Erstes die Haare machen», sagte er. «Anschließend machen wir die Passfotos, und Mittwochvormittag haben wir hoffentlich unsere Pässe. Mittwochnachmittag ziehen wir in ein anderes Hotel. Es wäre gut, wenn wir das Land so bald wie möglich verlassen. Spätestens Samstag möchte ich in Rom sein, allerspätestens.»

Sie nickte, den Blick auf den Teppichboden gerichtet, der

mit den Näpfchen kleiner schwarzer Zigarettenbrandlöcher übersät war. Dazu der Überrest eines alten Stücks Kaugummi, so platt wie eine Münze getreten. Anscheinend nicht mehr zu entfernen.

«Okay», sagte sie, obwohl sie jetzt ebenfalls nervös war. Sie hatte das Hotelzimmer bislang nicht ohne George Orson verlassen, und der Gedanke an den Friseursalon machte ihr mit einem Mal Angst. *Ich bin nur etwas paranoid*, hatte er gesagt, aber sie war sicher, dass er sich nicht ohne guten Grund Sorgen machte, auch wenn er das nicht zugeben wollte.

Sie würde sich grausen, dachte sie, sich ganz allein in den öffentlichen Bereich des Hotels hinauszuwagen.

Vielleicht lag es daran, dass hier alle schwarz waren. Sie würde sich ihres Weißseins bewusst und auf eine Weise sichtbar sein, an die sie gar nicht gewöhnt war, es würde keine Masse geben, in der sie verschwinden könnte. Plötzlich musste sie daran zurückdenken, wie sie und ihre Familie manchmal durch die schwarzen Viertel von Youngstown gefahren waren, was für ein Gefühl es gewesen war, wenn die Leute auf der Straße und an den Bushaltestellen aufgeschaut und sie angestarrt hatten. Als ob ihr altes Auto eine Aura von Weißsein hinter sich hergezogen hätte, als ob sie phosphoreszierte. Sie erinnerte sich, dass ihre Mutter immer auf die Zentralverriegelung drückte und sich dann mehrfach vergewisserte, dass die Türen auch wirklich verschlossen waren.

«Das ist eine üble Gegend, Mädchen», sagte ihre Mutter, und Lucy hatte die Augen verdreht. *Wie rassistisch*, hatte sie gedacht und ihre Tür immer extra wieder entriegelt.

Das hier war natürlich etwas anderes. Es war Afrika. Es war ein Land der Dritten Welt, ein Ort der Putschversuche und bewaffneten Aufstände und Kindersoldaten, und sie hatte die Sicherheitshinweise des Außenministeriums gelesen: *Amerikaner sollten Menschenansammlungen und Demon-*

strationen meiden, ihre Umgebung beobachten und gesunden Menschenverstand einsetzen, um Situationen und Orte zu umgehen, die gefährlich sein könnten. Aufgrund der herrschenden starken antifranzösischen Ressentiments könnten Personen von nichtafrikanischem Aussehen verstärkt Ziel von Gewaltakten werden.

Aber ein Feigling wollte sie andererseits auch nicht sein, also stand sie einfach da und schaute zu, wie George Orson seine Socken auszog und sich den Ballen des nackten Fußes mit dem Daumen massierte.

«Sprechen die Englisch?», sagte sie schließlich, zögernd. «Im Friseursalon? Was, wenn die kein Englisch können?»

Und George Orson hob die Augen und sah sie streng an. «Ich bin sicher, dass die jemand dahaben, der Englisch kann», sagte er. «Abgesehen davon – Liebling, du hast auf der Highschool drei Jahre Französisch gehabt, und das müsste eigentlich vollauf genügen. Soll ich dir ein paar nützliche Sätze aufschreiben?»

«Nein», sagte Lucy und zuckte die Achseln. «Nein – ich komm wohl … ich komm wohl zurecht», sagte sie.

Aber George Orson stieß einen gereizten Seufzer aus. «Hör zu», sagte er. «Lucy», sagte er, und sie merkte ihm an, dass er ihren wirklichen Namen ganz bewusst verwendete, um seiner Aussage mehr Nachdruck zu verleihen. «Du bist kein kleines Kind. Du bist eine erwachsene Frau. Und du bist sehr intelligent, das habe ich dir schon immer gesagt. Ich habe Lucy gesehen und direkt gewusst: Das ist eine bemerkenswerte junge Frau. Und jetzt», sagte er. «Jetzt musst du lediglich ein bisschen selbständiger werden. Willst du den Rest deines Lebens damit zubringen, darauf zu warten, dass jemand dir sagt, was du tun sollst – auf Schritt und Tritt? Ich meine, Herr Jesus, Lucy! Du gehst runter in die Lobby, du sprichst Englisch, oder du kratzt ein paar Brocken Pidginfranzösisch zusammen, oder du machst dich mit Zeichensprache verständlich, und ich wette, du kriegst es hin, dir die Haare machen zu lassen, ohne dass dich jemand die ganze Zeit an der Hand halten muss.»

Er warf die Arme in die Höhe und ließ sich mit einem theatralisch entnervten Seufzer rücklings aufs Bett fallen, als würden sie vor Publikum spielen, als sei da noch jemand außer ihnen, um dessen Mitgefühl er buhlte. *Hält man's für möglich, dass ich mich mit* so *was abgeben muss?*

Sie wünschte, ihr würde eine eiskalte, messerscharfe Replik einfallen.

Aber sie konnte überhaupt keinen Gedanken fassen. Sprachlos: dass er *so* mit ihr redete, nach all seinen Lügen und Ausflüchten, nach der ganzen Zeit, die sie im Lighthouse Motel verwartet hatte, geduldig und treu – und jetzt hieß es, sie sei nicht «selbständig»?

«Ich brauch einen Drink», murmelte George Orson verdrossen, und Lucy stand einfach so da und starrte auf ihn hinunter. Dann endlich wandte sie sich wieder ihrem Buch zu, *Bleakhaus*, setzte sich damit hin wie mit einem Pullover, an dem sie strickte, und fing wieder an, die eingeklebten Geldscheine abzulösen. Dabei beobachtete sie, wie der durchsichtige Klebestreifen die Buchstaben vom alten Papier mitgehen ließ.

Also gut, dann würde sie also selbständig sein.

Sie war schließlich eine Globetrotterin. Allein in der letzten Woche hatte sie zwei neue Kontinente besucht – auch wenn Europa lediglich in einem kurzen Zwischenstopp in Brüssel bestanden hatte, aber schon bald würde sie in Rom wohnen. Sie würde *kosmopolitisch* sein, war es nicht das, was George Orson ihr damals, vor so vielen Monaten, als sie von Pompey, Ohio, weggefahren waren, gesagt hatte? War es nicht genau das, wovon sie geträumt hatte?

Das hier war zwar nicht direkt Monaco oder die Bahamas, oder eines der mexikanischen Luxushotels an der Riviera Maya, vor deren Websites sie in schmachtende Verzückung geraten war. Aber er hatte wahrscheinlich recht. Es war für sie eine Gelegenheit, sich erwachsen zu verhalten.

Als er also am nächsten Morgen mit dem Versprechen aufbrach, noch vor Mittag zurück zu sein, wappnete sie sich innerlich.

Sie zog ein schwarzes T-Shirt und schwarze Jeans an, ein Outfit, das zwar nicht direkt erwachsen, aber doch zumindest altersneutral war. Sie bürstete ihr Haar aus und fand den Lippenstift, den sie sich damals gekauft hatte, als sie mit dem Maserati über Land gefahren waren. Da war er, kaum benutzt, noch immer in einem Seitentäschchen ihrer Handtasche.

Zusätzlich legte sie fünfhundert Dollar in ihre Handtasche, und das übrige Geld wickelte sie in ein schmutziges T-Shirt und stopfte es zuunterst in den billigen, kleinmädchenhaften Brooke-Fremden-Rucksack, den George Orson ihr in Nebraska gekauft hatte.

Okay, dachte sie. Sie tat es wirklich.

Und sie stieg in den Fahrstuhl, cool und selbstsicher, und als im nächsten Stock ein Mann zustieg – Soldat, in Felduniform und blauem Barett, rote Streifen auf den Schultern –, behielt sie ein vollkommen ausdrucksloses Gesicht bei, so als habe sie ihn gar nicht bemerkt, so als sei ihr überhaupt nicht bewusst, dass er sie mit unverwandter Missbilligung ansah und eine Pistole im Gürtelhalfter hatte.

Sie fuhr, allein mit ihm, schweigend, weiter bis zum Parterre, und als er ihr die Fahrstuhltür aufhielt und eine galante Geste machte – *Ladies first* –, murmelte sie «*Merci*» und trat in die Lobby.

Sie tat das wirklich, dachte sie.

Ihr Haar nahm viel Zeit in Anspruch, aber insgesamt lief die Sache glatter, als sie gedacht hatte. Sie war ängstlich, als sie den Salon betrat, der, abgesehen von den zwei Angestellten, leer war – einer mageren, hochmütigen, mediterran wirkenden Frau, die so aussah, als erfüllten Lucys T-Shirt und Jeans sie mit Ekel; und einer afrikanischen Frau, die sie mit milderem Blick bedachte.

«*Excusez-moi*», sagte Lucy hölzern. «*Parlez-vous anglais?*»

Ihr war bewusst, wie unbeholfen sie klang, obwohl sie sich um ihre allerbeste Aussprache bemühte. Sie erinnerte sich an die mitleidigen Grimassen, die Mme. Fournier auf der Highschool geschnitten hatte, wenn Lucy sich in der Stunde durch eine inszenierte Französisch-Konversation quälte. «Oh!», sagte Mme. Fournier. «*Ça fait mal aux oreilles!*»

Aber eine simple Frage brachte Lucy doch wohl zustande, oder? *So* schwer war das ja schließlich auch nicht.

Und es war okay. Die Afrikanerin nickte ihr höflich zu. «Ja, Mademoiselle», sagte sie. «Ich spreche Englisch.»

Die Frau erwies sich sogar als richtig nett. Sie machte zwar allerlei missbilligende Geräusche wegen Lucys Koloration – «entsetzlich», murmelte sie –, glaubte aber dann doch, sie könne daraus etwas machen. «Ich werde mein Bestes für Sie tun», erklärte sie Lucy.

Die Frau hieß Stephanie, und sie kam aus Ghana, wie sie sagte, wohnte allerdings schon seit vielen Jahren in Côte d'Ivoire. «Ghana ist ein englischsprachiges Land. Englisch ist meine Muttersprache», sagte Stephanie. «Deswegen freue ich mich, ab und zu Englisch sprechen zu können. Das ist eine Eigenart der Ivoirer, die ich einfach nicht begreife. Wenn ein Ausländer Französisch spricht und dabei einen Fehler macht, lachen sie ihn aus, deswegen weigern sie sich, selbst wenn sie es ein bisschen können, Englisch zu reden. Warum? Weil sie befürchten, dass die Englisch-Muttersprachler sie dann ihrerseits auslachen würden!» Und während sie dann mit ihren gummibehandschuhten Fingern durch Lucys Haare strich, senkte sie die Stimme. «Das ist das Problem mit Zaina. Meiner Kollegin. Sie hat ein gutes Herz, aber sie ist Libanesin, und das sind sehr stolze Menschen. Die ganze Zeit sorgen sie sich um ihre Würde.»

«Ja», sagte Lucy und schloss die Augen. Wie lange es her war, dass sie mit jemandem außer George Orson gesprochen hatte? Es waren – was? – Monate gewesen, und bis zu diesem Augenblick war ihr fast nicht bewusstgeworden, wie einsam sie gewesen war. Sie hatte nie einen größeren Freundeskreis gehabt, hatte auf der Highschool die Gesellschaft der anderen Mädchen nie sonderlich geschätzt, aber jetzt, da Stephanies Fingernägel ihr sanfte Linien über die Kopfhaut zogen, erkannte sie, dass das ein Fehler gewesen war. Sie war wie Zaina gewesen – zu stolz, zu sehr mit ihrer Würde befasst.

«Ich bin sehr froh, dass wieder Touristen nach Abidjan kommen», erklärte Stephanie, während sie weiterarbeitete. «Nach dem Krieg, nachdem alle Franzosen geflohen waren, sagten die anderen Staaten: ‹Fahrt nicht nach Côte d'Ivoire, das ist zu gefährlich›, und das hat mich traurig gemacht. Früher war Abidjan als das Paris Westafrikas bekannt. Wussten Sie das? Dieses Hotel, wenn Sie es bloß vor fünfzehn Jahren hätten sehen können, als ich in dieses Land kam! Es gab ein Kasino. Eine Eisbahn, die einzige in Westafrika! Das Hotel war ein Juwel, und dann fing es an zu verfallen. Haben Sie gesehen, dass das ganze Gebäude früher von einem Teich umgeben war? Aber jetzt ist kein Wasser mehr drin. Eine Zeitlang kam ich zur Arbeit, und es kamen so wenige Gäste, dass ich mir vorstellte, ich wäre in einem alten, unbewohnten Schloss in irgendeinem kalten Land. Aber allmählich wird es wieder besser», sagte Stephanie, und ihre Stimme war mild und hoffnungsvoll. «Seit dem Friedensabkommen werden wir langsam wieder zu dem, was wir waren, und das macht mich glücklich. Eine junge Frau wie Sie in diesem Hotel zu treffen, das ist ein gutes Zeichen. Ich werde Ihnen ein Geheimnis verraten. Ich liebe die Frisierkunst. Und es ist wirklich eine Kunst, glaube ich. Wenn Ihnen gefällt, was ich aus Ihrem Haar mache, dann sollten Sie Ihren Freundinnen sagen: ‹Fahrt nach Abidjan, geht ins Hotel Ivoire, besucht Stephanie!›»

Als sie später versuchte, George Orson von der Sache mit Stephanie zu erzählen, fiel es ihr schwer, die richtigen Worte zu finden.

«Du siehst bemerkenswert aus», sagte George Orson. «Das ist eine phantastische Frisur», sagte er, und das war sie wirklich. Die Farbe sah überraschend natürlich aus, es war nicht das fluoreszierende Wasserstoffblond, das sie befürchtet hatte; das Haar war schulterlang, stumpf geschnitten, mit einer ganz leichten Außenwelle.

Aber das war längst nicht alles, obwohl sie nicht recht wusste, wie sie es hätte ausdrücken können: dieses träumerische Gefühl von Verwandeltsein; die intensive schwesterliche Intimität, mit der Stephanie über sie gebeugt gestanden und heiter gesprochen, ihre Geschichten erzählt hatte. So ein Gefühl musste es sein, hypnotisiert zu werden, dachte sie. Oder vielleicht, getauft zu werden.

Natürlich hätte sie das George Orson nicht sagen können. Es hätte zu überladen, zu extrem geklungen. Also zuckte sie lediglich die Achseln und zeigte ihm die Sachen, die sie sich in der Hotelboutique gekauft hatte.

Ein schlichtes schwarzes Kleid mit dünnen Trägern. Eine dunkelblaue Seidenbluse, tiefer ausgeschnitten, als sie es eigentlich gewohnt war, eine weiße Hose und ein buntes Kopftuch mit afrikanischem Muster.

«Ich hab einen Haufen Geld ausgegeben», sagte sie, aber George Orson reagierte lediglich mit einem Lächeln – diesem intimen, verschwörerischen Lächeln, mit dem er sie auf ihrer Fahrt aus Nebraska immer wieder bedacht und das sie schon so lange nicht mehr gesehen hatte.

«Solange es nicht mehr als drei bis vier Millionen sind», sagte er, und es war eine solche Erleichterung, ihn wieder witzeln zu hören, dass sie lachte, obwohl es gar nicht so witzig war, und sie warf sich verführerisch in Pose, während er sie vor dem Hintergrund der grauweißen Wand für den neuen Pass fotografierte.

Er meinte, ihnen binnen vierundzwanzig Stunden neue Pässe besorgen zu können.

Er trank neuerdings mehr, und das gefiel ihr nicht. Höchstwahrscheinlich hatte er schon die ganze Zeit getrunken, als er sich im alten Haus über dem Lighthouse Motel in seinem «Herrenzimmer» eingeschlossen hatte, um dann mitten in der Nacht schwerfällig neben sie unter die Decke zu schlüpfen, umgeben von einer Geruchswolke aus Mundwasser, Seife und Eau de Cologne.

Aber jetzt war es etwas anderes. Jetzt, wo sie sich ein Zimmer teilten, bekam sie es mehr mit. Sie beobachtete ihn, wie er am schmalen Hotelzimmerschreibtisch saß und auf den Bildschirm seines Laptops starrte, tippte und surfte, tippte und surfte und zwischendurch große Schlucke aus seinem Glas nahm. Die Flasche irischen Whiskey, die er sich vom Zimmerservice hatte bringen lassen, war nach lediglich zwei Tagen schon so gut wie leer.

Währenddessen lag sie im Bett und sah sich französisch synchronisierte amerikanische Spielfilme an oder las *Marjorie Morningstar*, die die Entfernung der eingeklebten Geldscheine besser überstanden hatte als *Bleakhaus*.

Es hatte einen Moment gegeben, als er sie mit ihrer neuen Frisur und den neuen Sachen gesehen hatte, wo sie kurz wieder zu dem Paar geworden waren, für das sie sie gehalten hatte, aber es hielt nur ein paar Stunden vor. Jetzt war er wieder distanziert.

«George?», sagte sie. Und als er keine Antwort gab: «Dad ...?»

Da zuckte er zusammen.

Betrunken.

«Armer Ryan», sagte er kryptisch, und er führte sein Glas kopfschüttelnd an die Lippen. «Dies Mal werd ich's nicht verbocken, Lucy», sagte er. «Vertrau mir. Ich weiß, was ich tue.»

Vertraute sie ihm?

Glaubte sie jetzt noch, nach alldem, dass er wusste, was er tat?

Das waren nach wie vor schwer zu beantwortende Fragen, auch wenn es die Sache erleichterte zu wissen, dass sie einen Rucksack mit sich herumtrug, der fast hundertfünfzigtausend Dollar enthielt.

Es erleichterte die Sache, dass sie nicht mehr in Nebraska waren, dass sie nicht mehr praktisch wie eine Gefangene im Lighthouse Motel festsaß. Als er am nächsten Morgen aufbrach, um mal wieder was zu erledigen, konnte sie tun, was sie wollte, sie konnte mit dem Lift hinunter in die Hotellobby fahren und nach Belieben spazieren gehen. Sie hatte den Rucksack dabei und schlenderte in ihren neuen Sachen durch die Gänge und Geschäfte und versuchte nachzudenken. Versuchte, sich in die Zukunft zu projizieren, nur ein paar Tage weiter. Rom. 4,3 Millionen Dollar. Ein neuer Name, ein neues Leben, vielleicht sogar das Leben, das sie sich ausgemalt hatte.

Das Hotel war ein riesiger Komplex, aber überraschend ruhig. Sie hatte erwartet, die Lobby voller Menschen vorzufinden, so wie die Terminals der Flughäfen von Denver und New York und Brüssel, wo ganze Heerscharen durch die Hallen und Gänge gehastet waren, aber hier kam sie sich eher wie in einem Museum vor.

Wie im Traum ging sie durch einen langen Wandelgang. An der Wand war eine stilisierte langgesichtige afrikanische Maske – eine Gazelle, vermutete sie – mit Hörnern, die sich seitlich herunterbogen, wie Frauenhaar. Sie sah zwei afrikanische Frauen in Batikgewändern, leuchtend orange und grün, friedvoll dahinschlendern; und einen Hotelangestellten, der, milde wie ein guter Hirte, ein Häuflein Müll auf seine langstielige Kehrschaufel fegte; und dann trat sie ins Freie, auf eine offene Promenade mit tropischen Pflanzen auf einer Seite und anmutigen, botanisch anmutenden abstrakten Plastiken und einem mit bunten Formen und Figuren bedeckten Obelisken, der fast wie ein Totempfahl aussah; und dann öffnete sich die Promenade zu einem kleinen Platz, und es kam eine Betonbrücke, die über türkisfarbene Teiche zu einer kleinen grünen Insel führte, von der aus man über die Lagune hinweg auf die Skyline von Abidjan blicken konnte.

Traumhaft. Sie stand auf einem von hohen Glaskugellaternen gesäumten Weg, unter einem wolkenlosen Himmel, und das war wahrscheinlich das Irrste, was sie jemals erlebt hatte.

Wer hätte, daheim in Ohio, jemals gedacht, dass Lucy Lattimore eines Tages auf einem anderen Kontinent stehen würde, im Garten eines so wunderschönen Hotels? In Afrika. Mit einer eleganten Frisur und teuren Schuhen und einem leichten plissierten weißen Kleid, dessen Rocksaum sich sanft in der Brise bewegte.

Wenn ihre Mutter sie nur hätte sehen können. Oder dieser widerliche, ständig feixende Toddzilla.

Wenn nur jemand vorbeigekommen wäre und sie fotografiert hätte.

Endlich drehte sie sich um und ging wieder durch den Garten zurück, zurück zum Zentrum des Hotels. Sie fand ihre Boutique wieder und kaufte sich ein weiteres Kleid – smaragdgrün diesmal, gebatikt wie die Gewänder der Frauen, die sie in der Wandelhalle gesehen hatte –, zog dann mit ihrer Einkaufstüte wieder los und fand ein Restaurant.

Le Pavillon war ein langer schlichter Raum, der sich am Ende zu einem Patio öffnete. Die Mittagessenszeit war, wie sie annahm, schon vorbei, aber es saßen noch immer ein paar Gäste herum, und als der Oberkellner sie an ihren Platz führte, hoben drei weiße Männer in geblümten Hawaiihemden, an deren Tisch sie vorbeikam, die Köpfe.

«Schönes Mädchen», sagte einer von ihnen, ein Glatzkopf, und wölbte die Brauen. «Hey, Mädchen», sagte er. «Du mir gefällst. Ich will sein dein Freund.» Und dann sagte er irgendwas auf Russisch oder so zu seinen Genossen, und sie lachten alle.

Sie ignorierte sie. Sie würde sich von ihnen nicht den Nachmittag verderben lassen, obwohl die Typen selbst dann, als sie sich die Speisekarte wie eine Maske vors Gesicht hielt, noch fortfuhren, mit rohen Stimmen zu reden.

«Ich bin guter Liebhaber», rief der eine mit der orange gefärbten Igelfrisur. «Baby. Wir sollten uns zusammen treffen.»

Arschlöcher. Sie starrte auf die Speisekarte – die, wie sie feststellte, ausschließlich auf Französisch geschrieben war.

Als sie zurückkam, wartete George Orson schon auf sie.

«Scheiße, wo zum Teufel warst du?», sagte er, als sie die Zimmertür öffnete.

Vor Wut schäumend.

Sie stand da mit ihrem ganzen gemeinsamen Geld im Rucksack und der Einkaufstüte von der Boutique in der Hand, und er schleuderte ihr ein Geschoss entgegen – ein Heftchen, das sie mit einer automatischen Handbewegung abwehrte. Es prallte gegen ihren Handteller und fiel harmlos zu Boden.

«Da ist dein neuer Pass», sagte er bitter, und sie fixierte ihn lange, bevor sie sich bückte und das Ding aufhob.

«Wo warst du?», fragte er, während sie mit stoischer Miene den Reisepass aufklappte und hineinschaute. Da war das Foto, das er gestern von ihr gemacht hatte – mit ihrer brandneuen Frisur –, und ein neuer Name: Kelli Gavin, vierundzwanzig Jahre alt, aus Easthampton, Massachusetts.

Sie sagte nichts.

«Ich dachte, du wärst … entführt worden oder sonst was», sagte George Orson. «Ich saß hier und dachte: *Was mach ich jetzt?* Herrgott, Lucy, ich dachte, du hättest mich hier sitzenlassen!»

«Ich war essen», sagte Lucy. «Ich bin nur für einen Augenblick runter. Ich meine, hast du dich nicht gerade erst beklagt, ich wär nicht selbständig genug? Ich war lediglich –»

Er räusperte sich, und einen Moment lang dachte sie, er würde gleich anfangen zu weinen. Seine Hände zitterten, und er hatte einen trostlosen Ausdruck im Gesicht.

«Gott!», sagte er. «Warum tu ich mir das bloß immer wieder an? Ich hab nie etwas anderes gewollt, als einen Menschen zu haben, einen einzigen Menschen, und es haut nie hin. Es haut nie hin.»

Lucy stand da und sah ihn an, und als er sich in einem Sessel niederließ, beschleunigte sich ihr Herzschlag. «Was redest du da?», sagte sie, und sie vermutete, dass es klug gewesen wäre, sanft, bescheiden, beruhigend zu ihm zu sprechen. Sie hätte auf ihn zugehen und ihn in die Arme nehmen oder auf die Stirn küssen, ihm übers Haar streichen sollen. Aber sie rührte sich nicht von der Stelle und betrachtete ihn lediglich, wie er mit krummem Rücken dasaß, wie ein schmollender Dreizehnjähriger. Sie steckte ihren neuen Reisepass in ihre Handtasche.

Sie war doch schließlich diejenige, die ängstlich sein sollte. Sie war diejenige, die Anspruch auf Trost und Beschwichtigung gehabt hätte. Sie war diejenige, die mit faulen Tricks dazu gebracht worden war, sich in einen Mann zu verlieben, den es nicht einmal wirklich gab.

«Was redest du da?», fragte sie noch einmal. «Hast du das Geld bekommen?»

Er starrte auf seine Hände, die noch immer zitterten und sich um seine Knie krampften. Er schüttelte den Kopf.

«Wir haben Verhandlungsprobleme», sagte George Orson, und es war nur ein Stimmchen, das nuschelnde erregte Flüstern, das er immer bekam, wenn er aus seinen Albträumen aufwachte.

Klang ganz und gar nicht nach George Orson.

«Wir müssen möglicherweise einen viel größeren Anteil abgeben, als ich erwartet hatte», sagte er. «Einen *viel* größeren. Das ist das Problem, überall Korruption, überall auf der Welt, wohin man auch geht, das ist das Schlimmste an der Sache –»

Er hob den Kopf, und von dem gutaussehenden Lehrer, den sie einst gekannt hatte, war kaum noch etwas übrig.

«Ich hätte einfach nur gern einen Menschen, dem ich vertrauen kann», sagte er, und seine Augen ruhten vorwurfsvoll auf ihr, als ob *sie ihn* betrogen hätte. Als ob *sie* die Lügnerin wäre.

«Pack deine Sachen», sagte er kalt. «Wir müssen sofort in ein anderes Hotel umziehen, und ich sitz mir hier seit einer Stunde den Arsch platt und warte auf dich. Du kannst von Glück sagen, dass ich überhaupt noch da bin.»

Während sie unten in der Lobby wartete, wusste Lucy nicht, ob sie wütend oder beleidigt sein sollte. Oder ängstlich.

Zumindest hatte sie den Rucksack mit ihrem ganzen Geld. Ohne das würde er sie wahrscheinlich nicht verlassen, aber trotzdem – wie er mit ihr geredet, wie er sich in den letzten paar Tagen verändert hatte … Kannte sie ihn überhaupt? Hatte sie auch nur eine Ahnung, was wirklich in seinem Kopf vorging?

Abgesehen davon, konnte sie nicht aufhören, an das zu denken, was er über das Geld gesagt hatte. *Verhandlungsprobleme*, hatte er gesagt. *Wir müssen möglicherweise einen viel größeren Anteil abgeben.* Was sie beunruhigte. Sie hatte mit diesem Geld gerechnet, vielleicht sogar mehr, als sie auf George Orson gezählt hatte, und jetzt tastete sie automatisch ihren Rucksack ab, fühlte durch die Leinwand die Bündel von Banknoten, die sie mit ein paar zusammengefalteten Brooke-Fremden-T-Shirts abgedeckt hatte.

Es war früher Nachmittag, und es trafen erheblich mehr neue Gäste im Hotel Ivoire ein, als es noch am Vortag der Fall gewesen war. Da war eine Reihe von Afrikanern, manche in Anzügen, andere traditioneller gekleidet. Ein paar Militärs, zwei Araber in bestickten Kurtas, eine Französin mit Sonnenbrille und breitkrempigem Hut, die sich übers Handy mit jemandem herumstritt. Livrierte Hotelangestellte folgten verschiedenen Gästen.

Sie hätte nicht allein in die Lobby runterfahren dürfen, auch wenn ihr das in dem Moment wie ein Akt trotziger Selbstbehauptung erschienen war. Während George Orson in einem schnellen und unverständlichen Französisch ins Telefon gesprochen hatte, hatte sie ärgerlich gepackt, und als sie mit ihrem Koffer fertig gewesen war, hatte sie dagestanden und versucht, in groben Zügen zu verstehen, was er sagte – bis er ihr einen scharfen Blick zugeworfen und die Sprechmuschel mit der Hand abgedeckt hatte.

«Fahr schon mal runter in die Lobby», sagte er. «Ich muss

nur noch dieses Gespräch zu Ende führen und bin in fünf Minuten unten, also verschwind nicht.»

Aber inzwischen waren schon fast fünfzehn Minuten vergangen, und er war immer noch nicht aufgetaucht.

Konnte es sein, dass er sie sitzenlassen wollte?

Sie tastete wieder ihren Rucksack ab, als könnte ihr das Geld irgendwie weggezaubert werden, als sei es nicht vollständig real, und sie war versucht, den Reißverschluss aufzuziehen und noch einmal nachzuschauen – nur zur Sicherheit. Nur um es zu sehen.

Noch einmal ließ sie den Blick durch die Lobby schweifen, hinauf zur kathedralenartigen Decke und dem Kronleuchter und über die langen dekorativen Kästen voll tropischer Pflanzen. Die Französin hatte sich eine Zigarette angezündet und klopfte mit der Spitze ihres hochhackigen Schuhs dezent auf den Fußboden. Lucy sah, dass die Frau einen Blick auf ihre Armbanduhr warf, und nach kurzem Zögern ging sie auf sie zu.

«*Excusez-moi*», sagte sie, wobei sie den Versuch unternahm, den Akzent nachzuahmen, den Mme. Fournier in grauer Vergangenheit ihren Schülerinnen und Schülern einzutrichtern versucht hatte. «*Quelle ...*», sagte Lucy. «*Quelle ... heure est-il?*»

Die Frau sah sie mit überraschendem Wohlwollen an. Ihre Augen begegneten sich, und die Frau nahm das Handy vom Ohr und musterte Lucy mit einem sanften, mütterlichen Blick von oben bis unten. Mitleidig, dachte Lucy.

«Es ist drei, meine Liebe», erwiderte die Frau auf Englisch und lächelte Lucy fragend an.

«Ist mit Ihnen alles in Ordnung?», fragte die Frau, und Lucy nickte.

«*Merci*», sagte Lucy mit belegter Stimme.

Sie wartete schon fast eine halbe Stunde auf ihn. Jetzt

drehte sie sich um und machte sich auf den Weg zu den Fahrstühlen, während ihr Trolley-Koffer hinter ihr herschlenkerte, die schönen zehenfreien Sandalen, die sie sich gekauft hatte, auf den leuchtenden Marmorfliesen klackten, die Leute eine Gasse vor ihr zu bilden schienen und die afrikanischen und levantinischen und europäischen Gesichter sie dabei mit der gleichen misstrauischen Anteilnahme beäugten, die die Französin gezeigt hatte – dem Blick, mit dem die Leute ein Mädchen ansehen, das sich wie eine Idiotin benommen hat, ein Mädchen, das weiß, dass es sitzengelassen worden ist. *Du kannst von Glück sagen, dass ich nicht ohne dich gegangen bin*, dachte sie, und als die Fahrstuhltür mit einem tiefen melodischen Glockenton aufglitt, spürte Lucy, wie die Panik in ihr aufwallte. Kein Gefühl in den Fingern, Insektenkribbeln auf der Kopfhaut, die Kehle wie zugeschnürt.

Nein. Er würde sie nicht sitzenlassen, er würde sie nicht wirklich sitzenlassen, nicht nach alldem. Nicht nachdem sie einen so weiten Weg miteinander zurückgelegt hatten.

Sie spürte, wie der Fahrstuhl zu steigen begann, und es war so, als ob die Schwerkraft wie ein Geist aus ihrem Körper emporstiege, es war so, als könnte sie wie eine Springkrautschote aufplatzen und Hunderte von schwebenden Samen aus sich entlassen, die dann unwiederbringlich verwehen würden. Sie dachte an den Moment, als die Polizisten auf ihrer Veranda gestanden hatten, sie die Tür geöffnet und sich ihren steinernen Mienen gegenübergesehen hatte; an den Moment, als sie das Zulassungsbüro von Harvard angerufen hatte, dieses Gefühl der Loslösung, dieses Gefühl, dass ihr künftiges Ich, die Moleküle ihres vorgestellten Lebens, losgerissen, zu immer kleineren und kleineren Partikeln zerfielen und sich immer weiter und weiter und weiter verstreuten, wie das Weltall selbst.

Als der Aufzug endlich den vierzehnten Stock erreichte, dachte sie für eine Sekunde, die Tür würde sich nicht öffnen, und sie drückte auf den Knopf mit dem «Tür öffnen»-Symbol. Sie drückte noch einmal und fuhr, mit zitternden Fingern, mit dem Handballen über die Nahtstelle, an der die Türflügel wie zusammengeschweißt aneinanderstießen. «Oh», sagte sie dabei, «oh», sagte sie, bis die Türflügel sich unvermittelt teilten, aufglitten und sie fast auf den Korridor hinausgestolpert wäre.

Im Nachhinein war sie froh, dass sie nicht seinen Namen gerufen hatte.

Die Stimme hatte sie verlassen, und sie hielt vor dem Fahrstuhl inne und konnte nur mit Mühe atmen, die Luft strömte ihr mit weichen unregelmäßigen Rucken in die Lungen, und ihre Hände kratzten fahrig an der Leinwand ihres Rucksacks, tasteten nach den festen Banknotenbündeln, so wie sich ein Passagier in einem abstürzenden Flugzeug an seine Sauerstoffmaske klammern mag, und dann, als sie die Gewissheit dieser Geldscheinpacken spürte, kramte sie hektisch in ihrer neuen Handtasche und fand ihren Reisepass, Kelli Gavins Reisepass. Der war ebenfalls da, und da war auch die Bestätigungsnummer für ihren Flug nach Rom, und sie ... sie ...

Die Geschwindigkeit ihres Absturzes schien sich zu verlangsamen.

Ja, so fühlte es sich an, sich zu verlieren. Noch einmal. Seine Zukunft loszulassen und sie immer höher und höher aufsteigen zu lassen, bis man sie schließlich nicht mehr sehen konnte und man wusste, dass man wieder von vorn anfangen musste.

Im Nachhinein begriff sie, dass sie Glück gehabt hatte.

Glück, dass sie sich bemüht hatte, möglichst nicht aufzufallen, sich bemüht hatte, sich zusammenzureißen, Glück, dass sie vor dem Fahrstuhl stehengeblieben war, um ihre Tasche noch einmal abzutasten, Glück, weil diese eiskalte Ruhe auf sie herabgestoßen war und sie mit ihren Klauen gepackt hatte.

Glück, dass sie keine Aufmerksamkeit erregt hatte, denn als sie um die Ecke bog, stand ein Mann vor ihrem Hotelzimmer.

Wie ein Wachposten, vor der Tür von Zimmer 1441, im Turm des Hotels Ivoire.

Um sie abzufangen? Oder lediglich um George Orson den Fluchtweg zu versperren?

Es war einer dieser Russen, die sie im Restaurant gesehen hatte, der mit der orangefarbenen Igelfrisur, der ihr zugerufen hatte: *Ich bin guter Liebhaber.*

Er stand mit dem Rücken an der Tür, die Arme verschränkt, und sie erstarrte dort am Rand des Korridors. Sie konnte die Pistole sehen, den Revolver, den er locker, fast schläfrig in der linken Hand hielt.

Er sah nicht gefährlich aus, nicht direkt, obwohl sie wusste, dass er es war. Er würde sie wahrscheinlich töten, wenn er sie sähe und die Verbindung herstellte, aber er schaute nicht in ihre Richtung. Es war so, als sei sie unsichtbar, und er lächelte in sich hinein, als kostete er eine angenehme Erinnerung aus, die Augen auf die Decke gerichtet, auf die Lampe, um die ein weißer Falter kreiste. Gebannt.

Die zwei anderen Männer, nahm sie an, waren schon im Zimmer, im Zimmer bei George Orson.

26

WIR SIND AUF DEM WEG

ins Krankenhaus», sagte er zu Ryan. «Hör mir zu, mein Sohn. Du wirst nicht verbluten.» Er wiederholte es und wiederholte es, noch lange nachdem Ryan das Bewusstsein wieder verloren hatte, murmelte es einfach vor sich hin, so wie er sich früher, als Junge, auf dem Dachboden Geschichten erzählt hatte, er erinnerte sich an das Gefühl, im Bett hin und her zu schaukeln und sich immer wieder dieselben Sätze vorzusagen, bis er endlich einschlief.

«Ich versprech dir, dass du wieder gesund wirst», sagte er, während die Scheinwerfer das Gewirr von Zweigen erleuchtete, die die langen Landstraßen überwölbten. «Ich versprech dir, dass du wieder gesund wirst. Wir sind auf dem Weg ins Krankenhaus. Ich versprech dir, dass du wieder gesund wirst.»

Natürlich hatte er zu Rachel genau dasselbe gesagt, damals in Inuvik, wo sie sich für Wissenschaftler ausgegeben hatten, und das war nicht besonders gut ausgegangen.

Diesmal aber schaffte er es, Wort zu halten.

Ryan war in der Notaufnahme, und auch wenn zweifellos eine mehrstündige OP und Bluttransfusionen und so weiter nötig sein würden, würde es fast mit Sicherheit gut ausgehen.

Es war kurz vor sechs, ein Donnerstagmorgen Anfang Mai, die Sonne war noch nicht aufgegangen, und er saß im von Leuchtstoffröhren erhellten Wartebereich auf einem Plastikstuhl neben den Verkaufsautomaten, auf den Knien Ryans blutbespritztes Kapuzenshirt und Ryans Brieftasche mit dem neuesten Führerschein. Max Wimberley. Er holte das gefaltete Geldbündel aus seiner Jackentasche und steckte ein paar Hunderter in das Geldscheinfach von Ryans Brieftasche.

Herr Jesus, dachte er, und er legte das Gesicht für eine Weile in die Hände – ohne zu weinen, ohne zu weinen –, bevor er schließlich einen Fetzen Papier hervorkramte und etwas aufschrieb.

Es war wahrscheinlich am besten so.

Er saß in einem alten Chrysler, den er unabgeschlossen auf dem Parkplatz gefunden hatte, und jetzt weinte er ein bisschen, zerstreut, während er die Plastikabdeckung unter der Lenksäule abmontierte.

Er war ein guter Vater gewesen, sagte er sich. Er und Ryan hatten, solange es gutgegangen war, ein schönes Leben miteinander geführt; sie hatten sich, was wichtig war, sehr nahe gestanden, sie hatten eine Beziehung aufgebaut, eine enge Beziehung, und auch wenn die Sache früher – und auf tragischere Weise – zu Ende gegangen war, als er erwartet hatte, war er ein besserer Dad gewesen, als der echte Jay es jemals gewesen wäre.

Als er an Jay dachte, verspürte er etwas wie – was? – leichte Gewissensbisse; aber auch nicht direkt. Während der ganzen Zeit, die sie zusammen verbracht hatten, damals, bevor er nach Missouri gegangen war, während der ganzen Zeit hatte er nichts getan als Jay zugeredet, mit seinem Sohn Kontakt aufzunehmen. «Es ist wichtig», hatte er immer wieder zu Jay gesagt. «Familie ist wichtig; er sollte erfahren, wer sein richtiger Vater ist; sonst ist sein Leben eine einzige Lüge», und Jay hatte ihn regelmäßig mit diesem ironischen Kifferblick, den er draufhatte, angesehen, als wollte er sagen: *Machst du Witze?*

In Wirklichkeit war es aber so, dass Jay sich einfach nie dazu aufraffen konnte, weil er faul war. Weil er nicht bereit war, die nötige emotionale Energie zu investieren, weil er nicht bereit war, Verantwortung für einen anderen Menschen zu übernehmen – und das war auch der Grund, warum er kein guter Hochstapler war. Hayden hatte sich alle Mühe gegeben, ihm etwas beizubringen, aber letztlich war Jay einfach nicht gut genug. Er machte so viele Fehler, so viele Fehler – Gott! Ryan eignete sich um so viel besser für den Lebensstil des Untergangs als sein Vater –

Bei Jay hatte es dagegen einfach nur einen Patzer nach dem anderen gegeben, selbst mit einem perfekten Avatar wie Brandon Orson, und obwohl schon alles – in Lettland und China und der Elfenbeinküste – perfekt vorbereitet gewesen war. Und deswegen war Hayden, als Jay von dieser unseligen Reise nach Rēzekne nicht zurückgekehrt war, nicht besonders überrascht gewesen.

Allerdings hatte es ihm leidgetan, dass Jays armer Sohn nie die Wahrheit erfahren würde, er war – tja, *neugierig* auf diesen Sohn gewesen, selbst während dieser Periode als Miles Spady, damals an der University of Missouri, selbst noch als er und Rachel in dieser gottverlassenen Forschungsstation festsaßen, sich zankten und depressiv wurden, selbst dann hatte er immer wieder an Jay Kozeleks lange verlorenen Sohn denken müssen, und als es mit Rachel schiefgelaufen war und er endlich in die Staaten zurückgekehrt war und in einem Motelzimmer in North Dakota saß, hatte er gedacht –

Was, wenn ich an Jays Stelle mit seinem Sohn Kontakt aufnehmen würde? Was, wenn ich für Jay das täte, wozu er selbst nicht imstande war? Würde ich ihm nicht gewissermaßen einen Gefallen tun, würde ich nicht etwas zu seinem ehrenden Andenken tun?

Tja.

Tja, wie Miles sagen würde.

Er saß im unabgeschlossenen Chrysler auf dem Parkplatz

der Notaufnahme und dachte über diese Dinge nach, und schließlich beugte er sich vor und musterte die Kabel, die in das Lenkradschloss liefen, und entwirrte sie, bis er das rote fand. Normalerweise lieferte das rote den Strom, während das braune zum Anlasser führte, und er bückte sich unter das Lenkrad und versuchte, sich zu konzentrieren. Noch einmal wischte er sich mit dem Handrücken über die Augen und trocknete ihn sich anschließend am T-Shirt ab.

Früher oder später hätte es sowieso enden müssen. Es war schon unglaublich, dass er es überhaupt geschafft hatte, Ryan zu überzeugen, und mit der Zeit wären bestimmt Zweifel aufgekommen, Fragen, die er nicht hätte beantworten können. Wahrscheinlich hätte Ryan früher oder später weiterziehen wollen, sich vielleicht sogar wieder bei seinen Eltern melden wollen, was völlig okay war, was ganz natürlich war, man konnte schließlich nicht erwarten, dass solche Dinge ewig hielten.

Ja. Er holte sein Taschenmesser heraus und schälte vorsichtig die Isolierung von den Kabelenden ab. Eine sehr heikle Prozedur. Man wollte sich schließlich keinen Schlag holen; man durfte die blanken Drähte nicht berühren.

Er runzelte die Stirn, konzentrierte sich, und dann gab's einen winzigen Funken, und das Auto rüttelte sich wach. Zu neuem Leben.

Könnte es etwas Wundersameres geben als ein wirkliches, wahrhaftiges Gespenst?

Er fuhr auf der I-75 in südlicher Richtung, war knapp hinter Flint, als ihm das einfiel.

Ein Zitat.

Er war vor langem darauf gestoßen, damals während dieses entsetzlichen Semesters in Yale. Thomas Carlyle, der viktorianische schottische Essayist, grimmig und grantig und bärtig und ihm nicht einmal sonderlich sympathisch: Aber er hatte sich die Passage eingeprägt, weil sie ihm so schön und so wahr zu sein und so weit über das Fassungsvermögen der übrigen Kursteilnehmer zu liegen schien.

Der Engländer Johnson, hatte Carlyle geschrieben, habe sich sein Leben lang danach gesehnt, ein Gespenst zu sehen. *«Schaffte es aber nicht, obwohl er zur Cock Lane ging und von da weiter in die Kirchenkrypten und Särge abklopfte. Närrischer Doktor! Blickte er niemals, mit dem Auge des Verstandes ebenso wie mit dem des Leibes, um sich in jenen Gezeitenstrom von menschlichem Leben, das er so sehr liebte? Ja blickte er nie auch nur in sich selbst hinein? Der gute Doktor war ein Gespenst, so wirklich und wahrhaftig, wie das Herz es nur begehren könnte; nahezu eine Million Gespenster bevölkerten die Straßen rings um ihn. Noch einmal sage ich – fege hinweg die Illusion der Zeit; verdichte die sechzig Jahre Menschenleben zu drei Minuten; was anderes war er, was anderes sind wir? Sind wir nicht alle Geister, zu einem Leib gestaltet, einer Erscheinung; und vergehen diese nicht wieder zu Luft und Unsichtbarkeit?»*

Er fuhr gerade unter einer Brücke durch und rezitierte diese Passage laut, und er weinte nicht wirklich, obwohl seine Augen ein bisschen nässten, geblendet vom Licht der Scheinwerfer hinter ihm und den grellen reflektierenden Kreisen der Katzenaugen am Straßenrand und einem grünen Interstate-Schild mit der Aufschrift:

RICHTUNG COLUMBUS

«Sind wir nicht alle Geister?»

Er fragte sich, was Miles zu dieser Vorstellung zu sagen gehabt hätte.

Er hatte schon seit einer Weile nicht mehr mit Miles gesprochen, seit die Sache mit Rachel schiefgegangen war, seit diesem missglückten Trip nach North Dakota, und er war neugierig. Vielleicht konnte er Miles einfach einen Brief schreiben, vielleicht konnte er Miles zur Gedenkstätte schicken, die er sich selbst auf Banks Island errichtet hatte. *Idem mutatus resurgo*: «Verändert, erstehe ich als dieselbe wieder.» Was Miles vielleicht verstehen würde. Vielleicht konnte Miles dann die nächste Ebene betreten und sich ebenfalls transformieren. Endlich sein eigenes Leben leben.

Natürlich würde er dazu Miles irgendwie nach Kanada locken müssen, aber bei Miles war so was nicht sonderlich schwierig. Der arme Miles: so zwanghaft und hartnäckig.

Er hatte vor kurzem etwas über das sogenannte Vanishing Twin Syndrome gelesen, das Miles mit Sicherheit interessiert hätte. Laut einem Artikel, den er gelesen hatte, beginnt einer von acht Menschen sein Leben als Zwilling, aber nur einer von siebzig wird dann tatsächlich als Zwilling *geboren*. In den meisten Fällen wird der «verschwindende Zwilling» entweder spontan abgestoßen, oder er wird vom Geschwister, der Plazenta oder der Mutter selbst absorbiert.

Als er die Grenze von Michigan nach Ohio überquerte, weinte er wieder, dachte dabei vermutlich an Ryan, obwohl er wusste, dass es falsch war.

Er hatte eine ungewöhnlich große Ernte an Leben erbracht, das jedenfalls hatte man ihm gesagt – und er war von Tod zu Tod gewandert, jahrhundertelang, er war von Cleveland nach Los Angeles nach Houston gezogen; von Rolla, Missouri, nach Banks Island, Nordwestterritorien; von North Dakota nach Michigan, und jedes Mal war er ein anderer Mensch gewesen.

Seine Hände zitterten, und schließlich musste er bei einer Raststätte rausfahren, er musste sich ohne eine Decke oder ein Kissen auf dem Rücksitz zusammenrollen, die Hände fest gegen den Schädel gedrückt. Draußen hatte sich der Regen in Graupeln verwandelt, die ununterbrochen auf die Oberfläche des gestohlenen Wagens prasselten.

Was, wenn er sich einfach in ein neues Leben einfände und dort bliebe? Vielleicht war das die Antwort. Als Vater war er gescheitert, dennoch hatte er die Seele eines Lehrers, dachte er, und dieser Gedanke gefiel ihm, beruhigte ihn: die Vorstellung, dass er noch immer, auf irgendeine Weise, ein junges Leben berühren konnte.

Was, wenn er etwas ganz Gewöhnliches wurde? Vielleicht einfach ein schlichter Highschool-Lehrer, dachte er, und alle Schüler würden ihn mögen, und er würde einen Einfluss ausüben, der über ihn hinaus fortwirken würde. Er würde durch sie weiterleben. Vielleicht war das kitschig und dumm, aber für den Anfang sah das wie kein so schlechter Plan aus. Er schmiegte sich an das kalte Polster und kniff die Augen ganz fest zu.

Er würde nie wieder an Ryan denken, schwor er sich.

Er würde nie wieder an Jay oder Rachel denken.

Er würde nie wieder an Miles denken.

Sind wir nicht alle Geister?, flüsterte eine Stimme.

Aber auch daran würde er nie wieder denken.

DANKSAGUNG

Meine Frau, die Schriftstellerin Sheila Schwartz, starb nach einem langen Kampf mit dem Eierstockkrebs, kurz nachdem ich dieses Buch vollendet hatte. Wir waren zwanzig Jahre lang verheiratet gewesen. Sheila war meine Dozentin auf dem College, und wir verliebten uns ineinander, und in all unseren gemeinsamen Jahren war sie meine Mentorin, meine beste Kritikerin, meine liebste Freundin, meine Seelengefährtin. Ich habe während der letzten Wochen der Endredaktion die Anmerkungen vor Augen gehabt, die Sheila ins Manuskript geschrieben hatte, und ich bin unfähig auszudrücken, wie dankbar ich für ihre klugen Ratschläge bin und wie schrecklich sie mir fehlen wird.

Ich hatte das Glück, eine geduldige, rücksichtsvolle und brillante Lektorin zu «erben», Anika Streitfeld, die mich durch dieses Buch von Idee zu Vollendung geführt hat und die während des ganzen Prozesses eine erstaunlich hilfreiche und kluge Begleiterin gewesen ist. Zutiefst dankbar bin ich außerdem für die enthusiastische Unterstützung durch die Mitarbeiter von Ballantine, die sich die ganze Zeit so gut um meine Bücher gekümmert haben. Mein Dank gilt weiterhin Libby McGuire und Gina Centrello für ihr langjähriges geduldiges Wohlwollen.

Weitere Menschen, die mir viel bedeuten, haben in entscheidendem Maße zum Entstehungsprozess beigetragen: mein wunderbarer Agent Noah Lukeman, der mir von jeher eine große Hilfe und ein guter Freund gewesen ist; meine besten Kumpel Tom Barbash und John Martin; meine Söhne

Philip und Paul Chaon; meine Schwester und mein Bruder, Sheri und Jed, die über einen längeren Zeitraum immer wieder Passagen dieses Romans gelesen und Ratschläge beigesteuert haben; meine Schreibgruppe, Eric Anderson, Erin Gadd, Steven Hayward, Cynthia Larson, Jason Mullin und Lisa Srisuco; und alle meine Studentinnen und Studenten am Oberlin College, die über die Jahre hinweg eine wahre Inspiration für mich gewesen sind.

Dieses Buch stellt eine dankbare Reverenz vor vielen großartigen – und besseren – Autorinnen und Autoren dar, die mich seit meiner Kindheit inspiriert haben, darunter Robert Arthur, Robert Bloch, Ray Bradbury, Daphne du Maurier, John Fowles, Patricia Highsmith, Shirley Jackson, Stephen King, Ira Levin, C. S. Lewis, H. P. Lovecraft, Vladimir Nabokov, Joyce Carol Oates, Mary Shelley, Robert Louis Stevenson, Peter Straub, J. R. R. Tolkien, Thomas Tryon und eine Reihe weiterer. Neben anderen Dingen hat es beim Schreiben dieses Buches Spaß gemacht, diesen geliebten und bewunderten Schriftstellern immer wieder mal heimlich zuzuwinken und zuzuzwinkern, und ich hoffe, dass sie mir – im Dies- oder Jenseits – meine kleinen Raubzüge verzeihen.

Finanzielle Unterstützung während der Arbeit an diesem Buch erhielt ich in Form von Stipendien des Ohio Arts Council und des Oberlin College Research Grant Program. Ich bin beiden Institutionen zu großem Dank verpflichtet.

QUELLENANGABEN

Achmatowa, Anna, «Nördliche Elegien», «Die fünfte». Deutsch von Ludolf Müller, in: Anna Achmatowa, *Im Spiegelland*. Hg. Efim Etkind. Piper Verlag, München 1994.

Achmatowa, Anna, «Im Spiegelland». Copyright © der deutschen Übersetzung Piper Verlag, München 1982.

Nabokov, Vladimir, *Das wahre Leben des Sebastian Knight*. Deutsch von Dieter E. Zimmer. Rowohlt Verlag, Reinbek 1999.

Shelley, Mary W., *Frankenstein oder Der neue Prometheus*. Übersetzt von Friedrich Polakovics. Carl Hanser Verlag, München 1993.

«Der unbegangene Weg» von Robert Frost in der Übersetzung von Paul Celan, aus: Paul Celan, Gesammelte Werke in sieben Bänden, Band 5: Übertragungen II. Copyright © Suhrkamp Verlag, Frankurt am Main 1983.

rowohlt
POLARIS

Sebastian Bergman, Kriminalpsychologe. Hochintelligent. Unausstehlich.

In einem Waldstück entdecken Kinder die Leiche eines Jungen –brutal ermordet, mit herausgerissenem Herzen. Er war Schüler eines Elitegymnasiums und seit Tagen vermisst. Die Polizei vor Ort ist überfordert, und so reist der Stockholmer Kommissar Höglund in die Provinz. Dort trifft er überraschend einen alten Bekannten: Sebastian Bergman, ein brillanter Kriminalpsychologe und berüchtigter Kotzbrocken. Doch schon bald ist der hochintelligente Bergman unverzichtbar. Denn in dem kleinen Städtchen Västerås gibt es mehr als eine zerstörte Seele ...

Auch als E-Book

ISBN 978-3-86252-019-0

MIX
Papier aus verantwortungsvollen Quellen
FSC® C083411

Das für dieses Buch verwendete FSC®-zertifizierte Papier *Lux Cream* liefert Stora Enso, Finnland.